KB070100

백제의 마지막 장군,
CEO 흑치상지

黑齒常之

홍종화 지음

韜光養晦

도광양회 / 빛을 감추고 은밀히 힘을 기른다

주류성

지은이 ㅣ 홍종화
펴낸이 ㅣ 최병식
펴낸날 ㅣ 2010년 11월 1일
펴낸곳 ㅣ 주류성출판사
　　　　www.juluesung.co.kr
　　　　서울시 서초구 서초동 1308-25번지 강남오피스텔 1309호
　　　　전화 ㅣ 02-3481-1024 / 전송 ㅣ 02-3482-0656
　　　　e-mail ㅣ juluesung@yahoo.co.kr

책 값 ㅣ　12,000원
ISBN 978-89-6246-047-6 03800

백제의 마지막 장군, CEO 흑치상지

도광양회(韜光養晦)
〈빛을 감추고 은밀히 힘을 기른다〉

홍종화 지음

도광양회(韜光養晦)는 빛을 감추고 밖에 비치지 않도록 한 뒤, 어둠 속에서 은밀히 힘을 기른다는 뜻이다. 약자가 모욕을 참고 견디면서 힘을 갈고 닦을 때 많이 인용된다. 삼국지에서 유비는 조조의 식객 노릇을 할 때 살아남기 위해 일부러 몸을 낮추고 어리석은 사람으로 행세하며 경계심을 풀도록 만들어서 살아남았다. 또한, 제갈공명이 중국을 세 개로 나누어서 유비로 하여금 촉(蜀)을 취한 다음, 힘을 기르도록 하여 위(魏)·오(吳)와 균형을 꾀하게 한 전략 역시 도광양회 의 일환으로 볼 수 있다.

작가의 말

성장하여 역사를 공부하다보니, 내가 자란 곳이 후백제 부흥운동의 중심지였다는 사실이 묘한 느낌으로 다가왔다. 어디서든 보였던 울금바위가 주류성의 일부였고, 동네 아이들과 다래와 머루를 따먹던 굴 바위가 복신이 풍왕을 죽이려고 병을 핑계삼아 숨어있던 암굴이라는 사실이 낯설다.

다른 지역도 마찬가지이다. 눈을 감고 가도 찾을 수 있을 만큼 익숙한 변산 일대, 고부, 익산, 태인, 전주, 논산, 공주, 부여, 군산 등이 모두 백제가 부흥운동을 하면서 신라와 당에 맞서서 싸운 곳이었다. 매양 지나치던 곳이니 한번쯤이라도 복신이나 도침의 목소리를 들어야 하지 않을까. 하지만 한 번도 들은 적이 없다. 그런 의미에서 보면 역사는 지나가면 다시는 그 진실을 보기 어려운, 아주 예민하면서도 한편으로는 거만한 여자와 같은 속성이 있다.

흑치상지는 오랫동안 나에게 익숙한 존재였다. 하지만, 익숙한 것과 제대로 안다는 것에는 엄청난 차이가 있었다. 처음 쓸 때는 많은 것을 안다고 생각했지만 소설을 쓰는 동안 나는 아는 것이 전혀 없다는 것을 깨달았다.

백제장군 흑치상지 평전(주류성/이도학), 고구려?백제 유민 이야기(혜안/지배선), 백제의 흥망과 전쟁(혜안/문안식), 측천무후(페이퍼 로드/도야마 군지),백제문화의 이해(서경문화사/이남석), 장자평전(왕꾸어똥/미다스북스), 중국을 말한다(류산링 등/신원문화사), 삼국지 처세학(리빙옌 등/(주)신원문화사) 등이처럼 수많은 책의 도움이 있어서 이 소설이 완성되었다. 일일이 찾아가서 양해를 구해야 하는 것이 도리이나, 이 지면을 통해서 양해를 구함을 용서해주기 바란다.

혹치상지는 왜 항복하였을까. 소설을 쓰는 내내 그 의문에 시달렸다. 단순히 일신의 영달을 위해서일까. 만약 그런 것이라면 이 소설은 전혀 의미가 없을 것이다. 고민하던 나에게 '도광양회(韜光養晦)'라는 단어가 찾아왔다. 이 단어를 만나는 순간, 혹치상지에 대한 모든 의문이 풀려버렸다. 도광양회는 빛을 감추고 밖에 비치지 않도록 한 뒤, 어둠 속에서 은밀히 힘을 기른다는 뜻이다. 약자가 모욕을 참고 견디면서 힘을 갈고 닦을 때 많이 인용된다.

'삼국지에서도 유비가 조조의 식객 노릇을 할 때 일부러 몸을 낮추고 어리석은 사람으로 보이도록 하여 살아남았다. 제갈공명이 유비로 하여금 촉(蜀)을 취한 다음 힘을 기르도록 하여 위(魏)·오(吳)와 균형을 꾀하게 한 전략 역시 도광양회라고 할 수 있다.

이러한 의미를 가진 도광양회가 가장 널리 알려진 것은 1980
년대부터 중국이 취한 대외정책 때문이다. 덩샤오핑(鄧小平)은
1980년대 개혁·개방정책을 취하면서 국제적으로 영향력을 행
사할 수 있는 경제력이나 국력이 생길 때까지는 침묵을 지키면
서 강대국들의 눈치를 살피고, 전술적으로도 협력하는 외교정
책을 펼쳤다. 따라서 오늘의 중국이 있기까지는 '도광양회'의
공이 크다 할 것이다.

흑치상지는 야습과 기습에 능한 장군이었다. 야습이나 기습
은 적의 동태를 면밀히 연구하고 가장 적은 군사를 동원하여 가
장 많은 적을 무찔러야 한다.

단번에 시장을 선점해야 하며, 다른 제품보다 원가가 적어 경
쟁력이 있어야 하니 흑치상지가 현대에서 기업을 했다면 최소
한 빌게이츠와 맞먹는 기업인이 되었을지도 모른다. 싸움에 나
가 단 한 번도 지지 않았으니, 또한 대단하지 않은가.

토번이나 돌궐이 끝없이 처들어오는 중국의 변방을 오랫동안
성공적으로 지켜냈으니 흑치상지는 미지의 세계에 대한 도전정
신과 개척정신의 화신이었다. 상을 받으면 부하들과 같이 나누
어 가졌다고 했으니 요즘에 화두가 되는 섬김과 소통의 리더십
을 실천한 인물이기도 하다.

과감하게 현지에서 황무지를 개간하여 군량미를 조달하는 현

지화전략을 추구함으로써 물류 유통에 혁신을 가져왔으며, 적의 동태를 감시하는 봉수대를 설치하고 순찰을 강화하여 적의 침입경로를 예측함으로써 의사결정의 신속성을 추구했다.

이런 측면에서 보면 흑치상지는 장군이자 훌륭한 CEO라고 불러도 손색이 없을 것이다. 우리가 흑치상지를 더욱 연구해야 하는 이유가 여기에 있다.

흑치상지를 연구하다보니 자연스럽게 개인과 국가관에 대한 고민이 필요하였다. 우리에게 나라란 무엇인가. 그리고 그 나라에서 부여한 사명에 대한 우리들의 태도는 어떠해야 하는가. 점차 지구촌이 하나가 되는 시대에도 국가관이라는 것이 필요한가. 민족의식이 필요한가. 인공위성이 하늘을 날고 있는데 국가관을 따지는 것이 작고 궁벽한 생각은 아닌가.

나라가 위급할 때 굴욕을 참고 항복을 하여 후일을 도모하는 것이 옳은가. 아니면 절개를 지키며 끝까지 싸우다가 죽는 것이 맞을까. 그것도 아니라면 일신의 영달과 가문의 번영을 위해 나라를 헌신짝처럼 버리는 것이 현명한 일인가. 흑치상지 장군은 일신의 영달을 추구한 변절자일까. 아니면 끝까지 백제를 재건하기 위해 갖은 굴욕을 참아냈던 진정한 거인인가.

이런 저런 고민을 하다 보니 벌써 소설은 끝나버렸다. 아직도 하지 못한 말들이 여기저기 떠돌며 들어갈 곳을 찾고 있었다. 하지만 나는 그 말들을 어디에 두어야할 지를 모른다. 하나를 더하게 되면 다른 하나를 버려야 하고, 그것을 버리면 다른 것을 또 채워야 하고…. 그 끝없는 싸움을 시작할 용기가 없어 여기서 접기로 하였다.

늘 처음에는 의욕이 앞서나 끝날 때는 아쉬움으로 남는 것이 소설쓰기인 것 같다. 아무쪼록 이 소설이 개인이나 조직, 그리고 국가를 운영하는 사람들에게 조금이라도 생각할 수 있는 기회가 되기를 바란다. 그들이 만약 어려운 형편에 처해 있다면 이 소설이 조그마한 위로가 되기를 바란다.

마지막으로 이 글은 소설이니 소설 이상으로 보지 않았으면 좋겠다.

2010. 10
화성에서 홍종화

프롤로그

성왕은 서서히 자신을 감싸는 죽음의 그림자를 바라보고 있었다. 역시 죽음의 냄새는 기분이 나빴다. 그래서일까. 그 순간 그는 한수(한강)가 가슴이 시리도록 보고 싶었다. 여인의 풍만한 가슴처럼 풍요롭게 자신의 마음속으로 줄기차게 흘러왔던, 그 한수를 지금 이 순간 볼 수 있다면 아무런 여한이 없으리라. 젊었을 때 독산성(경기 파주)에서 바라본 한수는 얼마나 포근했던가. 파도가 치는 서해가 지척이었지만 한수가 주는 포근함으로 한달음에 달려가서 잃어버렸던 중원의 대륙마저 손쉽게 찾을 수 있을 것 같았다.

그뿐인가. 백제를 다스리는 동안 하루도 거르지 않고 압박하고 있는 저 고구려를 한꺼번에 밀어내고 위로, 위로 한없이 올라가서 하얀 눈이 사시사철 덮여 있다는 백두산에 올라가 천지에 담겨있는 물이라도 마실 수 있을 것 같았다. 그런데 지금 한수가 전혀 보이지 않는 이곳에서 죽어야한다는 게 너무 시리도록 가슴이 아팠다.

지금껏 이 전쟁터를 누빈 것은 그 한수를 다시 안아보기 위함이지 않았는가. 그 한수만 다시 품안에 넣을 수 있다면 저 험난한 지리산을 넘어서 서라벌까지 단숨에 달려갈 수 있을 것 같았다. 한수를 빼앗은 진흥왕이 손이 발이 되도록 빌지 않을까. 그런 세월이 속히 오리라는 희망하나로 모든 굴욕을 견디었다. 그래서 밤에도 칼과 갑옷을 지닌 채 잠을 청했다. 이대로 죽는다면 위대한 백제를 건설하기 위해 보냈던 그 숱한 불면의 밤은 어디에서 보상받아야할까.

성왕은 마지막 힘을 다해 칼을 휘둘렀다. 하지만 아무리 베어도 적들은 다시 살아나는 것처럼 달려들었다. 그가 한 명을 죽이면 신라군은 두 명이 되어 살아났다. 나이가 들어서 그런지 점점 힘이 빠지고 있었다. 자신을 구하려 군사들이 올까, 하고 잠시 생각해보았지만 그럴 가능성은 없었다. 자신이 선택하여 죽음의 길에 들어섰다고 할 수 있을 정도로 너무 적진 깊숙이 들어와 버렸다.

다시 성왕의 칼이 춤을 추며 한 목숨을 도려내고 있었다. 피가 한 움큼 성왕의 얼굴에 뿌려졌다. 성왕은 그대로 두었다. 새삼스럽게 피를 닦고 싶지 않았다. 어쩌면 늘 이 피를 쫓으면서, 피 냄새를 즐기면서 살아오지 않았던가. 싫든 좋든 그가 산 세월 동안 피는 필연이었다. 그가 피의 기쁜 노래를 들으면서 살았으니 이제 그 피의 슬픈 노래를 들으면서 죽어가야 했다.

까닭 없이 갈증이 났다. 시원한 물이라도 실컷 먹을 수 있다면 좋을 것 같았다. 주위를 둘러보니 아무도 보이지 않았다. 단하나 남아 있던 부하마저도 조금 전에 칼을 맞고 죽어가지 않았던가. 저 어둠 저편에 그의 목이 뒹굴고 있을 것이었다. 그의 목도 피를 뿌리고 있을 터였다. 피를 뿜으며 마지막까지 절망으로 번졌던 그의 생애를 슬프게 울부짖으리라.

"아, 정말 한수를 다시 볼 수 없단 말인가"

그는 다시 한 번 한수를 떠올렸다. 정말 죽어서라도 그곳에 가고 싶었다. 한수를 부드럽게 안고서 마치 처음 왕비와 보냈던 그 밤처럼 거칠고 가볍게 뛰놀고 싶었다. 그러고 나면 늘 고독을 털어내며 누볐던 이 전쟁터도 푸른 풀밭처럼 푹신할 것 같았다. 한 평의 땅이라도 더 얻기 위해 왜와 가야를 오가면서, 심지어 신라의 왕에게 자신의 딸을 주면서까지 견뎌왔던 그 삶의 메마름에도 한 줄기 생수가 흐르지 않겠는가. 아니, 지금도 코끝을 후비며 달려드는 이 피 냄새를 몰아낼 수 있을 것 같았다.

하지만, 한수는 없었다. 그의 앞에는 죽음의 빛깔처럼이나 짙은 어둠이 내려오고 있었다. 그는 어서 죽고 싶었다. 무려 31년 동안이나 누벼온 전쟁터였다. 지혜와 식견이 뛰어나고 일을 처리함에 있어서 결단성이 있다는 평을 들으면서 조금이나마 백제를 위해서 노심초사하면서 살아온 세월이었다.

"명농아!"

어디선가 자신의 이름을 부르는 소리가 들렸다. 아버지인 무령왕의 목소리인 것 같았다. 성왕은 주위를 둘러보았다. 아버지는 없었다. 여전히 피 냄새가 났다. 아마도 저 피 냄새는 저승까지 쫓아올 것 같았다.

"아바마마, 곁으로 갈 면목이 없사옵니다."

무슨 소리가 들려올까하여 귀를 기울여보았으나 아무 소리도 들리지 않았다. 그는 다시 앞을 바라보았다. 저 컴컴한 어둠을 헤치고 한수가 날씬하게 나오기를 바랐다. 하지만, 한수 대신에 신라군의 장수하나가 달려들고 있었다. 그는 칼을 들어 가볍게 신라 장수의 가슴을 찔렀다. 칼끝이 둔탁하게 느껴졌다. 아마도 칼이 그의 갈비뼈를 관통하고 있는 듯했다. 그는 잠시 기다렸다가 힘을 주었다. 칼이 다시 앞으로 나아갔다. 이번에는 별로 힘이 들지 않았다.

"무려 13년 동안이나 요청하여 왜군까지 가세한 전쟁이었는데 이토록 허무하게 결말이 나다니 하늘도 무심하구나."

그는 어린 아이처럼 투정을 부려보았다. 왜와 가야를 신라와의 싸움에 끌어들이기 위해 얼마나 간이 다 타도록 고생하였던가. 가야는 가야대로 갈피를 잡지 못했고, 왜는 왜대로 작은 눈을 치켜뜨며 조금이라도 손해를 보지 않으려고 몸부림을 쳤다. 좀 설득이 되었나 싶으면 내분에 시달리고 그 내분에 시달리는 동안 혹여나 왜가 신라와 연합하지 않을까 얼마나 노심초사

한 세월이었다. 그 세월을 기다려 이렇게 한달음에 신라의 땅으로 달려오지 않았던가. 그런데 그간의 세월에 혹여나 부정이라도 탄 것일까. 삼국이 연합하여 처음 치르는 전쟁부터 이렇게 꼬이다니 참으로 참담했다.

*

"차라리 이곳이 한수였다면 덜 억울했을까."

또 하나의 신라장수를 쓰러뜨리면서 성왕은 나지막이 신음처럼 말했다. 그렇다. 그는 삼국의 연합군을 지휘하면서 이왕이면 한수에서 멋지게 싸우고 싶었다. 하지만 관산성(충북 옥천)도 괜찮았다. 또한, 사비성까지 한나절이면 닿을 거리에 신라군이 있다는 것이 영 꺼림칙했던 것도 사실이었다. 이슥한 밤을 도모하여 그들이 한달음에 사비성으로 쳐들어온다면 자다가도 일어나서 칼을 들고 나가야 할 처지가 아니던가.

그런 위험으로부터 영원히 벗어나서 넉넉한 한수의 젖가슴에 안기고 싶었다. 신라군들의 시체를 넘고 넘어서 한수로 부리나케 달려가고 싶었다. 그는 조급했다. 조금이라도 빨리 한수로가는 길에 늘어서 있는 신라군들을 처치하고 싶었다. 그는 금빛으로 장식된 칼의 손잡이를 높이 들었다. 태양빛에 의해 칼이, 아니 한수가 빛나고 있었다. 어서 가야했다. 조금이라도 늦으면 저 한수가 마치 토라진 여인처럼 등을 돌릴 것 같았다.

"돌격하라. 한 놈도 남기지 마라. 우리는 관산성에서 신라군을 이기고 바로 한수로 달려갈 것이니라."

성왕은 한수를 넘나드는 서해 바다의 파도처럼 관산성을 압박해갔다. 백제, 왜, 가야의 연합군이었으니 신라군이 지레 오줌을 싸며 도망칠 것이라 생각했다. 아니 소리만 질러도 신라군의 절반은 그냥 나자빠질 것 같았다. 그래서 주춤거리는 군사들을 다그쳤다. 한수만 차지할 수 있다면 죽음과도 기꺼이 입맞춤할 수 있었다. 한수를 차지한 기쁨으로 선혈을 흘리면서 죽어간다고 해도 더 이상 바랄 것이 없었다.

"물러서지 마라. 여기가 우리가 죽어야 할 자리니라."

백제군은 노도처럼 밀려갔다. 성왕은 비로소 넉넉한 한수의 물결을 보는 것 같아서 기분이 흡족했다. 어차피 저 신라군들이야 숲길을 지날 때 만나야 하는 낙엽들처럼 가벼운 것이지 않은가. 그들은 백제의 바람만 불어도 날아가게 되어 있지 않던가. 아닌 말로 그냥 발로 툭툭 차면서 앞으로 나갈 수 있지 않겠는가.

하지만, 상황은 그리 만만하지 않았다. 신라의 우덕과 탐지도 전혀 물러서지 않았다. 화살이 비처럼 쏟아지고 여기저기에 사다리가 놓아졌지만 신라군도 계속 창으로 찔러대며 백제군을 무찔렀다. 뜨거운 물을 맞고서 마치 낙엽처럼 떨어지는 것은 모두 백제군들이었다.

　피비린내가 일기 시작했다. 서로에게 한 치도 물러설 수 없는 싸움이었다. 성왕은 답답하였다. 왜의 군사들도 목숨을 걸고 싸우는데 왜 신라군들은 볏단처럼 넘어지지 않고 마치 돌로 만든 것처럼 버틴단 말인가. 몇 번이나 발을 동동 구르며 지키고 서 있다가 참을 수 없어서 하얀 말을 직접 몰고 다니면서 신라군들을 베면서 군사들을 독려했다.

　"신라군들은 나뭇잎으로 만들었느니라. 그냥 칼만 대면 그들은 쓰러질 것이다. 나의 자랑스러운 백제군들이여, 힘을 내라. 한수가 우리를 기다리고 있지 않느냐."

　밀리는 것 같던 백제군은 시간이 갈수록 승기를 잡아갔다. 각간 우덕과 이찬 탐지는 뒷걸음을 치면서 한수에 있던 군주 김무력에게 급히 전령을 띄웠다. 더 이상 버틸 수 없을 것 같았다. 동시에 삼년산군(충북 보은)에 있는 비장 도도에게도 전서구를 보냈다. 김무력과 도도는 단숨에 달려왔다.

　백제군의 운명은 거기서부터 어긋나기 시작했다. 김무력은 가야 왕 구형의 막내아들이었던 것이다. 설상가상으로 김무력이 이끌고 있는 병사의 대부분은 가야출신이었다. 단숨에 가야 진영에서는 동요가 일었다. 형제지간에 칼을 겨누고, 친구의 가슴을 향해 창을 찌르는 상황이 되었던 것이다. 구형은 전의를 상실한 채 탄식하였다.

"형님이 오다니 참말로 낭패구나. 아무리 적이라지만 어떻게 형님의 목에 창을 겨눌 수 있다는 말인가."

가야의 병사들이 주춤거리자 연합군의 전체 진영이 흔들리기 시작했다. 한꺼번에 밀물처럼 밀고가야 할 군사들이 중간 중간에 창을 놓고 있는 가야군사들을 만나면서 그들도 그동안 전쟁을 치르면서 느꼈던 피로를 느끼기 시작했다. 아니 지독한 권태를 느꼈을 것이다. 한수고 뭐고 그냥 한달음에 집으로 달려가고 싶었던 것이다. 왜군들도 급속하게 와해되고 있었다. 그들이 목마르게 원하던 임나(낙동강 하류 부근)도 순순히 넘어올 것 같지 않았던 것이다. 차라리 신라에게 임나를 드나들 수 있는 권리를 달라고 하는 게 더 낫지 않을까, 하는 기류가 급속하게 퍼져갔다. 성왕은 단박에 사태가 이상하게 돌아가는 것을 알고 연합군 병사들을 독려했다.

"물러서지 마라. 우리는 지금 적과 싸우고 있는 것이다. 지금 이 순간은 형제도 친구도 없는 것이다. 가야의 병사들이여, 우리를 위해 싸우지 말고 너희들의 미래를 위해서 싸우도록 하라. 제발 저 간악한 신라군들에게 속지 말라. 왜의 병사들이여, 그들은 곧 임나에서 자유를 얻을 수 있을 것이다. 기운을 내어서 성으로 오르라. 너희들이 오르는 것은 신라군들의 성벽이 아니라 미래의 풍요로운 언덕이지 않느냐."

성왕의 독려에 힘입어 일단의 백제 군사들이 성벽을 이어 올라갔다. 하지만 곧 신라군의 화살과 창을 맞고 낙엽처럼 떨어졌다. 그것을 보고 왜의 군사들은 슬금슬금 뒷걸음을 쳤다. 가야군도 혼란에 처해서 우왕좌왕할 뿐 공격다운 공격을 하지 못했다. 그때, 신라군이 성문을 열고 나왔다. 선봉은 김무력이었다.

"백제군들은 힘이 다했다. 기회는 이제 우리의 것이다. 신라군들이여, 나의 자랑스러운 신라군들이여 그대들은 지금 가장 아름다운 순간을 맞이하고 있다. 죽는다 해도 결코 후회함이 없을 것이다. 나를 따르라. 그리하여 우리 손으로 영원한 신라를 위한 초석을 세우자."

신라군의 사기는 하늘을 찌를 듯했다. 김무력을 따르는 가야의 병사들도 기치창검을 흔들면서 앞으로 달려 나왔다. 구형이 이끄는 가야군은 더욱 주춤거리며 뒤로 물러섰다. 시간이 지날수록 연합군이 밀리자, 구형은 아예 가야군들을 뒤로 빼버렸다. 왜군들도 바다를 건너온 피로를 호소하면 조금씩 뒤로 물러서고 있었다.

전장은 확연히 후퇴하고 있었다. 백제의 명운이 걸려 있는 싸움에서 제대로 싸우지도 못하고 밀린다면 어찌 다음을 도모할 수 있다는 말인가. 성왕은 무척 답답했다. 돌파구가 필요했다. 사태를 반전시킬 수 있는 계기가 있어야했다. 그는 여기저기서 번지고 있는 피 냄새를 맡으면서 좋은 방책은 무엇일까 골몰하고 있었다. 하지만 뚜렷하게 떠오르는 것은 없었다. 그때였다.

"백제군들이여, 나를 따르라. 내가 저들을 물리칠 것이다."

누군가 말을 타고 신라군들을 향해 달려가고 있었다. 태자 창이었다. 창을 따라서 백제군들이 함성을 지르면서 신라군들을 쫓아가고 있었다. 신라군들도 마주 달려 나왔다. 둘은 중간에서 부딪쳤다. 창과 창이 만나고 칼과 칼이 부딪히면서 순식간에 땀 냄새와 피 냄새가 번졌다. 한 떼의 까마귀 떼들이 이들이 싸우고 있는 하늘을 선회하고 있었다. 창의 용맹성 때문일까. 신라군들이 밀리고 있었다.

"퇴각하라. 신라군들은 싸움을 멈추고 퇴각하라."

김무력은 도망치고 있었다. 창은 기세 좋게 그를 쫓아갔다. 신라군들은 숲 속을 향해서 부리나케 뒤도 돌아보지 않고 도망쳤다. 창은 쫓아가면서 일단의 신라군들을 쓰러뜨렸다. 신라군들은 속수무책으로 당하고 있었다. 창은 이제야말로 그토록 부왕이 원하는 것이 이루어진다는 환상에 빠졌다.

"무조건 도망쳐라. 무거우면 칼을 버려라."

신라군은 도망치기에 바빠서 칼까지 버리는 군사도 있었다. 창은 그런 모습을 보면서 득의만만하였다. 역시 공격이 최선의 방어였다. 백제의 군사들은 노도처럼 신라군 진영으로 들어갔다. 어느덧, 숲 속에 이르렀다. 여기저기 산발적으로 신라군이 대항하고 있었다. 창은 말을 타고서 신라군을 익숙한 동작으로 하나하나 쓰러뜨렸다.

"아바마마, 기뻐하십시오. 드디어 이 관산을 넘어 한수로 갈 수 있나이다."

창은 비로소 아버지 성왕의 뜻을 이룰 수 있다는 기대감으로 가슴이 터질 것 같았다. 그는 마치 그 길로 한달음에 서라벌까지 내처 갈 수도 있다는 생각까지 하였다. 그는 무조건 앞만 보고 달렸다. 그의 눈에도 그토록 성왕이 원하던 한수가 넘실거리는 것 같았다. 그 찬란한 한수의 물결을 그는 오래도록 누리고 싶었다. 하지만 그의 바람과는 달리 한수는 어둠에 잠기고 별빛만 반짝였다. 어느새 밤이 되었던 것이다.

도무지 앞이 보이지 않았다. 신라군도 보이지 않았다. 여기저기에서 호랑이 소리와 늑대 소리가 울려 퍼졌다. 그다지 기분이 좋지는 않았다.

"불을 밝혀라."

여기저기서 불을 밝히자 상황이 조금은 나아졌다. 창은 군사들은 잠시 쉬게 했다. 백제군들이 승리의 기쁨에 취해서 창검을 놓고 쉬고 있을 때, 숲 양쪽에서 큰 소리와 함께 불화살이 날아왔다. 조금 전에 도망쳤던 군사에 비해서 너무 많은 화살이었다. 그 화살들은 백제군의 가슴에 하나씩 꽂혔다. 백제군들은 하나둘씩 죽어갔다. 그들은 각자가 간직하고 있는 피 냄새를 뿌리며 고단했던 삶을 서둘러 마감하였다.

"아차, 속았구나."

창은 그때서야 돌아가려고 했지만 이미 늦었다. 이미 퇴로까지 차단당한 것이었다.

"한 놈도 남기지 마라. 백제군은 이제 독 안에 든 쥐다."

양쪽에서 비 오듯 화살이 쏟아지고 불이 붙은 통나무들이 굴러왔다. 백제 병사들은 비명을 지르며 죽어갔다. 말과 사람이 엉키면서 밟혀죽는 병사도 있었다. 놀란 말이 숲 속을 돌진하다가 나무에 부딪쳐 쓰러지기도 하였다. 도무지 방법이 없었다. 창은 필사적으로 어둠과 신라군에 저항하여 싸웠으나 이미 모든 것은 절망으로 치닫고 있었다. 한수도 보이지 않았다. 어디선가 죽음이 서서히 다가오고 있는 것 같았다. 창은 하는 수 없이 성왕에게 지원병을 요청했다.

"뭐라고 지금 태자가 위험에 처해 있다고? 거기가 어디냐. 내 당장 달려가서 태자를 구할 것이다."

성왕은 태자가 위험하다는 말을 듣고 단지 50여명의 병사들을 이끌고 태자를 구하여 갔다. 하지만 이미 성왕의 움직임이 신라군에게 포착되었다. 도도는 성왕과 호위병을 급습하였다. 성왕을 호위하고 있던 군인들은 일당백의 정예군들이었지만 그들도 어디까지나 사람이었다. 수천 명의 군사들을 이길 수는 없었다.

얼마 동안의 시간이 지났을까. 잠깐인 것 같기도 하고, 꽤 오랜 시간이 흐른 것 같기도 하였다. 성왕은 자신의 옆에서 죽어가는 병사들을 바라보면서 미친 듯이 칼을 휘둘렀다. 그의 칼이 스칠 때마다 신라군은 하나씩 쓰러졌다. 한참동안 정신없이 군사들을 베어가고 있을 때, 이미 성왕은 신라군에게 포위당해 있었다. 아무도 남아 있지 않았다. 성왕은 깜깜한 어둠이 바닷물처럼 세차게 다가오는 것을 느꼈다.

그것은 분명 한수는 아니었다. 자신이 지금까지 끝없이 밀쳐대던 절망이었다. 그 절망이, 무섭도록 잔인하게 자신을 괴롭히던 절망이 어둠 속에서 확연히 자신에게 달려오고 있었던 것이다. 성왕은 그 절망을 보고 싶지 않아 눈을 질끈 감아버렸다.

*

"백제왕을 잡았다."

도도의 소리에 신라군의 함성은 소백산맥을 온통 뒤흔들었다. 성왕은 한수가 역류하면서 핏빛으로 변하는 환상을 보았다. 아니, 그것은 한수가 아니었다. 웅진강(금강)이었다. 사비성을 감싸 안으며 서해로 흘러가던 그 강이 핏빛으로 들이닥치면서 그 안에 살던 용이 하늘로 올라가지 못하고 신라 장수의 화살에 맞아 피를 토하면서 하늘에서 떨어지는 환상이었다. 그리고 그 뒤를 이어 수많은 백제의 백성들이 죽어가고 있었다.

성왕은 휘몰아치듯 다가오는 현기증을 느꼈다. 그것은 고구

도광양회(韜光養晦)

려의 안장왕과 싸움에서 밀려서 저 중원의 대륙에 있던 백제의 요새인 혈성을 내준 이래 계속 되어왔던 현기증이었다. 그때, 성왕은 백제의 명운을 걸고 연모에게 보병과 기병 3만을 주어 고구려 군을 막도록 하였으나 연모는 사상자만 2천여 명을 남기고 물러서고 말았다. 하지만, 그는 포기하지 않았다. 백제의 가능성을 끝까지 믿었던 것이다. 그런데 한 번도 고구려를 이길 수 없었다.

마지막 싸움에서 패하고 성왕은 배를 타고 중원을 떠났다. 그때, 하늘에서 별들이 비처럼 쏟아지는 것을 보았다. 아니다. 그것은 하늘의 별이 아니라 자신의 군사들이 죽어가는 모습이었다. 어쩌면 자신의 꿈일 수도 있었다. 오롯이 자신의 가슴 속에 간직했던 꿈이 산산조각 나는 순간이었다. 그 파편이 검은 하늘에 별처럼 떨어졌던 것이다. 그 때가 성왕이 즉위하고 9년이 지난 때였다. 그러니까 성왕의 출발은 그다지 좋은 것은 아니었다. 하지만 그는 끝없이 위대한 백제 건설에 골몰했다.

그 조각난 꿈을 다시 회복하기 위해 그동안 수많은 번민의 밤을 보냈다. 그 밤의 끝에서 간신히 신라와 연합할 수 있었다. 운도 따라주었다. 고구려가 중원과의 전쟁을 치르느라 남쪽을 신경 쓸 수 없었다. 신라와 연합하여 고구려를 무찌르고 한수를 되찾았을 때는 잃어버린 대륙이 성큼성큼 한수로 걸어오는 것 같은 기쁨에 젖었다. 하지만 그것도 잠시, 신라에게 속아서 고구려와 신라의 연합군에게 밀려서 한수를 뒤로 두고 쫓겨 오던 날은 오장육부를 쏟으면서 죽고 싶을 만큼 비참한 기분이었다.

그처럼 모진 세월동안 끝없이 부여 후손의 영광을 회복하려고 했지만 아무 것도 이루지 못하고 죽어야하는 순간을 맞이한 것이다.

"아아, 백제여, 너의 운명이 여기서 끝나는 것인가. 넓고 넉넉한 송화강에서 내려와서 저 넓은 평원에서 풍요와 번영을 누리던 백제가 이렇게 사라지는 것인가."

성왕은 피눈물을 흘리면서 되뇌었다. 그때 신라장수가 왔다. 도도였다. 성왕은 그가 노비 출신의 장수라는 것을 알았다. 다시 피가 거꾸로 솟는 기분이었다. 아니 몸속에 있는 모든 물기가 한꺼번에 하늘로 증발하는 것 같았다. 백제의 왕이 야만의 나라인 신라의 노비에게 죽다니 참으로 치욕적인 순간이었다. 그것을 알았을까. 도도는 절을 정중하게 두 번을 한 후에 말했다.

"소장이 대왕의 머리를 베도록 허락해 주소서."

성왕은 도도의 얼굴에 침을 뱉으며 말했다.

"나는 백제의 왕이다. 어찌 야만의 나라 신라의 종이 나의 목을 칠 수 있다는 말이냐."

도도는 물러서지 않았다.

"우리 신라의 법에는 자신이 맹세한 것을 어기면 아무리 국왕이라 해도 종의 손에 죽을 수 있습니다."

성왕은 순간적으로 머리가 빙 도는 것을 느꼈다. 도도의 말이 틀리지 않았던 것이다. 성왕은 아랫입술을 지그시 깨물면서 도도의 말을 되새겨보았다. 사실, 자신의 딸을 진흥왕에게 보낼 때만 해도 신라와 화친관계를 맺은 것은 사실이었다. 그런데 성왕이 가야와 왜를 끌어들여서 신라의 관산성을 공격했으니 엄연히 맹세를 어긴 것이었다. 하지만 진흥왕이라고 하여 그 부분에서 자유로울 수 있을까. 문제는 자신이 적군의 장수에게 붙잡혀 있다는 것이었다. 도도의 말을 애써 부정하고 싶지는 않았다. 백제의 왕답게 죽고 싶었다.

"나에게 물을 한 모금 가져다 주게."

성왕은 의자에 걸터앉아서 물을 마셨다. 하지만 그는 물을 마시는 게 아니었다. 백제의 한과 눈물, 아니 피를 마시고 있었다. 그는 물을 다 마시지 못하고 칼을 도도에게 내 주었다.

"네 말이 맞다. 내가 맹세를 어긴 것은 사실이다."

도도는 빙그레 웃으면서 성왕의 칼을 받았다. 성왕은 도도에게 칼을 넘겨주면서 다시 한 번 하늘을 우러러 보면서 탄식을 하였다.

"짐은 지금까지 위대한 백제 건설을 위해 단 하루도 쉬지 않고 달려왔다. 그리고 어느 순간에는 만족한 적도 있었고, 어느 순간에는 짐의 능력이 부족함에 탄식을 한 적도 있었다. 하지만 그것을 말해본들 지금 이 순간 무슨 소용이 있겠는가. 저 사비성을 감싸며 흐르고 있는 강가의 능수버들보다 더 가치가 없을 것이다. 내 태어날 때부터 고통의 순간을 살아왔으나 죽을 때가 가장 치욕적이었다면 이 세상에 결코 나오지 않았을 것이다. 남은 것은 저 세상으로 가서 우리 선조들에게 가서 손이 발이 되도록 잘못을 빌어 사죄하는 것뿐이다. 무열왕 나의 아버지시여, 당신께서도 나처럼 전쟁터를 누비며 백제의 중흥을 위해 고단한 삶을 살았던 것처럼 당신의 아들인 나도 그동안 숱하게 고단한 세월을 보내다가 당신의 곁으로 갑니다. 하지만 아무 것도 이루지 못하고 당신 곁으로 갑니다. 부디 나를 책망하소서."

성왕은 다시 한 번 하늘을 바라본 후에 도도에게 목을 내밀었다.

"도도여, 이제 나의 목을 베라."

성왕은 눈을 감았다. 그 순간 한수의 풍만한 물줄기가 잠깐 성왕의 가슴 위로 흘러갔다.

"소장은 왕의 목을 베는 것을 영광으로 알겠나이다."

도도는 힘차게 칼을 내리쳤다. 잠시 후에 성왕의 머리가 피를 뿜으며 관산의 풀밭 위에 뒹굴었다.

"와아, 신라군 만세!"

신라군의 사기는 하늘을 찌를 듯했다. 도도는 성왕의 목을 잘 수습하여 곧바로 서라벌로 보냈다. 진흥왕은 성왕의 머리가 도착하자 적군의 왕이 죽었다는 사실에 대단히 기뻐하면서도 한 시대를 풍미한 영웅이라는 사실과 자신의 소비(小妃)의 아버지라는 사실을 모두 감안하여 조심스럽게 다루었다. 두개골은 도당이 있는 북청의 계단 밑에 묻고 뼈는 백제에 보냈다. 수많은 사람들이 오가는 계단 밑에 성왕의 머리를 묻고 두고 두고 밟고 다니겠다는 뜻이었다.

무열왕의 즉위

654년, 김춘추가 드디어 신라의 왕에 올랐다. 그가 바로 무열왕이다. 그가 왕이 되면서부터 신라의 왕은 진골이 독점하게 되어 박, 석, 김이 교차하던 관례가 사라졌다. 이는 진평왕의 큰 사위이자, 천명공주의 남편인 김용춘의 역작임에 분명하다.

신라에서 왕이 아들이 없는 경우에는 사위에게 왕위를 어어 받는 것이 관례이지만 김용춘은 아들을 위해 기꺼이 양보한 것이다. 김 씨의 시대를 열려는 집요한 아버지가 있었기에 무열왕이라는 역사적인 존재가 탄생한 셈이었다. 김유신은 김춘추의 등극을 진심으로 반겼다. 김춘추가 왕이 되었다함은 그만큼 자신의 힘도 커진다는 것을 의미하기 때문이었다. 629년, 김용춘은 대장군으로 부장(副將)인 김유신을 거느리고 고구려의 낭비성(충북 청주)을 공격하여 5,000여 명을 살해하고 성을 함락시킨 적이 있을 정도로 긴밀했기 때문이다.

"전하, 감축 드리옵니다."

"고맙소. 장군. 오늘이 있기까지 장군의 공이 컸소이다."

"그게 무슨 말씀입니까. 저야말로 가야의 촌에 묻혀 있다가 전하의 도움으로 여기까지 오지 않았습니까."

"아니오. 전날에 백제에서 신라를 몰래 쳐들어왔을 때 대야성 바깥인 옥문곡에서 백제의 군사들을 크게 대파하지 않았소."

"그렇지요. 그 싸움은 참으로 선덕여왕의 지혜가 돋보이는 것이었지요. 어찌 궁성 서쪽에 있는 옥문지라는 곳에 청개구리가 떼를 지어 몰려드는 것을 보고 그런 생각을 했는지 지금 생각해봐도 그 혜안이 놀라울 뿐입니다."

"서쪽의 옥문지와 서남쪽 변경의 옥문곡이라? 참으로 절묘한 결합이구려."

"그럼 개구리는 백제의 군사가 되는 셈인가요?"

"허허허, 그렇게 되는 가 보오. 아무튼 그때 매복하고 있는 백제의 군사들을 찾아 섬멸한 덕분에 내 사위와 딸의 유골을 찾을 수 있지 않았소."

"하하, 전하께서는 별 걸 다 기억하는군요. 사실 그때 저도 한참 모든 일이 잘 되는 대운(大運)을 만나서 그 어렵다는 대야성도 탈환하였습니다. 모든 것이 다 전하의 성덕 때문에 이루어진 일이옵니다."

"그게 무슨 소리오. 난 장군이 대야성을 탈환하는 날, 눈물이 다 났소이다."

"신라의 국운이 날로 팽창하고 있으니 좋은 일이 더 많이 있겠지요."

"장군, 정말 잘해봅시다. 너무나 어려운 때에 왕에 올라서 솔직히 어깨가 무겁소이다."

"신라를 다 뒤져도 전하만한 사람이 없다는 것을 신라의 백성들이 너무 잘 아옵니다."

"이거 왜 이러시오. 장군. 쑥스럽소이다."

"신라의 역사에 길이 남는 위대한 성군이 되소서. 매형."

어느새 둘은 왕과 신하라는 관계를 무너뜨리고 있었다.

"허어, 그렇게 부르니까 정감이 솟는구려. 안 그래도 내 긴히 할 말이 있어서 장군을 오라 하였소이다."

"무엇이든지 명령만 내리시옵소서. 바다 건너에 있는 야마토라도 무조건 달려가겠습니다."

"우리 지소공주를 어떻게 생각하시오."

"그게 무슨 말인지….."

"우리 지소공주를 데려가시오."

"처남과 매형사이에 장인과 사위가 될 수 있겠습니까."

"안 될 것은 무엇이오. 신라를 위해서라면 목숨까지도 버리는데."

"그런데 왜 갑자기 그런 생각을 하셨습니까."

"내가 언제 일을 갑자기 하는 것 봤습니까."

"그렇지요. 매형이야 항상 몇 발자국 앞을 보시지요."

"지금 신라에는 내가 왕이 되는 것을 싫어하는 사람들이 있어요."

"그게 누구입니까."

"나와 같은 진골출신들을 비롯하여 서라벌에서 뿌리를 박고 살던 귀족들은 내가 왕이 될 자격이 없다고 생각하고 있습니다. 설사 자격이 있다고 하더라도 실제 왕이 되어 있는 나를 보니까 배가 아픈 거지요."

"누란의 위기에 있는 신라를 여기까지 끌고 온 게 누군데 누가 감히 그런 생각을 한다는 말입니까?"

"그들은 신라의 안위 같은 것은 신경 쓰지 않아요. 늘 잘 먹고 잘 살았는데 앞으로도 그렇게 될 것이라고 믿는 거지요."

"그러니까 신라도 변해야 한다는 소리가 나오는 것입니다."

"나도 동감이오. 그래서 장군이 내 사위가 되어야하는 것이오."

"그래도, 저는…."

"장군도 패망한 가락국 출신이기에 일정한 제한을 받고 있지 않소이까."

"그건 사실입니다만."

"나는 장군을 사위로 삼는 동시에 신라의 소불한(국방장관 겸 총사령관)으로 임명하여 병권을 다 맡길 계획이오."

"전하, 저는 아직…."

"장군에게 군대 통수권을 주는 이유는 내가 왕이 되는 것에 배가 아픈 무리들을 겁주자는 뜻입니다. 신라의 명장 김유신이 병권을 장악하고 있는데 어느 귀족이 우리에게 대들겠습니까? 안 그래요. 하하하."

"그렇군요. 다시는 전하에게 불만을 터트리지 않겠군요."

"터트리라고 하지요. 어찌 되는지 톡톡히 보여주면 되지 않겠습니까."

"그것도 재미있겠군요. 오늘은 제가 한 턱 내겠습니다. 예쁜 부인을 얻고 신라군을 다 얻었으니 전하가 조금도 부럽지 않습니다."

"이거 한 사람, 조심할 사람이 생겼군."

"그렇지요. 저에게 잘 못하면 바로 군대를 이끌고 들어가겠습니다. 여기까지 올라왔으니 까짓것 왕좌도 한번 앉지요. 매형이 앉는데 처남이라고 못 앉으라는 법은 없지 않습니까."

"이 사람, 농담을 참으로 무섭게 하는군."

"하하하, 천하의 매형도 겁을 다 먹을 때가 있습니까."

둘은 신라를 손에 쥐었다는 생각에 한 없이 기뻤다. 둘은 밤새도록 술을 주거니 받거니 했다. 서로의 이해관계가 맞아 떨어지는 절묘한 결합이었다.

*

그 무렵, 왜에서는 잠시 신라에 우호적이었던 세력이 물러가고 다시 백제계 정권이 들어섰다. 더 이상 백제는 왜가 신라를 도와 백제에 쳐들어 올 것이라는 걱정을 하지 않아도 되었다. 의자왕은 이를 성충과 더불어 기뻐했다.

"우하하. 부여풍이 장하도다. 야마토를 완전히 작은 백제로 만들어놓았구나. 어떤가. 상좌평, 우리가 부여풍에게 뭔가 감사의 표시를 해야 하겠지?"

"당연하옵니다. 전하. 제가 연개소문에게 밀서를 보내겠습니다."

"그래. 이번에는 신라를 크게 혼내주어야겠어."

성충은 곧바로 연개소문에게 밀서를 보냈다.

"장군, 참으로 고생이 많소이다. 장군이 있어 우리의 부여의 후손들이 저 중원의 무리에게 당당할 수 있어서 항상 기쁘오. 그런데 송충이가 하나 있어 고구려와 백제의 소나무를 좀먹고 있느니 우리가 힘을 합쳐 그 송충이를 죽여야 하지 않겠소. 얼마 전에 장군의 지혜로 그 송충이가 죽는 것 같아 여간 기쁘지 않더니 그 송충이가 죽지 않고 신라의 왕이 됐으니 더 크기 전에, 고구려와 백제의 소나무를 좀먹기 전에 없애기를 원하오니 장군의 생각을 적어서 보내 주시오."

연개소문은 성충의 밀서를 읽고 화살로 송충이를 죽이는 그림을 하나 그려서 보냈다. 성충은 이에 만족하여 날짜를 정하여

사신에게 보냈다. 백제의 특산물을 수레에 가득 실어 보냈음은
물론이다.

　바야흐로 당과 신라, 고구려와 백제의 연합관계가 구축되
고 있었다. 한 치 앞도 내다볼 수 없는 나날의 연속이었다. 모
든 것이 생존과 직결되어 있었다. 남을 죽이지 않으면 내가 죽
는 법, 그것은 개인이나 나라를 막론하고 통용되는 역사의 철
칙이었다.

　〈조선상고사〉에는 성충의 계책으로 백제가 당나라의 강
남땅(황하 이남으로 지금의 산둥성 일대)을 장악했다는 내용이
나오는데, 성충은 당나라가 반드시 고구려를 침략하게 될 것이
라고 하면서 그 때를 이용하여 당나라의 강남땅을 공격하면 능
히 장악할 수 있을 것이라고 하였다. 의자왕이 이 말을 믿고 있
다가 당이 30만 대군을 동원하여 고구려를 침입하고 안시성을
무너뜨리지 못해 교착상태에 빠지자, 성충의 계략을 실행하였
다. 계백에게 명하여 신라의 후방을 습격하게 하여 성열 등 7개
의 성을 빼앗고, 윤충을 보내어 부사달 등 10여개의 성을 점령
하였으며 수군을 보내어 당나라의 월주를 점령하였다고 적혀
있다.

　이는 상당히 신빙성이 있어 보인다. 성왕이 중원의 대륙에
있는 백제의 땅을 완전히 상실한 후에, 무왕이 회복하려 했으나,
실패하였다. 그의 아들인 의자왕이 다시 중원의 땅을 차지하였

으니 이후로 의자왕이 정사를 돌보지 않고 주색에 빠지는 원인
중의 하나가 되었음이 분명하다.

*

655년, 백제와 고구려가 연합하여 신라변경을 침입하였다.
고구려는 당의 요동 침략이 중단된 상태라 힘을 다른 데로 쓸 수
있었다. 신라는 오랫동안 변경이 평온하여 방심하고 있다가, 백
제와 고구려 연합군이 갑자기 쳐들어오자 당황하여 허둥거렸
다. 무열왕은 신하의 보고를 받고 믿을 수 없어서 재차 물었다.

"그게 정말이더냐. 고구려군이 백제와 연합하여 북쪽의 국
경을 쳐들어왔다는 것이?"

"전하. 그러하옵니다. 고구려 군에는 말갈군도 포함되어 있
다고 하옵니다."

"혹, 남쪽의 왜는 출동하지 않았느냐."

"아직 아무런 징후도 보이지 않사옵니다."

"빨리 당으로 사신을 보내 이 사실을 알리라. 그리고 김유신
에게 이르러 빨리 출동하라 이르라."

김유신은 전쟁터로 달려갔다. 신라군이 형편없이 밀리고 있
었다. 특히 백제의 계백이라는 장군은 마치 날아다니는 것 같았
다. 김유신도 방법이 없었다. 당나라의 장군인 정명진과 소정방

까지 왔다 갔으나 고구려가 당의 군사를 물리치는 바람에 나와 당의 연합군도 별로 위력이 없다는 것이 증명되었다. 신라는 계속되는 전투에서 무려 북쪽 변경에 있는 33개의 성을 빼앗기고 말았다.

의자왕은 이제 다 끝났다고 생각했다. 그토록 그가 두려워하던 당의 장군들도 실제로 맞서 보니 백제의 장군들만 못했다. 고구려와 동맹을 맺었으니 고구려의 침입은 걱정하지 않아도 될 것 같았다. 신라도 전혀 겁이 나지 않았다. 그는 좀 쉬기로 했다. 그동안 전쟁준비에 시달리던 백제의 백성들에게도 평안을 주고 싶었다.

"전하, 고삐를 단단히 죄셔야하옵니다. 지금 멈추면 아니 되옵니다."

성충이 읍소하면서 말했다.

"너무 전하를 사지로 몰지 마십시오. 전하께서는 그동안 얼마나 많은 세월동안 전장을 누비셨습니까."

좌평 임자였다. 의자왕은 임자가 고마웠다.

"임 좌평, 그게 무슨 소리요. 우리 백제는 한수를 차지하는 날까지 절대 쉬면 안 되오."

성충은 임자에게 호통을 쳤다. 임자가 얼른 고개를 숙였다. 의자왕이 재빨리 나섰다.

"알았소. 상좌평. 상좌평의 충심을 내 모르는 바 아니니 너무 임 좌평을 나무라지 마시오."

"전하, 33개의 성이 독약이 될 수 있사옵니다. 하루라도 빨리 승리의 기분에서 벗어나시옵소서. 고구려가 도와줄 때 우리는 신라를 마음껏 유린해야합니다. 서라벌을 손에 넣을 때까지는 조금도 안심해서는 아니 되옵니다."

"알았으니 상좌평도 가서 좀 쉬시오. 지겹지도 않소. 눈만 뜨면 나라 생각이니 상좌평은 그것도 안 달려 있소. 가서 나긋나긋한 여인들과 더불어 운우도 즐기시오."

"전하, 백제는 이제 겨우 기고 있습니다. 더 노력하셔야 하옵니다. 기회는 늘 오지 않습니다. 전하, 성왕대왕이 관산성에서 죽던 날을 한 시도 잊으시면 아니 되옵니다. 또한 전하의 부왕이신 무왕 대왕은 어찌했습니까. 마장수를 하면서 숨어 있다가 정적의 딸인 선화공주를 아내로 맞이하여 오랫동안 계속되던 파벌싸움을 끝냈습니다. 이것이 계기가 되어 8 성씨와 신진세력이 조화를 이루면서 백제가 다시 일어서기 시작했습니다. 부디 성심을 회복하소서. 전하는 능히 신라를 이길 수 있사옵니다."

성충은 울면서 엎드렸다.

"임 좌평, 제발 상좌평을 데리고 나가시오."

임자가 다가와서 성충의 팔을 잡았다. 성충은 임자의 손을 뿌리치면서 절규하듯 소리쳤다.

"전하, 한수를 기필코 되찾으셔야 하옵니다."

"어이구 그 놈의 한수. 참으로 지겹구나. 여봐라. 어서 상좌
평을 데리고 나가라."

의자왕은 끝내 성충을 물리쳤다.

*

백제의 좌평 임자의 집에는 신라의 포로가 있었다. 그는 전
쟁포로로 잡혀온 노예였는데 임자가 관대하게 다룬 덕에 행동
이 비교적 자유스러웠다.

"너의 이름이 무엇이냐."

"조미곤이라 하옵니다."

"붙잡히기 전에는 무엇을 하였느냐."

"부산현(夫山縣 : 경남 의령)의 현령이었습니다."

"참으로 전쟁이 원망스럽겠구나. 전쟁만 없었더라면 노예
가 되지는 않았을 것 아니냐."

"사람의 운명을 어찌 알 수 있겠습니까. 현실을 받아들일 수
밖에 없지요."

"그동안 너를 죽 보아왔는데 참으로 성실하더구나. 어차피
신라나 백제나 다 사람 사는 땅이오니 백제의 땅을 두루 구경하
고 오너라."

"감사하옵니다. 좌평 나리."

조미곤은 즉시 임자의 집을 나와서 신라의 땅으로 갔다. 꿈에 그리던 땅이었다. 그는 신라에 도착하자마자 김유신을 찾아갔다.

"신라의 관리로서 끝까지 신라에 충성하는 모습이 참으로 아름답구나. 그래, 백제는 어떻게 돌아가더냐."

"의자왕은 승리에 도취하여 주색에 빠져 지낸다고 하옵니다. 좌평인 임자가 매일 잔치를 열고 여자를 뽑아오느라 몸이 고단할 지경입니다."

"하늘이 신라를 돕고 있구나. 지금이라도 당장 백제와 고구려가 연합하여 신라를 친다면 아무 대책도 없겠는데···. 그런데 임자는 어떤 사람이냐."

"그는 기회주의자이옵니다. 그를 잘 포섭하면 신라에게 유리한 정보를 얻을 수 있을 것이옵니다."

"네가 그 일을 할 수 있겠느냐."

"장군, 저는 원래 죽었사옵니다. 무엇을 못하겠습니까."

"고맙구나. 모든 게 어려운 시기이다. 힘을 모으자꾸나. 내 너를 깊이 신뢰하고 있으니 임무를 잘 수행하여 영광스런 신라를 위해 너의 능력을 보여 주거라."

"장군, 죽음으로써 임무를 완성하겠습니다."

김유신이 백제의 최고 계급인 좌평의 집에 첩자를 두었다는 것은 참으로 보통 일이 아니었다. 더군다나 그 좌평이 백제의 미래에 대한 걱정을 전혀 하지 않고 자기 자신의 안위만을 걱정하고 있으니 더 큰 일이었다. 더욱 절망스러운 것은 의자왕이 임자를 신뢰하고 있다는 것이었다.

*

임자는 주로 의자왕의 연회를 챙기고 있었다. 평상시라면 일이 많지 않을 수도 있었으나, 의자왕이 다른 일에는 전혀 신경을 쓰지 않고 연회에만 골몰하고 있으니 임자는 한 시도 편하게 쉴 수가 없었다.

"임 좌평, 오늘은 어디에서 연회가 있느냐."

"궁남지이옵니다."

"그래, 거기는 참으로 경치가 좋더구나."

"어서 가시옵소서. 삼국을 통틀어 가장 지혜롭고 나라를 잘 다스리는 왕이 전하가 아닙니까. 지금은 놀 때이니 마음껏 즐기시옵소서."

"좋다. 오늘은 노래자랑이나 한 번 해 볼까?"

"전국에서 뽑혀 온 삼천에 가까운 궁녀가 있사오니 그것도 아주 재미있을 것이옵니다."

"궁녀가 삼천이라…."

"왜 적사옵니까?"

"아니다. 짐이 그녀들과 더불어 하룻밤만 잔다고 해도 족히 십 년은 소요되겠구나."

"전하의 나이가 있사오니 천천히 즐기시고 오래 사시옵소서. 중원의 청우도사는 옥방비결에서 남자가 성행위 상대를 자주 바꿀수록 몸에 좋다고 하면서 하룻밤에 10명 이상의 여성과 교접하는 것이 최상이라고 하였습니다. 항상 같은 여자와 관계를 하면 그녀의 정기가 약해져 남자에게 별 이로움을 주지 못한다고 하옵니다."

"임 좌평은 아는 것도 많구려."

"모두 전하를 위해서 이것저것 살펴보고 있사옵니다."

"짐이 임 좌평의 수고를 잊지 않겠소."

궁남지가 보였다. 의자왕은 들려오는 음악소리를 듣고 기분이 좋아졌다. 막 버드나무를 통과했다고 느끼는 순간, 성충이 나타났다. 의자왕은 얼굴을 찌푸렸다. 성충은 아랑곳 하지 않았다.

"전하, 지금이라도 늦지 않았습니다. 성심을 바로 잡으시어 백제의 백년대계를 도모하소서. 어서 궁으로 돌아가서 의직에게 이르러 대야성을 회복하여 서라벌로 진격하게 하소서."

임자가 바로 반대를 하고 나왔다.

"전하, 상좌평의 말은 백성의 형편을 살피지 않은 망극한 말이옵니다. 지금 백제의 백성들은 계속되는 전쟁으로 인해 가혹한 조세를 부담하느라 굶주리고 지쳐 있습니다. 또한, 군대에 동원되면 3~4년이면 복무연한이 끝나는데 최근에는 이러한 관례가 전혀 지켜지지 않아 10년이 넘게 복무하는 사람도 있다고 하옵니다. 대부분 전쟁터에서 죽기가 십상이지만 용케 살아왔다고 해도 부모와 처자들은 거지가 되어 떠나버려 찾을 수도 없다고 하옵니다. 그 뿐만 아니라 전쟁이 휩쓸고 간 자리는 또한 심한 역질이 돌아 한마을이 쑥대밭이 되기도 합니다. 무엇 때문에 전쟁을 합니까. 부강한 나라를 만들기 위해서입니다. 왜 부강한 나라를 만드는 것입니까. 백성들을 편하고 배부르게 하기 위해서입니다. 그런데 정작 편하고 배부르게 살아야 할 백성들이 유리걸식하거나 병들어 죽어가고 있는 마당이니, 전쟁을 하려는 명분은 그 어디에서도 찾을 수 없을 것입니다."

성충이 노기를 띠며 큰소리로 말했다.

"전하, 임자의 말은 맞는 듯하나, 사실 틀린 부분이 많이 있습니다. 전쟁이 백성들을 죽이거나 어렵게 만드는 것은 사실입니다. 하지만 귀족들의 재산을 평민들에게 돌려주는 제도를 시행한다면 백성들의 형편은 많이 좋아질 것입니다. 백성들이 먹을 게 없어 자식을 종으로, 첩으로 팔고 있습니다. 이들을 사는 사람들이 누구인지 아십니까?"

"아니, 사람을 사고판단 말인가?"

의자왕이 놀라서 물었다.

"바로 전하의 사랑스런 충신들이옵니다. 전하께서 거느린 궁녀들 중에도 그렇게 온 궁녀도 많을 것입니다. 당장 귀족들의 재산을 평민들에게 돌려주는 제도를 시행해야 합니다. 민심을 얻지 못하면 전하의 나라 백제는 없는 것이옵니다. 자식을 팔 수 없는 사람들은 자식을 잡아먹기까지 하고 있는 형편을 고려하시어 태자궁의 공사도 중지하시고, 잔치도 당장 그만 두셔야 합니다.

그리고 전쟁은 피할 수 있으면 좋지만 피할 수 없다면 빨리 집중해서 끝내야할 것입니다."

"어이구 지긋지긋해. 상좌평은 놀 줄도 모르나?"

"기회는 두 번 오지 않사옵니다. 전하, 제발 잔치를 그만하시고 나라의 기강을 잡으소서. 백제는 결코 신라를 이기고 있는 것이 아니옵니다. 김춘추는 계속 당을 들락거리고 있습니다. 우리도 왜와 고구려에게 더 공을 들여야 합니다. 이토록 좋은 호기를 술과 여자로 보내서 없애버린다면 후대의 사가들이 전하를 어떻게 말할까 걱정이 되옵니다."

"이런, 두고 보고 있자니 못하는 말이 없구나. 여봐라, 어서 상좌평을 집으로 데리고 가라. 내 왕후의 아비라 하여 그동안 많이 참았는데 이제 눈치조차 보지 않는구나. 태자궁의 문제도 자기의 손자인 부여 융을 폐하니까 반발을 하는 거야. 젊었을 때는 총명하고 병법에 밝더니만 나이를 먹으니까 노욕만 늘고, 속조차 좁아터진 늙은이가 되다니…. 좌평 임자는 들으라. 다시는 상좌평이 짐에게 나타나지 않도록 그를 절대 밖으로 나오지 못하게 하라.”

“전하, 성심을 회복하시옵소서. 선왕께서 지하에서 지켜보고 있사옵니다. 선왕의 웅혼한 기개를 물려받은 전하가 어찌 이리 되시었습니까. 즉위 초기에 유력한 귀족 40여 명을 숙청하던 기개와 용단이 어디로 가셨습니까. 두루 전국을 돌아다니시면서 백성들을 살피시던 그 성덕은 도대체 누구의 것이었습니까. 전하, 다시 한 번 그 모습을 보여주소서.”

성충은 군사들에게 잡혀가면서도 소리를 계속 질렀다. 하지만, 의자왕은 궁남지로 향하고 있었다.

*

“너는 어디를 갔다가 이제 오느냐.”

조미곤은 임자를 보자 움찔했으나 당당하게 말했다.

“백제의 백성이 된 마당에 마땅히 백제의 풍속을 아는 게 좋을 것 같아서 여기저기를 돌아다녔사옵니다. 한번만 용서해준다면 견마(犬馬)의 노력으로 섬기겠습니다.”

“좋다. 돌아오니 그만이다. 더 열심히 나를 위해 성심을 다하라.”

“감사하옵니다. 주인 나리. 하온데 어디 아프십니까. 낯빛이 예전 같지 않으시옵니다."

"요즘 전하의 입맛이 여간 까다롭지 않아서 내가 무척 힘이 든다네."

"반찬투정을 심하게 하시는 모양이지요?"

"그게 아니라네."

"그럼, 무엇이…."

"자네만 알고 있게나. 여자를 너무 밝힌다는 말일세. 저번에 하루에 10명 이상의 여자와 잠자리를 하는 것이 가장 좋다고 말씀드렸더니 그 말을 믿고서 매일 10명의 여자를 들여보내라고 하니 죽을 맛일세."

"아뢰옵기는 황송하오나 열 명의 여자와 잠자리를 하려면 힘이 좋아야 하지 않겠사옵니까? 그것도 매일 하려면 낮에는 아무 것도 못하지 않겠습니까?"

"그래서 낮에는 주로 보약을 드시고 쉬신다네."

"주로 드시는 것이 무엇입니까?"

"독계산을 주로 드신다네."

"수탉이 암탉에 올라탄 채 쉬지 않고 7일간이나 계속 암탉의 머리를 쪼면서 완전히 머리가 벗겨질 때까지 계속했다던 그약을 말하는 것입니까?"

"그렇다네. 독계산을 60일 동안 복용하면 40명의 여자와 관계를 할 수 있다고 했더니 그처럼 열심이라네."

"참, 나리께서는 백제가 어떻게 될 것이라고 보십니까?"

"그게 무슨 소리인가."

"어쨌든 신라와 백제가 죽기 살기로 싸우니 둘 중의 하나는 없어지지 않겠습니까?"

"그거야 그렇겠지."

"나리는 백제가 망하면 어떻게 하겠습니까. 좌평까지 지내신 분이라 신라에서 노비로 살 수는 없지 않겠습니까?"

"그렇잖아도 그것 때문에 고민이 많다네. 아무리 생각해도 백제의 기운은 다한 것 같아. 김유신에게 선이 닿을 수 있다면 노비 신세는 면할 수 있을 텐데."

"김유신은 마음이 아주 넓다고 들었습니다."

"하지만, 그에게 다가갈 수는 없지 않은가."

"…, 참 독계산은 무엇으로 만들지요?"

"나중에 얘기하세. 난 가봐야 네."

"혹, 나리도 여자에게…."

"쉿, 조용히 하게. 실은 의자왕의 궁녀 중에서 내가 한 사람을 봐 두었네."

조미곤은 생각보다 임자를 다루기가 편하다는 것을 알았다. 그는 회심의 미소를 지었다.

백제는 보름달

성충은 별을 살피고 있었다. 별자리의 움직임이 좋지 않았다. 곧 백제에 큰 어려움이 닥칠 징조가 보였다. 그는 죽을 각오를 하고 의자왕을 찾아갔다. 의자왕은 그 시간에 궁녀를 통해 음경을 크게 하는 약을 바르고 있었다.

"육종용과 해조를 빻아서 체로 거른 후에 첫 달에는 하얀 개의 간과 섞어 음경에 3겹으로 바르면 그게 커진다는 것이 사실이냐?"

"예. 전하. 약박사가 그렇게 말했습니다."

"참으로 신기하도다. 어찌 그게 자란다는 말이냐."

"아침 일찍 우물에서 길어 올린 신선한 물로 닦아도 음경이 자란다고 하옵니다."

"어디서 그런 얘기를 들었느냐."

"백성들 사이에서 오래 전부터 내려오는 이야기라 하옵니다."

"백성들도 그것에 대한 관심이 많은 모양이구나."

"아뢰기는 황송하오나 남자로 태어나면 다 그것에 관심을 기울이는 것이 아니옵니까?"

"…, 그만 하라. 너무 자라면 보기 흉하지 않겠느냐."

"알겠사옵니다. 그만 하겠사옵니다."

궁녀가 물러가고 의자왕은 오늘부터 20명의 여자와 더불어 할 일을 생각하니 벌써부터 아래가 묵직하게 올라왔다. 정말로 그게 자라는 것일까. 그때였다. 밖이 소란스러웠다.

"무슨 일이냐."

"상좌평 성충이 전하를 뵙기를 원합니다."

"무엇이라고? 상좌평은 집에서 나오지 말라 일렀거늘 왜 명령을 거역한다는 말이냐?"

"전하에게 꼭 드릴 말씀이 있다고 하옵니다."

"시끄럽다. 성충을 당장 하옥시켜라."

"알겠습니다. 전하."

성충의 울부짖는 소리가 잠시 들리다가 밖은 조용해졌다. 의자왕은 한숨 자기로 하고 눈을 붙였다. 하지만 얼마 자지 못했다. 이번에는 성충의 동생 윤충이었다. 의자왕은 하는 수 없이 윤충을 들라했다.

"그래. 무슨 일이냐?"

"백제의 변경이 엉망이옵니다. 신라의 상인은 물론 군인들도 자유롭게 드나들고 있사옵니다. 빨리 변경을 단속하지 않으면 위급할 때 전하에게 달려올 군사가 없을 지도 모릅니다."

"신라의 군사들이야 허수아비들인데 무얼 그리 신경을 쓴다는 말이냐."

"당나라와 신라가 수시로 사신이 교류하고 있습니다. 곧 신라와 당나라가 연합하여 대규모 병력을 이끌고 백제를 쳐들어올까 두렵습니다."

"너도 네 형과 똑같구나."

"전하, 통촉하여주시옵소서. 상황이 좋지 않사옵니다."

"당나라 군사들도 저번에 보니까 별 것 아니더군. 윤충 장군 하나면 연합군이 몰려와도 끄떡없을 거야."

"전하, 주변은 급박하게 돌아가고 있는데 백제만 너무 안이하게 대처하고 있사옵니다. 우리의 전통적인 우방인 왜와 새로운 우방인 고구려에 사신을 보내어 관계를 공고히 하시옵소서. 만일의 사태에 대비하셔야 하옵니다."

"좌평 임자의 말로는 지금 백제는 어느 때보다도 태평성대라고 하던데?"

"그 자의 말을 믿지 마옵소서. 백성들이 시체가 들판에 널려 있어 썩은 냄새가 코를 찌르고 있는 나라가 어찌 태평성대라고 할 수 있겠습니까."

"듣기 싫다. 여봐라. 윤충을 당장 그 형과 같이 하옥시키라."

"전하, 성심을 바로 세우소서."

"뭣들 하느냐. 저 자를 끌고 가라는 내 말이 들리지 않느냐!"

의자왕은 귀찮은 일이 제거되자 다시 잠을 청했다.

*

"나리, 오늘은 즐거우셨사옵니까?"

"그래. 소희야. 너무나 좋았다."

"독계산의 효력이 무서운 모양입니다. 오늘 소첩은 죽는 줄 알았사옵니다."

"그게 정말이냐?"

"좌평께서 오늘은 무려 두 시간이나 일을 치루지 않았사옵니까."

"정말, 그렇구나. 참, 네가 신라에서 왔다고 했지?"

"그러하옵니다. 서라벌 근처에서 살았습니다."

"김유신을 잘 아느냐?"

"왜 그러십니까?"

"그냥 궁금해서 그런다. 그는 어떤 사람이냐."

"사람을 사귐에 신의가 있고, 나라 일을 살핌에 있어서는 정대하다 하였습니다. 불쌍한 사람을 만나면 그냥 지나치지 않으니 마음이 깨끗하다 들었습니다."

"백제가 망하면 그자에게 살려달라고 하면 되겠구나."

"지금 뭐라고 하셨습니까?"

"아니다. 아무 말도 하지 않았느니라."

임자는 최근에 들려오는 소문이 별로 상서롭지 못하다고 생각했다. 그는 살고 싶었다. 나라가 망한다고 해서 신하까지 망할 수는 없었다.

*

성충은 자신의 동생이 감옥으로 들어오는 것을 보고 놀랐다.

"아니, 윤충 너까지도 들어왔느냐?"

"형님, 면목이 없사옵니다."

"이제 누가 남았느냐. 흥수가 있느냐?"

"그도 어려울 것이옵니다."

"모함하는 자들이 있는 모양이구나."

"상소가 들끓고 있사옵니다. 특히 임자가 가만히 있지 않사옵니다."

"아무래도, 임자가 이상하구나."

"이상하다니요?"

"그 자가 신라와 내통하는 것 같아. 그를 막아야할 텐데 도무지 방법이 없구나."

"그게 참말입니까?"

"확실한 물증이 없으니 단정하기는 어렵겠지만 그 자 주변에 신라의 첩자가 있는 것 같더구나."

"백제가 어찌하여 이 지경이 되었습니까?"

"해동증자이던 전하께서 갑자기 변한 이유가 무엇인지 그 이유를 잘 모르겠구나."

"임자 때문이옵니다. 그가 성심을 흐리게 하여…."

"우리가 전하를 잘 모시지 못한 이유도 있지 않겠느냐."

"하기는, 모두 전하의 실정으로 돌릴 수는 없습니다. 전하가 즉위하던 초기에 숙청당한 귀족들이 아직도 전하에 대한 원한을 풀지 않고, 전하의 시책에 반대하거나 아예 조정에 출사하지 않으니 나라는 위급해도 인재가 없지 않습니까."

"문제는 우리에게 시간이 많지 않다는 것이다."

"전하의 성심을 되돌릴 수 있는 묘책을 찾아야하는데 걱정이옵니다."

성충과 윤충은 머리를 맞대고 고민을 해보았지만, 아무 생각도 떠오르지 않았다. 그들은 한숨만 쉬었다.

*

임자는 조미곤을 불렀다. 그는 곧 왔다.

"조미곤아, 저번에 우리가 김유신에 대해서 얘기하다 말았지?"

"예. 나리. 그러하옵니다."

"다시 한 번 말해보라. 김유신은 어떤 사람이냐. 그는 믿을 만하냐?"

"그게 무슨 말씀이신지….""

"한 사람의 목숨을 책임질 수 있느냐는 뜻이다."

"하오면….""

"백제가 어찌 될지 모르지 않느냐. 나는 나라가 망해도 더 살고 싶다. 그동안 독계산을 열심히 먹은 탓에, 아직도 기운이 왕성하니 남은 세월동안 여자와 운우지정도 누려야 되지 않겠느냐."

"책망하실까 두려워 말씀드리지 못했는데 사실은 지난번에 신라에 다녀왔습니다."

"뭐라? 네가 신라에 다녀왔다고 했느냐?"

"그러하옵니다. 소인을 죽여주시옵소서."

"아니다. 네가 원래 신라의 사람인데 신라에 가는 것은 당연하지 않느냐."

"감사합니다. 나리…, 사실은 거기서 김유신 장군을 만났습니다."

"뭐라고? 네가 김유신 장군을 만났다고?"

"예. 나리. 김유신 장군에게 나리의 이야기를 드렸습니다."

"그래, 김유신이 뭐라고 하더냐."

"나라의 흥망은 미리 알 수 없으니 만약 좌평의 나라가 망할 경우에는 좌평이 대장군에게, 반대로 대장군의 나라 망할 경우에는 대장군이 좌평에게 의지하겠다고 했습니다."

"그게 사실이냐."

조미곤은 아차, 하고 속으로 부르짖었다. 너무 빨리 말을 해버린 것이었다. 그는 임자의 눈치를 살폈다. 하지만, 임자는 무표정이었고, 아무 말도 하지 않았다.

*

복신은 최근의 돌아가는 상황을 보고 답답하여 견딜 수 없어 울부짖으며 말했다.

"더 이상 두고 볼 수가 없사옵니다."

"그래, 나도 더 이상 가만히 있을 수가 없구나."

좌평 흥수도 한숨을 쉬었다.

"그럼, 한번 제대로 할까요?"

"어차피 한번 죽는 목숨이지 않느냐."

"오늘 저녁에는 군인들을 위로하기 위해서 대왕포에서 잔치를 벌인다고 하옵니다."

"아무리 군인들을 위로한다고는 하나, 그곳은 군사적 요충지가 아니냐."

"우리에게는 다행한 일입니다."

"그래, 좌평 임자를 어서 죽여야 해. 그 자가 전하의 성심을
흐리고 있어."

"이미, 반란군에게 임자를 먼저 처치하라고 일러두었습니
다. 반란군이 임자를 처치하고 나면 우리가 반란군을 진압하는
척하면서 임자와 관계있는 작자들을 모조리 잡아들이면 되지
않겠사옵니까."

"실수 없이 해야 하네."

"여부가 있겠사옵니까."

"그럼, 대왕포에서 보세."

복신과 흥수는 최후의 방법을 사용하려 하고 있었다. 그대
로 놔두면 백제가 머지않아 망할 것이니 어떻게든 물줄기를 돌
려놓고 싶었다. 하지만 비밀이 새어버렸다. 조미곤이 그 사실을
알고 임자에게 고해버렸다.

"뭐라, 흥수와 복신이 나를 죽이려하고 있다고?"

"예. 나리. 복신의 부하가 일러주었습니다. 대왕포에서 반
란이 일어난 것처럼 꾸며서 나리를 죽인다고 하였습니다."

"고맙구나. 네가 나의 목숨을 살렸구나. 조미곤."

"저는 언제나 나리 생각뿐이옵니다."

"참, 저번에 김유신이 뭐라고 했다고 했지?"

"나라의 흥망은 알 수 없으니 서로 망하지 않은 나라에 의탁하면 된다고 하였습니다."

"김유신을 만나거든 충분히 알았다고 전하라."

"예. 나리. 꼭 그리 전하겠습니다."

조미곤은 즉시 김유신에게 가서 이 사실을 알렸다. 김유신은 크게 기뻐했다.

"하하하, 백제의 좌평이 신라의 첩자가 되다니 아주 재미가 있구나. 백제도 그 운명이 다했나 보구나."

김유신은 무열왕에게 달려갔고 그들은 너무 기뻐서 어쩔 줄 몰랐다.

*

대왕포는 연회준비가 한창이었다. 군사들은 투덜거렸다. 밥다운 밥을 먹은 지가 오래인데다 배를 붙여서 연회장을 만들라고 하니 화가 났던 것이다.

"아니, 꼭 연회를 선상에서 해야 하나?"

"그러게 말야. 궁녀가 한 둘이 아니고 삼천이란다. 삼천."

"삼천이라면 임금은 언제 그 여자들을 한 번씩 보지?"

"그래서, 요즘에는 하룻저녁에 스무 명하고 잠을 잔데."

"뭐라고? 스무 명하고 어떻게 한데?"

"암컷 봉황의 두 날개 춤이라고 있다는데 한꺼번에 두 명의 여자와 하는 것이래. 그렇게 하루 저녁에 열 번을 한데."

"아이고, 미쳤구나. 도대체 무엇을 먹으면 그리 힘이 좋데."

"독계산이라는 게 있다던데?"

"독계산? 그거 나도 한번 먹어볼까?"

"야야, 그만 둬라. 하루 한 끼도 제대로 먹지 못하는 애가 독계산은 어찌 먹어?"

"도대체 그것은 무엇으로 만드는 거야?"

"육종용으로 만드는데 그것은 말이 교미를 하다가 떨어진 곳에서 자란다고 하더군. 멀리 탐라에서 가져온데."

"그나저나 어민들도 난리 나겠어."

"왜?"

"최근에 갑자기 세금이 늘어나서 등골이 휠 지경인데 배까지 동원해서 연회를 한다고 하니 누가 좋아하겠어. 하루 나가서 고기를 잡아서 그날 먹고 사는 어부들인데 며칠 동안 고기를 잡을 수 없으니 가만있겠어?"

"이러다가, 정말 민란이라도 날까 걱정이야."

"오늘 밤이라도 당장 민란이 날지 모르지."

"자네 민란이 났으면 좋겠어?"

"이래도 한 세상, 저래도 한 세상이잖아. 더 이상 나빠질 게 없는데 무엇이 두렵겠어."

"그 얘기 들었어?"

"무슨 얘긴데?"

"여우가 무리를 지어 궁중으로 들어왔는데 흰 여우가 좌평의 책상에 앉았다는 거야."

"그것뿐이 아냐. 태자궁에서는 암탉이 참새와 짝짓기를 했고 서남쪽 백마강에서 수십 척이나 되는 물고기가 나와 죽었대."

"그 얘기도 있던데? 뭐더라. 맞아. 여자시체가 나루에서 떠내려왔는데 길이가 18척이나 되었다는 거야?"

"뭐, 18척?"

"그래. 궁중의 느티나무가 사람의 곡소리를 내며 울고, 궁남지에서는 귀신이 곡소리를 낸다는 소문도 있어."

"아무래도 백제가 망하려나 봐."

"도성의 샘물이 붉은 빛을 띠었고 수 만 마리의 개구리들이 나무 위에 모여 있었다는 소문도 있으니 아무래도 상서롭지 못하지."

"백제가 망하거나 말거나 한 끼의 밥이라도 배불리 먹었으면 원이 없겠어."

백성들조차 모든 의지를 꺾고 있었다. 백제는 망할 때만 기다리고 있는 것 같았다. 하지만 의자왕은 전혀 모르고 있었다. 왕후와 미자 부인까지 나서서 기회가 있을 때마다 백제의 형편을 얘기하는 데도 전혀 듣지 않았다. 이때, 군대부인(郡大夫人) 은고(恩古)가 의자왕의 총애를 받고 있었다. 그녀는 정치에도 깊숙이 관여하여 의자왕의 친위세력 육성에도 기여하였다.

왕후는 아예 밖으로 나오지 않았다. 하나뿐인 아들이었던 부여 융이 태자에서 폐위된 이후였다. 부여융을 대신하여 태자에 오른 것은 효(孝)였다. 효는 의자왕의 다른 부인에게서 얻은 아들이었다. 왕후가 좋아하지 않았다. 미자 부인도 바깥과 담을 쌓은 지 오래였다. 그녀의 유일한 소일거리는 꽃이었다.

*

"밤에 나오는 강이 확실히 좋구나. 임 좌평."

"전하, 확실히 낮과는 다른 기분이 들지요?"

"그래. 색다른 맛이구나."

"전하, 오늘은 군사들을 안으로 들어오게 하지 않았으면 합니다."

"그게 무슨 말이냐. 오늘은 군사들을 위로하기 위한 잔치가 아니냐."

"흥수가 복신과 더불어 반역을 도모한다 하옵니다."

"뭐라고? 그게 사실이냐."

"더 이상 소망이 없는 백제를 무너뜨리고 왜와 연합정부를 구성해야 백제의 미래가 보장된다고 떠들면서 백성들을 현혹시킨다고 하옵니다."

"그놈들이 정녕 나를 쫓아내려고 작당을 한다는 말이지."

"예. 전하."

"그렇다면 무엇을 망설이느냐. 그놈들을 당장 잡아들이면 되지 않느냐."

"모두 전하의 충실한 신하들인데 구체적인 증거도 없이 잡아들이면 자칫 전하의 성덕에 해를 끼칠 수 있사옵니다. 증거를 잡을 때까지 기다리고 있으니 곧 그들을 잡아들일 수 있을 것이옵니다."

"좌평의 뜻대로 하라."

"성은이 망극하옵니다."

모든 것이 임자의 뜻대로 이루어졌다. 복신과 홍수의 반란은 아무 성과 없이 끝나버렸다. 복신은 도망쳤고, 홍수는 이 일로 귀양을 가야했다.

*

윤충은 아무래도 성충이 걱정이었다. 벌써 며칠 째 물도 먹지 않고 있었다. 한번 쓰러지면 다시 일어나기 힘들 것 같았다. 아니나 다를까. 성충은 쓰러지더니 다시는 일어나지 못했다.

"형님, 제발 정신 좀 차리십시오."

"윤충아, 나는 틀렸으니 더 이상 마음을 쓰지 말라."

"아니 되옵니다. 형님."

"지난 세월을 돌이켜보니 참으로 좋은 나날들이었다. 연개소문이란 친구도 만나고 말야. 더 좋은 세월을 누리고 싶지만 하늘이 나를 버리는구나."

"형님, 힘을 내시옵소서."

"곧 백제에 큰 어려움이 닥칠 것이다. 그 어려움에 대비하여 내가 몇 자 적었다. 내가 죽거든 이 상소를 꼭 전하에게 올리라. 자, 그럼…."

"형님, 눈을 뜨시옵소서. 형님…."

성충은 그렇게 갔다. 백제를 살릴 수 있는 마지막 충신은 더 이상 백제의 양식을 먹지 않겠다면서 스스로 굶어죽었다. 백제로서는 더 없이 불행한 일이었다.

성충은 부여 씨로서 백제 왕족 출신이었다. 문리에 깊고 병법에 밝아서 하늘이 낳은 불세출의 재상이었다. 그는 어릴 때부터 지략이 많기로 유명하였는데 신채호가 지은 〈조선상고사〉에 다음과 같은 일화가 소개되어 있다.

예의 군사가 침입해오자, 성충은 고향 사람들을 거느리고 나가 산중턱에 웅거하고 지키는데 늘 기묘한 계교로 많은 적을 죽였다. 그래서 예의 장수가 사자에게 궤를 보내 이렇게 말했다.

"그대들의 나라를 위하는 충절을 흠모하여 약간의 음식을 올리니 즐기시기 바라오."

사람들이 궤를 열어보려 하였으나, 성충이 이를 굳이 못하게 말리고서 불 속에다 넣게 하였다. 그 속에 든 것은 벌과 독충들이었다. 이튿날 예의 장수가 다시 궤 하나를 보냈다. 모두 이것을 불에 넣으려 하니, 성충이 그것을 열어보게 하였다. 그 속에는 화약과 염초 따위가 들어 있었다. 사흘 때 되던 날, 또 예의 장수가 하나의 궤를 보냈는데, 성충은 그것을 톱으로 켜게 하였다. 그러니까 피가 흘렀다. 칼을 품은 용사가 허리가 끊어져 죽어 있었다.

그 뒤, 의자왕이 그에 대한 소문을 듣고 궁으로 불러 앞일에 대해 묻자, 성충은 곧 신라가 쳐들어올 것이라고 말하면서 그에 대한 방비책을 세워야한다고 대답했다. 그러자 의자왕이 이렇게 물었다.

"신라가 쳐들어오면 어디로 올 것 같소?"

성충이 확신하는 얼굴로 대답했다.

"선대왕(무왕)께서 성열성 서쪽의 가잠성 동쪽 지역을 차지하시니 신라가 원통해한지가 꽤 오래되었습니다. 하여 신라는 반드시 가잠성으로 공격해 올 것입니다."

"그러면 가잠성의 수비를 증강하라는 말이오?"

"가잠성주 계백은 지혜와 용기를 겸비한 장수로써 비록 신라가 전국에 있는 군사를 모두 동원하여 포위한다고 해도 쉽게 깨트리지 못할 것이니 염려하지 마옵소서. 또한 급히 나가서 적의 허를 찌르는 것이 병가의 상책이니 신라의 정병이 가잠성을 공격해오거든 우리는 가잠성을 구원하나 일컫고 군사를 내어 다른 곳으로 공격하는 것이 좋을 것입니다.

"그러면 어느 곳을 치는 것이 좋겠소?"

"신이 듣기로는 대야주 도독 김품석이 김춘추의 딸 소랑의 남편이 되어 권세를 믿고 군사와 백성을 학대하고, 음탕과 사치를 일삼아서 원한의 대상이 된 지 오래라고 하옵니다. 이제 우리 백제에 국상(國喪)이 있다고 하면 그들은 더욱 더 수비를 허술하게 할 것이므로, 신라가 가잠성을 포위 공격하는 때이면 대야성이 위급에 처해 있다하더라도 갑자기 구원하지는 못할 것입니다. 이때 우리 군사가 대야성을 함락시키고 그 여세를 몰아서 공격하면 신라의 정국이 크게 혼란할 것이니, 이를 쳐서 멸망하기가 수월할 것입니다."

"그대와 같은 지략가는 고금에 아주 드물었소."

의자왕은 성충을 상좌평에 임명하고 그의 전술에 따라 윤충에게 군사를 내어주어 대야성을 공격하게 하였다. 윤충은 대야성과 그 주변의 성 40개를 함께 얻었다.

대야성은 백제에서 신라의 서라벌로 가는 길목이며 군사적인 요충지였다. 따라서 대야성 함락은 신라에 엄청난 타격을 주었고, 백제에게 기선을 제압당하는 원인이 되었다.

*

한참 풍악이 울리고 무희들이 춤을 추고 있는데 갑자기 소란스러웠다. 궁녀들이 소리치며 도망치고 있었다.

"무엇 때문에 그러느냐?"

의자왕이 큰 소리로 말했다. 대답대신 귀신 하나가 쏜살같이 들어왔다. 귀신은 의자왕 앞에서 두 번 재주를 넘더니 말했다.

"백제가 망할 것이다. 백제가 망할 것이다."

군사들이 잡으려 하자 귀신은 땅속으로 들어가 버렸다.

"무엇들 하느냐. 어서 땅을 파서 귀신을 잡아라."

군사들이 재빨리 삽을 들고 와서 땅을 팠다. 석 자쯤 파자, 귀신은 보이지 않고 거북이 나왔다. 거북의 등에 글씨가 쓰여 있었다.

"어서 거북을 이리 가져오너라."

의자왕은 거북의 등에 새긴 글씨를 읽어보았다.

백제는 보름달이요(百濟同月輪)
신라는 초승달이다(新羅如月新)

"임 좌평은 어서 뜻을 말해 보라."

임자는 그 뜻이 좋지 않음을 알았다. 그는 피하고 싶었다.

"전하, 무당을 부르는 것이 좋을 듯 하옵니다."

"알았다. 어서 무당을 부르라."

곧 무당이 왔다. 무당은 글씨를 보더니 망설였다. 의자왕이 재촉했다. 무당이 주저하면서 겨우 말했다.

"보름달은 꽉 찬 것이니 차면 기울어져갑니다. 초승달은 차지 않았습니다. 차지 않았으니 점점 채워져 갈 것입니다. 즉 백제는 망하고 신라는 흥한다는 얘기입니다."

"뭐라고? 저 무당을 당장 죽여라."

무당은 그 자리에서 죽었다.

"몹시 불쾌하구나. 백제가 망하다니…."

임자가 얼른 말했다.

"무당이 아무래도 해석을 잘못한 것 같습니다."

"좌평 임자는 어서 뜻을 밝히라."

"신이 풀기로는 백제가 보름달이라고 하는 것은 전하의 성덕으로 백제가 전성기를 맞이했다는 것이고, 신라가 초승달이라고 하는 것은 이제 시작하는 어린아이 같아 미약하다는 것이니 크게 신경 쓸 일은 아닌 듯합니다."

"역시 임 좌평이오. 해석이 짐의 마음에 꼭 듭니다. 여봐라. 다시 풍악을 울려라."

하지만 모두 놀라 다 도망간 후였다. 의자왕은 임자와 더불어 같이 술잔을 기울였다. 의자왕의 마음속에는 오직 임자만이 자리 잡고 있었다.

제후의 나라

당의 고종은 아버지의 유언을 까맣게 잊어버리고 고구려 정벌을 결심하였다. 실제로는 고종의 결정이 아니라 그의 아내인 측천무후(천후)의 생각이었다. 그녀는 백제를 멸망시켜 고구려를 고립시키고, 이어 백제의 땅을 근거지로 삼아 신라의 군량미를 동원하여 고구려를 침략한다는 전술을 짰다. 이에 배를 동원하려고 했을 때, 당의 출병을 독려하기 위해 낙양에 나가 있던 신라의 김인문은 황급히 당의 고종에게 건의하였다.

"폐하, 백제의 바다 서해는 간만의 차가 심해 썰물이 올 때 신속하게 움직여야 하오니 작은 배로 가는 것이 좋을 듯합니다."

당의 고종이 언뜻 이해가 되지 않는 듯 백제의 사정과 지리를 묻자, 김인문은 온갖 지식을 동원하여 고종에게 설명하였다. 고종이 결정을 내리지 못하자 천후가 작은 배가 좋겠다고 하여 65명 정도 탈 수 있는 소형배가 준비되었다.

"나의 사랑스런 장군 소정방이여, 그대는 열 살 때부터 아버지를 따라 전쟁터를 돌아다니며 당나라를 위해 충성을 하였다.

또한 고구려에도 여러 번 갔으니 누구보다도 나의 뜻을 잘 수행할 것이라 믿는다. 부디 전공을 세워 내가 그대를 더욱 사랑하도록 하라."

"폐하, 성심을 다하겠습니다."

소정방은 신구도행군대총관이 되었고 부총관은 김인문이었다. 당의 고종은 신라의 무열왕을 우이도행군총관으로 삼아 신라의 군사를 이끌고 합세하게 하였다. 신구도와 우이도는 백제에 없는 지명이었다. 그러니까 이는 모든 것이 당의 뜻대로 이루어졌다는 의미였다. 더 한심한 일은 무열왕에게 총관이라는 직함을 붙여서 대총관인 소정방의 아래에 두었다는 것이다. 당연히 지휘권은 당나라에 있었다. 그래도 신라는 좋았다. 백제를 무찌른다는 생각으로 모든 것을 양보하였다. 실리(實利)가 굴욕을 이기고 있었다.

"자랑스러운 황제의 군사들이여, 작은 나라 백제를 단숨에 무찔러 황제의 위엄을 보여주자."

1,900여 척의 배는 당나라 땅 내주(?州)에서 출발하여 서해를 건너서 덕물도(덕적도)에 이르렀다. 13만의 대군이었다. 하도 많은 배가 서해를 덮어서 바다가 보이지 않을 정도였다. 당나라가 이처럼 많은 군사를 보낸 것은 백제에 대한 열등감 때문이었다. 백제가 우수한 민족이라는 의식이 저 밑바닥에 깔려 있었던 것이다.

660년 6월의 일이었다. 다행히 큰 바람이 불지 않아 안전한 항해가 되었다. 신라는 5월 말에 서라벌을 출발하여 남천정(지금의 이천)에 대기하고 있었다. 백제는 신라군이 서라벌에서 출발할 무렵, 그 동향을 주목하고 있었지만 신라군이 남천정으로 진군하자 고구려에 대한 공격으로 오인하였다. 전운이 감돌고 있었지만 백제의 사비성에서는 여전히 풍악소리만 울렸다.

*

　　무열왕은 당나라 쪽에서 보면 신라가 제후의 나라니 제후국의 예를 차리는 것이 좋겠다고 판단하여 김유신에게 당의 군사를 맞이하러 가라 하였다.

　　"당의 군사가 덕물도에 있다하니 상대등 김유신은 태자 법민과 더불어 맞이하러 가시오."

　　"예. 전하."

　　무열왕의 명령으로 김유신은 병선 100척을 이끌고 덕물도로 갔다. 소정방은 앉은 자세로 둘을 맞았다. 김유신은 소정방의 오만한 태도에 화가 났으나 법민의 만류로 겨우 진정하였다.

　　"신라의 장군 김유신은 우이도행군 총관에게 전하여 군사를 이끌고 7월 10일까지 웅진구(충남 강경)에 이르도록 하시오."

　　"대총관 나리, 잘 알겠사옵니다. 하온데 조서는 어디서 낭독하겠는지요."

"신라의 군선 백 척이 있다고는 하나 신라를 대표할 수 없으니 내 적당한 때에 조서를 낭독하기로 하겠소이다."

"그럼, 지정된 기일에 뵙도록 하겠습니다."

태자 법민과 김유신은 전선 100척을 당 군에 합류시키고 다시 신라군의 진영으로 돌아왔다. 제후의 나라답게 최대한 예의를 갖추었음은 물론이다.

*

의자왕은 나당 연합군이 쳐들어온다는 소식을 접하고 당황했다. 순간 생각나는 것이 있어서 성충의 상소를 다시 가져오라 일렀다.

"충신은 죽더라도 임금을 잊지 못하나이다. 신이 천시(天時)와 인사(人事)를 살피건대 곧 전화(戰禍)가 있을 것이옵니다. 만일 적병이 침입해 오거든 육로로는 탄현에서 막고, 수로로는 기벌포를 막아 험한 곳에서 진을 치고 싸워야합니다."

의자왕은 즉시 신하들을 소집하였다. 좌평 의직이 먼저 말했다.

"성충이 백제를 사랑하는 마음이 지극하여 백제의 어려움을 미리 내다본 것이니 당연히 그의 말을 따라야 할 것이옵니다.

신이 생각하기로도 당병이 멀리 바다를 건너 왔으니 물에 익숙하지 못한 자는 몹시 피곤할 것이옵니다. 그러니 처음 배에서 내릴 때에 돌격하면 부수기 쉬울 것입니다. 만약 당병이 무너지면 신라는 스스로 겁을 먹고 싸우지 않고 도망칠 것이옵니다."

달솔 상영이 반대했다.

"당병은 멀리 왔으매 속전속결을 원할 것이옵니다. 서슬 시퍼런 당병을 당해 싸우는 것보다 이전에 우리 백제와 매번 싸워 패전을 거듭한 신라군을 먼저 격파하는 것이 싸움을 풀어가기가 쉬울 것입니다."

"아니옵니다. 전하. 당나라 군사들은 본래 물에 익숙한 자들이 아니옵니다. 대대로 우리 백제는 수군이 강하니 바다에 나가서 일차로 적을 공격하면 적들은 대열이 무너질 것이옵니다. 그런 다음에 포구에 병력을 배치하여 오는 족족 적을 쓰러뜨린다면 백제에 승산이 있사옵니다. 성충이 죽음으로써 전하와 백제에 대한 충성을 보였다는 것을 잊지 마시옵소서."

의직이 다시 받았다.

"아니옵니다. 전하. 우리 백제는 군사도 없고 무기도 변변치 않사옵니다. 적이 지치기를 기다려 싸워도 이길까 말까한 전력이옵니다. 기다렸다가 치소서. 또한, 성충이 최근에 전하에 대한 감정이 좋지 않아 매번 전하의 의견에 반대하였다는 사실도 함께 고려하여 주시기 바랍니다."

상영도 굽히지 않았다. 때문에, 조정은 서로의 의견이 옳다고 주장하는 의직과 상영의 목소리로 채워졌다. 의자왕이 손을 들어 둘을 만류했다. 그때서야, 조용해졌다.

"참으로 어려운 문제이구나. 모두 맞는 말 같으니 누구의 말을 들어야할지 모르겠구나."

의자왕은 고민하였다. 한때 명민하기 그지없던 그도 술과 여자에 묻혀 있다 보니 혼미해져 있었던 것이다.

"흥수에게 한번 물어보소서."

"오, 그래 좌평 의직이 좋은 말을 하였구려. 어서 흥수에게 사람을 보내도록 하시오."

곧 전령이 보내지고 흥수의 의견이 왔다. 고마미지현(전남 장흥)까지 한달음에 달려갔던 것이다.

"당군은 숫자도 많고 군율도 엄격한데다가 신라와 양쪽에서 성원하고 있으니 들판에서 대치하면 승패를 알 수 없사옵니다. 이와는 달리 백제의 군사는 많으나 많은 병사들이 변경에 흩어져 있어 그들을 사비로 불러 모으려면 많은 시간이 걸릴 것입니다. 신라와 당나라가 이를 알고 사비성으로 짓쳐 쳐들어오는 것이니 가장 중요한 길목에서 그들을 물리치지 않으면 자칫 너무 허망하게 수도인 사비성을 빼앗겨 나라가 망하는 우를 범할 수 있습니다. 탄현과 기벌포는 국가의 요충이라 한 명이 칼을 들고 막으면 만 명도 덤비지 못할 것입니다. 따라서 수군과 육군의 정예병을 뽑아 당병이 기벌포로 못 들어오게 하고, 신라가 탄현을 넘지 못하소서. 전하께서는 사비성을 굳게 닫고 지키다가 적의 군량이 모두 바닥나고 병졸이 지칠 때까지 기다렸다가 공격하면 틀림없이 그들을 깨뜨릴 수 있을 것이옵니다."

성충과 같은 의견이었다. 곁에 있던 임자가 재빨리 반대했다.

"전하, 홍수는 오랜 귀양살이를 하여서 나라를 사랑하지 않고 전하를 원망하는 마음이 깊어서 감옥에서 죽은 성충과 동일한 계책을 세워서 국가를 어려움에 빠뜨리게 하려는 게 분명합니다. 저는 상영이 옳다고 생각합니다. 당병은 기벌포를 넘게 하고 신라병은 탄현을 넘게 한 뒤에 군사를 풀어 에워싼다면 마치 독 안에 든 자라를 잡음과 같이 신라와 당나라 모두를 격파할 수 있을 것입니다. 또한, 백제의 군사들이 탄현만 막는다고 하여 신라군이 사비성으로 오는 길목을 모두 막을 수는 없다는 것도 고려하셔야 하옵니다."

고민하다가 의자왕은 임자를 따랐다. 그리고 곧 명령했다.

"의직은 사비성을 지키라. 그대의 어깨에 백제의 운명이 달려있음을 한 시도 잊지 말고 뼈와 살이 다할 때까지 성을 지키라."

의직은 사비성이 무너지는 모습이 떠오르자, 자신도 모르게 통곡을 하였다. 더 이상 가망이 없다는 느낌만큼 받아들이기 어려운 것은 없었다. 하지만, 그는 백제의 신하였다. 왕의 명령을 거역하고 싶지는 않았다.

탄현의 위치에 대해서는 여러 가지 견해가 있다. 전북 완주군 운주면 삼거리의 탄현으로 보는 견해, 충남과 충북의 경계인 옥천 ? 중약 ? 세천 ? 대전으로 통하는 마도령으로 보는 견해, 금산군 진산면 숯고개로 보는 견해, 대전 동쪽 석장산으로 보는 견해 등이 있다.

*

김유신은 탄현이 가까워오자 긴장을 늦추지 않았다. 탄현은 대둔산 골짜기를 통과하여 연산의 황산들로 빠지는 길로 천혜의 요새였다. 위쪽으로는 백제의 성들이 줄지어 있으므로 만약 백제의 군사들이 공격을 한다면 신라군은 큰 피해를 입을 수밖에 없었다. 바위 사이로 난 이 외길을 백제의 군사들이 지키고 서 있다가 양쪽에서 돌을 구르고 뜨거운 물을 부으며 비처럼 화살을 쏜다면 살아 돌아갈 신라의 군사는 그리 많아 보이지 않았다.

백제의 임자에게서 백제군이 탄현으로 몰려오지 않을 것이라는 전갈을 받았지만, 그는 어디까지나 적국의 좌평이었다. 조심에 조심을 할 수밖에 없었다. 한 번의 실수로 모든 것이 뒤집어질 수 있기 때문이었다. 때문에, 김유신은 마지막 군사가 골짜기를 빠져나올 때까지 가슴을 졸이면서 지켜보고 있었다.

"조심하라. 복병이 있을 지도 모른다."

"복병은 없는 듯하옵니다."

"좌우를 아주 세밀하게 살폈느냐?"

"수십 번을 살폈사오나 아무도 없사옵니다. 병사들은 다 도망친 듯 하며 혹 있다고 하더라도 굶주려 있어서 싸울 기력이 없는 군사들뿐이었습니다."

"정말 주밀하게 살폈느냐?"

"예. 개미새끼 한 마리도 없습니다. 통과하셔도 될 것 같사옵니다."

"그렇다면 천만다행이구나. 어서 가자."

신라군은 마치 남의 집을 훔치러가는 도둑처럼 조심스럽게 탄현을 넘었다. 탄현을 넘자, 너른 황산벌이 한 눈에 들어왔다. 김유신은 그때서야 안도의 숨을 쉬었다. 벌판에서 싸우는 것이라면 자신이 있었다. 분명 백제에서는 계백이 나올 것이었다. 많은 전쟁터에서 그를 만났지만 한 번도 제대로 이겨본 적이 없는 것 같았다. 하지만 이번에는 제대로 이기고 싶었다.

계백은 멀리서 다가오는 김유신을 바라보았다. 어쩌면 운명과 같은 만남이었다. 같은 나라에 태어났더라면 당나라에 힘을 빌리는 일 따위는 없이, 오히려 당을 정복하고 저 중원을 마음껏 달렸을 것이었다. 하지만 이제 둘은 피할 수 없는 싸움을 해야

하고, 둘 중의 하나가 여기서 죽어야 했다.

　지금 자신이 거느리고 있는 5천의 군사가 백제의 운명을 좌우하리라. 그래서 아내와 자식을 죽이고 전장에서 죽을 각오로 나오지 않았던가, 하지만, 수만 명의 신라군을 이길 수 없다는 것을 계백은 잘 알고 있었다. 특히 김유신은 만만하지 않았다. 5천 대 5만의 싸움에 김유신이라니. 그는 스스로에게 다짐하듯이 진중을 향해 외쳤다.

　"백제의 군사들은 들으라. 우리는 백제의 명운을 걸고 이곳으로 나왔다. 황산벌이 우리의 마지막이 될 것이다. 하지만 예전에 월나라의 구천은 5천의 군사를 가지고 오나라의 70만을 이겼다. 두려워하지 마라. 적은 기껏 5만일뿐이다. 죽기로 싸워서 저들에게 백제의 웅혼한 기상을 보여주라. 저들에게 백제가 중원을 향해 거침없이 말을 달리던 기마민족의 후예임을 보여주라. 그리하여, 다시는 당나라와 연합하여 백제를 치는 어리석은 짓을 하지 않도록 하라!"

　군사들은 계백의 말을 듣고 감격했다.

　"계백장군 만세, 백제군 만세."

　함성이 터지고 백제의 군사들은 울고 있었다. 그렇다. 어차피 마지막이다. 싸워서 이기면 전쟁이 끝나는 것이니 집으로 돌아갈 수 있을 것이고, 진다면 여기서 죽어야 하리라. 더 선택할 수도 없고 선택할 필요도 없는 아주 간단한 명제였다.

신라는 밀리고 또 밀렸다. 네 번을 싸웠으나 네 번을 이기지 못했다. 백제의 군사들에게는 죽음에 대한 두려움이 전혀 없었다. 신라의 군사들은 그 기개에 눌리고 있었다. 당나라와 약속한 기일이 있기에 계속 시간을 끌 수도 없었다. 백제군을 우회하여 당나라 군사와 합류할 시간적인 여유도 없었다. 설사 우회하여 간다고 해도 백제군이 뒤에서 들이닥치게 될 것이니 차라리 여기서 싸우는 것이 나았다. 어떤 돌파구가 필요했다.

'죽음을 이기는 것은 무엇일까.'

신라의 좌장군 김품일은 골똘히 생각했다.

'죽음이다. 죽음을 이기는 것은 또 하나의 죽음이다.'

품일은 아들 관창을 불렀다. 나이가 열여섯인 아들이 왔다. 그는 아들의 죽음을 떠올리자, 괴로웠다. 하지만 어쩔 수 없는 일이었다. 죽음도 극적인 죽음이 필요했던 것이다.

"관창아, 우리는 지금 밀리고 있다. 신라군을 일으키라. 저 백제의 기개 앞에 눌려 있는 신라의 군사들에게 신라의 화랑정신이 무엇인지 똑똑히 보여주라."

"예. 아버지. 소자의 목숨을 버려서라도 화랑의 기개를 보여주겠습니다."

관창은 필마단창으로 나갔다. 곧 붙잡혔다. 계백은 관창을 돌려보내 주었다. 그러나 관창은 다시 왔다. 계백은 이번에는 돌려주지 않았다. 그는 관창의 머리를 베어 말안장에 달아 신라의 진영으로 보냈다. 계백은 그게 신라군의 사기를 높이리라는 것을 알았다. 하지만 더 이상 싸움을 오래 끌 수는 없었다. 저토록 어린 장수가 죽음을 각오로 싸운다면 백제가 힘들었다. 죽음을 이기는 것은 역시 죽음밖에 없었다.

계백은 서서히 죽음을 불러들이고 있었다. 삶과 죽음이 불분명하니 무엇을 선택하든 자신 있게 선택하고 싶었다. 하늘과 땅에는 본래 일정한 법칙이 있고, 해와 달에는 본래 때가 있으며 별들은 본래부터 배열된 자리가 있지 않은가. 날짐승과 길짐승은 애초부터 무리를 이루며, 나무들은 처음부터 대지에 서있는 것이다. 한 치의 오차도 없이 이루어지고 돌아가는 것이 자연이듯이 삶과 죽음에도 분명 때가 있을 것이었다. 다행히, 일월성신(日月星辰)이 백제를 돕는다면, 지금 다가오는 죽음은 자신의 것이 아니라 김유신의 것일 수도 있었다.

황산벌에서 죽은 것은 김유신이 아니고 계백이었다. 김유신은 몇 차례 죽음의 문턱에 섰지만 봄과 여름이 앞서고 가을과 겨울이 뒤에 오는 것이 사계절의 순서이듯이 계백의 죽음이 김유신의 죽음을 앞서버렸다. 하지만, 네 계절이 서로 교대하여 만물이 생기고 또 시들어죽는 것이며, 편안함과 위태로움이 서로 바뀌는 것이니 먼저 죽고 나중에 죽는 것이 큰 의미가 될 수는 없었다. 다만, 자신이 임무를 다했느냐가 중요한데 계백과 김유신 모두 각자의 역할을 충실하게 수행했으니 옳고 그름에서 벗어

날 수 있었다. 이 싸움에서 좌평 충상과 상영 등 20여 명의 장수
가 포로가 되었다.

계급 상으로는 5천 결사대의 총 지휘자는 좌평 충상이었다.
하지만, 실제적으로 결사대를 이끈 사람은 장수인 계백과 상영
이었다. 상영은 당나라 군사에게 기벌포를 열어주고, 신라군을
탄현으로 끌어들여야한다고 주장하였으므로, 의자왕이 믿은 장
수는 계백이 틀림없다. 의자왕이 초기에 백제의 왕실과 귀족 세
력을 개혁할 때, 계백도 신진 세력이었다.

백제의 운명을 지고 황산벌로 향한 계백에 대해서 자세하게
알려져 있지는 않다. 일설에는 그의 성씨가 부여라는 말도 있다.
좌평에 이어 제 2품인 달솔의 위치에 있던 것으로 보면 계백은
귀족임에 틀림이 없다. 백제의 귀족 중에 계 씨는 없고, 부여씨
를 쓰는 왕족의 경우에는 부여씨를 떼고 이름만 기록한 경우가
많으므로 계백은 이름이고 성은 부여일 가능성이 많이 있다. 신
채호는 〈조선상고사〉에서 계백의 성씨를 부여로 기록하고 있
다.

계백에 관한 또 하나의 논란거리는 계백이 5천의 결사대를
이끌고 황산벌로 갔을 때, 싸움에 지게 되면, 아내와 자식들이
신라의 노에가 될 것을 대비하여 직접 처자를 모두 죽이고 전장
에 나갔다는 것이다. 사실 여부를 떠나서 이 행위에 대해 후대의
학자들의 견해는 찬사와 비난으로 엇갈렸다. 조선초기의 학자

인 권근은 그의 행동을 무도하고 잔인하며 도의에 어긋난다고 하면서 먼저 사기를 떨어뜨려 싸우기도 전에 굴복한 것이라고 비난했다.

그러나 조선 후기의 실학자인 안정복은 권근의 비판은 병법을 전혀 모르는 데서 기인한 잘못된 논리이며, 계백이 처자를 죽이고 전장으로 떠난 것은 사욕과 사리를 끊고 죽을 결심으로 싸우겠다는 전의를 표출한 것이라고 옹호했다.

당시 사람들이 계백의 행동을 높이 평가하고, 적국인 신라인들조차 계백을 존경했던 것을 보면, 안정복의 주장이 그 당시의 가치관에 부합되는 것 같다. 하지만, 굳이 처자를 죽이고 전장에 나가야했는지에 대해서는 후대에서도 계속 논란거리로 남을 것이다. 목숨은 자신의 것이니 자신이 판단하도록 해야 하지 않을까.

계백의 5천 결사대를 무찌른 신라군은 당나라 군사와의 약속장소로 가기 위해 사비성으로 진군하였다. 가면서 백제의 여자들을 강간하였다. 아무도 말리는 사람이 없었다. 그들은 전쟁을 치르느라 극도로 피곤했고, 삶과 죽음의 경계를 넘나들면서 어딘가로 도망쳐야 했다. 그것이 여자의 품이었다. 여자의 품에라도 도망치지 않으면 스스로 삶을 버릴 수 있을 만큼 그들은 충분히 피로하고 지쳐 있었다.

복신은 흑치상지와 더불어 일단의 군사를 이끌고 기벌포로 달려갔다. 기벌포는 대체로 금강 남안에 위치한 군산 나포의 오성산 부근으로 추정된다. 그들은 수군과 육군으로 나누어 강의 양안을 따라 진을 치고 나당 연합군을 기다렸다. 조금 있으니 배들이 몰려오고 있었다. 엄청난 규모였다. 백제의 병사들은 그 규모에 놀라서 도망치려 하였다.

"백제의 군사들이여, 저들은 오랫동안 배를 타고 오느라 지쳐있을 것이다. 그러니 단숨에 짓쳐 들어가서 물리치도록 하자. 우리들이 다가서기만 하면 저들은 곧 뱃머리를 돌릴 것이다."

하지만, 나당의 수군이 다가오자, 백제의 수군은 선뜻 다가서지 못하고 우왕좌왕하기만 했다. 마침 짙은 안개가 끼니 아군과 적군의 구별도 쉽지 않았다. 산 위에 있던 흑치상지도 함부로 공격할 수가 없었다. 발을 동동 구르는 동안, 당나라 군사들은 버드나무와 갈대를 베어다가 갯벌에 깔면서 진군하고 있었다.

선두에 오던 당의 군사들이 갯벌지대의 마지막 부근에 이르렀을 때, 서서히 안개가 걷히기 시작했다. 흑치상지는 회심의 미소를 지었다.

"백제의 군사들이여, 지금이다. 화살을 아끼지 말고 마음껏 쏘아라."

양쪽에서 화살을 쏘아대니 신라와 당의 군사들은 화살을 맞고 쓰러졌다. 갯벌지대이니 재빨리 도망칠 수도 없었다. 허둥대다가 갯벌에 빠지면서 온몸이 갯벌로 뒤범벅이 된 그들은 속절없이 백제군의 화살을 맞고 죽어갔다. 하지만, 워낙 많은 군사들이었다. 아무리 죽여도 계속 밀려와서 결국은 동쪽 언덕에 올라가서 진을 쳤다. 이번에는 거꾸로 당의 진영에서 백제군 쪽으로 화살이 날아왔다.

하지만, 흑치상지는 필사적으로 버텼다. 사비성은 기벌포를 거쳐서 백마강을 거슬러 올라가면 방어하기가 쉽지 않았다. 성충이 기벌포를 막으라고 한 것은 이런 취약점에 대비하라는 것이었다. 소정방은 사비성 공략을 위한 가장 빠른 길을 선택한 것이다. 사비성 외곽에 위치한 산성과 교전을 하게 되면 시간과 인력이 많이 소요되므로 기벌포로 상륙하여 밀물을 이용하여 웅진구로 들이닥치려고 하는 것이다.

흑치상지는 기벌포에서 당과 신라의 수군을 방어하지 못하자, 상류 쪽으로 이동하여 양쪽 숲에 있는 나무를 닥치는 대로 잘라 강으로 던졌다. 통나무가 떠내려가니 강물을 거슬러 올라가는 당나라와 신라의 배들이 통나무를 피하느라 허둥댔다. 하지만, 이는 근본적인 방편이 아니었다. 몇 척의 배가 파손되고, 수십 명의 당나라 병사들이 물에 빠져 죽었지만 워낙 대규모 군대라 그 흐름이 끊기지는 않았다.

*

　　신라군은 황산벌에서 이긴 후에 서진(西進)하고, 당군은 기벌포에서 상륙한 후에 북상하여 사비성에 인접한 웅진구에서 만나기로 한 게 그들 사이의 협정이었다. 그 날이 7월 10일이었다. 하지만, 신라는 황산벌의 싸움이 길어져서 하루가 늦어졌다.

　　소정방은 웅진구에서 김유신을 기다렸으나 김유신은 오지 않았다. 지친 마음에 쉬려고 하는데 일단의 병사들이 몰려와서 불화살을 쏘고 갔다. 마침 바람이 불어서 배들을 모아놓고 있던 당나라 진영에서 일대 혼란이 일어났다. 서둘러 불을 끔과 동시에 배와 배 사이를 벌리느라 난리법석을 떨었다. 잠시 후에, 백제의 군사들이 물러갔다. 다시 배를 불러 모으는데 어디서 나타났는지 모르는 군사들이 몰려와서 불화살을 쏘고 갔다. 다시 서둘러서 배들을 분산시켰다.

　　이러기를 하루 종일 하다가 밤이 되었다. 밤에 제법 바람이 세게 불어서 배를 묶어서 한 곳에 모아서 정박시키려는데 또 한 차례 백제의 군사들이 몰려와서 불화살을 쏘고 갔다. 다시 허둥대며 배를 풀어서 움직이느라 부산을 떨었다. 그 사이, 배 몇 척이 불에 탔다. 배에 타고 있던 군사들도 죽었다. 이들은 자시(子時)까지 고생을 하였다. 이들을 괴롭힌 것은 흑치상지였다. 신라와 당나라가 분열하기를 바랐던 것이다.

다음날, 김유신이 웅진구에 도착했다. 소정방은 간밤에 백제군에게 당한 게 순전히 김유신이 늦게 도착한 탓으로 여기고 김유신이 도착했다는 전갈을 받았지만 일절 밖으로 나오지 않았다. 김유신이 몇 번을 보기를 청했으나 소정방은 꼼짝도 하지 않았다. 김유신은 어쩔 줄 몰라 하면서 소정방의 막사 밖에서 기다렸다. 소정방이 신라의 독군(督軍) 김문영을 불렀다. 김문영은 영문을 모르고 소정방에게 달려갔다.

"신라의 군대가 늦게 도착한 책임은 전적으로 감독을 잘못한 탓이니 그 책임을 엄중히 물을 것이다."

소정방이 갑자기 칼을 들어 김문영의 목을 베려 하였다. 깜짝 놀란 김유신이 소정방에게 달려가서 말리면서 말했다.

"신라가 일부러 늦은 것도 아닌데 자세한 연유를 듣지 않고 신라의 장수를 참수하려 한다면 저도 가만히 있지 않을 것이오."

"가만히 있지 않으면 싸우겠다는 것이오."

소정방이 발끈하며 소리쳤다.

"못 싸울 이유도 없지요."

김유신이 큰 도끼를 들고 군문(軍門)에 섰다. 성난 머리털이 곧추 서고 허리에 찬 보검이 저절로 칼집에서 나올 것 같았다. 이를 보고, 소정방의 우장 동보량이 소정방에게 다가가 귓속말로 말했다.

"우리는 바다를 건너와서 피로하고, 육군 또한 많지 않으니 여기서 싸우면 우리가 불리할 것입니다. 우선 참으시고 후일을 도모하소서."

"우리에게는 13만 대군이 있지 않소. 무엇이 걱정이오."

"식량과 마초는 신라에서 대기로 하고 이곳으로 왔으니 우리가 얼마를 버틸 수 있겠습니까?"

"까짓것 단숨에 쓸어버리지 되지 않겠소."

"저들을 물리친다 해도 여기는 백제의 땅이옵니다. 의자왕이 우리와 신라가 싸우는 동안 배를 타고 중원으로 달려가서 황제의 땅을 빼앗을 지도 모릅니다. 고구려와 당나라가 싸우고 있을 때 강수(양자강)일대의 월주(越州)를 범하지 않았습니까?"

"하는 수 없군. 오늘은 참고 후일을 기약하는 수밖에."

소정방은 아무 말도 하지 않고 김유신을 한번 노려본 후에 막사로 들어가 버렸다. 김인문은 자신의 목이 붙어 있는지 확인하면서 가슴을 쓸어내렸고, 김유신은 상황이 좋지 않게 돌아가자, 답답하여 한숨을 쉬었다.

그날 저녁, 김유신은 소정방에게 갔다.

"대총관 나리, 소장 김유신이옵니다."

그때, 소정방은 낮의 일로 아직 분이 풀리지 않은 상태였다.

"나는 그런 이름을 들어본 적이 없소이다."

"낮의 일은 소장이 결례를 한 것 같아 용서를 구하러 왔습니다.”

　“내일이라도 당장 당나라와 일전을 치르려면 가서 쉬시오. 나도 신라의 군사가 얼마나 강한지 보고 싶소이다.”

　소정방이 강하게 나오자, 김유신은 당황했다. 낮에 소정방에게 결례를 한 것은 신라군의 사기 때문에 일부러 그렇게 한 것이었다. 어쨌든, 소정방의 마음을 달래야 했다. 소정방이 돌아가거나 백제에게 협조한다면 공든 탑이 무너지는 것이었다.

　“소장이 약간의 선물을 가져왔으니 받아주시면 고맙겠습니다.”

　“선물은 황제께서 하도 많이 주어서 쌓을 곳이 없으니 그냥 가져가시오.”

　결국, 김유신은 소정방을 보지 못하고 돌아갔다. 하는 수 없이 무열왕이 가서 군신의 예로 대하자, 소정방이 물러섰다. 군신의 예가 틀린 것은 아니었다. 당의 고종이 소정방을 대총관으로 삼고, 무열왕을 총관으로 삼았으니 소정방이 무열왕에 비해서 계급이 높은 것은 사실이기 때문이다.

　백제의 사비성은 곧 연합군에 의해 포위되었다. 의자왕은 그때서야 현실을 깨닫기 시작했다. 만시지탄의 감이 있지만, 기민한 그의 머리가 움직이기 시작했다. 의자왕은 당나라 군사를 되돌리고 싶었다. 당나라만 자신의 나라로 돌아간다면 신라는 어떻게든 힘을 길러 무찌를 수 있을 것 같았다. 난공불락이던 대야성도 무찌르지 않았던가.

"임자는 어디에 있는가."

의자왕은 버릇처럼 임자를 불렀다. 하지만, 임자는 사태의 흐름을 간파하고 이미 김유신에게 가 버렸다. 의자왕은 임자가 신라군에게 투항했다는 말을 듣고 마시고 있던 술잔을 던져버렸다.

"임자, 그 놈이 배신을 하다니 내 반드시 그 놈의 목을 칠 것이다."

의자왕은 분을 삭이지 못하는 지 술상까지 엎어버렸다. 황급히 궁녀들이 들어와서 술상을 치웠다. 의자왕의 분노는 하늘을 찌를 듯 했지만 그 누구에게도 하소연 할 수 없었다. 그동안 임자라는 간신을 가까이 하고, 성충이나 흥수 같은 충신을 멀리 했기에 백제가 이 지경이 된 것이지 않은가. 모든 것이 자신에게서 비롯됐으니, 딱히 누구를 원망할 수도 없었다.

"게 아무도 없느냐."

모두가 비탄에 잠겨 있느라, 섣불리 나서지 않았다. 이때, 흑지상지는 나성(羅城)에서 나당 연합군과 싸우고 있었다. 당시 사비성은 동나성(東羅城)과 북나성(北羅城)뿐이며, 서쪽과 남쪽은 백마강의 자연 해자(垓字)적인 성격을 이용하여 그 자체가 나성과 같은 역할을 하였다. 동나성은 부소산성과 청산성으로 거점으로 연결한 후 저지대를 통과하여 남쪽의 백마강변에 이르며, 북쪽은 백마강에 임하여 있었다. 이런 천연적인 지세는 외적 방어에 더할 수 없는 조건을 갖추고 있었다. 흑치상지가 싸우고 있는 것은 동나성이었다.

백제는 계백만 없으면 무인지경이나 다름없다고 생각했는데, 성문에서 병사들을 격려하며 싸우는 또 하나의 계백을 발견하였다. 김유신이 탄복하며 부하에게 물었다.

"저자가 누구냐. 황산벌에게 죽은 계백이 다시 살아난 것이냐?"

"잘 모르는 자이옵니다. 백제의 첩자가 신라군에 있으니 곧 알 수 있을 것이옵니다. 잠시만 기다리시옵소서."

김유신은 성문에서 싸움을 독려하는 백제의 장수를 유심히 살펴보고 있었다. 도무지 지칠 줄 모르는 장수였다. 겁을 내지도 않았다. 수많은 화살이 성문으로 날아들었지만, 화살이 오히려 그를 피해가는 것 같았다. 때를 만나지 못했을 뿐, 한 나라를 세우기에 조금도 부족함이 없는 장수였다. 잠시 후에 부하가 김유신에게 다가왔다.

"흑치상지라는 장수라고 하옵니다."

"흑치상지라. 참으로 아까운 장수구나. 백제에 저런 장수가 있는 줄 몰랐다. 마치 계백이 환생한 것 같구나. 저 장수를 반드시 생포하도록 하라.

의자왕이 거듭 신하를 부르는 데도 아무도 나오지 않았다.

사비궁은 적막감이 감돌았다. 무거운 절망이 궁궐을 짓누르고 있었다. 의자왕 스스로도 그 절망감에 빠지려고 할 때에 좌평 각가가 앞으로 나섰다.

"좌평, 각가가 전하의 명령을 기다리고 있습니다."

"음. 경이 있었구려. 가까이 오시오."

각가는 의자왕에게 가까이 다가섰다. 의자왕은 자세를 바로 잡고 각가를 맞이하였다. 결연한 의지가 보였다. 각가는 의자왕의 그런 모습에 긴장하여 잠시 동안, 의자왕을 똑바로 쳐다보지 못했다.

"각가는 고개를 들라."

"예. 전하."

각가는 비로소 천천히 고개를 들었다.

"지금 바깥의 상황은 어찌 돌아가고 있는가."

"전하의 용맹스런 장수들이 죽기를 각오하고 싸우고 있습니다. 그 중에서 풍달장군 흑치상지의 기개가 칭찬할 만합니다."

"흑치상지라. 그가 어떤 자인가."

"원래는 왕족으로 부여 씨에서 분봉을 하였습니다. 4대가 넘어가면 왕족이 될 수 없는 백제의 전통에 따라 흑치 씨라는 성을 받았사옵니다."

"흑치라는 성은 백제에서 드문 성인데 무슨 연유가 있는 것인가?"

"무령왕 시절에 그의 증조부인 문대가 달솔의 벼슬로 양자
강 하류이남 지역에 있는 흑치국의 담로에 봉해졌습니다. 그곳
에 사는 사람들이 빈랑(檳?)이라는 나무 열매를 항상 씹었기 때
문에 이와 입술이 벌겋게 되었다가 후에는 검게 착색되어 '흑치
인'이라 불렸는데 이에서 연유되어 그들이 사는 나라를 흑치국
이라 불렀고, 이에 따라 그곳의 분봉왕인 문대가 부여에서 흑치
라는 성으로 바꾼 것이라 하옵니다."

"백제가 한 때는 대륙을 호령하고, 왜를 복속시킨 적도 있었
거늘, 어찌하여 지금은 이토록 약해져서 사비성마저 위태롭게
되었다는 말인가. 참으로 통탄스럽구나."

"전하, 성심을 굳게 하소서. 아직도 희망은 백제의 것이옵니
다."

"그가 지키고 있는 성은 어디인가?"

"궁궐에서 이십 리쯤 떨어진 곳에 그가 있던 임존성이 있습
니다."

"그를 부르라. 내 긴밀히 할 말이 있느니라."

"알겠습니다. 전하."

각가는 즉시 성문으로 가서 흑치상지를 찾았다. 흑치상지는
성의 맨 꼭대기에서 백제의 병사들을 독려하고 있었다.

"백제의 병사들이여, 그대들의 조상은 중원을 휩쓸던 기마

민족이니라. 그 웅혼한 기상을 조금도 잃지 말라. 저 더러운 당나라 군사들이 이 사비성에 한 발자국도 들어와서는 안 된다. 백제의 병사들이여, 아직도 백제는 건재하다. 그대들의 눈빛에 싸우려는 의지가 있는 한, 백제는 절대 멸망하지 않을 것이다. 미래의 후손들을 위해 죽기를 각오하고 싸운다면 다시 전하가 다스리는 땅에서 그대들의 가족과 함께 행복하게 사는 날이 반드시 올 것이다."

흑치상지는 각가가 다가오는 지도 모르고, 화살을 재어 성 밖으로 날렸다. 그의 화살은 곧바로 날아가서 사다리를 타고 오르려는 신라 장수의 얼굴을 꿰뚫었다. 그 바람에 신라 장수는 뒤로 넘어지고, 그 뒤로 사다리에 오르려는 신라 병사들이 줄줄이 넘어지고 있었다. 어떤 병사는 사다리에 깔려 고통스럽게 울부짖고 있었다.

"흑치상지 장군은 잠시 싸움을 멈추시오."

흑치상지는 소리 나는 쪽으로 돌아보았다. 거기에는 좌평 각가가 있었다.

"좌평 어른이 여기에 어인 일이십니까?"

"전하께서 장군을 찾고 있소. 어서 나와 함께 가야겠소."

"예. 좌평 어른."

흑치상지는 옷을 갈아입을 새도 없이 피 묻은 칼을 칼집에 넣고 각가를 따라 어전으로 들어갔다. 의자왕은 백마강을 바라보며 술을 마시고 있었다. 쓸쓸함이 흑치상지가 있는 곳까지 전해져 오는 것 같아 괴로웠다.

"전하, 흑치상지 장군을 데려왔습니다."

"같이 들라."

"예. 전하."

흑치상지와 각가는 의자왕 앞에 섰다. 의자왕은 천천히 술을 마신 다음에 입을 열었다. 곧 나라가 망할 왕 답지 않게 눈에 총기가 있었다. 흑치상지는 그 눈빛을 보고 안도했다. 왕의 눈빛이 살아 있는 한, 백제는 멸망하지 않을 것이라는 확신이 들었기 때문이었다.

"흑치상지는 들으라."

"예. 전하."

"짐의 부덕으로 나라가 누란의 위기에 처해 있다. 하지만, 짐은 여기서 포기하고 싶지 않다."

"신의 생각도 전하와 같사옵니다. 아직도 백제에는 전하를 따르는 수많은 장수가 전하와 백제를 위해서 목숨을 버릴 각오가 되어 있습니다. 통촉하여 주시옵소서."

"우리의 진정한 적은 멀리서 배를 타고 온 당나라이다. 당나라만 없다면 신라는 어린 아이에 불과하다. 백제의 선대왕들께서 영토 확장에 힘을 기울여서 한때는 대방(산동성), 낙랑(산동성의 북쪽), 조선(낙랑 북쪽의 요서), 서하(회수 주변), 성양, 광릉, 광양(양자강 남북의 양주와 상주 일대), 청하(양주 북쪽의 청강 지역)에서 백제의 군사들이 활을 쏘고 말을 달렸었는데, 지금은 궁벽한 한수 남쪽에 웅크리고 있는 것도 모자라 우리의 영토를 침범하러 온 당나라 군사를 무찌를 힘마저 없는 것이 너무도 한탄스럽구나. 내 친서를 써 줄 테니 당나라 진영으로 가서 소정방을 만나라. 백제의 왕이 순순히 항복을 할 테니 백제의 땅에서 즉시 떠날 것이며, 백제의 백성들을 더 이상 괴롭히지 말라 전하라."

흑치상지는 순간, 눈물이 핑 돌았다. 백제가 멸망하다니 그게 무슨 말인가. 자신의 뼈가 부서지는 한이 있더라도 계속 싸우고 싶었다. 그리고 이기고 싶었다. 마지막 한 명의 당나라 군사가 서해를 건너서 자신의 나라로 갈 때까지 싸우고 싶었다. 그래서 의자왕 몰래 자신의 휘하에 있는 풍달군의 군사를 이끌고 복신과 함께 기벌포로 달려갔던 것이다. 하지만, 자신은 왕의 명령을 거역할 수 없는 신하였다. 흑치상지가 침묵하고 있자, 각가가 대신 말했다.

"전하, 아뢰옵기 황공하오나 아직은 항복이라고 말할 때가 아니옵니다. 아직도 백제의 전역에는 전하의 충성스런 군사들이 있습니다. 지금 즉시 어명을 내리면 그들이 밤과 낮을 구분하지 않고 이 사비성으로 달려올 것이니 성심을 굳게 하소서."

"좌평의 뜻을 내 모르는 바가 아니나 계백이 오천의 결사대를 이끌고 황산벌로 달려갔을 때, 백제의 운명도 그곳에 함께 갔었느니라. 계백은 열심히 싸웠지만, 신라를 이기지 못했다. 오천의 결사대 중에서 마지막 장수가 신라군의 화살을 맞고 말에서 떨어졌을 때, 짐의 머리에 있던 왕관도 함께 떨어졌음을 우리가 받아들여야 할 것이다. 하지만, 완전히 끝났다고 말하고 싶지는 않다. 빛을 감추고 힘을 기른다면 다시 백제를 세우는 날이 올 것이다. 다만, 짐이 괴로운 것은 백제의 백성들이다. 백성들에게 무슨 죄가 있겠느냐. 신라의 군사들이 황산벌에서 사비성으로 오는 동안 부녀자들을 겁탈했다고 하니, 당나라 군사들까지 가세하면 이 백제의 땅이 부녀자들의 울부짖는 소리로 가득찰 것이 아니냐. 짐은 그 소리를 들을 수 없어 괴로운 것이다."

"그러면…."

"그렇다. 소정방에게 가서 짐의 뜻을 분명히 전하라. 백제가 항복하는 즉시, 당나라 군사들이 배를 타고 돌아가겠다고 약속하면 지금이라도 당장 항복하겠다고 전하라."

"예. 전하. 전하의 성지(聖旨)를 하나도 빠뜨리지 않고 저들에게 전하겠습니다."

각가와 흑치상지는 의자왕의 친서를 들고 소정방의 진영으로 갔다. 소정방은 백제의 여자들을 끼고 앉아서 술을 마시고 있었다. 삶과 죽음이 교차되고, 한 나라의 흥망성쇠가 걸려 있는 치열한 전쟁터라는 분위기가 전혀 나지 않았다. 모든 것이 있는 듯 존재하지 않고, 존재하지 않는 듯 꽉 차 있는 것일까. 그 중에 은고가 있었다. 흑치상지는 그녀를 발견하고 깜짝 놀랐다. 한편 으로는 수치스러웠다. 의자왕의 총애를 받던 군대부인이 소정 방의 술시중을 하다니 보고 있기 민망했다. 은고도 이를 알았는 지 재빠르게 눈길을 돌려버렸다.

백제의 여자들은 거의 반라(半裸)에 가까운 차림이었다. 각 가와 흑치상지가 들어가는 데도 소정방은 그들에게 눈길조차 주지 않았다. 관심조차 없다는 표정으로 백제의 여자들을 희롱 할 뿐이었다. 백제 여자들의 간드러진 웃음이 들릴 때마다 흑치 상지는 누군가 자신의 나신을 보는 것 같은 모욕을 느꼈다. 모욕 은 시간이 지나자, 분노로 바뀌었다. 당장이라도 칼을 휘둘러서 소정방의 목을 치고 싶지만, 지금은 왕의 명령을 수행하러 온 자 리인 만큼 경거망동을 할 수 없었다. 흑치상지는 분노를 가라앉 히고 소정방에게 자신의 존재를 큰 소리로 알렸다.

"백제의 흑치상지가 대장군을 뵙고자 합니다."

"무슨 일이냐."

그때서야, 소정방은 각가와 흑치상지를 보고 귀찮은 듯 말 했다.

"백제왕의 서신을 가지고 왔습니다."

"백제의 왕이라니 그게 무슨 말이냐. 나라가 망했는데 무슨 왕이 있다는 말이냐. 당치도 않다."

소정방은 둘을 무시하고 술잔을 들었다. 자신의 입으로 가져가는 듯하다가, 장난기가 발동했는지 소정방은 별안간 곁에 있는 은고의 입으로 술잔을 가져가서 억지로 부어 넣었다. 그녀는 엉겁결에 술을 받다가, 잘못 되었는지 기침을 했다. 그녀가 기침을 하며 괴로워하자 소정방은 목젖을 드러내놓고 웃었다. 통쾌하다는 표정이었다. 흑치상지는 피가 거꾸로 솟는 것 같았다. 자신도 모르게 칼자루에 손이 갔다. 각가가 황급히 흑치상지의 손을 잡았다.

"대장군, 백제왕의 서신을 가져왔습니다."

각가는 다시 정중하게 말했다. 그때서야 소정방은 풀린 눈으로 각가를 바라보았다. 그의 눈빛은 경멸을 담고 있었다.

"직접 찾아와서 무릎을 꿇어도 시원치 않을 판국인데 건방지게 서신이라니 아직도 백제왕은 꿈속을 헤매고 있는 것 같구나. 너희들도 마찬가지이다. 너희가 한 나라의 사신이라도 된다는 말이냐? 서 있는 모습이 아주 건방져 보이는구나. 그렇게 나라가 위급하면 무릎이라도 꿇으면서 애원해야 하지 않느냐. 내 말이 틀리느냐."

"알겠습니다. 대장군."

각가와 흑치상지는 재빨리 무릎을 꿇었다. 그 모습에 만족했는지 소정방은 크게 웃었다. 소정방의 웃음소리는 막사 밖까지 뻗어갈 정도로 컸다. 흑치상지는 자신도 모르게 입술을 깨물었다.

"좋다. 내 그대들의 정성을 생각하여 백제왕의 서신을 읽어 보겠노라. 서신을 이리 가져오라."

각가가 일어서서 서신을 전달하려 하자, 소정방이 정색을 하며 말했다. "누가 일어서서 가져오라 하였느냐. 나라가 망한 백성이라 그런지 예의를 잘 모르는구나. 서신을 입에 물고 여기까지 기어오면 내 백제왕의 서신을 읽을 것이다."

각가는 망설였다. 굴욕이었다. 어쩌다가 백제가 이 지경이 되었다는 말인가. 한 때는 당나라의 땅을 다스릴 만큼 융성한 기운을 자랑하는 해상왕국이 아니었던가. 영영 그 영화는 다시 오지 않는다는 말인가. 각가가 비참함에 몸을 떨며 허리를 굽히려고 했을 때, 흑치상지가 나섰다.

"소장이 가겠습니다."

흑치상지는 얼른 각가의 손에서 서신을 가져와서 입에 물고는 소정방을 향해서 기어갔다. 은고가 측은한 눈으로 흑치상지를 바라보았다.

"오라, 젊은 장수가 제법 예의를 아는구나."

흑치상지는 이를 악물고 기어갔다. 창을 열 개 정도 늘어뜨린 거리였으나, 사비성 성곽 전체를 도는 것보다 멀게 느껴졌다. 하지만, 가야 했다. 그가 소정방이 있는 곳까지 기어가자 소정방은 그때서야 흡족한 듯, 웃었다. 흑치상지는 소정방의 얼굴에

침이라도 뱉고 싶었지만 참았다.

"거기 놓으라."

흑치상지는 소정방이 가리키는 곳에 서신을 놓았다. 발가벗은 백제 여자의 유방이 있는 곳이었다. 흑치상지는 조심스럽게 서신을 놓았다. 소정방은 천천히 서신을 들어 읽기 시작했다. 다 읽고 난 후에, 그는 백제 여자의 유방을 힘껏 쥐어뜯었다. 여자의 비명소리가 날카롭게 이어졌다. 각가와 흑치상지가 놀란 눈으로 바라보았을 때 소정방은 서신을 찢어버렸다. 흑치상지는 분노로 얼굴이 벌겋게 달아올랐다.

"백제의 왕이 아직도 삼천궁녀의 치맛자락을 그리워하고 있구나. 곧 망하는 나라의 임금이 당나라의 대장군에게 군대를 물리라고 하다니 가당치도 않다. 가서 백제의 왕에게 똑똑히 전하라. 나는 당나라 황제의 명을 수행하기 위해 온 것이지 백제왕의 말을 따르기 위해 오지 않았다고 말하라."

"대장군, 백제왕은 백제 백성들의 안위를 걱정해서 청하는 것이옵니다. 굽어 살펴 주시옵소서."

각가와 흑치상지는 땅에 머리를 대고 한참을 조아렸다. 소정방이 뜸을 들이다가 말을 했다.

"다시 말하거니와 나는 황제의 명령을 수행하러 왔다. 그러니 어서 물러가라. 그대들 때문에 유희를 망쳤느니라."

각가와 흑치상지가 계속 머리를 조아리고 빌었지만, 소정방은 군사들을 불러서 그들을 쫓아버렸다. 그들은 비참함에 한동안 말을 잃었다.

"어찌해야하옵니까. 좌평 어른."

"어서 가서 전하께 소정방의 뜻을 전해야하는 것이 우리의 도리인 것 같소이다."

"지금이라도 백제 전역에 흩어져 있는 군사를 모아 저 간악한 당나라에게 대항하는 것은 어떻습니까?"

"늦었소. 탄현과 기벌포를 내 주었으니 전세를 뒤집기는 어려울 것이오. 어찌어찌하여 버틴다 해도 전쟁은 길어질 수밖에 없지 않겠소. 전쟁이 길어지면 백성들의 고초만 심해질 뿐이오. 인정하고 싶지 않지만, 저들이 백성들에게 패악을 저지르지 않기를 바랄 뿐이오."

"피를 토하고 죽고 싶은 심정입니다. 어찌하여 백제가 이렇게 되었습니까?"

"그만 자학하고 갑시다. 전하께서 우리를 학수고대하고 계실 것이오."

사비성으로 돌아가는 발걸음은 무거웠다. 하지만, 돌아가야 했다. 의자왕에게 소정방의 마음을 알려주어야 했다. 할 수만 있다면 지금이라도 사비성을 버리고 다른 곳으로 피신하라고 간언해야 했다. 무왕이 천도하기 위해 만든 왕궁평성(전북 익산)도 있지 않은가. 각가의 머릿속은 복잡하게 움직였다. 하지만,

아무 것도 뚜렷하게 잡히지 않았다. 의자왕은 각가와 흑치상지가 왔다는 보고를 듣고, 수라를 뜨다가 급히 일어섰다.

"그래, 어찌 되었소. 갔던 일은 잘 되었소?"

의자왕은 애처로운 눈빛으로 둘을 바라보았다. 각가는 괴로웠다. 대야성을 무너뜨릴 때의 그 눈빛은 어디로 갔단 말인가. 둘은 한동안 허공을 응시하였다. 의자왕은 가던 일이 잘 되지 않았음을 직감하고 점점 낯빛이 어두워지더니 털썩 주저앉았다.

"무슨 말인지 알겠소. 그만 돌아가 쉬시오."

각가와 흑치상지는 겨우 물러났다. 도무지 아무 것도 할 수 없었다. 이대로 백제가 무너지고, 저 포악한 당나라 군사들에게 백제의 땅과 백성들이 유린당할 생각을 하니 당장이라도 백마강에 뛰어들고 싶었다. 하지만, 그럴 수는 없었다. 촛불이 꺼져가고 있지만 마지막까지 붙들고 다른 대책을 강구해야 했다. 절망스럽다고 죽는 것은 장부의 도리가 아니었다. 목숨이 붙어 있는 한 방법을 찾아야 했다. 둘은 밤을 새워가며 술을 마셨으나 조금도 취하지 않았다.

각가와 흑치상지가 술을 마시고 있는 시각, 김유신은 소정방을 찾아갔다. 아무래도 돌아가는 형세가 심상치 않다고 생각한 것이다. 혹시나 소정방이 백제에게 아량을 베푼다면 공든 탑이 무너질 수도 있다는 불안감이 그를 사로잡았다.

"어서 오시오. 장군. 이 밤에 어쩐 일이오."

소정방은 갑자기 찾아온 김유신을 의아한 눈길로 바라보았다. 마치, 백제의 사신이 나가기를 기다렸다는 듯, 자신을 찾아온 김유신이 이상하게 생각되었다. 김유신은 단도직입적으로 소정방에게 물었다.

"방금 전에 백제의 사신들이 다녀간 것 같은데 무슨 일이라도 있습니까?"

"허어, 저들이야 군사들을 물려달라고 부탁하러 오지 않았겠소."

"그래, 대장군께서는 군사들을 물린다고 하셨습니까?"

"사실, 당나라야 군이 백제를 멸망시킬 생각은 없소이다. 의자왕이 고구려와 당나라가 싸우는 동안 바다를 건너 중원의 땅 월주를 점령하는 등 그동안 당나라에게 고분고분하지 않아 혼을 내주려는 것뿐이오. 월주도 다시 빼앗았으니 이 전쟁으로 당나라의 영토가 넓혀진다면 좋겠지만, 백제가 예전처럼 조공을 바치고 군신의 예를 갖춘다면 지금이라도 당장 당나라로 돌아갈 수도 있소이다."

"대장군, 그게 무슨 말입니까? 그동안 백제는 발달된 항해기술로 황제의 영토를 여러 번 침략했습니다. 토번이나 돌궐처럼 반드시 없애야 하는 나라이옵니다. 이번에 좋은 기회를 얻은 만큼 여기서 끝을 내야 합니다. 만약, 지금 백제를 멸망시키지 않는다면 두고두고 근심으로 남을 것입니다."

"하지만, 백제는 오랫동안 중원과 친분을 쌓고 지내온 나라가 아니오. 저들이 항복의 뜻을 표하고 예전처럼 예의로써 황실을 대한다면 야박하게 굴고 싶지는 않소이다."

"저들은 항복하지 않을 것입니다."

"이미 항복하겠다는 뜻을 밝혔소이다."

"거짓 항복이 분명합니다. 힘이 약하니 우선은 굴복했다가 때를 기다리는 것입니다. 문제는 의자왕이옵니다. 그가 백제에 있는 한, 백제는 항복을 해도 항복을 한 것이 아니옵니다."

"거참, 장군은 마치 의자왕을 불구대천지 원수처럼 생각하는구려."

"왜 아니겠습니까. 의자왕이 신라의 대야성으로 쳐들어 왔을 때, 신라왕의 사위인 김품석과 그의 딸 고타소랑을 죽였지 않습니까. 신라는 의자왕이 죽을 때까지 전쟁을 할 것입니다."

"그토록 원한 관계가 있는 줄 몰랐소이다."

"다시 당나라가 출병을 하려면 시간이 걸릴 것이니 내친 김에 사비성을 함락하고 백제의 신료들을 압송하여 당나라로 데려간다면 모든 것은 깨끗하게 끝날 것입니다."

"허어, 장군도 대단히 집요한 성격이구려."

"어떻게, 이 사무친 가슴을 대장군께 보여줄 수 있을지 모르겠습니다."

소정방은 김유신의 집요한 설득으로 마음을 바꾸었다. 당나라의 궁극적인 목적은 당나라의 말을 듣지 않은 의자왕의 정권을 교체하여 당나라에 순응하는 새로운 왕을 세워서 조공과 책봉관계를 다시 정립하는 데 목적이 있었으나, 신라가 적극적으로 나서서 백제가 멸망한다면 당나라로서도 굳이 손해 볼 일은 없었기 때문이었다.

백제의 멸망

다음날, 백제에서 상좌평이 고기로 쓰일 가축과 소정방에게 줄 선물을 준비하고 갔으나, 소정방은 이들을 밖에서 물리쳤다. 그 소식을 들은 은고는 그날 저녁에 은밀하게 소정방을 찾아갔다.

"대장군 나리, 백제의 왕은 그다지 명민하지 않아 후환이 없을 것이니 굳이 당나라로 데려갈 필요는 없을 것입니다."

"네가 그걸 어찌 아느냐."

"제가 얼마 전까지 백제왕의 총애를 받았기 때문에 백제왕을 잘 알고 있습니다."

"그게 무슨 말이냐. 네가 궁녀라도 된다는 말이냐?"

"제가 군대부인 은고이옵니다."

"뭐라고? 네가 그 요사하다는 은고라는 말이냐?"

소정방은 깜짝 놀라서 은고를 바라보았다. 출중한 미색이 있어 가까이 하기는 했지만 의자왕이 총애했다는 은고가 자신의 곁에 있는 줄은 꿈에도 생각하지 못했던 것이다. 의아함에 소정방은 은고에게 다시 물었다.

"어찌하여 네가 여기에 있느냐?"

"더 이상 백제가 가망이 없는데 왕궁에 있을 이유가 없지 않습니까. 왕궁에 있어봐야 죽기밖에 더 하겠습니까? 하여 목숨이나 보전하려고 이렇게 신분을 속이고 있었사옵니다."

"그런데, 지금은 나서는 이유가 무엇이냐?"

"저는 원래 신라의 사람이었습니다. 저희 부친은 검일이라 하옵니다. 대야성이 백제의 공격을 받을 때, 대야성의 창고를 모두 불을 질러 백제를 도운 이가 바로 저의 아버지였습니다."

"적국을 이롭게 한 이유가 있느냐?"

"신라의 도독인 김품석이 저희 어머니를 빼앗아갔기 때문에 울분을 참지 못하고 그리 한 것입니다. 대야성이 멸망하자, 저는 아버지와 함께 백제로 왔습니다."

"묻지도 않은 얘기를 자세하게 말하는 연유가 무엇이냐?"

"제가 신라를 잘 안다는 뜻으로 말씀드린 것입니다. 신라의 김유신은 음흉한 자이옵니다. 또한 신라왕 김춘추는 야비합니다. 지금은 힘이 없어 당나라의 힘을 빌리고 있사오나, 백제가 멸망하면 즉시 고구려와 손을 잡고 당나라로 쳐들어갈 것이옵니다. 그동안 끝없이 당나라와 백제를 이간질한 게 신라가 아닙니까. 고구려와 백제를 갈라놓은 것도 신라입니다. 심지어 왜와 백제 사이를 교란시킨 것도 신라입니다. 스스로 작은 나라라 칭하는 신라는, 야망이 큽니다. 결코 당나라를 그냥 두지 않을 것입니다."

"김춘추와 김유신이 그처럼 야심이 크다는 말이냐?"

"겉은 참새처럼 작아보여도 속은 봉황처럼 크다 들었으니 조심해야 합니다."

소정방은 은고의 말을 물리치려 했으나, 은고가 아양을 떨면서 다가오자 은고를 물리칠 수 없었다.

"알았다. 좀 더 고심을 해보자꾸나."

은고는 잠시 후에 나갔다. 은고가 나가고 조금 후에 소정방의 방으로 달기가 들어왔다. 달기는 소정방이 아끼는 여자였다. 소정방은 달기를 보자마자 금방 빠져들어 틈만 있으면 달기와 함께 있었다. 달기도 신라의 여자였다. 은고가 대야성이 무너질 때 백제를 도운 검일의 딸이라면, 달기는 끝까지 백제와 싸우다가 죽은 죽죽의 딸이었다. 죽죽은 가야 출신이었다.

"대장군, 방금 누가 다녀갔습니까?"

달기가 애교어린 눈으로 소정방을 보자 소정방은 금새 달기에 빠져들었다.

"아니다. 누가 다녀갔다고 그러느냐."

"이 방에 다른 여자의 냄새가 나는데 혹시 저 말고 다른 여자를 부르신 것은 아닙니까?"

"그게 무슨 소리냐. 나는 일편단심 너 밖에 없느니라."

"좋습니다. 그럼, 대장군의 말을 믿겠습니다."

"그런데 어인 일로 내가 부르지도 않았는데 나를 찾아왔느냐. 오늘은 해가 서쪽에서 뜨겠구나."

"백제의 일이 궁금해서 찾아왔습니다. 어서 빨리 백제를 무너뜨리소서. 백 만이 넘는 대군을 가지고 있는 장군이, 이처럼 백제에 끌려 다닌다면 나중에 사람들이 장군을 욕할까 두렵사옵니다."

"백제가 항복을 하겠다고 하여 고민하고 있다."

"그 말을 믿으시면 안 됩니다. 의자왕은 간악한 왕이옵니다. 대야성이 무너질 때도 항복을 하면 목숨을 살려주겠다고 하여 그 말을 믿고 항복했는데, 백제의 장군 윤충은 성문을 열고 나가는 신라군들을 마구 죽였습니다. 저들은 일단 급한 불을 꺼보려는 술책이오니 믿지 마시옵소서."

"그런 일이 있었구나."

"어서 백제를 무너뜨리소서. 소첩은 그날만을 간절히 기다리면서 지금까지 살아왔습니다."

달기는 눈물을 흘리면서 소정방의 품에 안겼다. 소정방의 마음이 달기 쪽으로 기울었다.

"알았으니 그만 울라. 내일이라도 당장 백제를 무너뜨릴 것이다."

"그 말이 참말입니까, 대장군?"

달기는 기뻐서 나갔다. 소정방은 백제를 무너뜨리는 쪽으로 생각을 굳혔다. 하지만, 다시 은고가 와서 항복을 받아주는 쪽으로 생각을 굳혔다. 얼마 후에, 달기가 오자 다시 생각을 바꾸었다. 이를 지켜본 달기는 김유신에게 갔다. 김유신은 은고를 죽이는 수밖에 없다고 판단했다. 은고도 흑치상지에게 갔다. 흑치상지는 은고에게 많은 패물을 주어 소정방의 생각을 바꾸는 게 좋겠다고 하였다.

의자왕이 이를 받아들여, 은고에게 많은 선물을 주어 보냈으나, 김유신은 은고가 오는 길에 군사를 매복하여 죽여 버렸다. 은고를 죽이는데 공헌을 한 것은 황산벌에서 신라에게 투항한 좌평 충상이었다. 충상은 의자왕에게 은고를 천거한 인물이었다.

충상은 은고에게 할 말이 있다면서 김유신이 군사를 매복한 야산으로 은고를 유인하였다. 은고는 충상이 자꾸 으슥한 곳으로 데려 가자 눈치를 채고 도망치려 했으나, 때는 이미 늦어버렸다. 은고는 가지고 있는 패물을 충상에게 던지며 소리쳤다.

"신라에서 잡혀온 아녀자도 백제를 위해서 모든 것을 바치거늘 어찌하여 대대로 백제에 기대어 부귀영화를 누리던 자가 적국인 신라를 돕는다는 말이냐. 내 죽어서도 올빼미가 되어 밤마다 너의 집 앞에서 울 것이다."

은고의 외침은 오래가지 못했다. 김유신이 칼을 들어 은고의 목을 쳤다. 은고는 그 자리에서 죽었다. 죽음이 억울했는지 유독 그녀의 피는 충상의 쪽으로 뿜어졌다. 충상이 그 모습에 놀라 혼절하였다.

*

　의자왕의 서자 궁(躬)이 좌평 6명을 거느리고 다시 소정방을 찾아갔으나 허사였다. 전날에 김유신이 은고를 죽인 결과였다. 달기는 은고가 사라지자 하루 종일 소정방의 곁에서 백제를 욕했다. 모두가 김유신이 시킨 탓이다. 궁과 여섯 좌평이 혹시나 하는 마음으로 열심히 흙바닥을 기었으나 얻은 것은 하나도 없었다.

　드디어, 사비성은 함락되었다. 흑치상지가 온몸으로 막아냈으나 역부족이었다. 이날 대야성에서 백제에 투항한 후로 신라의 공격에 혁혁한 공을 세웠던 검일은 신라군에 사로잡혀서 처참하게 죽었다. 동조했던 모척도 마찬가지였다.

　흑치상지는 각가와 함께 의자왕을 모시고 웅진성으로 갔다. 밤을 틈타서 배로 이동하는 순간이라, 모든 것이 조심스러웠다. 웅진성으로 가서도 소정방과의 협상은 계속되었으나, 진척이 없었다. 의자왕이 문무대신을 거느리고 당나라로 가서 황제에게 군신의 예를 갖추고 대장군이라는 봉호를 제수 받겠다고 청했으나, 이 또한 거절당했다.

흑치상지는 이런저런 고민을 하다가 각가를 찾아갔다.

"좌평 어른, 백제의 멸망은 이제 돌이킬 수 없는 것 같습니다."

"장군, 나도 그게 슬프다네. 이 일을 어쩌면 좋다는 말인가."

"전하의 신변안전을 거듭 저들에게 요청을 하고, 철군의 시한을 받아두는 게 좋을 것 같습니다. 신라야 그동안 앙숙이었던 우리 백제가 망해서 좋다는 생각뿐이지 당나라 여기에 주둔할 것이라는 데에는 생각이 미치지 않은 것 같습니다. 전하만 살아 있다면 언제라도 백성들의 뜻을 모아 나라를 세울 수 있을 것입니다. 또한, 저들이 백제에 계속 남아 있다면 백제 백성들을 약탈하고, 백제의 여자들을 겁탈할 게 분명하지 않습니까. 항복을 조건으로 하여 이를 약조하는 문서를 받아두는 게 좋을 것 같습니다."

"다른 방법도 없고, 더 이상 미룰 수도 없으니 내일 당장 전하를 뵙고 말씀드리도록 합시다."

"그 전에 해야 할 일이 있습니다."

"그게 뭔가?"

"백제의 지방장관 모두가 항복을 한다는 수결이 담겨 있는 문서를 가지고 가야 저들이 안심을 하고 전하의 신변을 보장할 것이며, 속히 철군을 할 수도 있을 것이옵니다. 저들이 걱정하고 있는 근심을 미리 덜어주어야 협상을 유리하게 이끌 수 있습니다."

"따지고 보니 자네의 말이 옳군. 장군은 나보다 훨씬 사려가 깊구려."

"과찬의 말씀이옵니다. 저는 오로지 전하와 백성의 안위를 생각하는 마음 뿐이옵니다."

"허허허, 장군은 겸손하기까지 하구려. 어서 서둘러 일을 진행하시오. 시간이 그리 많지 않소이다."

흑치상지는 그날로 지방장관들을 만났다. 장관들 중에는 현실을 인정하는 사람도 있고, 계속 싸우자고 고집하는 사람도 있었다. 흑치상지는 그들에게 전하의 신변과 백성들의 안전이 무엇보다 중요하다고 말했다. 장관들은 흑치상지가 말하는 빛을 감추고 은밀히 힘을 기른다는 도광양회(韜光養晦)를 마음 속 깊이 받아들였다. 일시적인 치욕을 견디어 다시 안남국(베트남)까지 배를 몰던 백제의 기상을 회복하자고 입을 모았다. 꼭 당나라의 장안까지 말을 몰고 가서 당나라 황제의 항복을 받고야 말겠다고 큰소리를 치는 사람도 있었다. 울면서 수결을 하는 장관도 있었고, 굳은 의지를 불태우며 수결을 하는 장관도 있었다.

흑치상지는 수결이 담긴 문서를 가지고 각가를 찾아갔다. 각가는 흑치상지가 들어오자마자 차를 마실 시간도 없이 서둘러 의자왕이 있는 웅진성으로 갔다. 의자왕은 이들을 반갑게 맞아주었다.

"요즘은 그대들을 보는 재미에 사는 구려. 만약, 그대들마저 내 곁에 없었다면, 짐은 벌써 스스로 목숨을 끊어 이 치욕을 덜었을 것이오."

"전하, 성심을 굳게 하소서. 백제는 다시 일어설 수 있습니다."

"알았소이다. 그대들이 내 곁에 있는 한, 짐도 희망을 버리지 않을 것이오. 그래, 오늘은 무슨 일로 온 것이오."

"항복은 하되, 전하의 신변과 조속한 철군을 요청하는 서신을 한번만 더 써 주시옵소서."

"저들이 내 서신을 받아주겠소?"

"흑치상지 장군이 저들의 의심을 지우려고 사비성 인근을 다스리고 있는 지방장관들의 수결이 담겨 있는 문서를 가져왔습니다. 모든 지방장관의 수결을 받기에는 너무 시간이 없으니 우리의 의지를 보여주자는 뜻입니다. 이 문서와 전하의 서신을 가져다주면 전하가 당나라로 끌려가시는 일은 없을 것이옵니다."

"내 곁에 흑치상지 장군이 있다는 것이 자랑스럽구나. 내 서신을 써 줄 것이다. 가서 백제의 장군답게 당당하게 요청하라. 더 이상 비굴해서는 안 될 것이다."

"알겠습니다. 전하."

의자왕의 서신을 들고 각가와 흑치상지는 소정방을 찾아갔다. 소정방은 여전히 거만한 자세로 그들을 맞았다. 각가는 무릎을 꿇으려 하였다. 흑치상지가 막았다. 그리고는 칼을 빼어 들었다. 놀란, 소정방이 황급히 소리쳤다.

"이놈, 이게 무슨 짓이냐? 여봐라. 저놈들을 당장 체포하라."

당나라 장수와 병사가 흑치상지에게 몰려들었다. 흑치상지는 웃으면서 말했다.

"대장군, 무얼 그리 놀라십니까? 대장군이 적적할 것 같아서 자랑할 만한 것은 아니지만 쌍검무를 보여 드리려고 하는데 괜찮으시겠는지요?"

소정방이 대답할 틈도 없이 흑치상지는 칼집에서 두 개의 검을 뽑아들더니 칼춤을 추기 시작했다. 절도 있고 힘이 있어 폭풍우가 치는 듯 했고, 때로는 한없이 부드럽고 슬퍼서 봄날 꽃잎이 지는 강변에 있는 것 같은 착각이 들었다. 칼날이 여기 있는가 하여 눈이 따라가면 어느새 칼은 저쪽으로 옮겨 갔고, 멈추는가 하여 긴장을 풀고 있으면 계곡의 물처럼 세차게 흘러갔다. 마치, 백제의 산골짜기를 흐르는 물과 같았다.

흑치상지가 쌍검무를 추는 동안, 모두들 흑치상지의 솜씨에 탄복하여 숨소리 하나 들리지 않았다. 각가 조차도 흑치상지의 검무 솜씨에 놀라 입을 벌리고 있을 지경이었다. 검무가 끝났을 때, 흑치상지의 몸에서는 땀이 비 오듯 했다. 소정방은 놀랐으나, 감정을 숨기고 호탕한 체 하면서 박수를 쳤다.

"백제에도 제법 재주가 있는 장수가 있구려. 그래, 오늘은 무슨 일로 왔소이까?"

"백제왕의 서신을 가지고 왔습니다."

"백제왕의 서신이라면 빤한 것이 아니요. 구태여 먼 길까지 올 필요가 없지 않소이까."

"조금 설명 드릴 게 있습니다."

"설명이라니…. 우선 앉는 게 좋겠소"

소정방은 내키지 않으면서도 아까의 쌍검무가 생각이 나서 탁자에 앉았다. 각가와 흑치상지도 소정방을 마주 보고 앉았다. 차가 나왔다. 차 냄새가 향기로웠다. 하지만, 마시고 싶지는 않았다. 소정방이 차를 권했다. 흑치상지는

마시는 척하다가 잔을 내려놓았다.

"아까 설명을 한다는 내용이 무엇이오?"

흑치상지가 나서려 하자, 각가가 먼저 나섰다.

"백제왕은 당나라 황제께서 황은을 베푸시기를 간절히 바라십니다. 백제가 항복하더라도 백제의 왕을 여기에 남겨두고, 백제의 백성들을 약탈하지 않는다는 약조를 해주시면 백제왕과 백성들은 당나라를 군신의 예로 섬길 것이며, 해 마다 가장 좋은 것을 골라 당나라 황제에게 바칠 것입니다."

"허어, 그것뿐이란 말이요? 다른 내용은 없소이까?"

각가가 할 말을 찾지 못하고 머뭇거리고 있을 때, 흑치상지가 말했다.

"여기에 사비성 인근에 있는 고을을 다스리는 장관들의 수결을 받은 문서가 있습니다. 백제의 지방장관들도 모두 항복한다는 내용이니 항복한 후에, 당나라가 걱정하는 부흥운동은 없을 것입니다."

흑치상지는 문서를 내밀었다. 소정방은 문서를 유심히 살펴보았다.

"장군의 이름이 흑치상지라고 했소?"

"예. 그렇습니다. 대장군."

"어디를 지키고 있소?"

"임존성을 지키고 있습니다."

"그 성은 어디에 있소?"

"사비성과 웅진성이 각각 구십 리쯤 떨어져 있습니다."

흑치상지의 말을 들은 소정방은 잠시 생각에 잠기는 듯, 허공을 바라보았다. 소정방의 머릿속은 바쁘게 돌아가고 있었다. 저처럼 훌륭한 장수가 웅진과 사비에서 90리 떨어진 곳에 있다면, 상당히 위험했다. 우선은 이들을 안심시키는 게 필요했다. 그 당시, 나당연합군이 백제를 지배하는 수준은 사비성과 주변의 일부뿐이었다. 언제라도 훌륭한 장수가 나와서 백성들을 규합하면 자신들이 위험에 처할 수 있었다. 소정방은 이들을 달래는 게 중요하다고 판단했다. 백제왕의 공식적인 항복을 받아야 그 다음의 일을 진행할 수 있지 않겠는가.

"좋소이다. 가서 그대의 왕에게 전하시오. 당나라 황제가 백제의 왕을 너그럽게 용서한다고 전하시오."

"그럼, 저희들의 청을 들어주신다는 겁니까?"

"우리 당나라야 백제와 형제처럼 지내온 사이가 아니오."

"고맙습니다. 장군."

흑치상지와 각가는 소정방에게 큰절을 하고 막사를 빠져나왔다. 그리고 한달음에 의자왕에게 달려갔다. 의자왕은 이들의 말을 듣고 기뻐하면서 말했다.

"내 백제의 왕이 되어 하고 싶은 일이 많았는데 여기서 운이 막힘을 안타깝게 생각한다. 이제 백제의 사직을 넘기려고 하니 눈물이 앞을 가리는구나. 내 지하에 가서 선왕들을 어떻게 본다는 말인가. 하지만, 어이 하랴. 모든 것이 다 하늘의 뜻이지 않겠느냐. 다행히 각가와 흑치상지가 백제 백성의 안위를 보장받았다고 하니 내 더 이상 웅진성에 머물 이유가 없구나. 각가는 속히 당나라와 신라에게 항복한다는 조서를 만들도록 하라."

660년 7월 13일에 사비성이 함락되고, 18일에는 웅진성으로 탈출했던 의자왕이 항복함에 따라 여러 성들도 항복하였다. 의자왕은 웅진성으로 도망간 지 5일 만에 신하 700 여명을 데리고 수레에 탄 채 사비성으로 내려왔다. 백제의 항복소식을 들은 신라의 무열왕도 사비성으로 왔다.

흑치상지는 당나라와 신라의 태도에 촉각을 곤두세웠다. 무엇보다 의자왕의 신변이 걱정되었다. 하지만, 그들은 의자왕을 가두어버리고 백성들을 약탈하기 시작했다. 순식간에 사비와 웅진성 일대가 아비규환으로 변해 버렸다. 흑치상지는 심한 수치심과 자책감에 시달렸다. 그는 사비성과 웅진성 이곳저곳을 돌아다니면서 나당연합군의 행동을 예의 주시하였다.

사비성에서 이런 일이 일어났다. 어느 집 문간에서 웃통을 드러낸 당나라 병사 몇 명이 덩치가 큰 농부와 싸우고 있었다. 농부는 문턱을 딛고 서서 거칠게 도끼를 휘둘러 댔다. 당나라 병사들은 다가서지 못하다가, 멀리서 그의 허벅지를 향해 활을 쏘아 쓰러뜨렸다. 덩치가 큰 농부는 오른쪽 넓적다리에 화살을 맞고 고통스럽게 쓰러졌다. 그는 안간힘을 다해 화살을 뽑으려 했지만, 화살은 쉽게 뽑히지 않았다.

그의 부인은 얼이 빠진 채, 그 모습을 바라보고 있었다. 당나라 병사들이 그 부인을 그냥 두지 않았다. 머리채를 휘어잡아 마당으로 끌고 나왔다. 세 명의 병사들이 남편을 찍어 누르고 있는 동안, 다른 병사들은 그의 부인을 강간했다. 농부는 짐승 같은 소리를 지르면서 발버둥을 쳤다. 너무나 분이 나서인지 오줌을 싸기도 하였다. 부인도 연방 소리를 지르면서 저항했지만 소용이 없었다. 몇 차례의 강간이 이어지는 동안, 부인은 실신해버렸다.

병사들은 거기서 그치지 않았다. 방으로 들어가더니 어린 두 딸을 찾아내어 밖으로 끌어냈다. 딸들이 끌려 나오자, 농부는 발악을 했다. 입으로 당나라 병사의 허벅지를 물어뜯고는 일어서려 했다. 당나라 병사 하나가 칼을 들어 그의 배를 찔러버렸다. 농부는 그 자리에 쓰러져 더 이상 움직이지 않았다. 당나라 병사들은 더 이상 흥미를 느끼지 못했는지, 울면서 살려달라고 애원하는 두 딸을 칼로 베어버렸다.

이처럼, 의자왕이 항복을 한 후에 소정방이 당나라로 갈 때까지 사비성과 웅진성 일대는 도무지 사람이 사는 곳이라 할 수 없었다. 이렇게 된 배경에는 당나라 군사들이 모두 전문군인들로서 백제의 땅에 들어가서 마음껏 약탈하고, 부녀자들을 겁탈해도 된다는 허락을 받았기 때문이었다. 신라도 이를 알고 있었지만 그들은 오직 백제가 망하기를 바랄 뿐이어서 그다지 신경쓰지 않았다.

흑치상지는 당장이라도 칼을 들어 당나라 병사들을 베고 싶었지만, 의자왕의 신변에 영향을 미칠까 두려워 꾹 참았다. 흑치상지가 참는 동안, 입술에서는 선혈이 계속 흘러내렸다.

8월 2일에는 당과 신라의 전승(戰勝)축하연이 사비성에서 성대하게 이루어졌다. 백제로서는 치욕적인 순간이었다. 무열왕은 신라왕의 자격으로 소정방과 함께 높은 걸상위에 앉았다.

의자왕과 부여융은 궁궐의 댓돌 아래에 앉았다.

"백제왕 의자는 신라의 왕에게 술잔을 올리라."

소정방이 말하자, 의자왕은 마치 시체처럼 움직였다. 희망이 사라진 사내의 무표정한 표정만큼 견디기 힘든 것은 없다. 무열왕도 그것을 느끼고 술잔을 들고 오는 의자왕의 손목을 잡았다. 의자왕은 초점 없는 눈으로 무열왕을 바라보았다.

"산맥 하나를 넘어서면 이웃사촌지간인데 그동안 우리가 서로를 미워하며 참으로 모진 세월을 살았소."

의자왕은 무슨 말인가 하려다가 멈추고, 술잔을 따랐다. 무열왕은 잠자코 술을 받았다. 무열왕은 술잔을 들고 천천히 마셨다. 의자왕 뒤에 있는 백제의 신하들이 흐느끼면서 울었다. 멀리서 바라보던 백제의 백성들도 억지로 울분을 삼켰다. 채 삼키지 못하는 백성들은 신음소리를 냈다. 흑치상지도 마찬가지였다. 그는 가슴을 치면서 울부짖었다. 그리고 다짐했다.

"전하, 조금만 참고 기다리소서. 기필코 나당 연합군을 백제의 땅에서 몰아내고, 이 백제를 다시 전하가 다스리는 땅으로 만들겠습니다. 그러기 전에는 소장은 눈을 감을 수 없사옵니다."

의자왕도 눈물을 참을 수 없는 지 울었다. 무열왕은 의자왕이 측은했는지 어깨를 두드렸다. 의자왕은 천천히 무열왕의 손을 잡고 말했다.

"나라를 패망케 한 사내도 마지막 자존심이 있는 것입니다.

더 이상의 연민은 필요하지 않으니 거두어 주시기 바랍니다."

무열왕은 의자왕을 힐끗 바라 본 다음, 걸상에 앉았다. 다음은 소정방의 차례였다. 소정방은 의자왕에게 무릎으로 기어오라 하였다. 의자왕도 무열왕도 놀라서 소정방을 바라보았다. 의자왕은 한참 동안 생각을 하다가 움직이려 했다. 부여융이 막아섰다.

"소자가 대신하겠습니다."

부여융은 무릎걸음으로 가서 소정방에게 잔을 따랐다. 의자왕이 부여융의 모습을 괴로운 듯 바라보았다. 소정방이 다시 의자왕에게 무릎걸음으로 오라고 하였다. 의자왕은 잠시 멈칫했다. 하지만, 이내 의자왕은 무릎걸음으로 소정방에게 갔다. 흑치상지도 이를 보고 피눈물을 흘렸다.

"백제왕은 그동안 당나라를 업신여긴 죄가 크니 진심으로 사죄하라."

소정방이 근엄하게 말했다. 의자왕은 잠시 허공을 바라본 다음, 말했다.

"대장군 백제왕은 그동안 염치가 부족하고 예를 알지 못하여 당나라 황제에게 무례하게 대한 점을 깊이 사과드립니다."

"누가 말로만 하라고 하였느냐. 머리를 땅에 부딪치며 아홉 번 절하라."

의자왕은 소정방의 말을 따랐다. 한 번씩 절을 할 때마다 절망과 분노가 치밀었고, 수치와 오욕이 온 몸을 감쌌다. 흑치상지는 마치 시간이 멈추어버린 듯, 고통스러웠다. 할 수만 있다면 다시 어머니의 자궁 속으로 들어가고 싶었다.

그는 이를 갈면서 다짐했다.

'내 이 날을 결코 잊지 않고 당나라에 진 원수를 기필코 갚으리라.'

무열왕은 자신의 상대였던 의자왕이 너무 나약하다는 데 분노를 느꼈다. 저렇게 약한 왕이라면 굳이 자존심을 구겨가면서 당나라에게 원조를 청할 이유가 없었지 않은가. 무열왕은 포로들을 향해서 소리쳤다.

"대야성에서 내 사위와 딸을 죽인 장수가 누군가. 당장 이리로 나오라."

백발이 성성한 장수가 나왔다. 그의 눈빛은 이미 죽음을 초월하고 있었다. 윤충이었다. 그는 무심한 눈으로 의자왕을 오랫동안 바라본 다음에, 눈을 부릅뜨고 무열왕을 노려보았다. 의자왕은 윤충의 눈빛이 느껴지자 잠시 긴장하였으나, 곧 무심한 눈빛으로 돌아갔다. 무열왕은 윤충의 눈빛이 두려워서 서둘러 자신의 칼을 들어 휘둘렀다. 한편으로는 이웃나라끼리 싸워 온 세월이 허탈하기도 하였다. 윤충의 목이 떨어지고 피가 하늘로 솟았다. 무열왕은 울부짖다가 웃다가를 반복하였다. 의자왕은 모든 상황을 단지 무심한 눈으로 바라보았다. 그는 이제 산 자도 죽은 자도 아니었다.

소정방은 백제와의 전쟁을 빨리 마무리 짓고 전과를 본국에 빨리 알리고 싶었다. 그는 9월 3일 의자왕과 그 왕족 및 신료 88명과 1만 2천여 명의 주민을 포로로 끌고 당나라로 갔다.

소정방은 낭장 유인원을 유수로 임명하고 군사 1만 명을 주어 사비성에 남아 지키도록 하였다. 유인원은 소정방을 대신하여 도호에 임명되어 당군 총사령관이 되었고, 그 후 웅진도호부 체제로 개편되면서 웅진도독이 되었다. 신라군도 왕자 김인태가 사찬 일원, 급찬 길나와 함께 군사 7천 명을 이끌고 유인원을 보좌하였다.

임존성

    사비성과 웅진성 주변의 성들은 당나라 군사들의 노략질로 성한 데가 없었다. 곡식이며, 가축을 닥치는 대로 잡아갔다. 노인이 길을 빨리 비키지 않는다며 창으로 찔러 죽이는가 하면, 여자는 노소를 막론하고 겁탈의 대상이었다. 이런 이유로 여자들은 일절 밖으로 나오지 않았다. 백성들은 밤을 이용하여 고구려나 남쪽으로 도망쳤다.

    의자왕이 군선에 실려 당으로 압송되는 것을 본 흑치상지는 더 이상 망설일 게 없었다. 측근 부하 십여 명과 함께 사비성을 빠져나왔다. 임존성으로 들어가기 위해서였다. 임존성으로 가는 길에도 당나라 군사의 노략질이 계속되고 있었다. 흑치상지는 노략질을 하고 있는 당나라 군사들을 보이는 족족 죽여 버렸다. 막 닭을 잡기 위해 손을 뻗치던 당나라 군사는 벌어지는 입을 채 다물지 못하고 저승으로 갔다. 안방으로 뛰어 들어가서 금궤짝을 열어 보던 당나라 군사는 금을 채 만져보기도 전에 흑치상지가 쏜 화살을 맞고 그 자리에서 엎어져 죽었다.

    "백제의 병사들이여, 나를 따르라. 이 흑치상지가 그대들의 목숨을 지켜줄 것이다.”

혹치상지는 목소리를 높여서 소리를 질렀다. 백성들은 혹치
상지의 명성을 알고 있었으므로 남쪽으로 내려가는 것을 멈추
고 임존성으로 몰려들었다. 열흘이 지나지 않아 임존성에 들어
온 주민은 3만 명이 넘었다. 그는 계단식으로 밭을 경작하게 하
여 한 사람이라도 더 많은 백성들이 농사를 짓도록 하였다. 심금
을 울리는 그의 배려에 탄복하여 눈물을 흘리는 자도 있었다.

임존성은 혹치상지의 근거지였다. 그는 임존성의 험절함에
깊이 매료되어 있었다. 그런 까닭에 의자왕이 사비성을 버리고
웅진성으로 피신하자고 했을 때, 혹치상지는 임존성으로의 피
신을 건의했었다. 임존성은 수비하기는 좋고, 공격하기는 어려
운 성이었기 때문이었다. 나당 연합군의 공격을 받고 있는 백제
로서는 수비하기 좋은 성이 필요하다고 판단한 것이다. 넓어서
백제의 성으로서 가장 큰 것도 임존성의 장점이었다.

하지만, 의자왕은 혹치상지의 말을 따르지 않았다. 백제가
망하는 순간까지도 자신의 기득권을 포기하지 않으려는 귀족들
의 반대가 심했기 때문이었다. 그들은 껍데기라도 사비성에 남
아 있기를 원했던 것이다. 그들이 표면에 내세운 것은 의자왕이
나이가 많아서 90리를 걸을 수 없다는 이유였다.

*

8월의 굴욕적인 항복 의식이 끝난 후부터 백제의 백성들은 부흥운동을 시작하였다. 최초로, 부흥운동을 일으킨 사람은 좌평 정무였다. 그는 두시원악(충남 청양)에 주둔하면서 신라나 당의 군대를 깨뜨렸다. 이에 용기를 얻은 백제 유민들은 당나라의 횡포에 맞서서 봉기의 대열에 합류하였다.

   흑치상지도 임존성에 들어가자마자, 신라와 당나라 군대를 괴롭혔다. 신라와 당나라 군대는 흑치상지를 도깨비라 불렀다. 언제 나타날지 모르기 때문이었다. 어떤 때는 낮에 불쑥 나타나서 한바탕 소란을 피우기도 하고, 어떤 때는 모두가 잠들어 있는 밤에 쳐들어와서 신라와 당나라 군사들의 혼을 빼 놓고는 유유히 사라져버렸다. 신라와 당나라 군사들은 흑치상지의 말만 들어도 벌벌 떨었으며, 언제 어디서 들이닥칠지 몰라 밤에도 제대로 잠을 이룰 수가 없었다.

   보다 못한 당과 신라는 8월 26일, 임존성으로 쳐들어갔다. 당나라 장수 소정방이 직접 이끌었다. 신라의 장수는 진주였다. 흑치상지는 나당 연합군의 군사가 많았으므로 나가서 싸우지 않고 죽기 살기로 성을 지켰다. 거듭된 공격에도 성이 끄떡도 하지 않자, 진주는 직접 말을 타고 사흘 동안 임존성 안을 세밀하게 살폈다. 그런데 성의 동남쪽이 헌 것과 새 것으로 같지 않았다. 보수한 흔적이 보였다. 녹각(鹿角)도 거의 무너져 있었다. 진주는 속으로 쾌재를 불렀다. 드디어 임존성을 무너뜨린 기회를 발견한 것이다.

진주는 성동격서(聲東擊西)의 계책을 쓰기로 하였다. 성동격서란 동쪽에서 소리를 치고 실제로는 서쪽을 치는 계책이다. 공격하지 않을 곳에서 공격하는 것처럼 크게 소리를 질러 상대를 그쪽으로 유인한 다음에, 실제로는 다른 곳을 쳐서 상대를 무너뜨리는 것이다.

진주는 임존성의 서북쪽에 병력을 집결시켜서 서북쪽을 대대적으로 공격할 것처럼 혼돈하게 한 다음, 암암리에 성의 동남쪽을 공격하기 위한 준비를 하였다. 흑치상지는 이러한 진주의 행동을 유심히 살펴보고 있었다. 한참 동안 살펴보던 흑치상지는 부장인 태수를 불렀다.

"군사들 중에서 무예가 출중하고 몸이 가벼운 자를 일반 백성으로 가장시켜서 성의 동남쪽에 있는 민가에 숨게 하고, 백성들 중에서 젊고 몸이 빠른 자를 골라 군사로 위장하여 서북쪽에서 깃발을 흔들며 고함을 지르게 하라."

"장군, 적이 서북쪽으로 공격하려는 것을 모르시는 것입니까?"

"너는 그렇게 보이느냐. 나는 그렇지 않다."

"그게 무슨 말입니까. 눈에 보이는 것을 아니라고 하시다니 제 눈이 잘 못되었다고 꾸중을 하시는 것입니까?"

"신라는 성동격서의 계책을 쓰고 있는 것이다. 그들이 치는 곳은 동남쪽이다. 적의 계책을 무너뜨리려면 적의 계책을 역으로 이용해야 한다. 이를 장계취계(將計就計)라고 한다. 나는 지금 그 계책을 쓰고 있는 것이다."

태수는 그때서야 흑치상지의 의도를 알아차렸다. 그리고 흑치상지의 명에 따라 동남쪽으로 갔다. 흑치상지는 서북쪽에서 백성들과 함께 성을 지키고 있었다. 진주가 이를 보고 곁에 있는 부장에게 말했다.

"다른 사람들이 흑치상지를 계백과 같은 장수라 일컬어서 나도 그를 두려워하였는데, 오늘 보니 지금까지의 명성은 모두 허명(虛名)이었다. 흑치상지의 명성으로 두려움에 떨면서 신라 땅에서 이곳까지 이르는 동안 조심에 조심을 한 것이 부끄럽구나."

하지만, 진주는 곧 그 말을 후회해야 했다. 그는 자신의 계책대로 군사들을 동남쪽으로 몰고 갔다. 예상대로 백제의 방비는 허술했다. 백성들은 칼과 창을 제대로 다루지도 못할 뿐만 아니라, 신라군이 나타나자 무기를 버리고 도망치기에 바빴다. 진주는 신이 나서 그들을 뒤쫓아 갔다. 진주가 생각하는 것보다 더 깊숙이 들어갔다고 생각하는 순간, 진주와 신라군들은 좌우에서 비처럼 쏟아지는 화살을 피할 수 없었다. 게다가 도망치는 백성들이 칼과 창을 바로 쥐고 달려오는 데 모두 정예병들이었다. 신라군들은 어찌할 바를 모르고 이곳저곳으로 도망치다가 백제군들의 활과 칼을 맞고 죽어갔다.

흑치상지는 먼 데서 이를 지켜보다가 진주의 말을 향해 화살을 날렸다. 진주의 말은, 왼쪽 눈에 화살을 맞고 날뛰었다. 진주가 황급히 놀라서 말을 제어하려고 했으나 이미 늦었다. 진주는 말에 떨어졌고, 목이 부러져 그 자리에서 죽었다. 장수를 잃은 신라 군사들은 갈팡질팡하다가 더러는 성벽에서 떨어져 죽고, 더러는 자기들 편끼리 싸우다가 죽었다. 살아서 돌아간 자가 그리 많지 않았다.

임존성 전투의 승리는 백제 부흥군이 거둔 최초의 대규모 승리였다. 이 싸움의 결과로 백제 부흥군의 사기가 크게 올랐다. 반대로, 당과 신라에서는 크게 긴장하였다. 소정방이 서둘러 당으로 들어간 것도 흑치상지 때문이었다.

*

9월 3일, 흑치상지는 의자왕이 당에 끌려가는 것을 먼발치에서 보았다. 당장 달려가서 군신의 예를 갖추고 하직인사라도 드리고 싶었지만, 당나라 군사들이 의자왕을 철저히 에워싸고 있어서 개미새끼 한 마리도 들어갈 수 없었다.

늙고 지쳐서 더 이상 희망을 품을 수 없는 의자왕은 데꾼한 얼굴을 들어 사비성과 웅진성을 두루 바라보았다. 막막함이 느껴졌다. 의자왕의 마음속에 불현 듯, 지금이 백제의 산과 물을 볼 수 있는 마지막 순간이구나, 하는 생각이 들었다. 자신도 모르게 눈물이 났다. 의자왕이 눈물을 닦으려는 찰나, 의자왕은 멀리서 자신을 바라보는 한 장수와 눈이 마주쳤다. 흑치상지였다.

"저 장수가 있어 그나마 안심이 되는구나."

의자왕은 혼잣말로 중얼거리며 고개를 끄덕였다. 흑치상지도 의자왕의 마음을 읽었다는 듯, 고개를 끄덕였다.

"내 다시는 이 백마강의 물을 마실 수 없다니…."

의자왕은 감회에 젖어 눈시울을 적셨다. 곁에 있던 부여융이 의자왕에게 말했다.

"전하, 성심을 굳게 하소서. 벌써부터 백제의 백성들이 나라를 찾기 위해 움직이고 있다고 하옵니다."

의자왕은 대답 대신에 몸을 굽혀서 백마강의 물을 손으로 떠서 한 모금 마셨다. 목구멍으로 시원한 물이 넘어가는 동안, 지난 세월이 주마등처럼 스쳐갔다. 특히 대야성을 무너뜨린 감격이 생생하게 살아났다. 하지만, 모두 과거의 일이었다. 의자왕은 눈을 감아버렸다.

배는 천천히 서해를 향해 흘러가고 있었다. 보내는 사람이나 떠나는 사람이나 슬프기는 매 한가지여서 나루터는 온통 눈물바다였다. 백성들은 왕의 이름이나 아버지의 이름을 미친 듯이 불러댔다. 남편과 형제의 이름을 부르며 통곡하는 사람도 있었다. 하지만, 다시는 돌아올 수 없는 사람들이었다. 그렇게 사람들을 보내고 서운했는지 백제의 백성들은 강이 좁아져서 바로 산 밑으로 흐르는 지역에 다시 늘어섰다.

"전하, 성심을 굳게 하소서."

백성들의 울부짖음에 의자왕은 고개를 들었다. 백성들이 줄지어 서서 자신을 보고 있었다. 괴로웠다. 한 나라를 멸망에 빠뜨린 임금이 어찌 백성들의 눈을 똑바로 볼 수 있다는 말인가. 의자왕은 눈을 감아버렸다. 다시 백성들의 울부짖음이 이어졌다. 남편과 형제를 부르는 소리도 간간히 들렸다. 그때였다. 인근의 사당산에서 한 떼의 고함소리가 들렸다. 군사들과 유민들이 모여서 포로들을 구하기 위해 무기를 들고 나선 것이다.

의자왕을 비롯한 포로들을 실은 배가 멈추었다. 당나라 군사들은 즉시 이들과 싸움을 벌였다. 싸움은 두 시간을 버티지 못하고 많은 전사자를 내고 끝났다. 이 때문에 왕이 떠나는 뱃길이 머물게 한 자리라 하여 그 산의 이름을 유왕산(留王山)이라 부르게 되었다고 한다.

*

백제부흥운동의 주도권은 복신이 장악하고 있었다. 복신은 의자왕과 사촌간이었다. 의자왕을 비롯하여 귀족들이 모두 당으로 끌려간 상황에서 그가 왕족이라는 것은 커다란 흡인력이었다.

비록 벼슬이 한솔에 머물렀지만, 백성들을 모이게 하는 데 조금도 장애가 되지 않았다. 지리적으로 신라군의 침공을 비교적 적게 받는 곳에 있던 서방과 북방 주민들이 복신에게 몰려들었다. 그는 그들을 규합하여 부흥운동으로 이끄는 데 성공하였다.

복신은 끝없이 유인원이 주둔하고 있는 사비성을 공략하였다. 소정방을 포함한 주력이 당나라로 돌아간 상태에서 복신의 용의주도한 공격은 당나라에게 큰 부담이 되었다. 부흥군은 사비성 외곽에 설치된 책(柵)들을 모두 격파하고, 군량을 탈취하기도 하였다. 유인원은 복신이라는 말만 들어도 머리가 아플 지경이었다. 그러던 어느 날이었다. 유인원의 처소에 부장이 헐레벌떡 뛰어 들어왔다. 그는 직감적으로 복신이 쳐들어왔다고 생각했다.

"장군, 복신이 부흥군을 이끌고 남령(南嶺)까지 쳐들어왔다고 하옵니다."

유인원은 또 복신이구나, 하고 생각을 하면서도 무엇을 먼저 해야 할 줄을 몰라 허둥댔다. 복신은 당나라에 사신으로 파견되어 외교적 수완을 발휘한 적도 있는 인물이었다. 단순하게 접근하다가는 수모를 당할 지도 모르는 일이었다. 60을 넘긴 고령이라고 들었는데, 날마다 쉬지 않고 덤벼들다니 믿기지 않았다.

"신라에 사자를 보내서 지원을 요청하라."

"장군, 그것이 어렵사옵니다."

"그게 무슨 말이냐?"

"백제에서 이미 사비성에 접한 사면에 각각 군사를 보내어 지키고 있어서 개미새끼 한 마리도 이 성을 빠져나갈 수 없게 되어 있습니다."

"허허 참. 낭패로구나. 복신의 성이 귀신이 감화하였다고 하여 귀실(鬼室)이라더니 참으로 신묘한 계략을 쓰는구나. 나가서 싸우지 말고 굳게 지켜라. 저들은 제대로 훈련을 받지 않은 자들이니 오래가지 않아 물러갈 것이다."

유인원은 사비성에서 백제군을 바라보았다. 단연 눈에 띄는 장수가 있었다. 7척의 장신에 쌍칼을 든 장수는 멀리서 보아도 그의 무예와 지략이 보통이 아님을 알 수 있었다. 유인원은 그가 흑치상지라는 것을 알았다. 소정방이 백제를 떠날 때, 신신당부하지 않았던가. 유인원은 어떻게든지 흑치상지를 손에 넣고 싶었다. 흑치상지만 손에 넣을 수 있다면 흰 수염을 날리면서 까불고 있는 복신은 그다지 신경 쓰지 않아도 될 것 같았다.

오랜 대치가 이어지자 흑치상지가 답답한 듯, 복신에게 청했다.

"장군, 남쪽 공격만으로는 효과적으로 사비성을 공략할 수 없사옵니다. 소장에게 군사 천 명만 주시면 북쪽인 왕흥사잠성에서 사비성을 공략하겠습니다. 허락하여 주시옵소서."

복신은 잠자코 흑치상지를 바라보다가 흔쾌히 수락했다.

"좋소이다. 장군. 백제는 지금 장군의 무예와 지략이 절대 필요한 때입니다. 가서 당나라 군사들을 혼내주고 오시오. 장군이 백제에 있으니 머지않아 당나라 군사들이 혼비백산하여 물러갈 것이오."

"그렇게 말씀하시니 소신은 몸 둘 바를 모르겠습니다. 장군. 그럼, 속히 다녀오겠습니다."

복신은 군사를 이끌고 떠나는 흑치상지를 보면서 빙그레 웃었다. 계백이 살아온 것 같았다. 삼십이 조금 넘은 나이임에도 그의 무술은 절정에 이른 것 같았다. 싸움의 형세를 읽고 적의 계책을 간파하는 힘도 뛰어나니 유인원 따위에게 밀릴 일은 없어 보였다.

흑치상지가 백마강 맞은편으로 가서 사비성을 포위하자, 당나라 군대는 영락없이 독 안에 든 쥐였다. 그나마 그쪽으로 군사를 내어 신라를 끌어들이려했던 유인원은 침통한 표정으로 성을 지킬 뿐이었다.

이처럼, 복신과 흑치상지가 사비성의 남쪽과 북쪽을 에워싸면서 활발하게 부흥운동을 전개하자, 눈치를 보고 있던 백제성들이 점차 부흥군에 가담하기 시작했다. 얼마 후에, 사비성과 웅진성 인근에 있는 30여 개의 성이 부흥군의 진영으로 돌아왔다.

이에 복신은 한껏 고무되었다. 하지만, 흑치상지는 달랐다.

"장군, 당나라가 신라에게 도움을 청하는 날에는 모든 것이 허사가 되옵니다. 더욱 경계를 철저히 하시고, 왜에 사신을 보내어 군사를 보내달라고 청하소서. 왜에는 풍 왕자님이 있지 않사옵니까? 왜에서 우리의 청을 거절하기는 어려울 것입니다."

"그렇구나. 흑치상지 장군. 내가 너무 승리에 도취해 있었구나."

복신은 왜에 보낼 사신을 찾았다. 좌평 귀지가 나섰다.

"내가 가겠소. 나를 보내주시오."

"여기서 왜까지는 상당히 먼 거리오. 배를 타고 바다를 건너는 일인데 괜찮겠소?"

"백제를 다시 세우는 일인데 망설일 게 뭐가 있겠소? 늙은 몸이 쓰일 곳이 있다는 사실만 해도 좋은 일이 아니오. 난 백제에서 좌평이라는 벼슬까지 했으니 백제에서 받은 은혜를 어떻게든 갚아야 하지 않겠소."

"고맙소. 귀지 좌평. 백제가 다시 일어선다면 좌평의 이름이 가장 먼저 기록될 것이오."

복신은 그 동안의 전투에서 생포한 당나라 군사 가운데 백여 명을 뽑아서 귀지와 함께 보냈다.

"가서 왜의 야마토 정부에게 백제가 다시 일어설 수 있도록 군사를 보내달라고 하시오. 더불어 왜에 체류하고 있는 풍 왕자님에게 속히 귀국하여 대백제국의 왕통을 이으라고 청하시오.

아직 백제는 망하지 않았소. 저 들불처럼 일어나는 부흥군이 있는 한, 다시 백제는 일어설 것이오."

"장군의 말을 내 하나도 허투루 흘리지 않고 모두 다 이루고 올 것이오."

복신과 귀지는 뜨거운 눈물을 흘리면서 서로를 안았다. 떠나는 자나 보내는 자의 마음이 같았다. 비록 황망 간에 나라가 망해 왕이 당나라로 끌려갔지만, 아직 백제는 끝나지 않았다고 믿는 것이다. 머지않아 백제가 다시 세워지고, 백성들이 웃으면서 가족들과 상봉할 날을 꿈꾸는 것이다. 한참동안 서로를 놓지 않던 둘은 배가 떠나는 시간이 되었다는 병사의 말에 아쉬운 작별을 고했다. 귀지 일행을 실은 배는 곧 떠났다.

이들의 대화내용을 엿듣는 자가 있었다. 바로, 상영이 보낸 첩자였다. 상영이 누구인가. 무열왕의 사위인 대야성주 김품석과 그 딸인 고타소랑의 시신을 신라 측에 반환하는데 앞장섰던 인물이다. 신라 왕실의 숙원을 풀어주는데 기여했던 것이다. 그는 이미 나당 연합군이 백제에 쳐들어온다고 했을 때, 당군을 먼저 공격하자는 의직의 주장을 반박하면서 시간을 끌어 백제가 실기(失機)하게 만든 장본인이었다. 그뿐만 아니라, 계백과 함께 황산전투에 참가했으면서도 장렬히 전사하기는커녕 투항하여 충상과 함께 목숨을 건진 자였다.

그런 그가 아직도 신라군에 협조하여 백제부흥운동을 진압

하는데 앞장서고 있는 것이다. 나라는 망해도 신하는 살아남는
다, 라는 말을 그대로 보여주는 실례(實例)임에 분명했다.

첩자는 부리나케 상영에게 달려갔다.

"나리, 부흥군 진영에서 왜에게 군사지원을 요청하는 사신
을 보냈습니다."

"뭐라고? 그게 사실이냐?"

"더불어 의자왕의 아들인 부여풍을 백제왕으로 모셔오기
위해 좌평을 지낸 귀지가 왜로 떠났다고 하옵니다."

"이것 큰일 났구나. 어서 김유신 장군을 만나야겠다."

상영은 부리나케 서라벌로 달려갔다. 꼬박 사흘을 걸려서
김유신을 만났다.

"어서 오시오. 장군. 이 먼 곳까지 어인 일이오."

"어서 신라군을 출동시켜서 고립에 빠진 당나라 군사를 구
해야 하옵니다."

"그게 무슨 말이오. 자세히 말해보시오."

상영은 김유신에게 부하에게서 들은 이야기를 모두 전달했
다. 김유신은 상황이 예사롭지 않음을 알고 바로 대궐로 들어갔
다. 마침 무열왕은 대궐에 있었다. 김유신은 상영에게서 들은 내
용을 무열왕에게 전했다. 다 들은 무열왕은 크게 놀라면서 말했
다.

"조금도 지체 할 시간이 없구려. 만일, 당나라 군대가 백제

에게 패한다면 신라는 나락으로 떨어질 것이오. 당나라와 신라의 동맹관계가 깨짐은 물론, 당나라가 신라를 침략하지 않는다고 누가 보장하겠소. 겨우 통일에 대한 초석을 놓았는데 일을 망칠 수는 없소이다. 내 직접 백제로 가서 당나라 군사를 구해야겠소."

"전하는 여기 계시옵소서. 소신이 다녀오겠습니다."

김유신이 말했다. 무열왕이 대답했다.

"장군이야말로 여기 서라벌에 머물러 만일의 사태에 대비하여 주시오. 장군이 있는데 누가 감히 신라를 넘볼 수 있겠소."

김유신이 거듭 만류하는 데도 무열왕은 한사코 자신이 가겠다고 말했다. 이는 고도의 포석이었다. 유인원은 분명 당나라에 구원을 요청했을 것이다. 그리고 한편으로는 신라가 어떻게 나오는지 살피고 있을 것이다. 당은 신라에서 최소한 김유신은 보낼 거라고 생각할 것인데, 신라왕과 태자가 같이 나선다면 당에서는 신라의 충성심에 깊이 감격할 것이다. 그렇게만 된다면 고구려를 멸망시킬 때까지 당나라의 힘을 쓸 수 있을 것이다. 무열왕은 거기까지 계산에 넣고 있는 것이다.

"태자를 부르라."

"예. 전하."

곧 태자가 왔다.

"태자는 얼른 가서 떠날 준비를 하라. 백제의 땅으로 갈 것이다."

"갑자기 백제 땅에는 어인 일이십니까?"

"당나라 군사들이 백제 부흥군에 에워싸여 꼼짝도 하지 못한다는구나. 이럴 때, 신라에서 도와준다면 당나라에서 얼마나 고맙게 생각하겠느냐."

"과연, 전하는 삼국을 통일할 군왕이십니다."

무열왕은 태자 법민과 함께 군대를 이끌고 서라벌을 출발하였다. 이때, 사비성에 있는 당나라 진영은 식량과 물이 부족하여 난리였다. 군량미가 바닥나자, 전투에 쓸 말을 하나씩 잡기 시작했다. 하지만, 배고픔은 쉽게 가시지 않았다. 유인원은 포위망을 뚫어보려고 몇 번 싸움을 걸어보았지만, 부흥군은 요지부동이었다.

"하하하, 머지않아 유인원이 성문을 열고 항복하는 날이 오겠구나."

복신은 기뻐서 웃었다.

"신라가 후방에서 군사를 몰고 오는지 면밀하게 살피셔야 하옵니다."

부여자진의 말이었다. 그는 백제의 중부에 있는 구마노리성을 근거로 하여 부흥운동을 일으킨 사람이었다. 부흥운동이 서로 연합해야 힘을 발휘할 수 있다는 복신의 말에, 부하들을 이끌고 와서 합류하였다.

"장군, 부여자진의 말이 옳사옵니다. 후방을 주밀하게 살펴서 신라군이 오는 즉시 물리쳐야하옵니다."

흑치상지가 말했다.

"우리가 4면을 모두 에워싸고 있는데 누가 가서 신라에게 이 소식을 전해주겠다는 말이냐. 어림도 없는 일이다."

"신라에 투항한 백제 사람들 중에 첩자를 이리로 보낸다는 말을 들은 적이 있습니다. 특히, 좌평 충상과 상영, 달솔 자간은 신라에서 총관직(總管職)에 임명된 자들로, 더 공을 세우기 위해 혈안이 되어 있다고 하옵니다."

"아니, 백제에서 그만큼 누렸으면 되었지, 뭐가 부족해서 신라를 위해 수고를 아끼지 않는다는 말이냐. 참으로 이해할 수 없구나."

"그들에게 나라란 자신들의 부귀영화를 위한 수단일 뿐입니다. 어찌 그런 자들에게 체면이나 위신을 기대할 수 있겠습니까. 저자거리의 백성들처럼 남에게 해를 끼치지 않고 살기를 바라지만, 그들의 습성이 남에게 칭찬을 받는 것이니 이 또한 기대하기 어렵사옵니다. 저들은 저들이 원하는 길을 따라 갈 것이오니 어떻게든 우리의 정보를 캐서 신라에게 넘겨줄 것이옵니다."

"조심해야겠구나."

복신과 부여자진, 그리고 흑치상지는 부흥군 내부를 샅샅이 조사하였다. 그러던 중에 상영이 보낸 첩자가 이미 신라로 건너

간 사실을 알아냈다. 상영도 함께 갔다는 것이었다. 복신은 하얀 수염을 부르르 떨며 말했다.

"이런 낭패가 있나. 이미 신라에서 군사를 이끌고 이리로 오고 있을 것이니 이를 어쩌면 좋다는 말인가."

"너무 심려치 마옵소서. 다 방법이 있을 것이옵니다."

부여자진이 복신의 말을 받았다.

"신라에서 백제로 오려면 분명 탄현을 넘어야 할 것이다. 탄현을 가로 막고 지키고 있음이 어떻겠는가?"

복신이 다시 물었다.

"탄현으로 갈 군사가 마땅하지 않습니다. 소신은 이례성(충남 연산)을 지켜야한다고 생각합니다."

흑치상지가 말했다.

"이례성을 지켜야한다고 했소?"복신은 흑치상지의 말이 이해가 가지 않아, 그를 바라보며 물었다. 흑치상지는 계속 말을 이어갔다.

"이번에 신라군을 이끌고 오는 사람은 분명 김유신이거나, 아니면 신라왕일 것입니다. 김유신 장군이나 신라왕이나 모두 황산벌 싸움을 기억할 것입니다. 그들은 모두 황산벌에서 백제와 다시 만나기를 바라지는 않을 것이옵니다. 다만, 황산벌과 같은 효과를 내는 성을 찾을 것이옵니다. 그게 어디이겠습니까. 얼마 전에 부흥군 진영으로 합류한 이례성이 아니겠습니까. 거기를 함락한다면 그 주변 20개의 성이 쉽게 신라로 올 것이니, 이 또한 김유신이나 신라왕이 바라는 바가 아니겠습니까?"

"너무 비약이 심한 것이 아니오? 흑치상지 장군. 소정방이 있는 것도 아니고, 유인원이 머물고 있는데 신라왕이나 김유신이 온다는 게 선뜻 이해가 가지 않소이다."

"분명, 둘 중의 한 사람이 올 것입니다. 소장은 신라왕이 직접 태자를 데리고 올 것이라 예측됩니다. 당나라가 신라와 연합했으니 우리가 망한 거지만, 만약 당나라가 우리와 연합을 했다면 신라가 망했을 것이옵니다. 또한, 백제가 바다 건너 왜와 연합하여 군사를 일으킨다면 신라는 온통 시끄러워서 삼국통일은 커녕 제 나라를 지키기에 급급할 것이옵니다. 신라에게 있어서 당나라는 입술이옵니다. 순망치한(脣亡齒寒)이라는 말이 있듯이, 당나라가 없으면 신라는 당장 곤란하게 되옵니다. 신라로서는 절체절명의 순간이오니 가장 좋은 것으로 당나라의 은혜에 보답할 것입니다."

복신은 흑치상지를 유심히 바라보았다. 그는 벌써 한 나라를 책임질 큰 그릇이 되어 있었다. 그의 예지력은 정확하고 그의 분석은 날카로웠다.

복신과 도침

흑치상지의 예측은 정확하게 맞아 떨어졌다. 10월 9일, 무열왕은 태자 법민과 함께 이례성으로 쳐들어왔다. 복신은 급히 군사를 동원하여 막아보려 했지만, 여의치 않았다. 무열왕은 이례성을 철저히 포위하고는 개미새끼 한 마리 드나들 수 없도록 하였다. 평소에 군량미를 비축하지 않고 있던 성 안의 군사들과 백성들은 기아에 허덕이기 시작했다.

사흘이 채 지나지 않아 곡식이 떨어졌다. 병든 말을 중심으로 하나 둘씩 말을 잡기 시작했다. 하지만, 근본적인 굶주림은 어쩔 수 없었다. 이례성의 성주는 백성들이 어린 아이까지 잡아먹는다는 소문이 돌자, 성문을 열고 항복하였다. 9일 만의 일이었다. 무열왕은 만일의 사태를 대비하여 신라군을 주둔시켰다.

"장군, 이례성이 무너졌다하옵니다."

태수였다. 나이가 서너 살 어린 태수는 어렸을 때부터 흑치상지와 같이 어울려 지냈다.

"알고 있다. 당연히 무너지는 것이 이치에 맞지 않느냐."

"그게 무슨 말이옵니까. 장군."

"우리는 왕이 없고, 저들은 왕이 있으니 누가 이기겠느냐. 한 집안에도 가장이 있는 집과 없는 집이 다르거늘 어디 나라라고 다르겠느냐. 우리도 어서 빨리 왕을 모셔서 나라의 기틀을 잡아야 하느니라. 그렇지 않으면 작은 싸움에서는 우리가 신라를 이길 수 있을지 모르지만, 큰 싸움에서는 신라를 이길 수 없느니라."

이례성이 함락됨에 따라 백제 부흥군은 급격히 위축되었다. 부흥군의 후미가 차단됨으로써 더 이상 사비성을 압박할 수 없었던 것이다. 사비성을 포위한 채로 남령에 주둔하고 있던 부흥군은, 10월 30일 신라군의 거센 공격을 감당하지 못하고 1,500여 명의 전사자를 내고 퇴각하였다. 신라는 하나의 성마다 포위를 하는 방법을 구사하여, 성을 고립화시켰으며 백제의 백성들을 공포에 떨게 만들었다.

11월 5일에는 신라군대가 계탄(낙화암 동편)을 건너 왕흥사잠성을 공격하였다. 왕흥사잠성도 고립된 터라, 외부의 지원을 전혀 받지 못하고 버티다가 7백여 명의 희생을 남기고 퇴각하고 말았다. 이로써 사비도성 안의 당군은 신라로부터 가까스로 군량을 공급받을 수 있게 되어 기아에서 벗어날 수 있었다.

신라는 백제 부흥군의 기세를 꺾기 위하여 지속적으로 백제 유민을 포섭하였다. 은솔 무수에게 대나마의 관품과 대감의 관직에, 은솔 인수에게도 대나마의 관등과 제감직에 임명하였다.

이들을 우대한 목적은 백제의 부흥운동을 진압하기 위해서였다. 백제 유민들은 이러한 신라의 포섭정책에도 불구하고, 최우선 목표를 당나라 군대의 축출에 두었다. 이 때문에, 부흥군은 당군이 주둔하고 있는 사비성에 대한 공격을 멈추지 않고 집요하게 시도하였다.

661년 2월, 복신과 도침이 지휘하는 부흥군이 사비성을 공격하였다. 이 공격은 효과적이어서 사비성이 거의 함락될 지경이었다. 위험을 느낀 당나라 본국에서 유인궤를 검교대방주사로 임명하여 파견하였다. 이는 유인원을 돕고자 함이었다. 왕문도가 웅진도독부로 부임한 직후인 660년 9월, 삼년산성(충북 보은)에서 급사했기 때문이었다.

유인궤는 배를 타고 사비성으로 출발하였다. 그다지 어려움을 겪지 않으리라고 생각했지만, 백제의 땅에 거의 다 와서 장애물을 만났다. 복신이 웅진강(금강 하구)에 2개의 목책을 세워 놓고 막고 있었다. 유인궤가 배가 가지 않는 이유를 부하에게 물었다.

"장군, 백제의 복신이라는 자가 포구를 막고 있사옵니다."

"이미 나라가 망한 백성들인데 저들이 무슨 싸울 능력이 있다고 우리가 무서워한다는 말이냐. 그냥 밀고 들어가라."

유인궤는 복신을 그다지 두렵게 여기지 않았다. 이는 유인궤가 백제에 대한 정보를 소홀히 한 탓이다. 선박이 웅진강으로 들어서자 강 양쪽에서 불화살이 쏟아졌다. 배 여기저기에서 불이 나서 당나라 병사들이 불을 끄느라 아우성이었다. 그 뿐만이 아니었다. 어디서 나타났는지 어선이 떼를 지어 나타나서 당나라 배로 들이닥쳤다.

유인궤는 재빨리 신라에 구원을 요청하였다. 이례성에 있던 신라군이 급하게 웅진강으로 갔다. 나당연합군의 군사가 많아서 복신도 어찌할 수 없었다. 복신은 철수하려고 했다. 하지만, 철수도 쉽지 않았다. 하는 수 없이 복신은 도침에게 구원을 요청하였다. 도침은 그 즈음에 사비성을 포위하여 유인궤의 군대와 사비성 안의 군대가 합세하는 것을 차단하려고 하였지만, 복신이 위험하다는 말을 듣고 급하게 말머리를 돌려서 웅진강으로 갔다.

흑치상지는 도침마저 웅진강으로 갔다는 말을 듣고, 급히 태수를 불렀다.

"어서 군사를 이끌고 웅진강으로 가라."

"가서 어찌하라는 말씀입니까."

"설명할 시간이 없어서 여기 비책을 적어두었으니 가서 읽어보라. 일각이 여삼추이다. 늦게 가면 다 죽을 수도 있다."

태수는 무슨 말인지 알 수 없었으나 서둘러 웅진강으로 갔다. 복신과 도침이 이끌고 있는 부흥군이 웅진강을 등에 지고 배수의 진을 치고 있었다. 언뜻 위태해보였다. 태수는 흑치상지의 말을 생각해내고 얼른 품에서 비책을 꺼냈다. 흑치상지는 마치 현장에 있는 듯, 상황을 꿰뚫어 보고 있었다. 태수는 재빨리 글을 읽어 내려갔다.

손자가 군사들을 망지(亡地)나 사지(死地)에 몰아넣으면 용감히 싸워서 살아남게 된다고 했다. 그들이 힘을 다해 싸워서 살아남으려고 하기 때문이다. 배수의 진을 치는 이유가 여기에 있다. 장군이 그곳으로 가면 부흥군은 분명 웅진강을 등에 지고, 배수의 진을 치고 있을 것이다. 하지만, 이는 잘못이다. 신라군은 이례성에 기대고 있다고는 하나, 급히 왔으므로 식량과 마초가 넉넉하지 않을 것이다. 따라서 신라군을 이기려면 넓은 평지로 유인하거나, 좁은 성으로 몰아넣어 지치기를 기다리는 것이 상책이다. 그러면 그들 스스로 지쳐서 항복하게 되니 백제 군사들의 수고가 훨씬 줄어들면서 전과는 두 배로 올릴 수 있을 것이다. 한 마디로 요약하면, 급하게 달려들면 패하고, 천천히 물러서서 기다리면 이기는 것이다.

태수는 흑치상지가 말하는 바를 알아차리고, 재빨리 복신과 도침이 있는 곳으로 달려가서 흑치상지의 비책을 전했다. 다 듣고 난 후, 복신이 웃으면서 말했다.

"흑치상지 장군은 병법의 기본인 배수의 진도 모른다는 말인가?"

"장군은 신라와 당이 밀고 들어왔을 때, 백제군이 도망칠 곳이 없다 하였습니다."

"배수의 진이 질풍처럼 빨리 싸워서 생존하기 위한 계책인데 달리 무엇을 고려한다는 말이냐."

"하지만, 사기가 떨어지면 금방 무너짐을 염려한 것 같습니다." "전쟁에서 계략은 현지의 상황과 형편에 따라 쓰는 것이다. 이곳에서 지휘하는 장수는 나다. 내가 판단하여 결정하고, 내가 책임질 것이다. 태수는 그리 알고 돌아가라."

싸움은 곧 시작되었고, 바로 격렬해졌다. 서두르며 달려드는 것은 신라와 당나라였다. 백제군은 퇴각하여 목책으로 물러섰다. 하지만, 너무 급하게 물러서는 바람에 허둥대다가 많은 사상자를 냈다. 하는 수 없이 배를 이용하여 다리를 놓고 건너가 나당연합군과 싸웠으나, 백제군이 좁은 다리에 한꺼번에 몰려서 길이 쉽게 트이지 않았다. 그것을 본 신라와 당에서 비처럼 화살을 날렸다. 백제의 군사들이 화살을 피하지 못하고 죽었다. 화살을 피할 곳을 황급히 찾다가 강으로 떨어져 죽는 병사도 있었다. 강에 기대어 배수의 진을 치려는 본래의 의도가 많이 빗나가 버렸다.

백제도, 신라도 모두 물러설 곳은 없었다. 백제는 뒤에 강이 있었고, 신라는 식량이 떨어져서 배고픔이 기다리고 있었다. 피차 땀을 쥐어짜듯 싸울 수밖에 없었다. 피와 살이 튀기는 격전이었다. 싸우다가 죽은 자가 만 여 명에 이르렀다. 결국, 복신과 도침은 사비성의 포위를 풀고 물러나 임존성으로 들어갔다. 신라군도 군량이 다하고 별다른 성과를 거두지 못했으므로 회군하고 말았다.

이를 계기로, 당은 사비성이 수비하기 어렵다는 이유를 들어 바로 웅진성으로 거처를 옮겼다. 웅진성이 방어하기에 적합한 지역이었으므로 부흥군의 공격에 용이하게 대응할 수 있다고 판단한 것이다.

이처럼 부흥군의 기세는 약한듯하면서도 강하고 위협적이었다. 그 가운데에는 흑치상지가 있었다. 웅진성으로 옮긴 당나라 군대는 부흥군의 위력을 시험하기 위해 1천 여 명의 군사를 이끌고 임존성으로 쳐들어 왔다. 태수가 나가 싸워 크게 무찔렀다. 살아서 돌아간 자가 열을 헤아릴 정도였다. 그 중에 몇은 흑치상지가 쏜 화살을 맞고 죽기도 하였다.

3월 5일에는 부흥군이 두량윤성(충남 정산) 남쪽에서 진을 칠 곳을 찾고 있는 신라군대를 급습하여 크게 무찔렀다. 또한, 흑치상지는 태수와 더불어 고사비성에 몰래 주둔하고 있다가 한 달 엿새 동안 진행된 신라군의 두량윤성 공격을 물리쳤다.

4월 19일에는 부득이 군대를 돌려 후퇴하는 신라군을 빈골양(전북 태인)에서 습격하였다. 신라군은 오랜 행군 끝에 쉬고 있다가 당한 터라 치중병기(輜重兵器)를 모두 놓고 달아나버렸다. 부흥군은 이를 노획물로 얻었다. 항상 승리만 있었던 것은 아니었다. 각산(角山)에서 신라의 상주와 낭당이 이끄는 군대에 격파당하여 2천여 명의 희생자가 나기도 하였다.

이처럼 부흥군의 전의는 놀랍도록 왕성하여 신라군을 경상남도 거창 동북쪽의 가소천까지 밀어붙였다. 신라 조정은 발칵 뒤집어졌다. 망한 백제가 살아 있는 신라를 위협한다고 아우성을 쳤다. 이에 대한 문책은 엄중하게 이루어졌다. 백제에게 성을 빼앗긴 자는 모두 처형했다. 이 무렵, 백제의 부흥군은 200 여개의 성을 회복하였다. 웅진성을 제외한 거의 대부분의 옛 백제 땅이 부흥군의 수중에 들어왔다.

이에 놀란 신라군은 무열왕이 직접 나서서 부흥군 토벌을 독려하다가 죽는 일이 벌어졌다. 이때가 6월이었다. 삼국사기에 이런 내용이 들어 있다.

6월에 대관사(大官寺) 우물물이 피가 되고, 금마군(金馬郡)에서는 땅에 피가 5보(步) 넓이가 되게 흘렀다. 왕이 돌아가셨으니 시호를 무열(武烈)이라 하고, 영경사 북쪽에 장례 지내고 태종이라는 호를 올렸다. 고종이 부고를 듣고는 낙성문에서 애도를 표하였다.

부흥군은 끝없이 당나라 군사를 축출하는데 힘을 쏟았다. 당나라 군사에 대한 원한 때문이었다. 특히 의자왕이 당나라에 끌려가던 해에, 그곳에서 숨을 거두었다는 소식을 접한 백성들은 유왕산에 올라가서 하루 종일 울었다. 그 울음소리가 하도 크고 슬퍼서 당나라 군사들까지 울 정도였다.

11월, 부흥군은 다시 힘을 결집하여 웅진성으로 쳐들어갔다. 웅진성으로 통하는 모든 길을 막아서 웅진성 내에는 소금과 간장이 부족하여 신라에서 겨우 강건한 정예병을 보내어서 소금과 간장을 넣어줄 정도였다.

*

도침은 승려출신이었다. 본래 도침이 일어난 곳은 쥬류성이었다. 도침은 스스로를 영군장군(領軍將軍)이라 칭했다. 부흥운동이 일어나기 전에 승군을 조직하여 활동하였다. 주류성 일대의 사찰을 중심으로 일어난 승군이었다. 당나라가 백제에 쳐들어온다는 소문이 돌 때부터 착실하게 군사훈련을 하여서 도침이 거느리고 있는 군대는 제법 체계가 있었다. 각종도 승군출신으로 그의 수족과 같은 승려였다. 도침의 국가관은 상당히 뚜렷했다. 그가 승군을 조직할 때 승려들을 모아놓고 이런 말을 하였다.

"나라가 위급할 때 승려라고 하여 나라를 지키지 않는다면 아무리 그의 깨달음이 부처에 이른다한들 무슨 의미가 있겠느냐. 당나라가 신라와 연합하여 백제를 치려는 움직임이 도처에 감지되고 있는 데도, 조정의 신하들이 아직도 나라가 누란지경에 있다는 것을 인식하지 못하니 참으로 통탄스럽구나. 어찌 나라를 조정의 신료들에게만 맡길 수 있다는 말이냐. 깨달아 아는 자가 나라를 지키는 것이 부처의 가르침에 합당할 터, 주류성의 승려들이여, 우리 힘으로 백제를 구하자!"

주류성은 지금의 변산반도에 있는 위금암산성이다. 개암사와 내소사가 가까운 곳에 있을 정도로 불교가 왕성한 곳이니 백제 시대에도 불교가 왕성했으리라 짐작이 된다. 또한, 서해가 가까워서 수시로 당나라와 왜의 배가 들락거렸으니 다른 곳에 비해 정보가 빨랐던 것이다.

이처럼 백제가 멸망하기 전에 이미 승군을 조직하여 스스로를 영군장군이라 칭할 정도로 이름을 떨치고 있었으므로, 도침은 자연스럽게 부흥군 지도부의 핵심에 설 수 있었던 것이다. 또한, 기개와 배짱이 있어서 당나라 군대를 두려워하지 않았다. 당나라를 연파한 후에 유인궤에게 이런 서신을 보낸 적도 있었다.

"듣자니 당이 신라와 서약하고 백제인 노소를 묻지 않고 모두 죽인 다음에 나라를 신라에게 넘겨준다고 하니, 죽음을 받음이 어찌 싸워서 죽는 것만 같으리오. 모여서 굳게 지켜 끝내는 당나라의 생각이 그르다는 것을 깨닫게 해 줄 것이다."

이에, 유인궤가 화답하는 글을 지어 사자에게 보냈다. 도침은 자신의 군대가 많음을 믿고 한껏 호기를 부리면서 유인궤의 사자를 외관에 두고 들여보내지 않았다. 그는 이렇게 각종에게 말했다.

"사자의 벼슬이 낮다. 나는 한 나라의 대장이니 만나기에 합당한 사람을 보내는 것이 도리이지 않은가."

유인궤의 사자는 하루 종일 아무 것도 먹지 못하고 외관에 있다가 겨우 도침을 볼 수 있었다. 도침은 유인궤의 서한을 보지도 않고 찢어버렸다.

*

부흥군의 세력이 강성해지고, 부흥운동이 성공적으로 전개됨에 따라 백제는 국가재건에 착수하였다. 국가 재건에 착수하기 위해서는 무엇보다 필요한 것이 구심점이었다. 구심점의 핵심은 국가의 수반인 국왕을 옹립하는 것이었다. 의자왕의 아들 대부분이 백제가 멸망할 때 당나라로 끌려가버린 상황에서 왕을 옹립하는 것이 쉽지 않았다.

이때, 물망에 오른 사람이 풍(豊)이었다. 풍은 631년(무왕 32년) 3월에 왜에 파견된 이래, 계속 그곳에 체류하고 있었다. 그는 나라분지에 속한 미와산에서 백제에서 가져온 벌통을 놓아기르면서 유유자적한 생활을 하고 있었다. 그러던 그에게 각종이 전해준 소식은 충격 그 자체였다.

"신라와 당나라의 연합군에 의해 백제의 사비성이 함락되고, 전하와 대소신료들은 백성들과 함께 당으로 끌려갔습니다."

"뭐라고? 그게 사실이냐?"

"그렇사옵니다. 지금 사비성에는 당나라 군대가 주둔하고 있사옵니다."

풍은 각종이 들려주는 말을 믿을 수 없어서 몇 번이고 확인했다. 하지만, 확인하면 할수록 좌절감만 느껴졌다.

"그래, 영영 희망이 없다는 말이냐."

"그렇지는 않사옵니다. 복신과 도침을 주축으로 하여 백제를 다시 세우려는 노력이 한창이옵니다. 연일 사비성을 공격하고 있으니 곧 백제가 다시 세워질 것이옵니다."

"참으로 다행이구나. 백제의 백성들이 실의에 빠져 있지 않고 나라를 되찾으려고 애를 쓰고 있다니 이 얼마나 다행이냐."

"어서 백제로 가셔서 백제의 왕통을 이으소서. 백제의 백성들은 왕을 간절히 기다리고 있습니다."

"그래야지. 백제가 부흥하는 일이라면 조그마한 일도 찾아서 해야 하거늘 왕자의 신분으로 태어났으니 어찌 그 의무를 저버린다는 말이냐. 내 기꺼이 그 짐을 질 것이다. 그런데, 아버님은 어찌 되셨는지 최근에 들은 소식이 있느냐."

"최근의 소식은 잘 모르겠사옵니다.""연세도 많으신 분이

나라를 잃은 충격을 입었으니 어찌 평안하시겠느냐. 게다가 산과 물이 백제와는 다른 곳이니 그 고초가 무척 심하시겠구나. 아버님, 이 불효자식을 용서하소서."

별안간 풍은 눈물을 쏟더니 당나라 쪽을 향해 큰절을 올렸다. 그리고는 엎드려 울기 시작했다. 각종이 황급히 풍을 일으켰다.

"모든 것이 저희들이 전하를 잘 못 모신 탓이옵니다. 어서 일어나시옵소서. 옥체가 상하실까 두렵사옵니다."

"어찌, 그게 경들의 잘못이겠소. 백제의 운이 다한 탓이겠지. 하지만, 하늘을 원망하고만 있을 수는 없지 않겠소."

"그렇습니다. 왕자님. 어서 가서 백제의 왕이 되셔서 도탄에 빠져 있는 백제의 백성들을 구하여 주시옵소서."

풍은 당장이라도 백제에 가고 싶었지만, 부흥군의 사정이 여의치 않았다. 처음에 기세 좋게 펼쳐지던 부흥운동은 신라군의 거센 공격을 받으면서 주춤하고 말았다. 특히, 661년 9월에는 부흥군이 점령하고 있던 전략적 요충지인 옹산성(대전 계족산성)이 신라군 주력부대의 공격을 받아 불과 이틀 만에 수천 명의 희생자를 내면서 함락되었다. 백제 부흥군이 옹산성에 주둔한 이유는 신라에서 추풍령을 넘어 웅진도독부로 가는 길목인 이곳을 차단하여 당나라 군사들을 고립시키기 위해서였다.

*

　신라는 당과 연합해서 고구려를 치기로 약속하였다. 이제
막 즉위한 문무왕은 대병력을 이끌고 남천주(경기 이천)에 머물
렀다. 당나라 장군 유인원은 웅진성에서 배편으로 혜포(鞋浦)에
내려 남천주에서 신라와 합류하였다. 이때, 김유신 장군의 진영
으로 병사의 보고가 들어왔다.

　"앞길에 백제의 잔적(殘賊)이 옹산성에 집결하여 길을 막고
있으니 곧바로 전진할 수 없습니다."

　김유신은 곧바로 군대를 이끌고 나가 성을 포위한 후에 소
리쳤다.

　"나는 신라의 장수 김유신이다. 나라가 망한 백성들이 왜 이
리 고분고분하지 못하느냐. 그런다고 해서 망한 나라가 다시 일
어나지 않는다. 지금이라도 신라에 충성하면 자손이 번성하고
하는 일이 잘 될 것이다. 더는 길게 얘기하지 않겠다. 너희들에
게 선택이란 둘 중의 하나이다. 항복하는 자에게는 상을 줄 것이
나, 항복하지 않는 자에게는 신라 황실의 지엄함을 무시한 죄를
물어 죽음에 처할 것이다. 지금 너희들은 고립되어 있다. 무엇하
러 쓸데없이 성을 지켜서 죽음을 자초한다는 말이냐. 버티는 것
은 자유롭게 할 일이나 끝내는 비참하게 죽고 말 터이니 차라리
항복한 것만 못하다. 적장은 내 말을 알아들었다면 속히 문을 열

라."

　대답 대신 화살이 하나 날아왔다. 김유신 곁에 있던 장수 문충이 재빨리 방패를 들어 막지 않았더라면 화살은 김유신의 가슴을 뚫었을 지도 모르는 일이었다. 김유신은 등골이 오싹함을 느꼈다. 이윽고 옹산성에서 쩌렁쩌렁한 목소리가 울렸다.

　"나는 백제의 장수 흑치상지이다. 그대의 명성은 익히 들어 잘 알고 있다. 신라의 장수만 아니라면 존경하고 흠모하였을 것이다. 하지만, 오늘 나는 그대의 말을 듣고 대단히 실망하였다. 나는 그대가 현명하고 이치에 밝다고 들었는데 오늘 보니 모든 것이 허명(虛名)에 불과하구나. 지금부터 내가 하는 말을 잘 듣고 부디 그대가 현명한 결정을 하여 그동안 오래도록 쌓았던 그대의 명성을 더럽히지 않기를 바란다."

　김유신은 성 위에 있는 장수를 바라보았다. 흑치상지였다. 역시 백제는 그냥 세워진 나라가 아니었다. 김유신은 백제가 망하기 전에 사비성에서 수많은 화살이 흑치상지의 모습을 피해가던 모습이 떠올랐다. 김유신은 자신도 모르게 호흡을 가다듬었다. 흑치상지의 말이 다시 매섭게 김유신의 귀로 파고들었다.

　"지금 내가 서 있는 이곳은 원래 백제의 땅이었다. 너희들만 오지 않았더라면 백제의 백성들이 농사를 짓고, 물고기를 잡으면서 평화롭게 살고 있었을 것이다. 누가 선량한 농부에게 창과 칼을 쥐게 하고, 가슴에 분노가 가득 차게 하였는가. 그건 바로 그대를 포함한 신라의 장수들과 대소신료들이다. 내가 듣자니 그대들은 당나라와 연합하여 우리와 이웃나라인 고구려를 칠 것이라는 소문을 들었다. 그대들이 원하는 게 진정 무엇인가. 백제를 멸망시켜서 한 나라의 임금과 대소신료를 당나라에 보낸 것으로도 족하지 않아, 백제의 원류나 다름이 없는 고구려도 백제처럼 똑같이 굴욕 속으로 몰아넣어야 속이 시원하다는 말이냐. 그리하여 신라가 얻는 것이 무엇인가. 곰곰이 생각하여 그 답을 얻어야 할 것이다."

신라 진영에서 시끄럽다면서 화살이 서너 개 날아갔다. 흑치상지는 그 자리에 서서 쌍칼을 들어 하나씩 잘라버렸다. 칼을 칼집에 넣은 흑치상지는 아무 일이 없었다는 듯, 말을 이었다.

"지금까지 우리는 당나라 군사들을 이 땅에서 몰아내는 데 온 힘을 기울였다. 거기에 복잡한 이유 같은 것은 처음부터 존재하지 않는다. 단지, 당나라 군사들이 백제 땅에 있는 것이 싫기 때문이다. 그러니 더 이상 우리 백제를 괴롭히지 말라. 비록 한 줌밖에 안 되는 작은 성이지만 군량이 충분하고, 군사들의 의기가 있고 용맹하니 싸움에 물러서고 싶은 생각이 조금도 없다. 차라리 죽을지언정 살아서 항복하는 일은 없을 것이다."

김유신은 흑치상지를 올려보았다. 죽이기에는 무척 아까운 장수였다. 그동안 수차례의 싸움에서 맞닥뜨린 계백을 닮아 있었다. 김유신의 뇌리에 스치듯이 황산벌에서 마지막으로 조우

한 계백의 얼굴이 떠올랐다. 같은 나라에 태어났더라면 많은 전장을 누비면서 공을 세웠으리라. 삼국을 통일하는 데 당나라의 힘을 빌리는 일 따위도 없었을 것이다. 하지만, 하늘은 그들에게 적이라는 운명을 주었고, 가장 가파른 곳에서, 가장 절박한 순간에 서로의 가슴을 향해 칼을 겨누게 하였다. 어차피 한 사람은 죽어야 끝나는 것이 전쟁이 가진 속성이지 않은가.

계백은 운이 다해서 죽은 것이고, 자신은 운이 남아 있어서 산 것 뿐이었다. 재주의 비상함으로 삶과 죽음을 가늘 수는 없었다. 재주의 비상함이야 죽은 계백이 훨씬 나을 것이다. 다만 그는 천시(天時)를 얻지 못했을 뿐이다.

흑치상지도 무시할 수 없었다. 마치 자신의 젊은 시절을 보는 것 같았다. 그가 신라에 있었더라면 좋았을 것이다. 지금보다 빨리 고구려를 무찌르고 삼국을 통일하는 대업을 이루었을 것이다. 하지만, 흑치상지도 계백처럼 서로의 가슴을 향해 칼을 겨눌 수밖에 없는 사이였다. 누가 천시를 얻을 것인가의 문제만 남아 있었다. 김유신은 아직도 하늘이 자신을 돕고 있다고 생각했다. 그는 배에 힘을 주고 힘껏 소리쳤다. 흑치상지에게 밀리지 않기 위해서였다.

"너의 용기와 기개는 참으로 쓸 만하다. 하지만, 현실을 직시해야 우매한 짓을 하지 않는다. 궁지에 빠진 새와 짐승도 스스로 살려고 덤빈다더니 너를 두고 한 말이로구나. 너의 그 기개가 얼마나 오래 가는지 내가 똑똑히 지켜볼 것이다."

김유신은 말을 마치고 문충을 불렀다. 문충이 곧 왔다.

"지체하지 말고 성을 공격하라. 뒤로 물러서는 병사가 있으면 무조건 목을 베라."

김유신은 이번 싸움은 다분히 심리전이라고 생각했다. 저들의 맹렬함을 단숨에 꺾지 못한다면 싸움은 오래갈 수밖에 없었다. 백제의 장수가 흑치상지라면 문제는 더 심각했다. 김유신은 문무왕에게 갔다.

"장군이 어쩐 일이시오."

"전하, 한 가지 청이 있어서 왔습니다."

"어서 말해보시오."

"전하께서 직접 군사들을 독려하여 주시기를 청하옵니다. 이 싸움은 이틀 안에 우리가 이기지 못하면 크게 낭패를 볼 것 같습니다."

"그리 크지도 않은 성인데 너무 심각하게 생각하는 것은 아니오? 장군답지 않소이다."

"그렇지 않사옵니다. 저 성을 지키는 장수는 흑치상지이옵니다."

"흑치상지라면…."

"그렇습니다. 백제의 사비성이 무너질 때 죽기 살기로 싸워 신라에게 많은 피해를 입혔던 그 장수이옵니다."

"알겠소이다. 내 장군의 뜻대로 하리다. 내일부터 높은 산에 올라가서 군사들을 독려할 것이오. 어찌 내 몸의 편안함을 쫓겠소. 그러니 염려하지 말고 장군도 들어가서 쉬시구려."

"아닙니다. 저는 다시 밖으로 나가 군사들을 독려할 것이옵니다."

"아니, 그럼 밤을 새워서 전투를 하겠다는 겁니까?"

"이틀입니다. 이틀 안에 저 성을 무너뜨리지 못하면 웅진성에 외롭게 기대어 있는 당나라 군사들이 굶어죽게 될 것입니다. 그렇게 되면, 당에서 가만히 있지 않을 것입니다. 그래서 신(臣)은 당나라에서 평양성으로 군사를 보내달라는 요청을 물리치고 먼저 이곳으로 온 것입니다."

김유신은 신라군의 숫자가 많다는 것을 십분 이용하여, 군사를 교대로 재우면서 웅산성을 공격하였다. 문무왕도 군사들이 잘 볼 수 있는 높은 곳에 올라가서 신라 군사들을 독려하였다. 신라군의 사기는 하늘을 찌르는 듯 했다.

백제군의 내부에서는 신라가 이틀 안에 웅산성을 무너뜨릴 것이라는 소문이 파다하게 퍼졌다. 백제 병사들은 불안감에 사로잡혔다. 쉬지도 못하고, 제대로 먹지도 못한데다가 연일 신라군의 공세가 이어지므로 심리적으로 밀리기 시작했다. 흑치상지는 백제의 병사들이 싸우지도 않고 스스로 무너질까 두려웠다. 가장 최악의 경우이지 않은가. 무엇으로 반전할 수 있을까 고민하다가 흑치상지는 군사들을 이끌고 나가 싸우기로 하였다.

때 마침, 가을비가 추적추적 내렸다. 멀리 고향을 떠나온 병사들은 내리는 비를 보면서 두고 온 가족을 생각하고 있었는데, 난데없이 성문이 열리면서 백제의 군사들이 쏟아져 나오는 것을 보고 깜짝 놀랐다.

"신라의 장수, 김유신은 어서 나와 흑치상지의 칼을 받으라."

흑치상지가 고래고래 소리를 지르자, 신라의 진영에서 상주 총관 품일이 군사를 거느리고 나왔다. 하지만, 품일은 그다지 싸울 의사가 없었다. 흑치상지가 군사를 몰고 공격하면 신라군들은 백제군의 공세에 따라 속절없이 밀려갈 뿐이었다. 계속해서 밀고 가고 싶지만, 숲이나 계곡이 보이면 백제군은 더 이상 진격하지 않았다. 매복이 있을까 두려웠던 것이다.

흑치상지가 하루 종일 싸움을 걸었으나, 품일은 계속 똑같은 태도를 유지하였다. 하는 수 없이, 흑치상지는 군사들을 데리고 성 안으로 들어갈 수밖에 없었다. 성 안에서 젖은 옷을 말리고 있는데 신라군들이 공격해 왔다. 온 종일 밖에서 신라군에게 싸움을 거느라 피곤했던 백제의 병사들은 짜증이 나기 시작했다. 그래서 성벽을 타고 올라오는 신라군에게 마구 화살을 쏘아버렸다. 화살이 날아가자, 신라군은 얼른 공격을 멈추고 저 만치 물러섰다.

신라군이 물러나는 것을 보고 백제의 군사들이 쉬려고 하면, 신라의 병사들이 다시 몰려와서 공격을 퍼부었다. 그러기를 얼마나 했을까. 지치는 것은 백제의 병사들이었다. 백제의 장수들도 항복을 하는 게 낫겠다고 마음먹기 시작했다. 이 마음을 부추긴 것이 바로 달솔 조복이었다. 조복은 백제군을 선동하기 시작했다.

"백제의 군사들이여, 옹산성은 도저히 가망이 없다. 빨리 포기하는 것이 현명하다. 한 번 망한 나라가 다시 세워진 적은 없다. 그러니, 우리 흑치상지와 그의 부장 태수를 사로잡아서 신라 진영으로 가는 것이 어떻겠느냐. 듣자니, 신라의 장수 김유신은 도량이 넓으니 우리들의 목숨만은 살려줄 것이다."

"옳소이다. 싸우다가 개죽음을 당하느니 살아서 가문을 잇는 것이 현명한 일이오. 백제가 망해도 후손은 살아 있음을 명심하셔야 하오."

은솔 파가가 조복의 말에 찬성을 하고 나섰다.

두 신하가 나서자, 백제의 군사들은 급격히 흔들렸다. 이슥한 밤에, 조복과 파가는 신라의 병사와 내통하여 성문을 열어주었다. 그 성문을 통해 많은 신라군들이 옹산성으로 들어왔다.

다음날, 해가 뜨고 난 후, 전투가 시작되었다. 성문 안과 밖에서 신라의 군사들이 연합하여 싸우니 백제는 더 이상 버틸 수가 없었다. 옹산성은 김유신의 말대로 이틀이 지난 후에 무너졌다. 흑치상지가 김유신에게 붙들려왔다.

"참으로 아까운 장수구나. 신라에 투항할 생각은 없느냐?"

"그건 장수를 모욕하는 말이니 안 들은 걸로 하겠소. 어서 나를 죽이시오."

"다시 한 번 더 묻겠다. 신라를 도와서 삼국을 통일할 생각이 없느냐?"

"이미 다른 나라를 끌어들여 백제를 멸망시킨 신라가 아니오. 고구려의 멸망에도 당을 끌어들인다고 들었소. 옳은 방법이 아니니, 내가 도와줄 일이 없을 것이오."

"참으로 기개가 대단하구나. 다시 보기를 바란다." 김유신은 흑치상지를 풀어주었다. 사로잡힌 군사들과 주민들도 풀어주었다. 문무왕이 의아해서 김유신에게 물었다.

"저 장수를 풀어준 연유가 무엇이오?"

"전하, 저런 장수는 하늘에서 허락을 해야 태어날 수 있사옵니다. 저 장수를 죽이면 하늘에서 신라를 벌할까 두렵습니다."

"저 장수를 중심으로 백제가 다시 나라를 세우면 어찌 하시겠습니까?"

"그런 일은 없을 것이니 심려 놓으소서."

신라는 옹산성을 함락한 후에 웅현(熊峴)에 성을 쌓고, 당군이 주둔하고 있는 웅진도독부에 이르는 도로를 만들었다. 김유신은 곧바로 군사를 이끌고 인근에 있는 성으로 갔다. 우술성의 성주는 마유였다. 마유는 웅산성이 함락되었다는 말을 듣고 성 안에 깊숙이 들어앉자 지킬 뿐 나와 싸우려 들지 않았다. 김유신 이 매일같이 성문 앞에 나와서 욕설을 퍼부어도 마유는 상대조 차 하지 않았다.

흑치상지가 패한데다가 상대는 김유신이니 마유로서는 감 히 나가서 싸울 엄두가 나지 않았던 것이다. 며칠이 지나도 마유 가 코빼기도 보이지 않으니 김유신이 답답하여 계책을 찾다가 꾀를 하나 내었다. 김유신이 군사들에게 명령했다.

"오늘밤, 자시에 적의 성을 습격하겠다."

아침에 군령을 내린 김유신은 난데없이 대낮부터 술을 마시 기 시작했다. 전쟁터에서 절제하기로 유명한 김유신이 대낮부 터 술을 마시는 광경은 흔하지 않은 터라, 신라와 백제 진영 모 두 놀란 눈으로 김유신을 바라보았다. 품일이 말리러 왔다가 혼 만 나고 물러났다. 품일은 김유신에게 좋지 않은 일이 일어났나 하여 휘하의 장수들에게 물었으나 아는 사람이 없었다. 품일도 마땅한 대책이 없어서 자신의 막사로 들어가서 술을 마셨다. 품 일의 휘하에 있던 장수인 대당과 철천도 품일과 합세하였다. 이 를 아는지 모르는지 김유신은 거나하게 취하자 술주정을 부리 기 시작했다.

군사들에게 시시콜콜 트집을 잡아 흠씬 두들겨 패고, 매질을 당한 군사들을 한 곳에 가두게 하고는 큰 소리로 떠들었다.

"이 놈들의 목을 베어 오늘밤 출병할 때, 그 피를 군기에 뿌려야겠다."

따지고 보면, 이들은 죽어야할 죄까지는 짓지 않았다. 창을 제대로 들지 않았다고 잡혀온 군사도 있었고, 김유신을 보고 인사를 하지 않았다고 잡혀 온 군사도 있었다. 잠깐 졸다가, 군모를 삐딱하게 써서, 심지어 세수를 하지 않았다고 감옥에 갇혀 있다가 난데없이 오늘밤 처형하겠다고 하니 처형을 당할 당사자나 지켜보는 사람이나 답답하기는 마찬가지였다.

밤이 되어, 이들이 긴장하고 있는데 김유신은 이들을 몰래 놓아주었다. 눈치를 채지 않게 감옥문을 열어났던 것이다. 감옥에 있던 신라군들은 재빨리 도망쳤다. 도망친 군사들은 우술성으로 들어가서 항복을 하였다.

"오늘밤 김유신이 이 우술성을 칠 것이니 방비를 단단히 하셔야 합니다."

항복을 한 무리 중에는 옹산성에서 신라를 도운 조복과 파가도 있었다. 그 당시는 요즘처럼 통신기술이 발달하지 않았으므로 우술성의 성주인 마유는 조복과 파가가 신라와 내통한 사실을 모르고 있었다. 마유는 조복과 파가를 따로 불러서 대책을 상의하였다.

"어찌해야 이 우술성을 구할 수 있소?"

"김유신이 야습을 할 게 분명하니 이를 역으로 이용해야 합니다. 방비가 허술한 것처럼 꾸며서 그를 성 안으로 끌어들인 다음에, 그를 후미에서 공격하면 승리는 장군의 것이옵니다."

"어지간한 계책은 그가 간파할 것이니 마땅한 계책이 없으면 차라리 버티고 지키는 것이 상책 아니겠소."

"언제까지 지켜서 버티겠습니까? 식량도 곧 바닥나니 계책을 세우셔야 합니다."

"참으로 답답한 일이오. 내가 어찌하면 좋겠소."

"진채에 사람이 있는 것처럼 꾸민 뒤에, 일부러 진채를 비워 놓고 기다리면 김유신은 이를 모르고 진채로 쳐들어올 것입니다. 이 때, 뒤에서 김유신을 친다면 천하의 김유신이라도 꼼짝하지 못할 것입니다."

조복이 말을 마치자, 파가는 신기한 계책이라는 듯이 감탄하는 표정을 지었다. 고민하다가 마유는 조복의 계책을 따르기로 하였다. 낮 동안에 마유는 조복의 계책에 따라 군사들을 배치하고 밤이 되기를 기다렸다. 자시가 되자, 김유신은 세 갈래로 군사를 이끌고 우술성으로 들어왔다. 일부러 성문을 비스듬하게 열어놨으므로, 들어오는 데는 지장이 없었다.

김유신은 중간에 100여 명의 군사들을 들여보내 진채에 불을 지르게 하고, 나머지 두 갈래의 군사는 근처에 매복하고 있다가 백제의 군사들이 불을 끄러 오면 양쪽에서 협공하려고 기다리고 있었다.

밖에 숨어 있던 마유는 진채에 불이 나자, 김유신이 계략에 말려든 것으로 생각하고 진채 안으로 쳐들어왔다. 마유는 김유신을 붙잡을 생각에 벌써 마음이 부풀었다. 이렇게 해서 그동안 지루하게 진행되었던 백제의 부흥운동이 일대 전기를 마련하게 되었다고 좋아했다. 얼마 전에 흑치상지가 당했던 패배를 멋지게 갚을 수 있다고 생각하니 밥을 먹지 않아도 배가 부르는 것 같았다.

"저 자가 김유신인 것 같습니다."

조복이 마유에게 말했다. 마유가 보니 진짜 김유신인 것 같았다. 마유가 그 군사의 등으로 몰래 다가가서 칼을 내리치며 소리를 질렀다.

"역적 김유신은 백제의 장수 마유의 칼을 받으라."

마유가 김유신을 향해 막 칼을 내리치려는 순간, 갑자기 등 뒤에서 김유신의 목소리가 들렸다.

"백제의 장수 마유는 김유신의 칼을 받으라."

마유는 그때서야 속은 줄을 알고, 혼비백산하여 도망쳤다. 우술성의 백제 군사들도 마유를 따라 흩어졌다. 하지만, 마유는 이미 신라군에게 포위를 당한 상태였다. 퇴로가 이미 차단되어 도망칠 곳이 없었다. 마유는 제대로 싸워 보지도 못하고 김유신에게 붙잡혔다. 마유가 잡혔다는 소식을 듣자, 백제의 군사들이 일제히 무기를 버리고 항복했다.

조복과 파가는 웅진성에 이어 우술성의 함락에도 공을 세웠으므로, 서라벌까지 불려가서 무열왕에게 직접 관등과 직위를 제수 받았다. 관직과 직위를 제수 받은 두 사람은 무열왕에게 머리를 땅에 대고 충성을 맹세했다. 무열왕이 기뻐서 두 사람에게 잔치를 베풀었다. 신라 최고의 미녀들이 두 사람을 정성을 다해 위로하였다.

그들은 얼마 후에, 많은 재물을 말에 싣고 사비성으로 돌아왔다. 백성들이 그들의 이름을 부르며 욕을 하거나 침을 뱉었다. 그들은 이를 대수롭지 않게 생각했다. 가문을 지키려면 이 정도는 각오해야 한다고 스스로를 자위했다. 모두가 이들에게 욕을 한 것은 아니었다. 전에 백제에서 벼슬을 하던 사람들은 몰래 그들의 집에 드나들면서 신라의 관직을 제수 받기 위해 그들에게 뇌물을 바쳤다. 이들이 그들의 뇌물을 기쁘게 받았음은 물론이다.

한번 무너지자, 백제는 급격하게 무너졌다. 그 후로 전개되는 전투는 대체로 신라에서 승기를 잡았다. 부흥군은 계속 수세에 몰렸다. 웅산성에서 김유신에게 목숨을 건지고 임존성으로 들어온 흑치상지는 일체 밖으로 나오지 않고 칩거의 세월을 보냈다. 수치심과 자괴감 때문이었다.

백제의 백성들은 들에 일어나는 불길처럼 백제의 회복을 원하고 있었지만, 과거 백제에서 관직을 제수 받은 자들은 백제의 회복 따위는 조금도 관심이 없었다. 그들에게는 일신의 영달과 가문을 지키는 일이 더 앞섰다. 때문에, 흑치상지는 두려웠다. 자신이 싸우고 있는 적은 신라나 당이 아니었다. 바로 백제의 관료였다. 언제까지 이 싸움을 해야 하는가. 흑치상지는 그 물음에 대답할 말을 찾지 못했다. 그래서 복신과 도침의 부름에도 일절 나가지 않은 것이다.

복신과 도침도 신라군의 등등한 기세에 별다른 계책을 찾지 못하고 은인자중하고 있었다. 이를 반증이라도 하듯, 662년 3월, 신라의 문무왕은 죄수를 크게 사면하는 한편, 소사에게 명하였다.

"백제는 이미 평정되었으므로 큰 잔치를 베풀라."

이처럼 신라는 백제에 기울였던 힘을 고구려와의 전투로 옮겨갔다. 문무왕은 김유신에게 명하여 인문과 양도 등 아홉 장군과 함께 수레 2천여 대에 쌀 4천 섬과 조 2만 2천여 섬을 싣고 평양으로 가게 했다.

*

풍왕이 백제에 온 것은 662년 5월이었다. 그가 돌아오면서 백제의 부흥운동은 새로운 국면을 맞이하게 되었다. 분위기는 쇄신되었고, 사기는 회복되었다. 그해 7월 부흥군은 웅진도독부성과 신라와의 통로를 끊어 군량수송을 차단하기 위해 백마강 동쪽으로 갔다.

군량의 수송이 어려워지자, 당에서 신라에게 구원을 요청하였다. 신라에서는 사안이 중대하다하여 김유신이 나섰다. 김유신이 군사를 이끌고 나왔다고 하자, 복신이 군사를 이끌고 김유신을 맞으러 갔다. 복신은 떠나기에 앞서 군사들을 모아놓고 이렇게 외쳤다.

"백제의 병사들이여, 신라의 장수 김유신을 두려워하지 말라. 신라가 어떤 나라냐. 신라 백성들의 옷을 빼앗아서 당나라 군사들을 입히느라, 신라의 곳곳에는 옷을 걸치지 않고 돌아다니는 백성들이 많다고 한다. 또한, 신라 백성들의 곳간을 털어 당나라 군사들을 먹이므로 도처에 거지가 득실대는 곳이 바로 신라이다. 웅진성에 있는 유인원의 군사들이 뼈와 가죽은 비록 당나라에서 태어났다고 하더라도, 피와 살은 신라의 것이니 김유신 또한 백성들의 피를 빨아서 당나라에게 바치는 짐승과 같은 자이니라. 저처럼 짐승 같은 자들이 우리 백제 땅에 있다는 것이 한없이 부끄럽다. 우리가 서둘러 신라를 쫓아내야 하는 이유가 거기에 있다."

복신은 풍왕이 보는 앞에서 김유신을 무찌르고 싶었다. 부흥운동의 주도권을 쥘 수 있는 절호의 기회라고 생각한 것이다.

김유신은 이런 복신의 마음을 읽고 있었다. 어떻게 하면, 복신을 이길 수 있을까 고민하다가 김유신은 상상할 수 없는 계책을 썼다. 후군(後軍)을 전군(前軍)으로 삼고, 전군을 후군으로 삼았다. 이는 군량과 마초가 앞서고, 군사가 뒤를 따르는 배치였다. 이를 이상히 여긴 두량이 김유신에게 물었다. 두량은 백제 출신의 장수였다. 백제가 멸망하기 전에, 의자왕의 행실이 못마땅하여 변경을 지키고 있다가 성을 들고 신라에 투항한 장수였다.

다른 장수와 신하들이 말렸으나, 김유신은 백제의 지리에 밝다는 이유를 들어 백제 부흥군의 진압에 효과가 있을 것으로 생각하고 데리고 다녔으나, 특별히 지략과 무술이 뛰어나지 못해 중용하지는 않았다. 그저 백제의 성의 위치와 성과 성 사이를 연결하는 길을 물을 때, 그에게 물어보는 수준이었다.

장군, 군량과 마초를 앞세우고 군사를 뒤따르게 하는 것에 무슨 깊은 뜻이 있습니까?"

김유신이 대답했다.

"백제의 땅이 거듭되는 흉년으로 식량과 마초가 부족하여 호시탐탐 곡식과 마초만을 빼앗는다기에 빼앗기지 않으려고 앞세우는 것이오."

두량은 그래도 이해가 가지 않아 다시 물었다.

"백제의 군사들이 앞에서 들이치면 지키기가 어렵지 않겠습니까?"

"그것은 백제의 군사들이 앞에서 들이칠 때 다시 한 번 생각해보겠소."

말을 마친 김유신은 태연하게 행군을 계속하였다. 두량은 아무래도 이상해서 안절부절 했다. 혹 김유신이 미치지 않았나 의심하기도 했다. 아니나 다를까 복신이 이를 보았다.

"김유신도 이제 늙었나보구나. 세상에, 군량과 마초를 앞에 세우고 행군하는 법이 어디 있느냐. 마침, 우리의 곡식과 마초가 부족하던 차에 잘 되었구나. 이는 필시 풍왕이 백제로 오니까 하늘이 우리를 도우려는 것이다."

복신은 기뻐서 하늘을 날 것 같았다. 그는 급하게 군사를 몰아갔다. 군량과 마초를 수송하는 군사들은 변변한 무기도 없었다. 백제군이 몰려가자, 신라군은 혼비백산하여 도망쳤다. 두량이 이를 보고 황급히 김유신에게 가서 보고하였다.

"장군, 복신이 나타나서 군량과 마초를 모조리 빼앗아갔습니다."

"사람은 다치지 않았느냐."

"다행히 사람은 다치지 않았다고 하옵니다."

"그럼, 됐다. 그게 무슨 큰일이라고 호들갑을 떠느냐."

김유신은 대수롭게 생각하지 않고 언덕이 나타나자, 군사들을 언덕 위로 올라가게 하더니 갑옷을 벗게 하고, 무기를 내려놓고 쉬게 했다. 더군다나, 말들을 풀어놓고 풀을 뜯게 하는 것이 아닌가. 두량은 김유신이 완전히 미쳤다고 생각하고 고개를 갸웃거렸다. 복신에게도 이와 같은 사실이 보고되었다.

"뭐라고? 그게 사실이냐. 김유신이 드디어 노망이 들었나보구나. 하늘이 우리 백제에게 내린 기회를 어찌 놓칠 수가 있겠느냐. 가자, 백제의 군사들이여, 저들에게 백제가 아직 죽지 않았음을 보여주자."

복신이 막 말을 몰고 나가려하자 군사 하나가 헐레벌떡 뛰어왔다.

"장군, 임존성에서 서찰이 왔습니다."

"임존성이라면 흑치상지가 있는 곳이 아니냐."

"아주 긴급한 것이라 하면서 장군께서 군사를 이끌고 가기 전에 꼭 보셔야 한다면서 이 서찰을 주셨습니다."

"그래, 어서 이리 가져오라."

복신은 기분이 언짢았다. 젊은 장수가 몇 차례 공이 있다하여 너무 설쳐대는 것 같았다. 하지만, 드러내놓고 불만을 표시할 수는 없었다. 윗사람이 도량이 작다고 수군댈 수 있기 때문이었다.

흑치상지가 결례를 무릅쓰고 대장군께 몇 자 올립니다. 신라에서 마초와 곡식을 앞세우고 행군하는 것은 일종의 전략입니다. 이 전략에 속아서는 안 됩니다. 지금 대장군의 손에 부흥군의 요새지인 지라성을 비롯한 몇 개의 성의 명운이 걸려 있습니다. 신중하게 대처하시기를 부탁드립니다. 소신의 짧은 생각으로는 신라의 김유신이 쓰는 계책은 일종의 연환계로써 이익으로 적을 유인하고, 약한 모습을 보여줌으로써 적의 대오를 어지럽게 하는 계책이옵니다. 옛날에 어떤 장수가 싸울 때, 계속 일진일퇴를 거듭하여 적들을 하루도 쉬지 못하게 만든 다음 적의 군사들이 몹시 지치고 배고픈 상황이 되자, 향료를 넣고 삶은 검은 콩을 아군의 진영 앞에 뿌려놓고, 적에게 싸움을 건 후에 싸우는 척 하다가 후퇴하였습니다. 승세를 몰아 추격하던 적군이 콩을 뿌려놓은 곳에 이르자, 하루 종일 굶주린 적군의 말들이 콩을 먹느라 아무리 채찍질 하여도 꿈쩍도 하지 않았습니다. 그 장수는 그 틈을 이용하여 역습을 감행하여 대승을 했다는 얘기를 들은 적이 있습니다. 지금, 김유신이 백제에게 미끼를 던지는 것이니 군사를 움직일 때, 좌우를 살피고 신중에 신중을 기하시기를 부탁드립니다.

서찰을 다 읽은 복신은 얼굴이 붉으락푸르락하고 변하면서 화를 내더니 서찰을 던지며 소리쳤다.

"마치 흑치상지가 백제의 왕이라도 되는 듯 몹시 거만하구나. 이 복신도 평생을 전장에서 살아왔는데 감히 나에게 훈수를 두려 하다니 내 이 방자함을 결코 용서하지 않으리라."

복신은 화가 풀리지 않은 듯, 흑치상지의 편지를 전하러 온 병사에게 한참동안 매를 치고 나서 돌려보냈다. 자신이 보낸 병사가 매를 맞고 절뚝거리면서 오자, 흑치상지는 절망감에 온몸을 떨었다. 흑치상지는 복신이 못마땅했지만, 대단히 중요한 전투인지라 자신이 아끼던 부장 태수를 보냈다. 위급한 순간에, 태수가 결정적인 역할을 할 것으로 기대한 것이다. 태수를 보내놓고도 흑치상지는 마음이 편치 않았다.

복신은 흑치상지의 말을 무시하고 군사를 몰아갔다. 신라의 진영에서는 난리가 났다. 두량이 급하게 김유신에게 달려갔다.

"장군, 복신의 군사들이 이리 몰려오고 있습니다. 어서 군사를 내어 복신을 물리쳐야 하옵니다. 조금이라도 지체한다면 많은 말들을 잃을 것입니다."

두량이 애원을 해도, 김유신은 꿈쩍도 하지 않았다. 다른 장수들도 몰려와서 말들과 장수들을 물리려고 요청을 했으나 김유신은 듣는 척도 하지 않았다. 오직 품일만이 장수들을 만류하며 말했다.

"지금, 복신이 미끼를 덥석 물었는데 어찌하여 군사를 물린다는 말이오."

김유신이 급히 눈짓을 하여 품일의 입을 막았다.

복신의 부하들은 이미 한 차례 승리를 거두고 군량과 마초를 빼앗은 탓에 기고만장해 있었다. 그런데, 자신들의 눈앞에 말들이 무방비 상태로 있다니 이건 횡재나 다름이 없었다. 욕심이 생긴 백제의 병사들은 복신의 명령을 기다리지 않고, 말을 붙잡는데 혈안이 되어 대오가 흩어지고 한바탕 소란이 일었다. 아무래도 낌새가 이상하다고 판단한, 복신이 놀라서 군사들에게 황급히 물러서라고 명령했으나, 이미 모든 것은 돌이킬 수 없는 상황이었다. 복신의 머리에 번개처럼 흑치상지의 서찰이 떠올랐다. 태수가 이를 알고 말을 탐하는 병사들의 목을 쳐서 사태를 반전시키려 했으나 역부족이었다.

김유신은 높은 곳에서 백제군의 동태를 면밀히 살펴보다가 때가 되었다고 판단하고, 큰 소리로 명령했다.

"가자, 신라의 군사들이여, 백제 군사들의 어리석음을 일깨워주라."

김유신의 명령에 따라 언덕위에 있던 신라의 군사들이 물밀듯이 쳐내려왔다. 복신의 군사들은 갑자기 쳐들어온 신라군에게 제대로 대항하지도 못하고 서로 뒤죽박죽 얽혀서 허둥대다가 신라군의 칼에 자신의 목숨을 내주기에 바빴다. 태수도 여기서 죽었다. 흑치상지는 태수가 죽었다는 보고를 받고, 사흘 동안 물조차 마시지 않았다. 간신히 살아남은 백제 군사들은 살길을 찾아 도망치느라 여념이 없었다. 복신은 황망 중에 간신히 목숨만 보전하여 도망쳤다. 신라군에게 빼앗긴 군량과 마초도 고스란히 신라군에게 되돌아갔음은 물론이다.

이로써 부흥군의 요새지인 지라성(대덕군 진잠면)과 윤성(청양군 정산), 사정(대전 동쪽) 등의 책을 빼앗겼으며, 상당한 인명 피해도 입었다. 복신은 자존심도 상하고 풍왕 앞에서 체면도 서지 않자, 진현성(대전 흑석동산성)에 군대를 증원하여 지켰다. 이곳은 높고 험준하여 요충지에 자리 잡고 있는데다가 강에 바짝 닿아 있어 공격하기가 용이하지 않았다.

하지만, 유인궤는 신라군대를 이끌고 야음을 틈타서 성 밑에 바짝 다가가서

사면에서 성위에 나지막하게 쌓은 성가퀴를 잡고 성위로 기어 올라갔다. 부흥군은 진현성의 높고 험준함을 믿고 방어를 소홀히 하다가 기습공격을 받고 허둥대다가 날이 밝을 무렵, 8백여 명의 희생자를 진현성을 유인궤에게 넘겨주었다. 이로써 다시 웅진도독부성과 신라 사이에 두절되었던 물자교류가 이어졌다.

주류성

　그해 12월, 사비성을 중심으로 하는 부흥운동이 신라군의 거센 공격으로 힘들어지자, 부흥군의 일부는 주류성으로 내려오게 되었다. 주류성은 도침이 처음 부흥운동을 일으킨 거점이었다. 눈이 내리는 날, 임존성에서 복신은 흑치상지에게 말했다. 저 멀리에 웅진도독부성이 보였다. 흑치상지는 그곳에서 눈을 떼지 않았다.

　"장군도 나와 함께 주류성으로 갑시다."

　"아닙니다. 저는 여기에 남겠습니다. 저는 사비성에서 손발이 묶인 채로 당나라로 간 전하의 모습을 절대 잊을 수 없습니다."

　"나당 연합군의 세력이 저토록 강한데 어찌 우리가 사비성을 도모할 수 있겠소. 우선 물러섰다가 힘을 비축하여 다시 오도록 합시다."

　"장군의 말이 옳기는 하나 따를 수는 없습니다. 저는 여기에 남아 매일 웅진성과 사비성을 함락하는 꿈을 꿀 것입니다."

　복신과 도침은 흑치상지의 고집을 꺾을 수 없다고 생각하고, 흑치상지를 남겨놓은 채, 주류성으로 내려갔다. 주류성은 산이 험절하고 계곡이 좁아 지키기 쉽고 치기는 어렵게 되어 있었다. 신라군과 당나라군의 거센 공격에 매번 무너졌던 부흥군으로서는 가장 적합한 성이었다.

주류성이 어디에 있었는지에 대해서는 학자들 사이에 많은 논란이 있지만 대체로 전북 부안에 있는 위금암산성이라는 데 그 의견의 일치를 보는 것 같다. 변산국립공원 안에 있는 위금암산성은 산이 험절함은 물론 계곡이 깊으며, 주위에 전지(田地)가 많지 않으므로 역사서에 서술되어 있는 주류성의 여건을 가장 잘 갖추고 있다고 할 수 있다.

부흥군의 지도부가 주류성으로 이동하면서 도침의 지위가 달라졌다. 도침이 이곳 주류성을 중심으로 하여 승군을 만들어 부흥운동을 시작하였고, 초창기 별다른 군대가 없었을 때 비교적 체계를 갖춘 부흥군을 가지고 있던 것은 도침이 유일했기 때문이었다.

풍왕과 복신, 그리고 도침이 주류성으로 오자 성 안은 온통 축제 분위기였다. 백제의 백성들은 왕을 옹립하여 체계적으로 부흥운동을 하는 모습을 보고 금방이라도 사비성을 회복하는 부푼 꿈을 꾸기 시작했다. 그런 탓에 지도부가 와서 잔치를 벌이는 날, 주류성에 있는 백성들은 서로 곡식과 술을 내놓았다.

"풍왕 만세!"

"영군장군 만세!"

"상잠장군 만세!"

그 중에서 영군장군 만세 소리가 가장 컸다. 영군장군은 도침을 가리킨다. 마치 도침이 부흥군의 왕이라도 된 듯한 분위기였다. 복신은 이를 보고 이맛살을 찌푸렸다. 근본이 무엇인지도 모르는 승려가 자신보다 더 환영을 받으니 기분이 나빴던 것이다. 하지만, 내색은 하지 않았다. 여기는 도침의 근거지니 섣불리 행동했다가는 목이 언제 달아나는지 모르기 때문이었다.

이들이 서로를 격려하면서 왕과 신하와 백성들이 어울려서 축제를 벌이고 있을 때, 밖에는 눈이 내렸다. 처음에는 진눈깨비로 시작한 눈은 오후에 들어서면서 함박눈으로 바뀌었다. 모두들 서설이라고 하면서 반겼다.

먹을 것이 귀한 성이니 병사들이나 백성들은 사냥을 나가야 했으나 눈이 많이 내려 용이하지 않았다. 하는 수 없이 지나가는 꿩을 활로 잡거나, 산토끼를 모는 수밖에 없었다. 멧돼지가 눈밭에 길을 잃어 병사들의 막사로 오자 너나할 것 없이 활을 날려서 멧돼지가 그 자리에서 죽었다. 곧 잔치가 벌어졌다.

처음에는 나당 연합군이 쳐들어오지 않아 평화로운 날을 보냈다. 하지만, 그 평화는 오래 지속될 수 없는 성질을 가지고 있었다. 신라와 당나라 군사들이 이곳까지 오기 어려운 것은 사실이지만, 논과 밭이 흔하지 않거나 혹은 멀리 떨어져 있어서 식량을 조달하기가 어려웠다.

이에 대한 논의가 이루어진 것은 눈이 많이 내려 사흘 동안 꼼짝을 못하게 된 날이었다. 며칠 동안 백성들이 충분히 먹지 못해서 여기저기 원성이 일었다. 특히 외부에서 들어 온 백성들이 불만이 많았다. 겨우 농사를 지을 수 있는 땅이 있다 해도, 예전부터 주류성에 터를 두고 지내던 백성들의 것이니 이들이 들어갈 수 있는 여지가 없었다. 주류성에 터전을 잡고 있었던 백성들이 그들에게 논과 밭을 양보해줄 리도 만무했다.

서로가 배가 고프니 주위를 돌아볼 틈이 없었던 것이다. 이를 보고 있던 풍왕이 지도자들을 소집하였다. 복신과 도침, 왜에서 온 협정연(狹井連)과 박시전내진(朴市田來津)도 풍의 처소로 모였다. 풍왕의 처소는 한 나라의 왕이 머물기에는 상당히 초라한 모습이었다. 밖에 몇 명의 장수가 지키고 있는 것을 빼면 다른 장수의 처소와 크게 다르지 않았다. 풍왕이 먼저 말을 꺼냈다.

"짐이 백제의 왕이 된 지도 어언 반년이 넘었소. 처음에는 짐이 한 나라를 다스릴 수 있을까 하는 걱정이 앞섰으나, 여러 장수들이 멸사봉공의 자세로 일을 해주어서 다시 백제를 세울 수 있겠구나, 하고 희망을 가져 보았소이다. 이 자리를 빌어서 그 동안의 노고를 진심으로 치하하는 바이오."

풍왕은 좌중을 한 번 둘러본 다음, 말을 이어갔다.

"짐은 앞으로 1~2년 이내에 나라를 건국하지 못하면 백제는 영원히 사라질 것이라는 불안감을 가지고 있소이다. 하루하루를 치열하게 살지 못하면 우리는 후대의 사람들에게 좋은 평을 듣지 못할 것이오. 그런 의미에서 우리 앞에 주어진 모든 일들에 대하여 냉정하고 객관적인 접근이 필요할 것이오."

풍왕은 엷은 미소를 지으며 좌중을 한번 둘러보았다. 모두 진지한 표정이었다. 그는 흡족하여 다시 말을 이어갔다.

"이곳 주류성은 전지와 멀리 떨어져 있고, 토지가 척박하여 농잠(農蠶)할 땅이 아니요, 방어하고 지키기에 적합한 장소인 것 같소이다. 이곳에 오래 머물러 있으면 백성들이 굶주리게 될 터인데 이에 대한 경들의 생각을 말해 보시오."

복신이 말을 받았다.

"전하의 말씀이 모두 지당하여 도무지 반론할 말이 생각나지 않습니다. 주류성의 험절함은 방어성으로서는 더할 나위 없이 좋사옵니다. 하지만, 우리는 백제왕의 도성을 생각해야 합니다. 이곳은 외따로 떨어져 있어 부흥군 전체를 지휘할 수 없는 약점이 있습니다. 먼 장래의 일을 생각하여 전지가 가깝고 부흥군 전체를 지휘할 수 있는 새로운 도성으로 옮겨야 한다고 생각합니다."

도침이 복신의 말을 받았다. 그의 얼굴은 약간 상기되어 있었다.

"지금 부흥군의 성 중에서 많은 백성들이 거주할 수 있는 곳은 주류성과 임존성뿐입니다. 또한, 이 두 성의 공통점은 적군이 침입하기 어려운 곳에 있다는 것입니다. 우리는 지금 나당 연합군의 공격을 받고 있습니다. 이들의 공격은 우리가 망하거나, 아니면 우리가 이기거나 할 때까지 계속될 것입니다. 또한, 우리가 전하를 모시고 백제를 계승했다고는 하나 전하의 통치를 받고 있는 성들은 그리 많지 않습니다. 남방의 많은 성들은 아직도 신라의 눈치를 보고 있는 상황입니다. 우리가 조금 더 이곳에서 버티어서 나라 전체 체계를 세우고 군사를 기른 다음에 전지에 가까운 곳으로 이동하는 것이 순리라고 생각합니다. 더불어, 아직 우리는 먼 장래의 일을 생각할 만큼 여유롭지 못한 것도 헤아려야 할 것입니다."

복신이 도침의 말을 다시 받았다.

"영군장군의 말이 틀리다는 것은 아니지만, 한 나라의 위업을 세우려면 백성들을 많이 품어야 하고, 백성들을 많이 품으려면 농사짓는 땅이 넉넉해야 함은 주지의 사실이오. 우리는 지금 이것을 논하고 있는 것이오."

다시 풍이 나섰다.

"짐이 듣기로는 여기에서 가까운 곳에 피성(전북 김제)이 있다고 들었소. 피성은 고련단경(古連旦涇)의 물이 띠를 두르고, 동남쪽에는 깊은 진흙의 제방이 있어 방비하기에 좋다고 들었소. 또한, 사방에 논이 있어 도랑이 파여 있고, 비가 잘 내린다고 들었소. 만약 이게 사실이라면 꽃이 피고 열매가 여는 것이 삼한에서 가장 기름진 곳이요, 의식의 근원이라 할 만큼 천지(天地)가 깊이 잠겨 있는 땅이라 생각되니 그쪽으로 가는 것이 어떻겠소. 비록 토지가 낮은 곳에 있어 적의 공격에 대비하기 어려운 점이 있지만, 그에 대한 방비를 따로 세우면 되지 않을까 싶소. 경들의 생각은 어떠시오."

풍의 말에 복신도, 도침도 말을 아꼈다. 섣불리 말하기에는 사안 자체가 민감했기 때문이었다. 모두가 조용해지자, 박시전내진이 답답하다는 듯, 목소리를 쥐어짜듯 말했다. 그의 서툰 백제어가 오히려 긴장감을 조성하였다.

"피성은 적이 있는 곳에서 하룻밤이면 갈 수 있습니다. 만일 저들이 작심을 하고 연합하여 피성을 친다면 며칠을 견디기 어려울 것입니다. 대저 굶주림은 어떻게든 견디어 나갈 수 있지만, 망하는 것은 순간이고 한번 망하면 모든 게 끝입니다. 그때가 되면 굶주림으로 원망하는 날조차 행복한 날이 되겠지요. 지금 적이 침입하지 않는 까닭은 이곳 주류성이 산이 험한 곳에 축조되어 있어 방어하기에 쉽기 때문입니다. 만일, 이곳 주류성이 낮은 곳에 있었다면 무엇으로 성을 지켜 우리가 동요하지 않고 오늘에 이르렀겠습니까?"

박시전내진의 말에 협정연도 동의하였다. 장내에는 깊은 침묵이 흐르고 있었다. 얼마 동안의 침묵이었을까. 풍왕이 말을 꺼냈다.

"알겠소이다. 경들의 뜻을 알았으니 오늘은 이만합시다. 천도 문제는 더 깊이 생각한 연유에 다시 논의하도록 하겠소. 오늘은 이렇게 모였으니 탁주라도 한 잔 나누는 것이 어떻겠소."

어색한 분위기는 술이 나오자, 조금씩 풀어졌다. 안주는 도침이 잡았다는 멧돼지 고기였다. 주거니 받거니 하는 동안, 그들은 취해갔다. 해가 서해로 빠지기 전 모두들 각자의 처소로 들어갔다. 모두를 심란한 마음에 일찍 잠자리에 들었다. 하지만, 모두 잠든 것은 아니었다. 도침은 잠이 들지 않았다. 도침은 누워서 이런저런 생각을 하다가 각종에게 가기 위해 길을 나섰다.

까만 하늘에 별들이 백제 백성의 얼굴처럼이나 초롱초롱하게 떠 있었다. 도침은 문득 출가하던 시절이 생각났다. 역병이 들어 마을 전체가 시체로 쌓이는 날, 도침은 혼자 살아남았다. 어떻게 살아남았는지에 대한 기억은 뚜렷하지 않았다. 도침이 죽은 아낙네의 젖꼭지를 필사적으로 빨다가 노인의 손에 발견되었으나 노인도 도침을 온전히 거두지 못하고 곧 죽었다. 노인이 죽은 다음 날, 도침은 노인의 집을 나왔다.

그는 먹을 것을 찾아 산속을 헤매다가 불가에 귀의했다. 그는 불가의 도를 닦으며 수행하는 내내 풀리지 않는 의문이 있었다. 백성들은 하루 종일 쉬지 않고 일을 해도 늘 배고픔에 시달리는데 귀족들은 별로 하는 일이 없어도 늘 풍족하게 먹고 마시고 있었다. 불가의 가르침이란 그들에게 연민의 정을 주는 것 이외는 해결할 방법을 제시하지는 않았다. 도침은 그게 답답했다. 스승에게 물었지만 불자는 그런 곳에 관여해서는 안 된다는 핀잔만 들었다.

개암사라는 절에 들어가 수행을 할 때였다. 눈이 많이 오는 날, 웬 스님이 숲속에 쓰러져 있는 것을 발견했다. 아마도 개암사를 찾아오다가 심한 눈보라와 배고픔에 지쳐서 쓰러진 것 같았다. 며칠 동안 정성으로 간호를 하자 스님이 눈을 떴다. 도침은 마치 한 번도 보지 못한 아버지가 살아온 듯 몹시 기뻤다. 깨어난 스님은 한참동안 도침을 바라보더니 말문을 열었다.

"스님이 이 불자의 생명을 연장하셨군요."

"아직도 스님이 사바세계에서 하실 일이 남아 있는 연유겠지요."

"어쨌든 이승에서 더 살게 해 주어서 고맙소이다. 이 고마움을 무엇으로 갚아야 할 지 모르겠소."

"하오면, 스님께 한 가지 여쭈어도 될 런지요."

"내 목숨을 구한 분인데 어떤 물음인들 답을 하지 않겠소. 소승은 다만 제대로 답을 할 수 있을 지 걱정이오."

도침은 망설이다가 오랫동안 자신을 맴돌았던 질문을 했다.

"백성들은 하루 종일 일을 해도 배고픔에 시달리는데 귀족들은 별로 하는 일이 없는데 늘 먹을 것이 풍족한 연유가 무엇입니까."

질문을 받은 스님은 한참동안 도침을 바라보았다.

"이름이 어떻게 되시오."

"수혜(修慧)라고 합니다."

"수(修)라 함은 깨달음을 얻는 자세로 듣고(聞), 생각하고(思), 실천하는(修) 세 가지 중에서 마지막을 말하는 것인가요?"

"그렇습니다. 그런데 스님의 존함은 어찌 되시는지요."

"소승이야 이름 없이 떠돌아다닌 지가 오래되오나 다른 사람들이 저를 임제라고 부르지요."

"앞으로 소승도 임제 스님이라 부르겠습니다."

"어떻게 불러도 부처님 말씀을 실천하지 못하는 땡중이기는 마찬가지이니 좋을 대로 하시오. 참, 아까의 질문에 답을 해야겠군요."

도침은 임제의 입에서 무슨 소리가 나올까 궁금하여 귀를 기울였다.

"부처님께서는 이 세상에 아주 어려운 일에 두 가지가 있다고 하였습니다. 하나는 사람으로 태어나는 일이고, 다른 하나는 부처님의 진리와 만나는 일이 그것입니다. 이 세상에 있는 많은 생명 중에서 사람의 몸으로 태어나는 일은 참으로 희유(稀有)한 일입니다. 뿐만 아니라 수많은 사람 중에서 부처님의 진리와 만

날 수 있는 인연은 더욱 희유한 것입니다. 스님이나, 나나 이 두 가지를 모두 이루었으니 오늘 당장 죽어도 여한이 없을 것입니다."

도침은 임제의 말에서 맹구우목(盲龜遇木)이라는 비유를 떠올리고 있었다.

바다 속에 눈먼 거북이가 살고 있는데 그 거북은 100년에 한 번씩 물 위로 머리를 내밀어서 숨을 들이킨다고 한다. 그런데 넓은 바다에는 이리저리 떠다니는 널빤지가 하나 있다. 그 가운데는 구멍 하나가 뚫려 있고, 눈 먼 거북이가 백 년에 한 번씩 물 위로 고개를 내밀 때, 마침 그 널빤지의 구멍에 머리가 딱 들어맞아서 오랫동안 숨을 들이킬 수 있는 확률이란 참으로 희유한 것이다. 우리가 사람으로 태어나서 부처님의 진리를 만날 수 있는 일이 마치 이와 같은 것이다. 임제는 지금 이를 말하고 있는 것이다.

"소승도 맹구우목의 비유를 어렴풋이 알고 있습니다."

"그럼, 수혜 스님은 퇴굴심이라는 것도 아시겠지요?"

붓다가 왕사성의 영축산에 있을 때의 일이다. 소나라는 비구가 근처의 숲속에서 정진을 하고 있었다. 그는 지나치게 긴장을 한 탓인지 아무리 노력을 해도 좀처럼 깨달음에 이르지 못했다. 자기보다 수행을 적게 하는 사람도 깨달음에 도달하는데 소나는 열심히 해도 깨우쳐지지 않았다. 조급해진 그는 차라리 집에 가서 재산이나 상속 받고 사는 게 낫지 않을까 생각하게 되었다. 불가에서는 이를 퇴굴심이라 불렀다.

퇴굴심은 조급한 마음에 남과 비교하는 데서부터 오는 것으로 수행에 큰 장애가 된다. 남을 쳐다보고 자기와 비교하는 마음도 소아적인 마음이다. 그리고 지나치게 극단적인 수행은 오히려 장애가 된다. 붓다는 소나가 그런 극단적인 수행 때문에 어려움을 겪고 있는 것을 알고, 그를 찾아갔다.

"소나여, 정진은 잘 되는가?"

"아닙니다. 실은 집으로 돌아갈 생각을 하고 있었습니다."

붓다는 잠시 생각에 잠기다가 소나에게 물었다.

"소나여, 너는 집에 있을 때 거문고를 잘 탔지?"

"예. 좀 탔습니다."

"거문고를 탈 때 줄이 너무 팽팽하면 어찌 되느냐?"

"좋은 소리가 나지 않습니다."

"그래. 그럼 반대로 줄이 너무 느슨하면 어찌 되느냐?"

"그래도, 소리가 잘 나지 않습니다."

"그럼, 어떻게 해야 소리가 잘 나느냐?"

"너무 팽팽하지도, 너무 느슨하지도 않고 줄이 적당해야 훌륭한 소리가 납니다."

"그렇다. 소나여, 거문고와 마찬가지로 수행은 너무 정진이 지나치면 마음이 격앙되어 조용하지 못하고, 또 너무 느슨하면

게으름에 빠지느니라. 소나여, 중도를 취해야 깨달음을 얻을 수 있느니라."

붓다의 말을 따라 소나는 다시 정진하여 마침내 깨달음을 얻을 수 있었다. 임제는 도침에게 이것을 말하고자 함이었다. 도침도 임제의 뜻을 읽었다.

"임제 스님께서는 마음에 대해 말씀하시고자 퇴굴심을 꺼낸 것이 아니옵니까?"

"수혜 스님은 참으로 명민하십니다. 어찌 사람의 생각을 그렇게 미리 헤아릴 수 있소이까. 혹시 속명(俗名)은 무엇이오?"

"도침이라 하옵니다."

"스님께서는 수혜보다는 도침이 어울릴 것 같소이다."

"이제 막 부처님의 진리를 찾는 재미에 빠져있는 비구에게 너무 가혹한 말이 아닐 런지요?"

"그 정도라면 사과하겠소. 이처럼 우리의 마음이란 아주 중요하여 다양한 형태로 부르고 있소이다. 태고 적부터 마음바탕이라 하여 주인옹(主人翁)이라 부르기도 하고, 꺼지지 않는 등불, 혹은 다함이 없는 등불이라 하여 무진등(無盡燈)이라 부르기도 하지요. 어떤 사람은 줄이 없는 거문고, 즉 현이 없는 거문고라 하여 몰현금(沒絃琴)이라 부르기도 합니다."

도침은 언젠가 개암사에서 잠시 머문 스님에게서 몰현금의 이야기를 들은 적이 있었다. 그 스님은 장마가 지던 여름에 왔다가 낙엽이 떨어지기 전에 멀리 남쪽으로 내려간다며 길을 떠났다. 떠나기 전, 차를 마시면서 그 스님은 몰현금의 이야기를 꺼냈다. 그 스님은 스스로를 무심금(無心琴)이라 했다. 도침은 그 스님이 떠나던 그 날을 떠올렸다. 만산에 가득 단풍이 들던 날이었다. 햇살도 따사로워서 어딘가로 떠나기에 아주 좋은 날이었다. 그 스님도 날씨가 자신의 발길을 재촉한다면서 서둘러 떠나버렸다. 그 스님과의 대화가 어제인 듯 생생하게 떠올랐다.

도침이 무심금에게 물었다.

"거문고는 여섯 줄이 있어야 소리를 내는데 줄이 없는 거문고라니, 이 거문고가 어찌 소리를 낼 수 있다는 겁니까?"

"아닙니다. 오히려 줄이 없기 때문에 무한한 열반의 음악을 연주할 수 있습니다. 거문고가 여섯 줄이 아니라 열여섯 줄, 혹은 육십 줄로 늘어난다 해도 줄이 있는 한, 유한한 음악일 뿐입니다."

"그게 우리의 마음과 무슨 상관이 있다는 겁니까?"

"우리는 마음의 거문고를 가지고 있습니다. 이를 심금(心琴)이라 부르지요. 이 심금이 울리면 그 인간관계는 더 이상 말이 필요 없는 깊은 차원의 이해와 공존이 있게 됩니다. 그런 심금의 가락이야말로 감동의 음악이며, 열반의 음악입니다. 부처님의 가르침이란 결국 그런 마음의 거문고를 타는 것입니다."

"그럼, 스님은 지금의 백제가 이처럼 각박하고 어려운 것이 심금이 울리지 않기 때문이라는 것입니까?"

"그렇습니다. 너나 할 것 없이 자기와 자기의 삶만을 앞세우기에 좀처럼 인간관계에서 조화의 가락이 울려나오지 않는 것입니다. 임금은 백성의 게으름을 탓하고, 백성은 임금과 조정 신하들의 무능과 부패를 욕하니 백제의 세상에는 잡음과 불협화음이 가득 차 있는 것입니다. 지금 백제에게 가장 필요한 것은 조율입니다. 조율이 되지 않는 채로 거문고를 연주한다면 소음이고, 다툼의 소리만 날 뿐입니다. 개인적으로 조율이 되지 않았을 때, 입만 열면 험담이요, 불평과 비난의 소리, 거짓말과 이간붙이는 말뿐입니다."

"스님이 본인에게 무심금이라고 한 이유가 혹시 이것과 관계가 있습니까?"

"소승이 심금을 울려야함에도 깨달음이 작아 심금을 울릴 수 없으니 스스로 무심금이라 한 거지요. 아무쪼록 스님께서는 무심금이 아니라 몰현금이 되어서 이 백제가 다시 화목하게 되는데 힘써 준다면 소승이 부처님의 은덕에 조금이라도 보답을 하게 되는 셈이지요."

무심금이 떠난 후에 도침은 한동안 번민에 휩싸였다. 개인의 심금을 울리는 것이야 정진을 통해서 이룰 수 있지만 백제 전체의 심금을 울리기에는 어쩐지 부족했던 것이다. 개인이 모두 심금을 울리게 되면 자연스럽게 나라 전체에 심금이 울리게 되는 것이나, 그것은 어딘가 모르게 현실성이 없어 보였다. 여기저기 백제가 망해간다는 소식을 접했을 때는 더더욱 마음이 잡히지 않아 정진하기도 어려웠다.

그러던 차에, 임제를 만난 것이다. 도침은 임제를 보는 순간, 무심금이 돌아온 것처럼 느껴졌다. 가을날 햇살 속에서 떠난 무심금이 겨울날 눈이 되어 나타난 것일까. 이야기가 거듭될수록 도침은 그동안 자신의 내부에서 들끓었던 질문에 대한 답을 얻을 수 있을 것 같았다. 임제도 도침의 마음을 헤아린 듯, 다시 물었다.

"스님께서는 부처님의 최후의 가르침을 아시는지요?"

도침은 아침마다 공양에 들어가기 전에 외우는 말을 그대로 대답했다.

"너희들은 저마다 자신을 등불삼고, 자기를 의지하여라. 또한 진리를 등불 삼고 진리를 의지하여라. 이 밖에 다른 것에 의지해서는 안 되느니라. 모든 것은 덧이 없나니 게으르지 말고 부지런히 정진하여라."

"허어, 마치 동자승처럼 외우고 있군요."

"부처님의 진리를 깨닫기로 한 이상, 부처님의 마지막 말씀 정도는 외우고 있어야 마음이 편할 것 같아 아침 공양에 들어가기 전에 꼭 암송을 하는 습관이 있습니다."

"좋습니다. 부처님께서 너 자신을 등불로 삼고, 진리를 등불로 삼으라고 했는데 이 말을 깊이 생각해보셨습니까?"

"우리 자신이 우주의 주인이란 말씀이요, 실제 그렇게 주인 으로 살아야한다는 말씀이 아닙니까?"

"맞습니다. 문제는 어떻게 사는 것이 주인으로 사는 것이냐 가 문제지요. 소승이나 스님께서도 주인으로 살기 위해서 이 길 로 들어선 것이 아닙니까?"

임제의 말에 도침은 불에 덴 듯 놀랐다. 지금까지 한 번도 자 신에게 물어보지 못한 질문이었다. 과연, 어떻게 사는 것이 주인 으로서의 삶을 사는 것일까. 도침의 질문에 답하기라도 하듯, 임 제의 말이 이어졌다.

"수처작주(隨處作主)라는 말을 아시는지요? 가는 곳마다 어 느 곳이든지 내가 자리한 곳에서 주인이 되라는 뜻이지요. 결국, 내가 있는 그 자리에서 주인으로 살라는 말입니다. 임금이면 임 금으로서 할 일을 제대로 하는 것이 주인이 되는 것이요, 스님은 스님으로서 구도에 정진하는 것이 주인이 되는 삶이지요."

"너무 원론적인 말씀이라 마음에 울림이 일어나지 않습니 다."

"혹시 스님께서는 구도자로서의 삶보다는 속세에 나가서 이 세상을 바꿔보려는 마음을 가진 것은 아닌지요?"

도침은 임제에게 자신의 속마음을 들킨 것 같아 버럭 화를 냈다.

"궁벽한 곳에 기대어 부처님의 진리를 탐구하는 불자가 밖에 가서 무엇을 할 수 있다는 말씀이오."

"아니면, 아닌 것이지 왜 화를 내고 그러십니까? 자, 이제 마지막 말이 남아 있으니 이 말을 들으시고 더 이상 소승에게 진리를 기대하지 마십시오."

도침은 임제가 무슨 말을 하려는지 짐작이 갔지만 궁금한 표정으로 임제를 바라보았다.

"주인 된 삶을 살기 위해서는 지금까지 마음속에 남아 있는 생각들을 말끔히 털어버리고, 낡은 삶의 껍질로부터 벗어나 본래의 '나'로 돌아가는 결단이 필요합니다. 그것이 주인으로 사는 첫걸음을 내딛는 것입니다. 그렇게 살 때, 부처님은 언제나 내 편이 되어 주십니다."

도침은 임제의 마지막 말에서 그동안의 물음에 대한 답을 얻었다. 도침에게서 본래의 '나'로 돌아가는 것은 나라를 위해 승군을 만드는 것이었다.

*

도침이 들어서자, 각종은 놀란 듯이 황급히 자세를 고쳐 앉았다. 무언가를 골똘히 생각하고 있던 표정이었다.

"밤이 늦었는데 어인 일이십니까."

"낮에 전하께서 불러서 다른 장수들과 술을 한잔 했는데도 잠이 오지 않아 아우와 한잔 하려고 찾아왔네."

"불가를 지키는 승려가 무슨 술이옵니까?"

"곡차라고 부르지 않던가. 오랜만에 한잔 하세나."

거듭 청하자, 각종은 부엌으로 가서 술을 가져왔다.

"천도를 한다면서요?"

한 순배 술이 돌자, 각종이 기다리지 못하고 말을 꺼냈다.

"자네도 알고 있었나? 피성으로 옮기려고 논의하고 있다네."

"백제를 통틀어서 여기처럼 견고한 성을 찾기가 쉽지 않을 텐데 왜 천도를 한다는 건지 이해할 수 없습니다. 피성은 방어하기가 용이하지 않아 신라와 당나라가 함께 들이치면 사흘을 버티기가 힘들 것입니다."

"나도 자네와 생각이 같네. 하지만, 다른 사람들은 달리 생각하고 있네. 이곳 주류성이 험절하고 계곡이 깊어 방어하기는 그만이지만 전지가 멀어서 오래 머물 장소는 아니라고 생각한다네."

"주류성의 낮은 산은 화전으로 가꾸어 전지를 만들고, 산에 있는 짐승을 사냥하여 조달한다면 겨울은 날 수 있을 것입니다. 굳이 전지가 필요하면 전지가 있는 땅을 주류성 안으로 편입하면 될 것인데 굳이 위험을 무릅쓰고 천도를 할 이유를 잘 모르겠습니다. 바다를 막아서 개간하는 방법도 생각할 수 있을 것입니다."

"드러내놓고 얘기하지 않지만, 내가 이곳 주류성을 근거지로 하여 부흥군을 일으킨 것이 마음에 걸리는 모양이야. 내가 세력을 규합하여 임금이 되어 자기들의 목을 달라고 할까 봐 걱정하고 있는 지도 모르지."

"혹시, 천도는 상잠장군의 뜻입니까?"

"확인은 안 해 보았지만 상잠이 전하에게 건의하여 일이 진행되는 것 같더군. 둘 다 왕의 혈통이지 않은가."

"사실, 상잠장군이 무왕의 조카라고는 하나, 그 근본을 어디에서 찾을 수 있겠습니까? 또한, 의자왕의 사촌이라면서 벼슬이 한솔에 머물러 있던 게 이상하지 않습니까? 어느 근본을 모르는 궁녀의 몸에서 나왔는지 어떻게 알겠습니까?"

"쉿, 조용히 하게, 누가 듣겠어."

"누가 들으면 어떻습니까. 사실, 임존성의 일은 상잠이 공을 세웠다고는 하나 실제로는 흑치상지의 공이 아닙니까. 상잠이 나서서 제대로 이긴 싸움이 어디 있습니까? 번번이 패하여 부흥군의 사기를 떨어뜨려 동쪽이 온통 신라에 넘어가지 않았습니까. 그런 자가 천도를 말하다니 지나가던 개가 웃을 일입니다. 저 같으면 별도로 공을 세울 때까지 은인자중하고 있겠습니다."

각종은 말을 마친 후에 술잔을 들어 한숨에 마셨다. 도침이 각종의 잔을 채워주며 부드럽게 말했다.

"자네는 내가 앞으로 어떻게 했으면 좋겠나."

"내일부터라도 상잠과 대등한 위치에서 장군의 의견을 말해야 합니다. 벌써부터 장군의 의견이 무시된다면 백제가 나라를 회복한 후에 장군의 설 자리는 그 어디에도 없을 것입니다. 아닌 말로, 누가 먼저 전하께 백제의 멸망을 알렸습니까? 소신이 아닙니까. 소신이 있었기에 지금의 풍왕이 있는 것입니다. 그렇지 않으면 풍왕도 섬나라 왜에서 벌이나 키우고 있을 것입니다."

각종도 술이 들어가자, 말이 격해지고 있었다. 도침도 처음에는 누가 들을까봐 말을 조심했으나, 술이 몇 잔 더 들어가자 마음의 경계를 풀어버렸다. 이는 도침과 각종의 실수였다. 그들이 복신과 풍왕에 대한 불만을 토로하고 있는 그 시간에 각종의 처소 뒤에서 이들의 말을 하나도 빠뜨리지 않고 듣는 사람이 있었다. 복신의 부하였다. 복신이 부하를 시켜서 도침의 처소와 각종의 처소에 사람을 잠복시켰던 것이다.

각종이 복신을 향해서 '다 늙어빠진 영감'이라고 욕을 할 때, 복신의 부하는 놀라서 넘어질 뻔하였다. 더 놀란 것은 도침이 풍왕을 향해서 아무 것도 할 줄 모르는 '벌통 아이'라고 했을 때, 그는 하마터면 소리를 지를 뻔하였다. 복신의 부하는 황급히 자신의 입을 손으로 막았다. 어디선가 부엉이 우는 소리가 들렸다. 여우 소리도 간간히 바람 소리에 묻혀 들려왔다.

이윽고, 얼마 후에 둘은 술을 먹다가 취했는지 그대로 잠이 들었다. 둘이 자는 소리를 몇 번이나 확인한 후에, 복신의 부하는 각종의 처소를 몰래 빠져나왔다. 그때까지 복신은 자지 않고 부하를 기다리고 있었다. 부하의 말을 모두 들은 복신은 모든 것을 예상하기라도 했다는 듯, 한참 동안 생각을 정리한 후에 잠이 들었다.

다음날 해가 뜨자마자, 복신은 도침을 불렀다. 도침은 복신의 부하에게 어제의 술이 과해서 일어날 수 없다면서 오후에나 가겠다고 했다. 복신은 화가 났으나 꾹 참았다. 복신은 해가 중천에 떴을 때, 일어났다. 복신의 부하가 왔다간 사실을 알고 난 각종이 복신에게 조심스럽게 물었다.

"장군, 어제 우리의 대화를 누군가 엿듣지 않았을까요?"

"그럴 리가 있느냐. 밖에서 보초를 서는 병사들이 있었지 않느냐."

"이곳 주류성은 바위와 나무가 많아서 얼마든지 몸을 가리고 엿들을 수 있는 곳이 많사옵니다."

"설사 엿들었다한들 그게 무슨 상관이냐. 증좌가 없는데 나를 어떻게 하겠느냐. 잡아떼면 그만이지 않느냐."

"복신을 조심하소서. 그는 부여자진을 죽인 사람이 아닙니까."

"나야 부여자진처럼 백제를 배신하는 일이 없는데 어찌 같은 경우라고 할 수 있느냐."

"복신은 혼자서 공을 차지하려는 욕심이 많은 자이옵니다. 더군다나 나이가 들수록 노욕(老欲)이 생긴다고 하지 않습니까? 노욕이 지나치면 사람의 피를 찾을지 모르는 일입니다."

*

각종과 도침의 대화중에 나온 부여자진의 일은 661년 3월에 일어났다. 복신이 당군이 돌아가는 길을 공격하여 유인궤를 사로잡으려고 여러 장수를 모아 계책을 논의하였다. 자진은 본래부터 복신의 재주와 명망이 자신보다 뛰어남을 시기하다가, 유인궤를 사로잡으려는 계획을 듣고 복신이 더 큰 공을 세울까하여 근심하다가 유인궤에게 복신의 계책을 밀고하였다.

"지금 백제의 부흥군 내부에서는 장군을 잡으려는 계획이 복신의 주도하에 면밀하게 이루어지고 있습니다. 조심하셔야 합니다."

유인궤는 부여자진의 말이 고마워서 부하에게 금을 가져오라하여, 부여자진에게 주었다. 부여자진이 금을 받고 어쩔 줄 몰라 했다. 유인궤는 그 틈을 타서 부여자진에게 물었다.

"그렇다면 내가 어찌해야 살 수 있겠소. 방법을 알려주시오.

장군."

　유인궤는 일부러 장군이라는 말에 힘을 주어 말했다. 그 말에 기분이 좋아진 듯, 부여자진은 약간 상기된 목소리로 말했다.

　"백제의 부흥군은 장군을 유인하여 남령의 골짜기로 갈 것입니다. 그 골짜기에는 백제의 병사들이 매복하여 있습니다. 그러니 장군께서는 남령으로 가기 전에 미리 군사를 보내 매복해 있는 군사들을 친다면 목숨을 건져서 사비성으로 들어갈 수 있을 것입니다."

　"한 가지 궁금한 게 있소이다. 장군."

　"소장이 모두 말씀드렸는데 무엇이 더 궁금하십니까?"

　"그 정도 계획이면 내가 도저히 살아남을 수 없을 것 같소. 만약 장군이 나에게 그 말을 전하지 않았더라면 백제로서는 당 지도부를 함락시킬 절호의 기회가 아니오. 그런데 왜 나에게 그 기밀을 말해주는 것이오."

　"만일 백제의 부흥운동이 실패로 돌아간다면 백제는 당나라의 복속국이 될 것이 아닙니까. 그때가 되면 장군께서는 오늘의 일을 잊지 말고 소신에게 백제의 백성을 다스리게 하여 주소서. 이를 약조만한다면 풍왕, 도침, 복신 등을 모조리 잡아서 장군께 바치겠습니다."

　"내 오늘의 일은 꼭 마음에 새겨 잊지 않도록 하겠소. 곧 장군의 소원이 이루어질 것이오.

"감사합니다. 장군."

부여자진은 기뻐서 돌아갔다. 유인궤는 돌아가는 부여자진의 등 뒤에서 침을 뱉었다. 자신의 영달을 위해서 나라의 안위 따위는 관심이 없는 자들을 볼 때마다 버릇처럼 나오는 습관이었다.

부여자진의 밀고로 유인궤는 미리 군사를 보내어 매복해 있는 백제의 군사들을 무찔러버렸다. 복신의 부장 사수원이 부여자진과 유인궤가 내통한 사실을 알고 복신에게 알렸다.

"뭐라고, 그게 사실이냐."

"예. 상잠장군. 남령으로 가는 길에 백제군이 매복해 있다는 것을 알려줌은 물론이거니와 자신에게 백제를 다스릴 수 있는 권리를 준다면 풍왕을 비롯하여 백제 부흥군의 주요 인물을 모두 잡아 바치겠다고 말했다고 하옵니다."

"그놈이 미친 게 분명하구나. 당장 잡아들이라."

"장군, 부여자진에게도 많은 부하가 있으니 갑자기 그를 잡아들인다면 큰 싸움을 각오해야 할 것이옵니다. 차라리 연회를 베푼다고 하여 여러 장수들을 청하면 그가 의심 없이 올 것입니다. 연회가 진행되는 동안 자진이 방심하게 만든 후에 적당한 때를 봐서 부여자진을 잡는 것이 좋지 않겠습니까?"

"그렇구나. 사 장군. 네 말대로 할 것이다. 너는 빨리 가서 오늘 비록 유인궤를 잡는 데는 실패하였지만, 상당한 전과가 있었으므로 병사들의 노고를 위로하는 연회를 열 터이니 모두에게 참석하라 이르라."

"알겠습니다. 장군."

장수들은 연회장으로 모여들었다. 부여자진도 꺼림칙하기는 했으나, 설마 복신이 유인궤의 일을 알까, 하는 마음으로 연회장소로 들어왔다. 연회장은 오랜만에 여는 술자리라 시끄러웠다.

복신이 먼저 일어서서 장수들의 노고를 치하했다.

"오늘 우리가 비록 당나라의 유인궤를 잡지는 못했지만 당나라 군사들에게 우리 백제가 살아있음을 알려주는 좋은 계기가 되었소. 장군들, 오늘은 정말 수고가 많았소."

곧 이어, 도침이 술잔을 높이 들면서 큰소리로 말했다.

"오늘 여러 장수들은 분명히 보았을 것이오. 우리 백제의 군사들이 용감하게 나가자, 당나라 군사들이 허겁지겁 도망치는 모습을. 이 도침은 오늘처럼 기분 좋은 날은 일찍이 없었소이다. 내 비록 승군출신이지만 백제가 다시 건국하는 날까지 몸이 으스러지도록 당나라와 싸워서 반드시 백제를 재건할 것이오."

"영군장군이 그리 말해주니 지금이라도 당장 유인궤를 사로잡은 기분이 드는 구려."

복신이 웃으면서 말했다.

"뭐, 그게 어렵습니까. 내 이 잔을 비우고 당장 유인궤의 목을 가져오겠습니다."

도침도 복신을 따라 웃으면서 말했다.

모두들 앞날에 대한 기대감으로 서로를 칭찬하며 덕담이 오가는 화기애애한 분위기가 이어졌다. 백제의 의자왕이 당나라 땅에서 죽어 북망산에 묻혔다는 비보를 접할 때만 해도 더 이상 희망이 없던 사람들이었다. 하지만, 그들은 다시 일어서고 있었다. 백제의 산과 들에 때를 따라 피어나는 잡초들처럼 시간이 되면 어김없이 꽃을 피우고 열매를 맺고 있었다. 누군가 돌보지 않아도 자신들의 삶을 꿋꿋하게 살아가는 그 잡초의 성질을 백제의 백성들도 가지고 있었다. 그러기에 한 나라의 임금이 타국에서 이승을 떠났을 지라도, 백성들은 살아남아 미래를 이야기할 수 있는 것이다.

복신은 연회가 끝날 무렵, 다시 일어섰다. 그의 눈빛은 조금 전과는 달리 증오로 이글거리고 있었다. 부여자진은 사태가 이상하게 돌아간다는 것을 본능적으로 눈치를 채고 긴장하였다.

"사랑하는 백제 장군과 병사 여러분, 나는 오늘 이 자리에서 한 가지 슬픈 소식을 전하고자 합니다."

모두들 웅성거리면서 복신을 바라보았다. 복신의 흰 수염이 유난히 크게 흔들렸다.

"오늘 우리는 유인궤를 잡아서 죽일 수 있는 절호의 기회를 얻었습니다. 그것은 저뿐만 아니라 백제의 모든 백성들이 일각이 여삼추인 심정으로 기다렸던 순간이지요. 만약 그렇게만 된다면 백제는 다시 일어설 수도 있었을 것입니다. 하지만, 여러분이 알다시피 유인궤를 잡지 못했습니다. 왜 잡지 못했을까요? 유인궤가 지략이 뛰어나고, 무술이 우리보다 나아서였을까요? 슬프게도 그 이유가 아니었습니다. 우리 내부에 배신자가 있기 때문이었습니다. 망국의 슬픔을 이기면서 오직 백제 재건의 꿈을 불태우고 있는 우리들에게 자신의 영달을 위해 배신하는 사람들이 있을 거라고 누가 생각했겠습니까? 그런데 그는 우리들의 기대를 보기 좋게 버리고 자신의 조그마한 이익을 위해서 백제의 미래를 팔아버린 것입니다. 그가 누구일까요? 바로 부여자진입니다. 이 자는 유인궤와 밀통하여 백제가 남령에서 매복하고 있다는 사실을 그에게 알려주었습니다."

복신은 말을 끊고 좌중을 한번 둘러보았다. 좌중이 웅성대기 시작했다. 모두 부여자진에게 시선이 쏠렸다. 부여자진은 태연하기 위해 애를 썼다.

"게다가 그는 유인궤에게 백제가 당나라의 속국이 되면 자신에게 통치권을 달라고 애걸하였다고 하옵니다. 만약, 당나라에서 그 약조를 들어준다면 여러분들을 모두 잡아서 유인궤에게 바치겠다고 말했다고 하옵니다."

"그게 모두 사실이라면 부여자진을 처형해야 합니다."

누군가 복신의 마음을 읽기라도 하듯, 소리쳤다. 복신은 흡족한 듯 웃으면서 말을 이어갔다.

"그렇습니다. 백제가 멸망하여 우리 백성들이 얼마나 비탄에 잠겨 있습니까. 이러한 때에, 당나라 군사들을 한 명이라도 죽여도 시원치 않을 판국에 당나라의 수장인 유인궤를 도망치게 하다니 이게 말이나 되는 일입니까. 아무리 부여자진이 그동안 많은 공을 세웠다고는 하나, 그 공이 이 죄를 덮을 수는 없을 것이옵니다. 저도 마음이 아프지만 부여자진을 처형해야한다고 생각합니다."

부여자진은 일이 잘못되었다는 것을 알고 새파랗게 질려서 아무 말도 하지 못했다. 이때, 도침이 일어섰다.

"나는 상잠장군이 거짓을 말했다고 보지는 않습니다. 부여자진이 그런 일을 했다면 마땅히 참형으로 다스리는 게 옳다고 생각합니다. 하지만, 그는 우리 백제 부흥군의 지도자 중의 한 사람입니다. 그의 죄가 비록 크나 바로 참형으로 다스린다면 백제군의 사기는 땅으로 떨어질 것이옵니다. 참형은 피하고 백의종군하여 다시 백제를 위해 공을 세울 수 있는 기회를 주는 것은 어떻습니까?"

도침의 말에 대체로 수긍하는 분위기였다. 부여자진도 목숨만은 건졌다면서 안도의 한숨을 몰아쉬었다. 하지만, 복신은 물러서려 하지 않았다.

"나는 그가 지도자이기 때문에 오히려 참형으로 다스려야

한다고 생각합니다. 한 나라의 지도자라면 그에 따르는 의무가 있습니다. 남들보다 더 부지런해야 하고, 남들보다 더 많이 알아야 하고, 남들보다 더 용감해야 합니다. 하지만, 가장 중요한 덕목은 남들보다 더 많이 희생해야한다는 것입니다. 그래야 지도자라고 할 수 있습니다. 더군다나, 지금 백제의 운명이 풍전등화와 같이 위태롭습니다. 내일을 얘기하는 것이 사치일 정도로 절박한 게 백제가 처한 현실입니다. 얼마 전까지만 해도 우리는 백제라는 나라가 있었지만, 지금은 나라가 없습니다. 이런 까닭에 우리들은 나라를 찾기 위해 세찬 비바람을 맞으면서 잠을 청하고, 바람을 반찬 삼아서 끼니를 때우지 않았습니까. 우리들에게 그런 목표가 없었다면 그냥 신라나 당에 투항해서 일신의 영달과 가문의 미래를 약속받았을 것입니다. 하지만, 우리는 그런 삶이 싫어서 여기까지 피를 토하면서 달려오지 않았습니까. 여러분, 우리에게 가장 큰 적이 누구입니까. 신라가 아니라 당입니다. 신라는 항상 우리와 싸웠지만 같은 피를 나눈 민족입니다. 반면에, 당나라는 우리와 피 한 방울 섞이지 않은 다른 민족입니다. 우리는 지금 다른 민족의 지배를 받고 있습니다. 어찌 분통이 터지지 않을 수 있겠습니까? 그런데, 부여자진은 당나라 장수와 내통하여 백제가 다시 나라를 세울 수 있는 아주 소중한 기회를 날려버렸습니다. 그는 명백히 백제의 지도자입니다. 그러므로 남들보다 더 무거운 책임을 져야 합니다. 나도 부여자진을 사랑하는 마음이 여러분에 비해서 결코 작지 않습니다. 하지만, 그를 참형으로 다스려야한다는 데는 조금도 망설이고 싶은 생각이 없습니다."

결국, 부여자진은 참형에 처해졌다. 각종이 말한 부여자진의 일은 이를 두고 말함이다.

천도

　새해가 되자, 당나라와 신라는 백제에 대한 관심을 소홀히 하였다. 우선 백제가 스스로 궁벽한 곳으로 피했다는 것이 그 이유고, 또 하나는 고구려를 공격하기 위해서 병력과 지혜를 모으느라 자연스럽게 백제는 그들의 관심에서 멀어졌다. 풍왕이 사태를 주시하다가 대신들을 소집하였다.

　"이곳에서 지내보니 짧은 기간 동안 피해 있기는 적합하지만, 장기간 머물러 백성들을 다스리기에는 적합하지 않은 것 같소. 신라와 당나라의 관심이 뜸할 때 피성으로 옮기려 하는데 경들의 생각은 어떻소."

　박시전내진이 나섰다.

　"저번에 말씀드린 바와 같이 피성은 적과 너무 가깝습니다. 또한 낮은 곳에 있으니 적이 공격하기는 쉽고, 우리는 방비하기 어렵습니다. 백제의 운명이 걸린 문제이니 신중하게 처리하시기 바랍니다."

　복신이 나섰다.

　"물론, 여기에 있으면 당나라와 신라의 군사들이 쳐들어오기에는 어려울 것이오. 하지만, 언제까지 여기에 눌러서 지키기만 할 것이옵니까. 이곳은 백제주민을 통합하고, 전체 부흥운동을 지휘할 수 있는 중심지로는 마땅하지 않습니다. 우선 큰 위기를 넘겼으니 다시 옛 영토를 회복하기 위해서 적극적으로 나서야 할 것이옵니다. 소장은 피성으로 가기를 원합니다."

도침이 나섰다.

"주류성은 나름대로 장점이 있으니 완전히 버리는 것은 좋지 않습니다. 부흥군의 근거지는 여기로 하고, 지휘소를 따로 피성에 두는 것은 어떻습니까. 피성과 주류성과의 이동통로만 확보한다면 크게 문제될 게 없을 것입니다. 자고로 왕이 머무는 도성은 방어가 가장 우선이옵니다."

복신이 다시 나섰다.

"영군장군의 깊은 생각에 소장 감동하였습니다. 하지만, 우리는 지금 힘을 두 곳으로 나눌 만큼 강성하지 못합니다. 주류성이나 피성 중의 하나를 선택하기도 벅찰 지도 모릅니다. 그러니 일단 우리가 피성으로 가서 남방의 세력들을 부흥군의 세력 안으로 끌어오는 게 중요하다고 생각합니다. 백제의 옛 성들이 하나 둘씩 부흥군의 세력 안으로 들어온다면 비록 피성이 낮은 곳에 있다고는 하나, 우리는 지킬 수 있는 힘을 얻을 것입니다."

풍왕은 복신과 도침의 말을 가만히 듣고 있다가 무겁게 입을 열었다.

"모두가 다 일리 있는 말이오. 하지만, 짐은 백제의 백성들이 더 이상 굶주리는 것을 원하지 않소이다. 백성들이 살기 위해서 이웃집의 창고로 쳐들어가는 것이 어제 오늘의 일이 아니거늘 아무런 대책도 없이 지켜볼 수는 없소이다. 저들에게 식량을 주지 않으면, 머지않아 우리의 살과 뼈를 달라고 할지 모릅니다. 더 늦기 전에 대책을 세워야할 것입니다."

도침은 더 이상 말을 하지 않았다. 각종의 충고를 따른 것이다. 도침이 침묵하자, 토론은 종결되었다. 다음날부터 바로 천도를 위한 작업이 시작되었다. 천도에 대한 모든 책임과 권한은 복신에게 주어졌다. 복신은 어느 때보다 민첩하게 움직였다.

피성은 낮은 곳이 많아서 몇 군데를 보수하기로 했다. 이 때문에 복신은 피성 주변의 백성들을 동원하였다. 병사들도 병장기 대신에 곡괭이를 들고, 삽을 들어야 했다. 아직 땅이 녹지 않아 곡괭이와 삽이 잘 들어가지 않자, 군사들과 백성들의 불평이 심했다. 도침의 부하들이 특히 심했다.

"원 세상에 멀쩡한 성을 놔두고, 평야지대에 도성을 짓다니 말이 되는 거야? 백제가 망한 이유가 있다니까."

누군가 불평하는 소리를 복신의 부하가 들었다. 복신의 부하는 곧바로 복신에게 가서 고했다. 복신은 화를 내는 대신에 미소를 지었다. 부하가 영문을 몰라 두리번거리자, 복신이 차분하게 말했다.

백제의 마지막 장군, CEO 흑치상지 **213**

"너는 가서 그 불평에 맞장구를 쳐 주어라. 불평하는 사람이 많아야 우리가 원하는 것을 얻을 수 있느니라. 참, 너의 이름이 무엇이냐. 내 나중에 큰 상을 주겠노라."

"길수라고 하옵니다. 사비성에서 가까운 곳에서 살다가 부흥군을 따라 내려왔습니다."

길수는 그날부터 도침의 부하 곁에서 불평을 더 부추겼다. 이에 따라 피성에 대한 불만은 날이 갈수록 더 높아졌다. 도침은 이를 괴이하게 여겼다. 하지만, 크게 신경 쓰지는 않았다. 처음부터 자신은 이곳으로 오고 싶지 않았던 것이다.

당황한 것은 도침의 부하들이었다. 복신의 부하들이 천도에 더 불만을 터트리니 자신들이 오히려 머쓱해졌다. 나중에는 혹시 도침에게 해가 갈까 봐 도침의 부하들이 복신의 부하들을 달랠 정도였다. 이를 보고 각종은 눈이 뒤집혀서 열흘 동안이나 방에 누워 있어야 했다. 복신의 계략이 보기 좋게 성공한 것이다. 길수는 나중에 복신에게 큰상을 받았다.

3월이 가기 전에 공사는 끝이 났다. 근본적으로 성을 보수하거나 축조한 것은 아니었다. 도성으로서 필요한 최소한의 것만 서둘러 마련하였다. 그만큼 경황이 없었고 목적의식 또한 불분명하였다. 풍왕은 주류성을 떠나 피성으로 들어왔다. 너른 평야를 보는 풍왕의 마음은 기뻤다. 하지만, 아직 봄이 오지 않은 탓에 보는 사람에 따라서는 들판이 황량하게 보이기도 하였다.

이 무렵, 흑지상지는 여전히 임존성에 기대어 있었다. 그는 아침에 일어나서 웅진성을 바라보는 것으로 하루를 시작하였다. 그의 마음은 당장이라도 웅진성으로 쳐들어가는 것이었다. 당나라 군사들을 바다 저편으로 몰아낼 수만 있다면 다시 백제라는 깃발아래 백성들과 더불어 희로애락을 즐길 수 있을 것 같았다.

사타상여가 급히 흑치상지에게 왔다.

"장군, 요즘 들어 당나라와 신라가 부쩍 고구려의 땅으로 움직이고 있다 하옵니다."

"드디어, 우리에게 기회가 왔구나. 장군은 군사를 이끌고 가서 유인궤의 군사들에게 실컷 욕을 퍼붓고 오도록 하라."

"격장법을 쓰자는 말입니까?"

"그렇다. 유인궤의 자질을 시험해보려는 것이다."

사타상여는 흑지상지의 명에 따라 군사를 이끌고 웅진성에 가서 실컷 욕을 퍼부었다. 하지만, 아무리 심한 욕을 해도 유인궤는 꼼짝도 하지 않았다. 그래도 사타상여는 계속 욕을 퍼부었다. 나중에는 당나라 황실은 물론 측천무후의 욕까지 서슴지 않고 쏟아냈다. 참다못한 당나라 장수가 유인궤에게 달려와서 싸우러 갈 것을 청했다.

"장군, 나가서 저 입만 살아 있는 백제군을 당장 혼을 내 줍시다. 장군에게 고자니, 병신이니 하고 욕을 하고 있는데도 괜찮습니까? 그것도 모자라서 천후 마마가 다른 신하들이랑 잠자리를 한다고 떠들어대니 도무지 참을 수가 없습니다."

"나도 억지로 모욕을 참고 있다. 그 이유는 천자께서 친히 조서를 내려 굳게 지킬 뿐 싸우지 말라고 하셨기 때문이다. 경솔하게 나가서 싸운다면, 이는 황명을 어기는 셈이 된다. 그렇지 않아도 방금 출정을 허락해달라는 표를 황제에게 올렸다."

"장수가 밖에 있으면, 황제의 명을 받지 않아도 되지 않습니까? 더군다나 우리는 바다 건너에 있는데 위급한 때에도 황제의 명을 기다린다면 어떻게 이 성을 때와 형편을 따라 지킬 수 있겠습니까?"

"그것도 네 말이 맞다."

"그렇다면 어찌하여 나가서 싸우지 않습니까? 우리가 저들보다 약하다는 겁니까? 저들의 말대로 장군이 흑치상지에게 겁을 먹어서 그런 겁니까?"

유인궤는 장수의 말이 도가 지나치다고 느꼈으나, 부하의 허물을 성급하게 지적하는 것도 도량 있는 지휘관이 아니라는 생각에 따로 시간을 내어 책임을 묻기로 하고 우선은 차분하게 그를 설득하기로 했다.

"전투에서 공격하는 쪽은 속전속결이 유리하고, 방어하는 쪽은 지구전이 유리하다는 것을 장군도 잘 알고 있을 것이다. 지금 흑치상지는 우리의 인내심을 시험하고 있는 것이다. 그 계략에 넘어가면 일을 그르칠 수 있음을 명심하라.”

유인궤의 말을 듣고 그 장수는 물러갔다. 사타상여는 당나라 장수들이 눈 하나 꿈쩍도 하지 않고 성벽을 지키고 있자, 지쳐서 임존성으로 들어갔다.

“장군, 유인궤가 꿈쩍도 하지 않습니다.”

“그럴 것이다. 유인궤는 보통 장수가 아니므로 어지간한 격장에 넘어가지 않을 것이다. 그도 참고 버티는데 현명하다는 것을 알고 있을 것이다.”

“그럼, 공격을 포기하겠다는 말입니까?”

“아니다. 한번만 더 유인궤의 인내력을 시험해 봐야겠다. 이번에는 유인궤가 군사를 이끌고 나올 것 같다. 그렇게 되면 내가 거짓으로 패하여 도망칠 테니까 너는 숲속에서 매복하고 있다가 좌우에서 유인궤의 군사를 무찌르도록 하라.”

“알겠습니다. 장군.”

흑치상지는 아낙네들이 머리에 쓰는 건국(巾國 : 헝겊으로 만든 여자들의 머리쓰개)과 호소(縞素 : 흰색 비단)을 편지 한 통과 함께 큰 상자에 넣어 웅진도독부로 보냈다. 편지에는 이렇게 적혀 있었다.

유인궤는 당나라 황실의 장군이 되어 중원에서도 그 이름이 높아, 작은 나라 백제의 사람인 나도 그 이름을 알고 있다. 그토록 훌륭한 장수가 어찌하여 힘을 다해 자웅을 겨루려고 하지 않고 성에 웅크리고 앉아 있느냐. 이는 필시 아낙네의 행동과 다를 것이 무엇이냐. 여기에 백제의 아낙네들이 쓰는 머리쓰개와 비단을 보내니 나와서 싸우지 않으려거든 두 번 절하고 이를 받으라. 그러나 아직도 중원에서 이름을 떨치던 장수의 자존심과 남자다운 기개를 가졌다면 이 글에 대한 답으로 나와서 싸우는 것이 마땅할 것이다.

편지를 다 읽은 유인궤는 치솟는 화를 가까스로 삭이며, 억지로 웃음을 지어 보였다. 그리고는 태연하게 흑치상지가 보낸 선물을 두 번 절하고 받았다. 뿐만 아니라, 백제의 사신을 극진하게 대접하였다. 백제의 사신은 유인궤가 임존성의 일을 물을까 하여 긴장했으나 유인궤는 뜻밖에 흑치상지에 대해 물었다.

"흑치상지 장군은 요즘 어떻게 지내는가. 어떻게 먹고, 얼마나 주무시는지 아는 대로 답하라. 또, 그가 번거로운 일을 부지런히 하는가, 아니면 간단한 일을 쉬면서 하는가도 답하라."

백제의 사신이 조금도 망설이지 않고 답했다.

"장군은 백제의 멸망이 의자왕의 실정 때문이라고 비판하면서 매일 술에 젖어 살고 있습니다. 심지어 부여풍이 왕으로 있는 주류성마저 머지않아 당나라에게 멸망할 것이라고 말하면서 자신의 재주가 너무 아까우니 차라리 당에 가서 벼슬을 할까를

놓고 고민하고 계십니다."

백제 사신의 말에 유인궤는 놀랐다. 평소에 생각했던 것과는 정반대의 말을 들었던 것이다. 새벽에 일어나 밤늦게 잠자리에 들고 어지간히 중요한 일은 모두 흑치상지의 손을 거쳐서 처리할 것이라 생각했으며, 백제 부흥의 일로 온통 신경이 쓰여 먹고 자는 일에 소홀하다는 대답이 나올 것으로 기대했던 것이다. 그런 상황이라면 굳이 나가서 싸우지 않아도 스스로 지치기를 기다릴 수 있었던 것이다.

유인궤는 고민하다가 성문을 열고 나왔다. 임존성만 무너뜨릴 수 있다면 앓던 이를 뽑은 듯 시원할 것이기 때문이었다. 흑치상지는 대낮부터 취했는지 말을 모는 것도 힘들어하는 것 같았다. 유인궤는 단숨에 흑치상지를 잡으려고 욕심을 부렸다. 흑치상지는 도망쳤다. 유인궤는 앞뒤 가리지 않고 따라왔다.

흑치상지는 사타상여와 약속한 숲 속에 이르러 갑자기 말머리를 돌렸다. 그때서야 유인궤는 속을 것을 알고 황급히 말머리를 돌렸으나, 이미 때는 늦었다. 숲 양쪽에서 백제의 군사들이 몰려나오더니 질풍처럼 당나라 군사들을 휘몰아갔다. 순식간에 일어난 일이었다. 유인궤는 황급히 성으로 도망쳐서 다시는 나오지 않았다. 1천 여 명의 군사를 잃고 난 후였다.

흑치상지는 성을 에워싸고 개미새끼 한 마리도 지나가지 못하게 지켰다. 성안에 갇힌 당나라 병사들은 시간이 지날수록 굶주림에 시달렸다. 군량미가 축이 나고, 다시 말을 잡아먹기에 이르렀다. 병든 말부터 잡아먹었다. 하지만 병든 말은 고기가 질겨서 병사들이 투덜거렸다. 병든 말이 다 고갈되자, 싱싱한 말을 잡기 시작했다.

이대로 가다가는 성 안의 말이 남아나지 않을 것 같았다. 유인궤는 신라에게 가는 길을 뚫어보려 하였으나 여의치 않았다. 방법을 고심하다가 당나라 황제에게 구원을 요청하였다. 병사를 어부로 가장하여 백마강으로 보낸 것이다. 그 병사는 무사히 강을 빠져나가 서해를 거쳐 당나라로 갔다.

유인궤의 보고를 받은 측천무후(천후)는 깜짝 놀랐다. 이미 백제라는 나라는 당나라에 복속이 되었는데, 백제를 다스리는 당의 신하가 백제의 군사들에게 포위당해 먹을 것도 제대로 먹지 못하고, 밤낮 고함소리에 잠조차 이루지 못한다는 신하의 보고가 어쩐지 현실성이 없어 보였다. 도대체 어떤 장수가 그런 일을 하느냐고 물었더니 신하들은 흑치상지 이름을 거론했다. 흑치상지가 누구냐고 묻자, 제대로 답을 하는 신하가 없었다.

*

천후는 고종의 왕후가 된 뒤에 남편인 고종이 죽자 친자인 중종을 폐위시키고 예종을 즉위시킨 다음, 거센 반대를 누르고 스스로 황제가 된 여걸이다. 중국의 역사상 처음이자 마지막 여자 황제가 바로 그녀였다. 황제가 된 뒤에 국호를 당(唐)에서 주(周)로 바꾸고 노쇠해져 퇴위에 이를 때까지 15년간 주나라의 황제로 중원을 지배하였다. 그녀는 처음부터 황후가 예정되어 있던 사람도 아니었다. 특별한 가문출신도 아니었다.

당나라 고종 이치가 즉위한 지 5년이 지난 어느 날, 감업사에 가서 향을 올리다가 깜짝 놀랐다. 비구니가 된 무조(武照)를 만났기 때문이었다. 오매불망 찾고 있었던 지라, 두 사람은 마주보며 흐느꼈다. 무조는 원래 태종 때에 입궁하였다. 그녀보다 25살 많은 태종이 그녀를 매우 좋아해서 재인으로 봉했고, 태종이 위독해지자 그녀는 줄곧 태종의 시중을 들었다. 그녀를 좋아한 태자 이치는 병문안을 핑계로 그녀를 자주 찾아왔다.

태종이 죽자, 그녀는 다른 후궁들과 함께 감업사로 쫓겨나 비구니가 되었다. 황제가 된 이치는 소숙비(蕭淑妃)를 총애하여 잠시 그녀를 잊고 있었는데 다시 만나자 두 사람은 옛 정이 다시 타올랐다. 그녀는 고종이 자신을 궁전에 데려가기를 원했지만 우유부단한 고종은 결단을 내리지 못했다. 소숙비에 밀려서 고종의 냉대를 받고 있던 왕후는 고종이 무조를 좋아한다는 사실을 알고 몹시 기뻐했다.

무조를 황실로 데려오면 고종이 소숙비를 멀리할 것이라고 생각했던 것이다. 하지만, 이런 왕 황후의 계책은 자신에게 커다란 화를 불러일으키는 것이었다. 무조는 권모술수가 뛰어나서 궁전에 들어온 후에 왕 황후를 잘 받들었다. 왕 황후도 고종 앞에서 무조를 자주 칭찬하였다. 얼마 안 돼 고종은 무조를 소의(昭儀)로 봉하면서 점점 더 총애를 하였다. 소숙비의 총애를 빼앗아오려 했던 왕 황후는 자신이 추천했던 여인에게 황제의 사랑을 빼앗기는 비극을 맞이했다.

이 뿐만이 아니었다. 황제의 총애를 받자, 그녀는 예전처럼 왕 황후에게 예의를 다하지 않고 오히려 왕 황후 주변의 궁녀를 매수하여 왕 황후의 일거수일투족을 감시하였다. 그녀는 고종의 딸을 낳았는데 왕 왕후가 그 딸을 보러 온다는 소식을 듣고, 나쁜 계책을 생각해냈다. 궁녀를 보낸 후에, 자신도 몸을 숨기고 어린 공주 혼자서 요람에 누워 있게 하였다. 어린 공주는 살결이 희고 부드러워 몹시 사랑스러웠다. 황후는 자신의 딸이라도 되는 양, 공주를 안고 볼에 입을 맞추는 등 한참동안 공주를 예뻐하다가 돌아갔다.

왕 황후가 돌아가자 방 안에 다른 사람이 없는지 살핀 후에, 그녀는 자기의 친딸을 목을 졸라 죽이고 이불을 덮어놓았다. 얼마 후에 고종이 들어오자, 그녀는 태연히 웃고 떠들면서 무척 기뻐하는 척 했다.

"공주가 잘 있나 한 번 보자꾸나."

"그리하시옵소서. 폐하."

고종이 어린 공주를 보고 이불을 들추어보니 아기는 이미 숨져 있었다. 이에 무 소의는 땅을 치며 대성통곡하였다. 고종이 놀라기도 하고, 화가 나기도 하여 소리를 질렀다.

"여봐라, 게 아무도 없느냐?"

큰 소리에 놀란 궁녀가 쏜살같이 달려왔다.

"이 방에 누가 왔었느냐?"

"방금 전에 황후께서 오셨습니다."

고종이 분노했다.

"뭐라? 황후가 다녀갔다고? 황후가 이렇게 독할 줄이야. 투기가 지나쳐도 유분수지 감히 내 딸을 죽이다니 용서할 수 없다."

곁에 있던 무 소의가 울면서 말했다.

"폐하, 드릴 말씀은 아니지만 황후께서 제가 근본이 없는 집안에서 태어났다 하여 공주도 천한 자식이라고 하였습니다. 이에 소첩은 황제의 피가 섞여 있으니 훌륭한 자식이 될 것이라고 말하였습니다."

"그랬더니 황후가 뭐라 하더냐?"

"폐하의 생각이 깨끗하지 못하니 저 아이는 분명 남자를 호리는 음탕한 여자가 될 것이라고 했습니다."

"음탕한 여자가 될 것이니 미리 죽인다? 이게 황후의 진심이란 말이지?"

고종은 조서를 내려 왕 황후와 소숙비를 서인으로 폐했다. 그리고 무 소의를 황후로 책봉하기로 결심했다. 이 소식을 듣자, 소의 추대파인 허경종은 조정에서 다음과 같이 공공연하게 말했다.

"시골 촌놈도 먹고 살만하면 아내를 바꾸고 싶은 법이다. 하물며 천자가 황후를 바꾸려는데 어찌 다른 사람의 평판에 신경을 쓴다는 말인가. 천자 가정사의 문제이니 천자의 뜻에 따라야 할 것이다."

이를 반대했던 저수량은 재상의 지위인 상서우복야에서 담주 도독으로 강등 당했다. 쓸쓸히 장안을 뒤로 하고 남쪽 변방으로 가는 그에게 다시는 장안의 땅을 밟는 날은 찾아오지 않았다. 이로써 황후의 지지파는 급격히 힘을 잃었다. 그 뒤로는 무 소의의 세상이었다. 얼마 지나지 않아서 그동안 무 소의와 경쟁관계에 있던 왕 황후와 소 숙비를 폐하라는 조칙이 내려졌다.

"왕 황후와 소 숙비는 사람을 독살하려는 음모를 꾀했다. 이에 대한 죄를 물어 폐위하고 서인으로 명하며, 그 어머니와 형제는 모두 제명하여 영남으로 유배를 보내라."

이 조칙을 기다렸다는 듯, 문무백관은 무 소의를 황후로 책봉할 것을 청하는 상주문을 올렸다. 예부상서 허경종과 중서시랑 이의부가 주도를 하였다. 반대도 만만치 않았다. 반대를 하는 사람들은 왕 황후에게 아무런 잘못이 없으므로 폐위해서는 안

되며, 무 소의는 명문가 출신도 아닌데다가 태종을 모신 여자, 말하자면 선황제의 손을 탄 여자이므로 국모로 삼는 것은 바람직하지 않다는 논리였다. 모두가 맞는 말이었으나 진리가 권력의 힘을 이기지 못했다.

무조는 이렇게 하여 정식으로 당나라 황후가 되었다. 그녀의 나이 26세였다. 고종의 후궁으로 들어온 지 4년 만의 일이었다. 황후에서 폐위된 왕 씨와 숙비의 지위를 박탈당한 소씨는 둘 다 죄인으로서 궁중에 별도로 마련된 곳에 갇혀 있었는데 그 뒤 얼마 지나지 않아서 막 황후가 된 무씨에게 죽임을 당했다.

이들이 갇혀 있던 방은 엄중하게 폐쇄된 채로, 벽에 뚫린 구멍으로 식기를 받아 목숨을 이어가는 비참한 생활이었다. 이를 본 고종이 이들에게 소원을 말하게 하자, 이들은 광명을 보게 해 달라고 부탁하고 자신들이 거처하는 곳을 회심원(回心院)으로 불러달라고 요청하였다. 고종은 측은한 마음에 이를 당장 들어주겠다고 약속하였다. 하지만, 이와 같은 소문이 무 황후의 귀에 들어가자, 사태는 순식간에 바뀌었다. 두 사람을 살려두었다가는 어떤 일이 생길지 모른다고 생각한 무 황후는 두 사람에게 곤장 100대를 치고 손발을 자르게 한 후에, 술독에 던져 넣었다. 그녀는 이렇게 명령했다.

"뼛속까지 술에 젖게 하라."

이때 이미 자신의 운명을 받아들였던 왕 씨는 원한 서린 말을 남기지 않았지만, 소 씨는 몹시 원통해하면서 무 황후를 향해 이렇게 외쳤다.

"네 년은 다음 생에 틀림없이 쥐새끼로 태어날 것이다. 그러면 나는 고양이오로 태어나서 너의 목을 조를 것이다."

그런 이유 때문인지 무 황후는 궁정에서 고양이를 기르지 않았다고 한다. 무 황후는 왕 씨의 성을 망(? : 이무기)씨, 소 씨를 효(梟 : 올빼미)씨로 개명하였다. 양쪽 모두 자음이 비슷하며, 사람들이 싫어하는 동물이었다.

*

측천무후는 즉시 신라의 무열왕에게 조서를 내려, 흑치상지가 누구인지 자세히 조사하여 보고하고, 흑치상지에게 포위당해 고통을 당하고 있는 유인궤를 구하라는 조서를 내렸다. 무열왕은 당의 조서를 받자마자 김유신 장군의 동생인 흠순에게 유인궤를 구하라고 명령하였다.

흠순은 곧 출동을 하였다. 그가 이끄는 신라군이 고사비성(전북 고부)쪽으로 넘어서 완산주(전북 전주)로 가고 있다는 세작의 보고를 받은 풍왕은 고사비성에서 피성이 멀지 않으므로, 중대한 사안이라 생각하고 장수들을 불러 모았다. 곧 복신과 도침, 흑치상지까지 모여서 대책을 논의했다. 피성 내부가 팽팽한 긴장감에 휩싸였다. 대강의 설명이 끝나고 나서 토의가 이어졌다.

복신이 먼저 말했다.

"전하, 하루라도 빨리 군사를 보내어 추격해야 하옵니다."

그때, 흑치상지가 말했다.

"추격하면 반드시 패하고 말 것입니다."

도침이 나섰다.

"신라의 군사들은 서라벌에서 여기까지 오느라 몹시 지쳐 있습니다. 지금 추격하지 않으면 이들이 말을 돌려서 피성으로 들이칠까 두렵습니다."

모두의 생각이 복신과 도침의 뜻과 같았다. 풍왕은 도침에게 추격을 명했다. 도침은 사타상여와 함께 군사를 이끌고 달려가서 흠순의 후미를 따라 잡았다. 흠순은 후미에 백제의 군사들이 나타났다는 보고를 받자마자 무작정 도망쳐서 어느 숲속에 이르렀다. 사타상여가 불길하게 느껴져 도침에게 추격을 멈추는 게 좋겠다고 말했다.

"장군, 신라의 매복이 있을까 하니 추격을 멈추는 게 좋겠습니다."

"그게 무슨 말이오. 이곳은 백제의 땅이오. 저들이 언제 군사를 매복할 시간이 있었겠소."

"그게 저들이 노리는 속임수인지도 모릅니다. 김유신은 그냥 허명(虛名)으로 신라 최고의 장수가 된 것은 아니니 분명 떠날 때 흠순에게 계책을 주어서 보냈을 것입니다. 세작에게 일부러 정보를 주어 우리가 추격하게 했을지도 모릅니다."

"허어, 사타상여 장군. 젊은 사람이 왜 그렇게 겁이 많은 게요. 배포를 가지시오. 흠순은 아무 대책도 없을 것이오. 우리가 갑자기 추격을 하니 놀라서 도망치는 것일 뿐이오."

도침은 사타상여의 의견을 무시하고 군대를 진군시켰다. 숲속의 중간에 이르렀을 때였다. 갑자기 좌우에서 신라군이 일어나서 백제군을 공격하였다. 대비가 없던 터라 백제의 군사들은 크게 패하여 피성으로 돌아왔다. 도침이 흑치상지에게 말했다.

"장군의 말을 따르지 않았다가 과연 패하고 말았소. 면목이 없소이다."

흑치상지가 말했다.

"군대를 정비하여 다시 추격하십시오. 이번에는 대승을 거둘 것입니다."

복신과 도침이 어리둥절한 표정으로 물었다.

"한 번 패했거늘 어찌 다시 추격하라는 것이오. 적군의 상황을 면밀히 살펴서 다시 계책을 짜야 하지 않겠소. 우선은 적군 진영으로 첩자를 보내어 거짓 정보를 흘린다든지, 적의 예상 통로를 예측하여 적당한 곳에 매복을 하는 것이 순리이지 않소이까?"

"제 말을 믿고 추격하십시오. 만일 이번에도 대패한다면 제 목을 내놓겠습니다.?

복신은 흑치상지의 말을 믿었지만, 도침은 믿지 않았다. 하는 수 없이 복신과 사타상여가 함께 다시 추격에 나섰다. 가는 도중에 사타상여가 흑치상지의 계책을 알았다는 듯, 복신에게 말했다.

"흑치상지 장군은 저들이 방심하기를 기다리고 있는 것 같습니다. 처음에는 세작을 통해서 미리 정보를 던져두었으니 저들은 우리가 쫓아올 것을 알았을 것입니다. 당연히 그에 대한 대비를 하였겠지요. 거기에 우리가 보기 좋게 말려든 것입니다. 하지만, 이번에는 저들이 방심할 것입니다. 도침이라는 장수가 패해 달아났으니 적어도 웅진성까지 가는 데는 지장이 없을 거라고 생각하는 것이지요. 우선 적의 동태를 면밀히 살피다가 적당한 시기를 노려서 적을 치는 것이 좋을 듯합니다."

복신과 사타상여는 신라군의 동태를 예의 주시하였다. 저녁이 되자, 신라군은 대오를 흩뜨리고 주둔하기 시작했다. 사타상여는 회심의 미소를 지었다.

계속되는 행군에 지친, 흠순은 하루 정도 쉬어갈 요량으로 군사를 주둔시켰다. 주위를 둘러보니 부흥군이 개미 새끼 한 마리도 보이지 않았다.

"신라의 군사들이여, 우리는 내일부터 백제의 잔당들과 전투를 해야 한다. 오늘 겪어보았지만, 백제의 잔당들은 아무 것도 아니다. 그들은 우리의 함성소리만 들어도 스스로 무너질 것이다. 그러니 오늘은 푹 쉬고 내일은 단숨에 그들을 무찌르자."

술과 고기가 신라군들에게 나누어지고, 고단한 행군 끝에 배불리 먹은 신라군들은 보초도 세우지 않고 잠이 들어버렸다. 이때 건너편의 산에서 불화살이 하나 올라갔다. 이어서 짤막한 소리가 울렸다.

"백제의 군사들이여, 지금이다. 가자."

복신의 소리였다. 복신의 소리를 기다렸다는 듯, 신라진영으로 수천 개의 불화살이 날아들었다. 곧이어 백제의 날랜 병사들이 신라군의 진채로 들이닥쳤다. 신라의 병사들은 제대로 대응하지 못한 채, 수많은 사상자를 내고 갈령(葛嶺)으로 도망쳐버렸다. 살아서 돌아간 자가 열에 한 둘에 지나지 않았다. 백제군의 대승리였다.

이 전투는 상당한 의미가 있었다. 사비시대에 정비된 지방통치조직의 핵심은 5방이다. 5방의 명칭은 중방 ? 동방 ? 서방 ? 남방 ? 북방이며 중심지인 치소를 방성이라 하였다. 방의 우두머리인 장관은 방령이고 달솔이 임명되었다. 그런데 고사비성은 5방 중에서 중방의 치소가 있는 성이었다. 중방이 고사비성에 설치된 것은 수도 사비가 국토의 북쪽에 있는 것을 보완하기 위해서였다.

고사비성이 백제의 부흥군으로 들어오자, 이 성의 관할에 있는 군과 현이 부흥군의 지배로 들어왔다. 또한 그동안 백제 부흥운동에 소극적이거나 눈치를 보고 있던 남방(구지하성 : 전남 구례)의 휘하에 있는 여러 성들까지 복신의 승리 소식에 고무되어 신라를 거스르고 복신에게 속하였다.

자연스럽게 복신은 부흥군의 주도권을 장악하게 되었다. 풍왕은 연일 복신을 칭찬하여 왕족으로서 자긍심을 세워주었다. 도침이 좋게 생각할리 만무했다. 도침은 복신의 공이라기보다는 흠순의 어리석음을 부각시켰다. 하지만, 도침의 말에 귀를 기울이는 사람은 많지 않았다. 도침의 말이 심금을 울리지 않았을 뿐만 아니라 부흥운동의 주도권이 복신에게 있었기 때문이었다.

*

남서부지역이 부흥군의 휘하에 들어온 것과는 달리, 동북쪽은 상황이 정반대였다. 신라군은 지금의 경상남도 서부 방면으로 대규모 공세를 시작하였다. 공격을 주도한 신라의 장수는 흠순과 천존이었다. 가장 먼저 거열성(경남 거창)이 함락되었다.

백제의 부흥군은 거열성을 거점으로 삼아 서부 경남지역 곳곳에 웅거하였는데, 이 거열성이 무너짐으로 지금의 산청, 진주, 하동 지역에서 봉기했던 백제 부흥군이 모두 무너졌다. 이로써 신라는 옛 가야의 모든 지역을 차지하게 되었다. 여기서 그치지 않았다. 신라는 다시 말을 돌려서 섬진강의 강안을 따라 올라왔다. 사평성(전남 승주)과 거물성(전북 남원)이 차례로 함락되었다. 또한 지금의 충청도 지역인 덕안성(충남 은진)이 함락되어 1,070명의 전사자를 내었다. 이로써 신라는 웅진 동쪽을 완전히 장악하게 되었다.

이처럼 부흥군은 도약의 계기를 마련하였으나, 한편으로는 불안한 상황이 지속되었다. 가장 큰 문제는 지도력이었다. 풍왕은 부흥군 전체를 통솔하지 못했다. 또한, 주도적으로 사태에 뛰어들지도 않았다. 늘 뒤로 물러서서 욕을 먹지 않으려고 노력했다. 복신이 모든 것을 좌지우지 하였으며, 풍왕은 나중에 승인하는 게 고작이었다.

도침이 이러한 통치제도의 결함을 지적하고 나섰다. 자연히 복신과 도침은 대립각을 세우게 되었다. 풍왕은 둘의 이런 모습 때문에 괴로웠다. 도침이 사태를 예의주시하다가 불쑥 말했다.

"전하, 다시 주류성으로 돌아가야 하옵니다."

"그게 무슨 말이오. 상잠의 공로로 남방의 여러 성들이 백제의 수중으로 들어오지 않았소. 지금이라도 다시 나라를 세워도 부족함이 없을 터인데 어찌하여 궁곡한 주류성으로 돌아가야 한다는 말이오."

"아직 우리의 힘은 약하옵니다. 동부와 북부는 온통 신라의 세상이옵니다. 거기다가 피성은 평지에 노출되어 있어 방비하기 어렵다는 것은 전하께서도 잘 아시지 않습니까. 위험한 피성에 있을 게 아니라 안전한 주류성으로 들어가서 식량과 군사를 비축한 연후에 다시 후일을 도모해야 하옵니다."

"허어, 이제 좀 나라의 기틀이 잡혀가나 해서 기분이 좋았는데 장군의 생각은 짐과는 좀 다르구려. 상잠의 생각은 어떠시오."

복신은 흰 수염을 한 차례 쓰다듬으며 한참동안 말을 하지 않았다. 성질이 급한 도침이 한 마디 했다.

"상잠장군은 전하의 말이 들리지 않소이까!"

복신은 여전히 눈을 감고 있었다.

"허어, 상잠장군이 노구를 이끌고 전장을 누비더니 드디어 귀가 먹은 게로구나. 이를 어찌해야하나. 아직도 해야 할 일이 많은데…."

도침의 말이 끝나기 전에 복신의 벼락같은 호통이 쏟아졌다.

"천한 중놈이 약간의 병력과 내세우기 부끄러운 전공을 가졌다고 너무 날뛰는 것은 아닌지 생각해보고 있었소이다."

"장군, 지금 무어라고 하셨소. 천한 중놈이라니…."

도침이 불끈 일어나자, 복신도 같이 일어섰다.

"내 그동안 너의 방자함을 그대로 두었지만, 오늘부터는 그리하지 않겠다. 각오하라."

복신이 큰 소리로 도침에게 말한 뒤에 밖으로 나가 버렸다. 도침도 씩씩거리며 나갔다. 풍왕은 안절부절 하며 어쩔 줄 몰라 했다. 다른 장수와 대신들도 하나 둘씩 일어나서 각자의 처소로 가 버렸다. 그 누구도 풍왕을 의식하는 사람은 없었다.

*

복신은 처소에 가자마자, 사수원에게 군사를 집결시키라 일렀다. 사수원이 영문을 모르고 물었다.

"신라군이 쳐들어옵니까?"

"신라군보다 더 흉악한 무리가 있어 그를 처단하려는 것이다."

"그게 누구이옵니까?"

"잔말 말고 나를 따르라. 곧 알게 될 것이다."

복신은 군사를 이끌고 도침의 처소로 갔다. 도침도 막 각종에게 군사를 규합하려 이르고 있는 중이었다. 하지만, 한발 늦었다. 밖이 소란스러웠다. 깜짝 놀라서 도침이 소리를 질렀다.

"밖에 웬 놈이냐?"

"나요, 상잠장군이오."

도침은 불길한 생각에 도망치려 했으나, 이미 복신과 그의 부하들이 처소로 들이닥치고 있었다. 도침은 황급히 칼을 들어 몰려오는 복신의 부하들과 맞섰으나 중과부적(衆寡不敵)이었다. 도침도, 각종도 다 그 자리에서 죽었다. 도침은 죽어가는 순간에 무심금의 말을 떠올렸다.

　　"임금은 백성의 게으름을 탓하고, 백성은 임금과 조정 신하들의 무능과 부패를 욕하니 백제의 세상에는 잡음과 불협화음이 가득 차 있는 것입니다. 지금 백제에게 가장 필요한 것은 조율입니다. 조율이 되지 않는 채로 거문고를 연주한다면 소음이고, 다툼의 소리만 날 뿐입니다. 소승이 심금을 울려야함에도 깨달음이 작아 심금을 울릴 수 없으니 무심금이라 한 거지요. 아무쪼록 스님께서는 무심금이 아니라 몰현금이 되어서 이 백제가 다시 화목하게 되는데 힘써 준다면 소승이 부처님의 은덕에 조금이라도 보답을 하게 되는 셈이지요."

　　도침은 차라리 불가의 세계에 머물러 도를 닦는 편이 더 나았다고 후회했다. 결국, 자신도 백제의 백성들에게 심금을 울리지 못하고 죽는 것이니 무심금이라고 할 수밖에 없었다.

　　도침의 시신 앞에서 복신은 칼을 들고 큰소리로 외쳤다.

　　"나는 백제군의 상잠장군 복신이다. 도침이 신라군과 내통하여 백제군에게 상당한 피해를 끼쳤다. 내가 그 죄를 물어 처단하였으니 동요하지 말라. 나를 따르는 자는 살려둘 것이요, 나를 따르지 않는 자는 도침과 같이 신라와 내통한 자로 간주하고, 내 즉시 그 죄를 물을 것이다."

도침의 부하 대부분이 복신의 수하로 들어왔다. 항복하지 않고 주류성을 도망치려고 했던 자들은 사수원이 쫓아가서 다 처단하였다. 이로써 부흥군은 복신의 천하가 되어 버렸다. 복신은 곧바로 풍왕에게 갔다.

"전하, 신 상잠장군. 전하께 드릴 말씀이 있어 왔습니다."

"어서 들어오시오. 상잠장군."

복신은 풍왕의 처소에 들어와서도 칼을 내려놓지 않았다. 풍왕이 약간 겁에 질린 듯, 물었다.

"영군장군은 왜 보이지 않소이까?"

"도침이 신라와 내통하였다는 증좌가 있어, 그 죄를 물어 처형하고 오는 길입니다."

"무어라? 영군장군을 죽였다? 대체 이게 무슨 일이오?"

"전하, 도침이 신라와 내통하여 거열성과 거물성, 그리고 사평성의 정보를 모두 넘겨주었다고 하옵니다. 소장이 서부지역에서 공을 세우자, 이를 시기하여 저지른 일이라고 하옵니다."

"증좌라도 있소이까?"

"주밀하게 살펴서 얻은 결론이고, 증인은 꽤 많습니다."

"알겠소이다. 영군장군이 그랬다는 게 내 믿어지지 않지만, 상잠장군이 다 알아서 처리했다고 하니 짐은 상잠의 말을 믿을 것이오."

"성은이 망극하옵니다. 전하."

"더 할 말이 있습니까? 장군."

"아무래도 다시 주류성으로 돌아가야 할 것 같사옵니다. 요즘 들어서 신라군의 공세가 부적 심해지고 있사옵니다."

"짐도 상잠과 같은 생각이오. 이곳 피성은 불안하여 잠을 이룰 수가 없소이다. 그래, 언제 주류성으로 돌아갈 생각이오."

"내일이라도 천도준비를 하는 것이 좋겠사옵니다."

"상잠이 좋을 대로 하시오."

풍왕은 복신의 기세에 눌려서 감히 아니라는 말을 할 수 없었다. 그저, 자신의 목숨이 붙어 있기를 바랄 뿐이었다.

피성으로 천도한 지 2개월 만에 부흥군은 다시 주류성으로 돌아가게 되었다. 이때부터 복신의 입지는 더욱 강화되었다. 부흥군 내의 일을 거의 복신이 처리했다. 전횡에 가까웠다. 먼저 처리하고 나중에 풍왕에게 보고하는 일들이 잦아졌다. 풍왕은 그게 불만이었지만 드러내어 말하지는 않았다. 풍왕은 처음부터 부흥군 내에 지지기반이 없었기 때문에, 도리가 없었다.

자연스럽게 사수원을 중심으로 복신을 왕으로 추대하려는 움직임이 일었다. 복신도 이를 알고 있었지만 적극적으로 만류하지는 않았다. 풍왕이 의자왕의 아들이라고는 하나, 적자가 아니었다. 또한, 복신은 의자왕과는 사촌형제지간이니 항렬 상으로는 복신이 풍왕의 아저씨뻘이었다.

"이 참에 백제의 왕이 되는 것은 어떠십니까. 장군."

사수원이 술을 마시면서 복신에게 물었다.

"백제왕이라. 싫게 들리지는 않는군."

"아닌 말로, 풍왕이 하는 일이 무엇입니까? 장군이 없다면 부흥군은 오합지졸에 불과합니다."

"하지만, 의자왕의 아들이 아닌가."

"의자왕이 거느린 궁녀가 어디 한 둘이옵니까? 그 많은 궁녀를 의자왕이 어찌할 수 있겠습니까. 그러니 의자왕의 씨가 아닐 수도 있습니다."

"어허, 말이 지나치구나."

"장군의 나이가 많아 지금이 아니면 기회가 없습니다. 지나치게 신중한 것도 좋은 일은 아니옵니다."

"모든 일에는 때가 있는 법, 서둔다고 해서 빨리 이루어지는 것은 아니다."

말은 그렇게 했지만 복신의 마음은 벌써 왕이 되어 있었다. 도침이 없는 주류성은 복신의 것이었다. 복신은 더욱더 자신의 의지대로 모든 것을 처리해버렸다. 당나라 포로인 속수언을 풍왕과 한 마디 상의도 없이 웅진성으로 보낸 일이 그러했다. 관리의 기용과 배치도 마찬가지였다. 풍왕은 형식적으로 처리만 하였다. 백성들은 자연히 복신을 두려워하였다. 군사들도 복신에게 충성을 맹세했다.

풍왕이 이를 좋게 볼 리가 만무했지만 달리 방법이 없어서 속을 끓이고 있었다. 풍왕이 기댈 곳은 왜였다. 왜에는 경제적 ? 정치적 기반이 있었다. 또한, 부흥군에게 있어서 왜의 도움은 절대적이었다. 신라의 뒤를 언제든지 쳐들어올 수 있어서 왜가 백제와 가깝다는 게 신라로서는 항상 꺼림칙했다.

자신의 처지를 누군가에게 호소하기를 학수고대하던 풍왕은 은밀하게 협정연을 석성(石城)으로 불러서 자신의 속마음을 털어놓았다. 협정연은 놀란 눈으로 풍왕을 바라보더니 걱정하지 말라고 몇 번이나 말을 했다. 이 소식이 복신의 귀에도 들어갔다. 복신은 이때부터 몸을 사려 처소를 떠나지 않았다. 풍왕도 복신을 경계하여 두 사람은 가급적 서로를 찾지 않았다.

하지만, 어차피 둘 다 존재할 수는 없었다. 둘 중의 하나가 죽어야 모든 상황이 끝나게 되어 있었다. 복신과 사수원은 머리를 맞댔다.

"장군, 선수를 쳐야 하옵니다."

"나도 자네와 생각이 같네만, 뾰족한 방법이 떠오르지 않는구나."

"주류성에는 제법 큰 암굴이 하나 있습니다. 경치가 좋을 뿐만 아니라 사람이 들어가서 누워 있기에 조금도 모자람이 없습니다. 병을 핑계대고 거기에 누워서 풍왕에게 문병오라 이르소

서. 군사를 매복하여 기다리고 있다가 풍왕을 처치하면 되지 않
겠습니까?"

"허어, 참으로 좋은 생각이구나. 당장 일을 시작하자꾸나."

복신은 심복 부하 몇 명을 데리고 암굴로 갔다. 사수원은 급
히 풍왕의 처소로 갔다.

"전하, 소장 사수원이옵니다. 급히 드릴 말씀이 있어서 왔습
니다."

"어서 들어오시오. 장군."

사수원은 공손하게 풍왕에게 절을 한 다음, 근심어린 표정
으로 말했다.

"상잠장군이 갑자기 병이 들어 경치가 좋은 곳에서 요양하
라는 약박사의 말을 쫓아 암굴로 가셨습니다."

"그게 정말이오?"

"예. 전하. 상잠장군이 며칠 동안 잠을 이루지 못하고 백제
의 앞날을 걱정하더니 건강을 해친 모양입니다."

"상잠은 우리 백제의 기둥이오. 짐이 당장 약을 지어 갈 것
이니 장군은 처소에 가서 명령을 기다리시오."

"알겠습니다. 전하."

"다른 병사들에게 일절 말하지 마시오. 상잠장군이 병이 들
었다는 소문이 나면 부흥군의 사기에 지장이 있을 것이오."

"예. 전하. 각별히 유념하겠습니다."

풍왕은 사수원이 나간 다음에 심복들을 불렀다. 대부분 왜에 있을 때 같이 지내던 사람들이었다. 협정연도 그 중의 하나였다.

"분명 복신은 나를 유인하여 죽이려고 음모를 꾸미고 있는 게 분명하오. 무슨 방법이 없겠소?"

풍왕이 침통하게 좌중을 둘러보면서 말했다.

"걱정할 것 없습니다. 소장에게 좋은 생각이 있습니다."

협정연의 말에 풍왕은 눈이 버쩍 뜨였다.

"그게 무엇이오. 어서 말해보시오."

"우선 신라와 내통했다는 죄를 물어서 저를 때리십시오."

"아니, 아무 잘못도 없는 장군에게 왜 매를 댄다는 말이오."

"나중에 말씀 드릴 테니 소장의 뜻대로 하시옵소서."

풍왕은 언뜻 짐작하는 바가 있어서 군사들이 모두 보는 가운데 협정연을 포박하여 꿇어 앉혔다.

"죄인은 들으라. 그대는 짐이 왜에 있을 때부터 의지가 통하여 태어난 날은 다르지만 죽는 날은 같이 하기로 결의하던 사이가 아니냐. 그런 연유로 이곳 백제까지 왔거늘 어찌하여 신라와 내통하여 우리 백제를 위험에 빠뜨리려고 하느냐. 그동안 수차례 경고하였음에도 뉘우치지 않으니 오늘은 그동안의 죄를 묻지 않을 수 없다."

"어차피 백제는 가망이 없으니 지금이라도 신라에게 항복하는 것이 좋을 것이오.”

“뭐라고? 네 놈이 정녕 살기를 포기한 게로구나. 여봐라. 무엇을 하고 있느냐. 저 놈을 매우 쳐라.”

곁에 있던 백제의 군사들이 영문을 모르고 협정연에게 달려들어 옷을 벗겼다.

“저 놈을 땅바닥에 엎드리게 하고 자신의 잘못을 고할 때까지 사정을 보지 말고 매를 치라.”

“아직도 늦지 않았으니 어서 신라에게 항복하여 목숨을 구걸하시오. 그대의 짧은 머리로 도대체 무엇을 할 수 있을 거라 생각하는 게요. 지금이라도 왜로 건너가서 벌이나 키우는 게 좋지 않겠소? 신라 만세!”

협정연도 지지 않고 대답했다. 더 이상 망설일 게 없었다. 그는 모진 매로 살갗이 찢어지고 살점이 떨어져 나왔으며, 드러난 속살에서는 붉은 피가 샘솟았다. 떠 매고 막사로 돌아가는 동안에도 몇 번이나 혼절하니 살아있는 송장이나 다름이 없었다. 그 말을 전해들은 백성들조차도 눈물을 금치 못했다.

협정연은 열흘이 지나서야 겨우 움직일 수 있었다. 그동안 풍왕은 얼씬도 하지 않았다. 박시전내진이 풍왕의 의리 없음을 한탄하였다. 사수원이 이를 듣고 두 왜장을 자기편으로 만들 수 있다면 풍왕은 껍데기에 불과하다고 판단하여 곳간을 드나드는 쥐처럼 부지런히 드나들었다. 열흘 째 되는 날, 셋은 겨우 대화를 할 수 있었다.

"고초가 심하십니다. 장군."

사수원은 진심어린 표정으로 말했다.

"괜찮소이다. 왜에서 벌통이나 지키고 있는 아이를 왕으로 데려온 백제 사람들이 딱하기만 할 뿐이오. 그가 어디를 봐서 백제를 재건할 재목입니까. 한 집안도 제대로 다스리지 못할 소인배에 불과합니다."

"허어, 말씀이 너무 지나치지 않습니까? 한 때는 왜에서 호형호제하는 사이라고 들었습니다."

"호형호제는 무슨. 부여풍이 하도 우둔하여 내가 보살펴 준 것 뿐이오. 나라도 있었으니 저 우매한 사람이 그래도 저만큼이나 사람 구실을 하고 있는 것이오."

박시전내진이 그 말에 동의한다는 듯, 조용히 고개를 끄덕였다.

"그 무지몽매하기 짝이 없는 자가 운이 좋아서 백제의 왕이 되었다고 나를 이 지경으로 만들다니 내가 반드시 복수하고 말 것이오."

사수원은 그 말에 귀가 솔깃했다.

"그렇다면, 풍왕을 다시는 안 볼 생각이오?"

"여보시오. 그대가 나라면 그를 다시 볼 수 있겠소. 이렇게 나를 때린 사람을 내가 무엇 때문에 다시 본다는 말이오."

"하기는 그렇군요. 소장도 그렇게 맞고는 가만있지 않을 것입니다."

"그만 돌아가시오. 몸도 아프고 한 숨 자야 되겠소이다."

"예. 그럼 편히 쉬십시오."

사수원은 재빨리 복신에게 갔다. 복신이 사수원의 말을 듣고 쾌재를 불렀다. 그 시간, 협정연은 풍왕에게 서신을 보냈다. 서신의 내용은 이러했다.

전하, 개암사에서 법회를 연다고 조정의 대신들에게 알리십시오. 이번 집회는 특별하니 신하들은 대동하지 않고 몇 명의 무사만 함께 한다고 말하십시오. 나머지는 소신들이 다 알아서 할 것입니다.

풍왕은 그의 말을 따랐다. 바로, 조정의 대신들을 불러 모았다.

"짐은 내일부터 개암사에서 백제를 위한 구국집회를 열 것이오. 마음 같아서는 문무백관이 모두 함께하는 집회를 열었으면 좋겠지만, 나라의 형편이 그렇지 못하니 짐이 호위무사만 데리고 치를 것이니 조정의 대신들은 너무 섭섭하게 생각하지 마시오."

사수원은 기회가 왔음을 깨닫고, 재빨리 복신에게 가서 말했다. 복신이 그 말을 듣고 웃으면서 말했다.

"드디어, 때가 왔다. 풍왕이 스스로 무덤을 파는구나. 너는 급히 군사를 이끌고 개암사 숲속에 매복하고 있다가 풍왕이 나타나면 즉시 포박하여 이리로 데려오라. 내가 기어이 그의 절을 받을 것이다."

"알겠습니다. 장군."

이튿날, 풍왕은 협정연과 함께 복신이 있다는 암굴로 갔다. 병사들 중에서 풍왕과 비슷한 용모를 가진 자를 물색하여 임금의 옷을 입혀 개암사로 보낸 후였다. 개암사에서 풍왕을 기다리고 있던 사수원은, 풍왕이 호위 무사와 함께 나타나자 재빨리 풍왕에게 달려들어 포박했다.

"하하하. 드디어 상잠장군의 시대가 왔구나."

사수원의 기쁨이 채 가시기도 전에, 부하 중의 하나가 놀라서 소리쳤다.

"장군, 이 자는 제가 잘 아는 자이옵니다. 절대 풍왕이 아니옵니다."

"뭐라고? 그럼 이 자는 누구란 말이냐?"

"어제까지 동문을 지키던 병사이옵니다. 우리가 완전히 속았사옵니다."

사수원은 별안간 복신이 있는 암굴이 걱정이 되었다. 암굴을 지키고 있는 병사라야 고작 서너 명이 있을 뿐이었다. 사수원은 군사를 이끌고 암굴로 향했다. 그 시간, 풍왕은 이미 암굴에 도착해 있었다. 경치가 정말 좋았다. 멀리 서해의 바다가 보였다. 바다가 보이자, 왜에 있던 시절이 생각났다. 지금이라도 돛단배를 타고 벌을 키우던 곳으로 가고 싶었다. 가서 백제고 뭐고 다 잊고 꽃과 벌에 취해서 살고 싶었다.

하지만, 지금은 상념에 젖을 때가 아니었다. 풍왕이 갑자기 나타나자 복신의 부하들이 놀라서 암굴의 안쪽을 향해서 크게 소리를 질렀다.

"장군, 일이 잘못되었습니다. 어서 도망치셔야 하옵니다."

하지만, 암굴이니 도망칠 곳이 어디 있겠는가. 협정연이 번개처럼 두 명의 군사들을 해치우자 복신은 칼을 들고 암굴을 나왔다. 오랜 시간이 지나지 않아 풍왕은 복신을 붙잡을 수 있었다. 복신은 화가 났는지 풍왕과 협정연에게 욕설을 퍼부었다. 둘은 웃기만 할 뿐 일절 대꾸하지 않았다.

풍왕은 복신과 사수원, 그리고 그의 부하들은 모두 포박하여 성 안으로 들어왔다. 지나가는 사람들이 이상하다는 듯, 고개를 갸웃거리며 그들이 끌려가는 것을 바라보았다. 풍왕은 신하들을 불러 모았다. 신하들은 복신이 포박당한 채로 꿇어 앉아 있는 것을 보고 놀라면서 수군거렸다. 특히, 얼마 전까지만 해도 도침의 부하였던 신하들은 더 놀랐다. 자신의 대장을 죽인 자가 이토록 빨리 몰락할 줄은 몰랐던 것이다. 풍왕은 신하들이 잠잠하기를 기다려서 천천히 입을 열었다.

"오늘, 짐은 부흥군의 역적인 복신의 처형문제를 논하기 위해 경들을 불렀소이다."

신하들이 한바탕 웅성거렸다.

"복신은 그동안 우리 부흥군의 실질적인 지도자였소. 누가 그것을 부정할 수 있겠소. 그만큼 그의 공은 컸소이다. 하지만, 복신은 거기서 만족하지 않고 짐을 죽이고 왕에 오르려는 역적 모의를 하였소이다. 예로부터 임금은 하늘이 내린다고 하였소. 또한, 인간은 마땅히 하늘의 뜻을 따라야함은 모두가 다 아는 사실이오. 하지만, 복신은 하늘의 지엄한 뜻을 어기고 스스로 왕이 되려고 하였소이다. 다른 공이 크다고는 하나, 한 나라의 임금을 죽이려고 한 대역죄는 그 어떤 공으로도 덮을 수 없을 것이오. 그래서 짐은 경들의 의견을 들어보려 하는 것이오."

신하들은 찬물을 뒤집어쓴 사람들처럼 입을 다문 채로 상대방의 눈치를 보고 있었다. 어안이 벙벙한 듯, 머리를 세차게 흔드는 사람도 있었다. 견고하여 도무지 깨지지 않을 것 같은 침묵이 한 사내의 걸걸한 목소리 때문에 깨졌다.

"전하의 은덕을 모르고 제 멋대로 날뛰는 것도 부족하여 감히 전하를 해치려 하였으니 그 죄를 더 이상 물을 필요가 없을 것이옵니다. 즉시 처형하여 나라의 기강을 세워 천년사직의 기틀을 마련해야 하옵니다. 전하."

덕솔 덕집득이었다. 한 마디로 풍왕이 할 말을 대신한 것이다. 다른 신하들도 대체로 수긍하는 분위기였다. 그동안 복신에게 당한 신하들은 욕을 하기도 하였다. 복신이 얼굴을 험악하게 일그러뜨리더니 덕집득을 향해 침을 뱉으며 말했다.

"네 놈은 썩은 개로구나. 어찌 왜에만 있어서 아무 것도 모르는 자의 종이 되려느냐. 참으로 백제의 앞날이 걱정이 되는구나."

풍왕은 더 이상 복신을 살려두어서는 안 된다고 생각했다. 벌떡 일어서서 큰 소리로 말했다.

"극악무도한 죄인, 복신을 즉시 처형하고 수급을 젓에 담아 저자거리에 내놓도록 하라. 그리하여 다시는 백제의 백성과 신하들이 왕을 모욕하는 일이 없도록 하라."

복신은 즉시 처형되어 젓에 담았다. 젓은 가까운 포구에서 가져왔다. 사수원은 풍왕에게 빌면서 목숨을 구걸하였다. 풍왕은 우선 그를 감옥으로 보냈다. 그는 감옥을 지키는 군사를 매수하여 도망가려다가 들켰다. 풍왕은 한 명의 장수라도 살리고 싶었으나 협정연이 오래 끌면 민심이 동요된다고 하여 하는 수 없이 사수원을 처형하였다.

복신의 측근들은 한 명도 살아남지 못했다. 간신히 목숨을 건진 자들은 야음을 틈타 신라나 왜로 도망쳤다.

웅진성주

풍왕이 복신을 살해했다는 사실은 곧 나당연합군의 진영에 알려지게 되었다. 김유신과 유인원은 뛸 듯이 기뻐하고, 곧장 백제에 쳐들어가서 주류성을 빼앗을 것을 계획하였다. 유인원은 당나라 본국에 지원군을 요청하였다. 당의 고종은 측천무후와 이 문제를 상의하였다. 천후는 유인원의 뜻을 따라야 한다고 말했다. 당의 고종은 치주 ? 청주 ? 내주 ? 해주의 7천 명을 징집하여 자무위대장군 손인사로 하여금 군사를 거느리고 바다를 건너게 하였다. 문무왕도 김유신 등 28명의 장군을 거느리고 주류성을 공격하기 위하여 직접 출전하였다. 나당연합군의 수뇌부들은 웅진도독부에 모여 전략회의를 가졌다.

김유신이 먼저 나서서 말했다.

"가림성(성흥산성)은 수륙의 요충지이므로 이곳을 먼저 공격하여 점령하면 백제와 왜의 움직임을 한 눈에 볼 수 있어서 주류성을 무너뜨리기가 수월할 것입니다. 가림성을 먼저 공격하는 것이 좋겠습니다."

유인궤가 이를 반대하며 말했다.

"병법에는 속이 차 있는 것을 피하고, 비어 있는 곳을 치라고 하였습니다. 가림성은 험하고 견고하여 급히 공격하면 군사들이 반드시 상할 것이요, 저들이 굳게 지키면 시간이 소요될 것입니다. 하지만 주류성은 백제의 소굴로써 무리가 모여 있으니 만약, 이곳을 쳐서 무너뜨리게 되면 여러 성들이 저절로 항복하게 될 것입니다."

토론 끝에 유인궤의 의견이 받아들여져, 공격목표는 주류성으로 결정되었다. 문무왕이 거느린 신라군대는 육로로 진격하였다. 반면, 유인궤와 두상 및 부여융이 거느린 당나라 군대는 병선과 군량을 가득 실은 선박을 이끌고 웅진강에서 백강으로 진격하였다. 이때, 부여융은 백제의 정벌에 공을 세우면 백제를 통치할 수 있게 해 준다는 측천무후의 말을 믿고 당나라 군사들과 함께 온 것이다.

풍왕은 고구려와 왜국에 군사를 청하여 나당연합군의 공격에 맞서려고 하였다. 나당연합군의 공격이 시작하기 전에 왜의 27,000명의 지원군이 바다를 건너왔다. 풍왕은 너무 기뻐서 백강으로 직접 마중을 나갔다. 왜군의 선발은 여원군신(?原君臣)이 이끄는 1만 명이었고, 본진은 상모야군치자(上毛野君稚子) 등이 이끄는 1만 7천으로 구성되어 있었다.

왜군이 백제를 도우려온 것은 여러 가지 의미가 내포되어 있다. 우선 백제가 멸망하게 되면 나당연합군이 여세를 몰아 왜국까지 쳐들어올 것이라는 소문이 돌고 있던 터라, 자국의 안전을 위해서 어쩔 수 없는 조치였다. 이 때문에, 왜는 적극적으로 고구려와 연대를 시도했지만 고구려의 내분으로 실패하였다.

또 하나는 대외적인 긴장을 유발하여 국가권력의 집중을 도모하려는 정치적인 계산이 깔려 있었다. 왜국은 실권을 장악하고 있는 중대형황자(中大兄皇子)가 효덕(孝德)의 반대에도 불구하고 아스카 강변의 행궁(行宮)으로 수도를 옮겨 두 사람의 갈등이 깊어졌다. 효덕이 죽자 중대형은 황조모존(皇祖母尊)인 간인황후(間人皇后)를 제명(齊明)으로 옹립하였다. 이 과정에서 왜국의 지배층 사이에 분열이 있었던 것이다.

나당연합군의 총공세에 직면한 부흥군에게 왜군의 도착은 큰 힘이 되었다. 왜의 군선 1천척은 백강에 정박하였고, 백제부흥군의 정예 기병은 백강 언덕에서 군선을 호위하는 양동작전을 펼쳤다.

왜와 백제의 군사배치를 보고 있던 김유신은 대당과 철천을 불러 말했다.

"장군들은 정예 기병을 거느리고 백강 언덕 양안에서 군선을 호위하고 있는 백제의 기병들을 각각 한 쪽씩 맡아서 공략하시오. 깊숙이 들어갔다가 빠지는 수법으로 백제와 왜가 긴밀하게 협력하는 것을 방해하시오. 승리에 집착하지 말고 저들의 대오를 무너뜨리는 데만 주력하시오."

"알겠습니다. 대장군."

두 장수는 각각 군사를 나누어 백제의 진영으로 들어가서 정돈해 있는 기병들을 급습하였다. 부흥군은 일시적으로 허둥 댔으나 곧 전열을 가다듬어 신라의 군사들을 쫓아갔다. 처음부터 싸울 의사가 없는 신라군이라 백제군이 나서자 곧 도망쳤다. 백제군이 돌아서면 다시 말머리를 돌려 쳐들어왔다. 다시 백제군이 나서면 도망쳤다. 이러기를 하루 종일 쉬지도 않고 계속하니 지치는 것은 백제군이었다. 복신과 도침 같은 노련한 지휘관이 없으니 쉽게 신라군의 작전에 말려들었던 것이다.

수군도 마찬가지였다. 왜국의 두 장수는 서로 공을 다투었다. 유인궤는 서두는 왜군에게 대응하지 않고 이리저리 도망쳤다. 그냥 도망만 친 게 아니라 좌우로 물러서면서 왜의 군선을 가운데로 집중시켰다. 일종의 학익진(鶴翼陣)이었다. 가운데는 모래톱이 있었다. 왜군은 이런 함정이 있는 지도 모르고 당나라 군사들이 도망치자 신이 나서 쫓아다녔다. 지형을 전혀 살피지 않은 탓이다. 이런 상황은 아침부터 저녁까지 계속되었다.

저녁이 되자 썰물이 되어 물이 빠지기 시작했다. 백강은 썰물이 되면 다른 지역보다 더 빨리 물이 빠졌다. 왜는 이런 백제의 해안에 대한 조사가 없었으므로 신라와 당나라가 급하게 배를 물리는 것을 패하여 도망치는 것으로 오인하여 지켜보고 있었다. 하지만, 잠시 후에 물이 급속하게 빠지는 것을 보고 당황하여 배를 빼려고 했으나 모래톱과 갯벌이 방해하였다. 게다가 김유신과 유인궤가 서로 협력하여 왜의 배를 가운데에 몰아넣었으므로, 배들이 몰려 있었다. 낮 동안에 잠잠하던 바람이 불기 시작한 것은 그때였다. 김유신은 회심의 미소를 지었다. 김유신이 손을 들자, 강 양안에 있던 신라의 군사들은 일제히 불화살을 쏘기 시작했다.

"불이다. 어서 도망쳐라."

여원군신이 그때서야 상황이 잘못되었다는 것을 깨닫고, 배를 돌리려 했으나 때는 이미 늦어버렸다. 서로 먼저 배를 돌리려고 서두는 바람에, 왜의 배들은 시간이 갈수록 더 엉기기만 하였다. 왜군은 배에 탄 채 불에 타 죽거나 허둥지둥 배에서 빠져 나오다가 칼에 맞아 죽었다. 신라군의 칼인지 당나라 군사의 칼인지도 알 지 못했다. 잠깐 사이에 왜의 함대는 궤멸되어 버렸다. 2만 7천여 명이 수장되었으며, 4백 척의 배가 불에 타 버렸다.

협정연도 제대로 싸우지 못하고 어디서 날아오는지 모르는 화살을 맞고 배에서 죽었다. 풍왕은 보검 한 자루를 쥔 채로 황망히 몸을 빼어 신라의 병졸로 변장을 한 채 고구려로 가 버렸다. 모든 것이 허망한 전투였다. 세밀하게 적의 동태를 살피고, 날씨를 고려하여 치밀하게 전투를 해도 매번 이기기 어려운 것이 전투라는 것을 그들은 어찌된 영문인지 잊어버렸다. 백제의 운이 더 이상 이어지지 않은 탓이리라.

신라와 당나라의 연합군은 더 이상 지체할 수 없다는 듯, 주류성으로 쳐들어갔다. 대부분의 병사들이 출전한 터라 주류성에는 병사다운 병사도 없었고, 무기다운 무기도 없었다. 하지만, 아직도 백제가 존속하기를 바라는 백성들이 있었다. 왕도 도망치고, 장수들도 없었지만, 백성들은 혼신의 힘을 다해 싸웠다. 물을 끓여서 붓기도 하고, 돌멩이를 던지기도 하였다. 마지막에는 칼 대신 낫으로 당나라와 신라의 군사들과 맞서 싸웠다.

　　돌멩이가 떨어지자 나뭇가지를 던졌다. 나뭇가지마저 구할 수 없게 되자, 그들은 손으로 흙을 파서 성벽을 기어오르는 신라와 당나라 군사들에게 뿌렸다. 분뇨를 날라다가 뿌리는 사람도 있었다. 때문에 여기저기에서 번지는 분뇨 냄새가 성을 가득 채웠다. 처절함의 연속이었다. 백제의 백성들은 마지막까지 최선을 다해 그들의 고장을 지켰다.

　　하지만, 거기까지였다. 모든 게 마음만으로는 되지 않았다. 열흘이 조금 넘은 9월 7일 드디어, 주류성의 문이 활짝 열렸다. 부흥군의 잔여세력은 산속으로 깊이 숨어 들어갔다. 용케 빠져 나온 사람들은 바다로 갔다. 그리고 지체 없이 왜로 도망쳤다. 그나마 갈 곳은 거기밖에 없었다.

*

남은 것은 임존성 뿐이었다. 흑치상지는 복신이 풍왕에게 살해되었다는 소식을 듣고 위기의식을 느꼈다. 그는 안에 칩거하여 생각에 잠겼다. 하지만, 생각은 정리되지 않고 오히려 혼란스럽기만 하였다.

부여융은 흑치상지가 아직도 임존성에 있다는 소식을 듣고 임존성으로 갔다. 지수선이 흑치상지에게 부여융을 만나지 말라고 말렸다. 하지만, 흑치상지는 만나고 싶었다. 의자왕이 어떻게 되었는지 직접 듣고 싶었던 것이다. 임존성 인근의 야산에서 둘은 말을 타고 거닐었다.

"장군. 그동안 잘 있었소?"

"왕자님의 염려 덕택에 잘 있었습니다. 왕자님은 타향에서 얼마나 고초가 많으셨습니까?"

"나라를 잃었으니 이 정도의 고초는 감내해야 하지 않겠소."

"송구스럽습니다. 진작에 백제를 다시 세웠어야 하는데 소신의 힘이 미약하여 아직도 외로운 성에 기대고 있을 뿐입니다."

"장군의 명성은 바다를 건너 당에서도 전해 듣고 있소이다."

"성의 험절함에 기대어 버티고 있을 뿐, 소장이 가지고 있는 재주는 전혀 없사옵니다."

"그래서 하는 말인데…. 장군, 나를 도와 백제를 다시 일으킬 생각은 없소이까?"

"그게 무슨 말입니까. 이미 망한 백제를 어떻게 재건하신다는 말씀이십니까. 주류성마저 무너졌는데 우리가 무엇으로 재건할 수 있다는 말입니까?"

"당나라에서 백제의 부흥운동이 종식이 되면 웅진도독부를 나에게 다스리게 한다고 약조하였소."

"그게 사실입니까?"

"절름발이 나라이겠지만 상황을 슬기롭게 이용하여 우리가 힘을 기른다면 머지않아 당나라의 간섭을 물리칠 수 있을 것이오."

"소장이 꿈에서도 바라던 바입니다. 제가 어찌해야합니까?"

"임존성을 버리고 당에 항복하시오."

"…, 지수신과 상의하여 결정하겠습니다."

"나는 장군을 믿소이다."

흑치상지는 성으로 돌아와서 지수신에게 부여융의 이야기를 하였다. 지수신은 펄쩍 뛰었다.

"당나라의 잔인함과 무례함을 벌써 잊으셨습니까. 사비성이 함락되고 수많은 부녀자들이 당나라 군사들에게 능욕을 당했습니다. 당나라는 겉으로는 예의를 숭상하는 나라라고 하나, 속은 저 초원을 휩쓸고 다니는 돌궐보다 더 간악한 자들이옵니다. 장군은 절대 그것을 잊으시면 안 됩니다."

"임존성 하나가 외롭게 버티고 있다 하여 백제가 다시 살아나는 것도 아니지 않소이까?"

"싸우는 데까지 싸우다가 안 되면 전쟁터에서 죽는 것이 오히려 백제의 장수답지 않겠습니까?"

"싸우다가 죽고 나면 백제는 어찌되는 것입니까? 그게 두렵습니다."

"하늘의 뜻에 맡겨야지요. 백제가 다시 건국할 운명이라면, 우리가 죽고 난후에도 다시 누군가 나타나서 백제를 일으키겠지요."

"그 말은 너무 막막하여 받아들이기 어렵습니다."

흑치상지는 고민하였지만, 뚜렷한 답이 떠오르지 않았다. 하지만 무엇이든지 해보고 싶었다. 자신이 할 수 있는 일이라면 남에게 미루고 싶지 않았다. 흑치상지는 밤이 이슥해질 무렵, 혼자서 말을 타고 성 밖으로 나왔다. 부여융이 기쁘게 흑치상지를 맞이하였다.

"장군, 마음을 정하였소?"

"소장은 오직 백제가 다시 일어나기를 바랄 뿐입니다."

"그건 나도 마찬가지 생각이오. 하지만, 지금의 상태로서는 도저히 가망이 없소이다. 자신의 힘이 부족하면 주변의 도움을 받아야하지 않겠소. 물론, 그런 일이 장군의 자존심에 상처를 입힌다는 것은 잘 알고 있소이다."

흑치상지는 한 동안 말없이 웅진성을 바라보았다. 어두워서 지척도 분간할 수 없지만, 찬란한 백제가 다시 서는 것이 보이는 것 같았다. 하지만, 당나라를 믿을 수 없었다. 소정방은 의자왕의 신병인도를 약속했지만, 웅진성이 무너지자마자 의자왕을 포박하여 당나라로 끌고 가지 않았던가. 부여융이 이러한 흑치상지의 생각을 읽고 쐐기를 박듯이 말했다.

"사차(沙次)장군도 나와 뜻이 같소이다."

흑치상지는 별안간 아버지의 이름이 나오자 놀라서 부여융을 바라보며 말했다.

"왕자님께서 저희 부친을 만나보셨습니까?"

"백제로 오기 전에 만났소. 장군의 부친도 백제의 일을 소상하게 알고 있었소. 부흥운동을 하고 있는 장군을 자랑스럽게 생각하면서, 상황이 어렵다면 후일을 도모하는 것도 괜찮을 것이라는 말을 전하라고 하였소. 그러면서 개구리와 바다 이야기를 전하라고 하셨소."

개구리와 바다란 장자에 나오는 다음의 말에서 인용된 것이다.

북해의 신인 약(若)이 말했다. "우물 속에 있는 개구리에게 바다를 말해도 소용이 없소. 개구리는 오랫동안 우물 안에 살아서 그가 살고 있는 곳이 세상의 전부라고 생각하기 때문이오. 여름 한 철을 사는 벌레와는 얼음에 대해 이야기할 수 없소. 그 벌레가 겨울까지 살아남을 수 없기 때문이오. 꽉 막힌 사람과는 도에 대해 말할 수 없소. 그가 치우친 가르침에 얽매어 있기 때문이오. 오늘 당신이 좁은 계곡을 빠져나와 대해(大海)를 보고 비로소 식견이 얕음을 알게 되었으니 발전했구려. 이제 당신과 더불어 근본적인 이치를 말할 수 있겠소."

혹치상지는 가슴이 찢어질 것 같았다. 아버지는 3년 여 동안 백제를 재건하기 위해서 흘렸던 혹치상지의 피와 땀을 포기하고 당으로 오라는 뜻이었다. 그는 아버지의 말을 거역할 수 없었다. 어렸을 때부터 익숙한 습관이었다.

*

신라군이 군사를 몰고 가서 임존성을 공격했지만, 지수신은 힘껏 방어하였다. 김유신 장군이 직접 지휘를 하고 있는 데도 꿈쩍도 하지 않았다. 신라는 아무런 성과를 거두지 못하고 회군하고 말았다. 신라가 물러서자, 이번에는 당나라 군대가 나섰다.

첫 번째 공격에서 당나라는 엄청난 손실을 입고 물러났다. 부여융이 혹치상지가 항복했다는 사실을 유인궤에게 알렸다. 유인궤가 혹치상지를 불렀다.

"사나이 대장부끼리 약속을 하건데, 장군이 임존성을 무너뜨리는 데 공을 세운다면 장군의 소원을 무엇이든 들어주겠소이다."

"그게 정말입니까? 부여 융을 임금으로 세워서 백제를 다시 세운다고 해도 들어줄 수 있겠습니까?"

"황제의 조서라도 가져다 줄 수 있소이다."

"좋습니다. 그렇게만 해준다면 소장이 임존성을 무너뜨리는데 공을 세워 보겠습니다."

"잘 생각하였소이다. 장군. 당나라에 있는 백제왕 의자도 장군과 같은 생각이었소."

"아직 전하께서 살아계신다는 말입니까?"

"장군이 당나라에 오기를 학수고대하고 있었소이다."

흑치상지는 의자왕이 살아있다는 말에 가슴이 뛰었다. 유인궤가 급히 품속에서 서찰을 꺼냈다. 의자왕의 것이 분명했다. 서찰에서 의자왕은 더 이상 궁벽한 백제의 땅에서 머물지 말고, 빨리 당나라의 장안에서 흑치상지를 보고 싶다고 적혀 있었다. 더 이상 망설일 게 없었다. 우선은 당나라의 간섭을 받겠지만, 빨리 백제 스스로 다스릴 수 있는 힘을 키워서 당나라를 물러가게 하고 싶었다.

하지만, 의자왕의 서찰은 사실이 아니었다. 의자왕은 당의 장안으로 온 지 얼마 지나지 않아 병으로 죽었기 때문이다. 모든 게 유인궤의 술수였다. 임존성을 무너뜨릴 수 있는 사람은 흑치상지 밖에 없다는 것을 잘 알기 때문이었다.

"우리는 장군을 믿으니 장군도 우리의 기대를 저버리지 마시오. 그런 의미에서 장군에게 당나라 군대를 딸려줄 테니 데려 가시오."

혹치상지는 유인궤의 말을 진심으로 믿고, 같이 항복했던 사타상여와 함께 임존성으로 향했다. 혹치상지가 쳐들어온다는 소문이 돌자, 임존성 안의 백성들이 갈피를 잡지 못하고 흔들렸다. 밤에 몰래 성을 도망치는 백성들도 있었다. 군사들도 마찬가지였다. 어떻게 할지 몰라 수군거리다가 무기를 버리고 신라와 당나라로 투항하기 시작했다. 이를 본 지수신은 성을 버리고 도망쳤다. 혹치상지는 지수신이 싸움을 피한다고 생각하고 성 안의 백성들에게 미안한 마음을 품고 성 안으로 들어갔다. 유인궤도 혹치상지의 말을 믿고 따라 들어왔다.

혹치상지는 군사들과 백성들을 찾아다니며 자신의 입장을 설명했다. 이해하는 사람도 있었지만, 대부분 혹치상지를 외면했다. 욕하는 사람도 있었다. 위선자라느니, 당나라의 앞잡이라는 말을, 수도 없이 들었다. 괴로운 마음에 혹치상지는 성루에 앉아서 홀로 술을 마셨다. 혹치국에서 백제로 오던 때부터 지금까지 지내왔던 순간들이 주마등처럼 스쳐갔다.

그는 의자왕이 즉위 초기에 근친 왕족과 귀족 세력을 과감하게 숙청하고, 당나라와의 관계를 긴밀히 하는 등 귀족중심의 정치운영체제에 일대개혁을 단행하고 왕권강화를 도모하기 위해 신진세력을 육성한다는 분위기를 전해 듣고 아버지를 졸라서 혼자서 흑치국에서 백제의 본토로 왔었다.

처음에는 모든 것이 희망적이었다. 의자왕이 직접 군사를 이끌고 신라를 쳐서 미후성 등 40여 개의 성을 함락시키자, 흑치 상지는 의자왕이야말로 신라와 고구려를 통일 시킬 수 있는 위대한 왕이라고 생각했던 것이다.

지금은 무엇인가. 허망했다. 백제가 망하고 나서도 끝없이 당나라 군사와 맞선 것은 백제가 다시 일어설 수 있다는 희망 때문이 아니었던가. 고작 당나라 군사들을 이끌고 임존성을 함락 시키기 위하여 부흥운동을 한 것은 아니라는 자괴감이 쉽게 떠나지 않았다.

하지만, 그의 상심은 더 이상 이어지지 않았다. 지수신이 군사를 이끌고 임존성으로 쳐들어왔기 때문이었다. 아무런 방비를 하지 않고 있던 흑치상지의 군사들은 제대로 대응하지도 못하고 이곳저곳으로 쫓겨 달아났다. 흑치상지도 여기저기에서 불쑥 달려드는 군사들과 싸우느라 지쳤다. 방법이 없다고 생각한 흑치상지는 우선은 몸을 피하는 게 상책이라 생각하고 성 밖으로 도망쳤다.

도망치는 것도 쉽지 않았다. 임존성에서 주류성으로 가는 길목에 있는 야트막한 산에서 잠시 쉬고 있을 때, 지수신이 쏜 화살에 흑치상지가 타고 있던 말의 목덜미가 맞아서 말이 그 자리에서 꼬꾸라지는 바람에 흑치상지는 말에서 떨어져 크게 다쳤다. 간신히 사타상여가 죽음을 무릅쓰고 달려와서 구한 덕분에 가까스로 목숨을 구할 수 있었다. 흑치상지는 심한 상처를 입고 인근의 마진현에 있는 작은 성으로 들어갔다.

며칠을 쉬고 있는데 지수신이 그곳까지 쫓아왔다. 지수신은 성 앞에서 흑치상지가 백제를 배신했다면서 갖은 욕을 퍼부었다.

"내 저놈을 가만히 두지 않겠다."

흑치상지가 침상에서 일어났다. 사타상여가 말렸다.

"아직, 움직이면 안 됩니다."

"저런 욕을 하는데도 어찌 나더러 참으라고 하느냐. 세상에 내가 군대부인 은고와 그렇고 그런 사이라니 이런 모욕이 어디 있느냐? 좋아. 거기까지는 참겠다. 하지만, 내가 당나라에 가서 벼슬을 하려고 임존성을 팔았다고 하는데 그것은 도무지 참을 수가 없구나."

"참새가 어찌 봉황을 뜻을 알겠습니까? 지수신도 시간이 지나면 장군의 깊은 뜻을 헤아리게 될 것입니다. 그때까지는 참으셔야 합니다."

하지만, 지수신이 부하들과 함께 다시 욕을 퍼붓자, 흑치상지는 부하들의 만류를 뿌리치고 갑옷을 걸치고 말에 올랐다. 사타상여가 쫓아와서 말을 붙잡으면서 말렸으나 듣지 않았다. 흑치상지는 성 밖으로 나가 지수신의 군대를 맞았다.

"지수신, 정말 오랜만이군. 오늘은 기어이 내 목을 가지러 온 모양인데 그리 호락호락하지는 않을 것이다."

"배신자가 아직도 백제의 하늘을 이고 있으니 내 어찌 편히 잠을 잘 수 있겠는가. 내 오늘은 너의 무덤을 만들어 돌아가신 의자왕의 눈물을 닦아주고 싶구나."

"허어, 너 혼자 백제의 충신인 척 하는구나. 하지만, 누가 무덤에 묻힐 줄은 싸워봐야 알지 않겠느냐. 긴말 하고 싶지 않다. 어서 칼을 들고 나오라."

"바라던 바이다."

지수신과 흑치상지가 서로의 말을 달려 싸움을 한지 얼마 되지 않아 흑치상지가 외마디 비명을 지르며 말에서 떨어졌다. 놀란, 사타상여가 황급히 칼을 들어 겨우 지수신을 막은 후에, 흑치상지를 싣고 돌아왔다.

"장군, 괜찮습니까?"

사타상여가 걱정스러운 듯 물었다.

"나는 괜찮다. 이 모든 것은 지수신을 속이기 위한 계책일 뿐이다. 어서 군사들에게 일러 내가 죽은 것처럼 통곡하게 하라. 그리고 군사 몇 명을 지수신에게 투항하게 하여 나의 죽음을 지수신이 알도록 하라."

그날 밤, 흑치상지가 있는 성에서 십여 명의 군사들이 백기를 들고 지수신에게 갔다. 그들은 지수신에게 흑치상지가 죽었다고 말했다. 지수신은 크게 기뻐했다.

"드디어 자신의 부귀영화를 위해 당나라에게 백제를 팔아 먹은 흑치상지가 죽었구나. 그가 죽었다면 다 끝난 것이 아니냐. 오늘 밤, 마진현으로 쳐들어가서 사타상여에게 아직도 백제가 살아 있음을 보여주도록 하자."

지수신은 그날 밤, 인마를 이끌고 마진현으로 쳐들어왔다. 흑치상지가 죽은 탓인지 성 안의 방비는 허술했다. 그는 빨리 흑치상지의 죽음을 확인하고 싶었다. 그가 흑치상지의 처소를 찾아 서둘고 있을 때, 백제의 군사 중의 하나가 흑치상지의 처소를 알려주었다. 기쁜 나머지 지수신은 날듯이 그곳으로 갔다. 그가 막 휘장을 걷어 흑치상지의 죽음을 확인하려는 순간, 갑자기 그의 등에서 흑치상지의 목소리가 들렸다.

"장군, 오랜만이오. 여기서 오랫동안 장군이 오기를 기다렸소이다."

재빨리 뒤를 돌아본 지수신은 흑치상지의 모습을 보고 놀랐다. 속았다는 것을 깨닫고 군사를 물리려 했지만 때는 이미 늦었다. 지수신은 겨우 몸을 빼서 도망쳤다. 흑치상지는 지수신이 도망칠 수 있도록 심하게 몰지 않았다. 그는 처자까지 버리고 바다를 이용하여 고구려로 몸을 숨겼다.

*

　대개 전쟁의 끝이 그러하지만, 백제 부흥운동의 종말은 유
독 서글펐다. 즐비하던 가옥은 황폐화되었고 시체는 여기저기
널려 있었지만 아무도 그것을 바로잡으려 하지 않았다. 그들에
게 내일이라는 단어가 사라졌기 때문이었다. 누군가 남의 집 물
건을 훔쳐가도 아무도 소리를 지르지 않았다. 지나가던 여인이
겁탈을 당해 소리를 질러도 아무도 돌아보지 않았다. 한 마디로
백제 전체가 얼이 빠져 버렸다고 할 수 있었다.

　유인궤는 재빨리 민심을 수습하기로 하였다. 자포자기에 빠
진 백제의 백성들이 민란이라도 일으키면 바다를 건너기도 전
에 자신의 목숨이 위태로울 지도 모르기 때문이었다.

　"백제의 백성들이여, 더 이상 절망에 빠지지 말라. 그대들에
게는 아버지와 같은 당나라가 있지 않은가. 하루라도 빨리 길가
와 들판에 널려 있는 해골을 땅에 묻고, 살아있는 사람은 관아에
신고하도록 하라."

　깊은 잠 속으로 빠져들던 백제의 유민들은 자의반 타의반으
로 혼수상태에서 서서히 깨어났다. 불과 몇 년 동안의 일이지만,
마치 천년을 산 것처럼 아득하고 멀게 느껴졌다. 모든 것은 흐릿
하고 모호했다. 어디로 갈지 몰라 몇 번이나 길을 나서다가 되돌
아왔다. 그것은 엄청난 피로를 가져왔다. 하지만, 영원히 그렇게

할 수는 없었다. 자라나는 아이들에게 그들의 꿈을 펼칠 수 있는 환경을 만들어 주는 것이 먼저 태어난 세대의 의무이지 않은가.

시간이 지나면서 백제의 유민들은 자발적으로 움직이기 시작했다. 아직 모든 것은 끝나지 않았다는 의식이 조금씩 백제의 백성들에게 퍼지기 시작했다. 스스로 촌락을 다스리는 우두머리를 뽑았으며, 끊어진 도로를 복구하기 위해 너도나도 달려들었다. 다리가 끊어진 곳은 다리를 보수하였고, 다리가 필요한 곳에는 새로운 다리를 놓았다.

*

흑치상지는 당나라로 갔다. 당에서 아버지인 사차장군을 만났다. 할아버지인 덕현은 얼마 전에 죽었다고 했다. 흑치상지의 눈에 이슬이 맺혔다. 흑치상지는 아버지와 오래 있지 못하고 만년현(섬서성 서안 부근)으로 보내졌다. 그곳으로 가서 노예가 되었다. 당에서는 전쟁에서 패한 장수를 노예로 만드는 제도가 있기 때문이었다. 흑치상지는 이를 악물고 참았다.

흑치상지가 백제의 명장이라는 소문이 나자 당나라 병사들은 흑치상지에게 일부러 험한 일을 시켰다. 가축들의 먹이를 주는 것과 마구간을 청소하는 일이 그것이었다. 흑치상지는 아침에 일찍 일어나서 밤늦게까지 부지런히 일했다. 곁에 힘들어하는 노예가 있으면 그의 일까지 대신해주었다. 때문에, 멀쩡한 사람도 꾀를 피우며 흑치상지에게 일을 떠 넘겼다. 흑치상지는 모른 척하고 그 일을 다 해주었다.

한 두 번이 아니라 매번 그렇게 하니까 당나라 군사들이 흑치상지의 이런 태도에 놀라 아예 일을 시키지 않을 정도였다. 이런 소문은 곧 당의 조정으로 들어갔다. 백제의 유민들을 포섭하기 위해 적당한 인물을 찾던 당나라는 흑치상지를 주목하였다. 그는 노예가 된지 1년 만에 절충도위에 제수되었고, 웅진도독을 제수 받은 부여융과 함께 다시 백제로 돌아왔다. 664년의 일이었다. 흑치상지가 백제로 떠나는 날 저녁에, 손님이 찾아왔다.

"오래전부터 장군의 존명(尊名)을 익히 듣고 있었습니다. 저는 해구(解仇)라고 하옵니다."

"혹 백제 사람입니까?"

"그렇습니다. 저희 집안은 온조왕의 본가 쪽의 집안이지요."

"왕족이군요. 실례하였습니다. 제가 몰라보고 결례를 하였습니다."

"아닙니다. 장군도 원래의 성이 부여이니 같은 왕족이 아닙니까?"

"왕족이라니 부끄럽습니다. 백제를 끝까지 지키지 못하고 이렇게 당나라로 오지 않았습니까?"

"융 왕자님과 다시 백제로 간다는 말을 들었습니다. 사실인 지요?"

"그렇습니다. 내일 떠납니다."

"가시면 다시 안 오십니까?"

"그건 잘 모르겠습니다. 백제는 망했고, 저는 이제 당나라의 관원이 되었으니 다시 백제를 세우기 전에는 당나라의 말을 들 어야 할 처지가 아닙니까?"

"당나라로 오기 전에 백제에서 부흥운동을 하셨다고 들었 습니다."

"성공하지 못했으니 감히 내 세울 일은 아닙니다."

"백제로 가셨다가 다시 당나라로 오십시오. 백제는 원래 중 원에서 시작하였습니다. 그러니까 백제의 고향은 바다 건너 한 반도가 아니라 이곳 중원이라는 얘기입니다."

"그게 사실입니까. 저도 백제가 근초고왕 시절에 내주와 월 주 지역은 물론 유주와 회주에 이르는 지역까지 영토를 가지고 있다는 얘기는 들었지만, 백제의 시작이 중원이라는 말은 처음 듣는 것 같습니다."

해구는 흑치상지에게 온조왕이 백제를 처음 세울 때의 하남 위례성이 요수(황하)이남이라는 지역으로 지금의 산동성 부근 이라는 것을 말해주며, 한반도에서 백제 부흥운동이 실패하였 지만, 흑치상지가 당나라에서 공을 세워 그 이름이 높아진다면 처음 백제가 시작한 중원에서 다시 백제 재건운동을 펼칠 수 있다면서 빠른 시일 안에 다시 당나라로 돌아오라고 눈물을 흘리면서 말했다. 흑치상지는 해구의 손을 잡고 꼭 그 약속을 지키겠다고 말했다.

*

664년 2월 유인원이 주재한 가운데 웅령(熊領)에서 부여융과 신라 문무왕의 동생인 김인문간의 서맹(誓盟)이 이루어졌다. 쌀쌀한 봄바람이 부는 웅령에는 한 동안 서로를 적대시하던 두 나라 대표가 얼굴을 마주보게 되었다. 부여융은 당나라가 백제와 신라를 동등한 위치로 대해주자, 마치 잃었던 나라를 찾아 왕위에 오른 것처럼 기뻐했다.

이 서맹의 성격은 전혀 복잡하지 않았다. 웅진도독으로 삼아 백제의 옛 땅으로 돌아온 부여융으로 하여금 신라와의 묵은 감정을 풀게 하고, 흩어진 백제의 유민들을 불러들이기 위한 술책에 지나지 않았다. 흑치상지가 이를 간파하고 울분을 터트렸다. 하지만 아버지 사차가 당나라에 볼모로 잡혀 있으니 다른 마음을 먹을 수가 없었다.

그날 밤, 흑치상지의 처소로 한 장군이 찾아왔다. 상구였다. 흑치상지는 한 눈에 그가 임존성에서 부흥운동을 할 당시에 자신의 휘하에 있던 부장이라는 것을 알 수 있었다. 둘은 반가운 마음에 서로를 얼싸안았다. 잠시 후에, 둘은 술상을 두고 마주 앉았다.

한참동안, 그동안 적조했던 일을 나누던 둘은 시간이 지나자, 자연스럽게 오늘 웅령에서 일어난 서맹으로 이야기가 흘러갔다.

"장군은 오늘 이루어진 서맹을 보고 무엇을 느끼셨습니까?"

폐부를 찌르는 날카로운 질문에 흑치상지는 대답할 말을 찾지 못하고 상구를 바라보았다. 상구는 갑자기 흥분을 하면서 소리쳤다.

"소장은 부여융의 태도를 보고, 백제는 다시 일어설 수 없다는 절망을 느꼈습니다."

"그게 무슨 소리인가. 전하께서 특별히 잘못을 저지르지 않았거늘 절망을 느낄 이유가 없지 않은가. 그리고 비록 당나라에서 내린 관직이라고는 하나, 엄연히 웅진도독이라는 직책이 있는데 어찌 부여융이라 부른다는 말인가. 너무 참람하여 고개를 들 수 없을 지경이네."

"소장이 오죽하면 그렇게 불렀겠습니까?"

"그건 옳지 않네. 아무리 이 자리에 없다고는 하지만, 백제의 가장 큰 어른이지 않은가. 어려울 때 일수록 예의를 차리는 것이 좋지 않겠는가."

"장군께서야 항상 상하로 소통이 원활하시고, 예의에 밝으니 전하라는 말이 쉽게 나올지는 모르지만, 저는 부여융이라고 말하는 것도 최대한 존중해서 쓰는 표현입니다. 마음 같아서는 제가 알고 있는 모든 욕을 다 써서 부여융을 욕하고 싶습니다."

"허어, 장군도 안 보는 사이에 많이 격해졌구려."

"나라가 망해서 여기저기 떠도는 백성이 어찌 순하고 부드러운 마음을 가지고 이 세상을 살 수 있겠습니까. 개도 집에서 나오면 늑대가 되는 법이지 않습니까?"

상구의 말에, 흑치상지는 잠시 슬픔에 잠겼다. 고독하지만 임존성에 기대어서 끝까지 저항하는 것이 옳았다는 말인가. 하지만, 이미 지난 일이었다. 부여융이 아버지를 만났다는 것도 거짓이었고, 유인궤가 보여준 의자왕의 친서는 완전히 조작된 것이었다. 하지만 그때는 그게 최선이었다고 믿고 싶었다. 지금도 마찬가지였다. 나중에 후회할 지도 모르지만 지금 이 순간에 최선을 다할 수밖에 없었다.

"너무 지난 일에 얽매일 필요는 없네. 이미 지나갔으니 되돌릴 수도 없지 않은가. 미래의 일을 이야기하세. 그래, 자네는 어찌하면 좋겠는가."

"지금이라도 다시 부흥운동의 불씨를 살려야합니다. 백제가 이대로 무너질 수는 없습니다."

"나도 자네와 생각이 같지만, 전쟁은 필연적으로 사람의 피를 요구하지 않던가. 장군은 아직도 무고한 백제의 백성들이 나라를 위한다는 명분으로 피를 흘리기를 원하는가?"

"어쩔 수 없지 않습니까? 승리는 그냥 이루어지 않습니다. 반드시 군사들의 피를 요구하지요."

"자네가 백제를 사랑하는 마음을 모르는 바는 아니나, 일을 도모함에 있어서는 때와 형편을 구별해야 한다네. 백제는 아직 당나라에 대항할 힘이 없으니 그 힘을 기를 때까지는 은인자중해야 하지 않겠는가."

"우리 세대가 죽고 나면 아무도 백제를 기억하지 않을 것입니다. 우리 뒤에 오는 세대들은 전하께서 당나라에 끌려가고, 삼천궁녀가 강물에 떨어죽은 일을 모두 거짓이라며 믿지 않을 것입니다. 참으로 신기하게도, 백제라는 나라만 사라졌지 모든 것은 그대로입니다. 저도 한동안 그것을 받아들이기 어려웠습니다. 하지만, 나라가 있을 때는 풀 한 포기, 돌멩이 하나가 다 정겹게 다가왔지만, 나라가 망하고 나니 아무리 아름다운 풍경도 눈에 들어오지 않았습니다. 기필코 백제를 다시 찾아서 풀 한포기, 돌멩이 하나에도 백제의 혼을 불어넣고 싶습니다. 그게 너무 늦지 않으면 좋겠습니다."

상구는 그렇게 돌아갔다. 흑치상지는 상구를 말리지 못한 자신 때문에 밤새도록 잠을 이루지 못했다. 눈을 뜨면 천정에 백제의 백성들이 당나라 군사의 칼에 맞아 쓰러져 가는 장면이 어른거렸고, 눈을 감으면 어둠보다 더 깊은 곳에서 백제의 여인이 당나라 군사들에게 능욕을 당하는 장면이 손에 잡힐 듯이 다가왔다. 그 어느 것도 편안하지 않았다.

다음해 3월, 기어이 상구는 사비성에서 웅거하여 반란을 일으켰다. 부여융이 반란소식을 듣고 깜짝 놀라서 흑치상지를 찾아왔다.

"장군, 사비성에서 반란이 일어났다고 하는데 소식 들었소?"

"저도 방금 부장에게 들었습니다."

"누구의 소행입니까?"

"알아보고 있는 중이라 지금은 누구라고 말할 수 없습니다."

"장군이 어서 사비성으로 가서 그들을 진압하시오. 유인원이 짐을 책망할까 두렵소이다."

부여융은 두려움에 떨고 있었다. 흑치상지는 그런 부여융을 보면서 깊은 회환을 느꼈다. 부여융의 심중에 백성은 없었다. 그저 왕이라는 자리만 남아 겉돌 뿐이었다. 의지할 데가 없었다. 혼자서 모든 것을 짊어지고 나가는 수밖에 없었다. 흑치상지는 본능적으로 그 길이 몹시 거칠고 험난하며, 외로울 것이라는 느낌에 사로잡혔다.

별안간, 죽은 아내의 모습이 떠올랐다. 곱고 여린 얼굴을 가졌지만, 마음만큼은 누구보다도 당찬 여인이었다. 그러기에 백제가 멸망하는 날 더 이상 치욕의 땅에 살 수 없다하며 바다로 떨어지지 않았는가. 울고 있는 어린 딸들도 치욕을 당하게 할 수 없다면서, 결연한 표정으로 입을 앙다문 채로 백강으로 달려가 밀려오는 바닷물에 몸을 던지지 않았던가. 흑치상지는 그런 아내가 기이하면서도 부러웠다. 살아 있음에 대한 의미가 불분명할 때는 차라리 죽은 자의 행동이 더 또렷하고 아름답게 보이던가. 흑치상지는 애써 아내의 얼굴을 밀어내며 부여융에게 말했다.

"알겠습니다. 전하. 소장이 당장 사비로 달려가겠습니다."

흑치상지가 출동하기 위해서 준비를 하는 동안, 유인원의 사령이 도착했다. 사령은 부여융에게 서간을 내밀었다. 부여융은 떨리는 손으로 서간을 펼치고 읽어 내려갔다. 서간의 내용은 간단하고 명료했다. 당나라의 황제가 백제 백성들을 불쌍히 여겨 선정을 하고 있음에도 반역이 일어난다면 당나라의 황제는 더 이상 백제의 백성들을 불쌍히 여기지 않겠다는 내용이었다. 한 마디로 즉시 달려가서 반란을 진압하라는 명령이었다.

"당나라의 생각은 짐의 생각과 같소. 빨리 모반을 진압하시오."

흑치상지는 군사를 이끌고 사비성으로 갔다. 임존성에 기대어 매일처럼 바라보며 달려가고 싶은 성이었다. 그 안에 있던 당나라의 군사들을 모조리 몰아내어 바다 한 가운데에 수장하고 싶었던 성이었다. 금방이라도 의자왕이 나타나서 흑치상지 장군에게 명령을 내릴 것 같던 성이었다. 하지만, 지금은 입장이 전혀 달랐다.

흑치상지는 입술을 깨물고 성을 바라다보았다. 성 누각에는 상구가 흑치상지를 바라보고 있었다. 서로는 차마 오랫동안 바라보지 못하고 누가 먼저라 할 것 없이 재빠르게 고개를 돌렸다.

"장군, 시간이 없습니다. 어서 공격을 명하십시오."

부장(副將)이 흑치상지를 재촉했다.

"아니다. 서두를 필요는 없다. 우선 군사를 물려라. 저들은 외로운 성에 기대고 있으니 머지않아 항복을 할 것이다. 싸우지 않고 이기는 것이 병가에 있어서 가장 위쪽에 있는 계책이니라."

"하지만, 당나라에서는 빨리 전황을 보고하라고 성화를 부릴 것입니다. 또한, 우리의 군사들 중에는 당나라의 첩자가 있을 터, 그들의 입이 가만히 있지 않을 것입니다."

"장군은 내가 한 말을 잊었는가. 어서 군사를 물려라. 이곳에서 전투를 지휘하는 것은 나다. 장군은 나의 명령에 복종해야 한다. 웅진에서 사비가 지척인데 오는 동안 전투에서 가장 기본적인 수칙을 잊어버렸다는 말인가?"

흑치상지가 짐짓 정색을 하며 말하자, 부장은 당황하는 빛이 역력했다.

"아닙니다. 장군. 명령에 따르겠습니다."

부장은 서둘러 군사들에게 물러서라고 말했다. 군사들이 영문을 모르고 물러섰다.

흑치상지는 말 한 필에 기대어 사비성을 바라보고 있었다. 사비성에 있는 상구는 섣불리 공격을 하지 못했다. 그렇게 서로를 바라보고 있는 채로 하루가 갔다. 오히려 안달이 난 것은 상구였다. 상구는 흑치상지가 무슨 생각을 하는지 도무지 알 수 없어 불안했다. 밤이 이슥할 무렵, 상구는 몇 십 기의 기병을 이끌고 성문을 빠져나왔다. 상구가 막 성문을 빠져나가려고 할 때, 누군가 부르는 소리가 들렸다. 흑치상지였다.

"장군, 나를 좀 보시오."

상구는 흑치상지가 많은 병력을 거느렸는가 하여 긴장하면서 살펴보았으나, 흑치상지는 혼자였다. 그게 오히려 무서워서 상구는 다가서지 못했다. 다른 병사들도 마찬가지였다. 흑치상지의 쌍검이 춤을 추면 제대로 목이 붙어 있기가 어렵다는 사실은, 백제의 군사라면 모르는 사람이 없었다.

상구가 다가오지 않자, 흑치상지가 상구에게 다가갔다. 병사들은 흑치상지가 다가오자, 뒤로 물러섰다. 상구만 혼자 남아서 흑치상지를 맞았다.

"장군, 어서 사비성에서 군사를 철수시키시오. 이 일은 결코 백제를 위해서 옳은 일이 아니오."

흑치상지는 조용하게 상구를 타일렀다. 상구는 말을 찾고 있었으나, 말이 궁색했다. 하지만, 전혀 없는 것도 아니었다.

"장군은 지금 저에게 당나라의 존재를 받아들이라고 강요하는 것입니까?"

"당나라는 엄연히 존재하고 있소. 어찌 우리가 그것을 무시할 수 있다는 말이오. 어쨌거나 백제는 망했고, 당나라의 통치를 받을 수밖에 없는 형편에 처해 있소. 나도 이러한 현실을 인정하는 것이 무척 괴롭소이다. 백제가 어쩌다가 이 지경이 되었소. 장군이 그 이유를 안다면 나에게 설명해주시오. 한 때는 저 멀리 중국의 골짜기까지 내달리던 백제가 아니었소이까."

"갑자기 옛일을 말씀하시니 당황스럽습니다."

"나도 장군의 뜻을 따르고 싶어서 드리는 말씀이었소이다. 지금이라도 다시 사비성에 기대어 쌍검무를 추며 당의 군사를 무찌르고 싶소이다. 하지만, 현실은 전혀 그렇지 않소이다. 일의 시작은 다르더라도 일의 종국은 백제의 백성들끼리 싸우게 될 것이오. 내가 죽지 않기 위해서 또 다른 백성을 죽여야 하는 것이 장군과 내가 처해 있는 현실이란 말이오. 장군은 자신이 죽지 않기 위해서 백제의 다른 장수를 죽일 수 있소이까?"

상구는 대답 대신에 칼을 떨어뜨리더니 눈물을 흘렸다. 잠시 후에는 통곡으로 변했다. 다른 병사들도 마찬가지였다. 한참 후에는 흑치상지도 울었다. 밤 하늘에는 별들이 날아갈 듯 가볍게 박혀 초롱초롱 빛나고 있었지만, 백제의 병사들의 가슴은 그 어느 때보다 무겁고 어두웠다. 여기저기에 화살이라도 박혀 있는 기분이었다.

상구는 흑치상지에게 투항하였으며, 흑치상지는 부여융에게 아무도 다치지 않게 해 달라고 간청하였다. 부여융은 곤혹스러운 표정을 지었지만 승락했다. 유인원도 그다지 심하게 반대하지 않았다. 강하게 나갈 경우에 백제의 유민들도 거칠게 반응할 것을 염려한 탓이다.

하지만, 유인원의 속셈은 다른 곳에 있었다. 7월이 되자, 유인원은 속셈을 드러냈다. 고구려의 성을 공격하는데 백제의 군사들을 징발한 것이다. 흑치상지는 명령에 따를 수 없다며 칩거하였다. 부여융이 몇 차례 찾아왔지만, 흑치상지는 뜻을 굽히지 않았다. 백제와 고구려는 원래는 한 핏줄인데 형제끼리 서로 창을 겨눌 수 없다는 게 흑치상지의 주장이었다. 부여융은 고구려는 백제의 원수라고 하며, 고구려가 개로왕을 죽인 사실을 들었다.

"설사 고구려가 백제의 원수라고 해도, 스스로 고구려를 치는 것과 다른 나라의 명령을 받고 억지로 치는 것과는 차이가 있습니다."

"장군의 말이 다 옳지만 우리가 당의 명령을 거역할 수 있는 힘이 없는 것을 어찌하겠소."

"소장은 아무런 목적도 없이 오로지 살기 위해서 다른 나라 군사들의 목숨을 빼앗아야 한다는 것이 도무지 받아들여지지 않습니다."

흑치상지가 말을 듣지 않자, 유인원은 부여융을 괴롭혔다. 부여융은 흑치상지와 유인원 사이를 왔다 갔다 하면서 어쩔 줄 몰라 했다. 그렇다고 해서 백성들이 부여융을 따르는 것도 아니었다. 매일 흑치상지를 찾아와서 장탄식을 하는 게 부여융의 일이었다. 나중에는 빌기까지 하였다. 아무리 당나라에서 임명한 왕이라 실질적인 힘이 없다 해도 보기에 아주 민망한 일이었다. 흑치상지는 하는 수 없이 스스로 칼을 들고 전쟁터로 나갔다. 하지만, 그는 아무 일도 하지 않고 물끄러미 전쟁터를 바라보다가 돌아왔다.

흑치상지가 그렇게 하자, 백제의 병사들도 마찬가지였다. 유인원은 화가 나서 흑치상지에게 군대를 철수하라고 하였다. 흑치상지는 천천히 군대를 철수하였다.

*

당나라는 자신들의 계획대로 이루어지지 않자, 또 한 번의 서맹을 강요하였다. 665년 8월 웅진성 북편에 있는 취리산(就利

山)에서 서맹식이 열렸다. 야트막한 산에는 스산하게 가을바람이 불었다. 부는 바람에 옷깃을 펄렁이면서 유인원을 중심에 두고, 그 좌우편에 부여융과 문무왕이 백마를 잡아 벌건 피를 각자의 입술에 적시는 삽혈(?血)이라는 장중한 의식을 치렀다.

취리산 남쪽으로는 강을 건너서 좌측에는 백제의 마지막 왕인 의자왕이 사비성에서 피신했다가 항복한 관계로 백제 역사의 단절을 가져왔던 웅진성이 있었다. 우측에는 이곳에 도읍했던 시기의 역대 백제왕들의 무덤이 있었다. 왕령(王靈)들이 엄호하는 가운데 서맹식을 가진 셈이었다. 서맹식을 지켜보던 흑치상지의 마음은 전혀 편하지가 않았다.

엄숙한 삽혈이 끝난 뒤에는 제단 북쪽에 희생으로 썼던 백마와 제물을 꼭꼭 묻었다. 부여융과 문무왕의 서맹문은 철판에 글자를 새기고 금으로 칠한 후에 신라의 종묘에 보장(保藏)하게 하였다. 흑치상지는 서맹문의 내용을 살펴보고 굴욕을 참지 못해서 한동안 통곡을 하였다.

지난날에 백제의 전 임금은 반역과 순종의 이치를 분간하지 못하고, 이웃나라와 우호를 돈독하게 하지 못했다. 고구려와 결탁하고 왜국과 내통하여 함께 잔인과 포악을 일삼아 신라를 침략하여 땅을 조금씩 잘라 먹었고, 고을을 노략질하고 성을 도륙하여 조금도 편안한 해가 없었다. 천자는 물건 하나라도 제 자리를 잡지 못하는 것을 딱하게 여기고 죄 없는 백성들을 불쌍히 여기는 지라, 빈번하게 사신에게 명하여 화친하도록 권하였다.

하지만, 백제는 지리의 험함과 거리가 먼 것을 믿고 하늘의 법칙을 업신여기므로 황제는 크게 노하여 군사를 내어 이를 정벌하게 되었는데, 군사들의 깃발이 향하는 곳마다 한 번 싸움에 곧 평정되었다.

지난날의 행실을 생각하면, 궁궐과 집터를 연못으로 만들어 후세의 경계로 삼고, 그 근원을 막고 뿌리를 뽑아버려 후손들에게 교훈으로 보여주는 것이 옳으나, 유순한 자를 감싸주고 배반한 자를 징벌하는 것은 전왕(前王)의 좋은 법이요, 망한 것을 다시 일으키고 끊어진 것을 다시 잇는 것은 지난날 성인들의 법도이다.

그런 까닭에 전 백제의 '대사가정경(大司稼正卿)' 부여융을 세워 웅진도독으로 삼아 그 제사를 받들게 하고, 그의 옛 고장을 보전하게 하니 신라에 의지하여 길이 우방으로 남을 것이요, 각기 지난날의 원한을 풀고 우호를 맺어 서로 화친하며, 각각 조서의 명령을 받들고 길이 번국(藩國: 제후의 나라)로 당에 복속할 것이다.

이에 사신 우위위장군 노성현공 유인원을 보내어 친히 와서 권유를 하고, 황제의 결정한 뜻을 이루도록 하는 것이다. 이를 약정함에는 혼인으로써 하고, 이를 말함에는 맹세로써 하며 짐승을 잡아 피를 입술에 적심으로써 언제나 함께 돈독하여야 하고, 서로 재해를 나누고 환란을 구하고 사랑하기를 형제와 같이 하여야 할 것이다.

황제의 말씀을 받들어 감히 어기지 말며, 이미 맹세를 마친 뒤에는 다 함께 의리를 지킬 것이다. 만일 맹세를 어기고 그 행동이 한결같지 못하여 군사를 일으키고 무리를 움직여서 변경을 침범하는 일이 있다면 천지신명이 지켜볼 것이요, 온갖 재앙을 내려 자손을 기르지 못하게 할 것이요, 제사가 끊어져서 아무것도 남는 것이 없게 될 것이다. 그런 까닭에 금으로 된 글자에 철로 된 문서를 만들어 종묘에 간직하게 하니 자손만대에 감히 위반하는 일이 없도록 하라.

모두들 돌아간 취리산에는 흑치상지만이 홀로 웅진강을 바라보고 서 있었다. 지난 세월이 주마등처럼 스쳐 지나갔다. 흑치상지는 무력한 자신이 한없이 초라하게 느껴졌다. 백제의 역대 왕들의 영혼이 지켜보는 가운데 백제가 길이 당나라의 번국으로 복속하는 예를 치러야하다니 돌아가신 선왕들을 뵐 면목이 없었다.

이때, 한 줄기 홀연한 바람이 일더니 어떤 노인이 나타났다. 흰 수염을 기른 노인은 현실의 사람인지, 꿈속의 사람인지 분간이 가질 않았다. 노인이 흑치상지에게 다가와서 물었다.

"네가 흑지상지더냐?"

"예. 제가 흑치상지이옵니다. 그런 노인은 뉘시온지…."

"내 이름은 사마이니라."

혹치상지는 그 이름을 듣는 순간, 심장이 멎을 뻔하였다.

"그렇다면 어르신이⋯. 대왕마마, 소장을 죽여주시옵소서."

혹치상지는 재빨리 무릎을 꿇고 엎드렸다. 노인이 다가와서 혹치상지를 일으켰다.

"일어나라. 장군. 나는 누구보다도 불행하게 태어났지만 환경에 굴하지 않고 오로지 백제를 강성하게 하는데 온 힘을 기울였다. 그 노력이 수포로 돌아가서 백제가 멸망하기는 했지만, 완전히 끝난 것은 아니다. 포기하지 말라. 특히 장군처럼 백제의 명운을 쥐고 있는 사람은 절대 나약해서는 안 된다. 그대의 어깨에 백제의 미래가 달려있음을 한 시도 잊지 말라."

"대왕마마, 그렇게 말씀하시니 몸 둘 바를 모르겠습니다. 백제의 기운이 하루가 다르게 쇠잔해 가고 있는 이때에 소장이 무엇을 해야 할지 몰라 갈피를 잡지 못하고 있사오니 대왕마마께서 소장을 깨우쳐 주시옵소서."

"장군은 나라의 근본이 무엇이라고 생각하느냐?"

"백성이 아니옵니까?"

"잘 알고 있구나. 민심을 얻지 못하면 끝이다. 가서 절망에 빠져 있는 백성들의 가슴에 희망을 불어넣어주라. 나라는 망했지만 백성들은 망하지 않았음을 느끼게 하라. 백성이 살아 있으면 어느 때건 나라를 다시 찾을 수 있음을 그들의 가슴으로 알도록 하라."

"알겠습니다. 대왕마마."

노인은 잠시 말을 멈추고 흑치상지를 물끄러미 바라보았다. 흑치상지는 노인이 자신의 마음 속 깊은 곳까지 꿰뚫어 보는 것 같아 움찔했다. 한 동안 말이 없던 노인은 천천히 말을 꺼냈다. 목소리에 물기가 묻어 있는 것으로 보아, 잠시 회한에 젖은 듯했다.

"내가 왜의 왕으로 있던 때에 부친과 형님이 고구려의 장수에게 죽임을 당하는 슬픔을 겪었다. 그때 내 나이 불과 열여섯 살이었다. 그때 심정이야 당장이라도 백제로 달려오고 싶었지만 형편이 여의치 않아 멀리 바다를 바라보며 통곡해야 했다. 그때 나의 마음이 어떻겠느냐. 고구려 사람만 보아도 찢어죽이고 싶을 정도로 미웠다. 이십 년 동안 인고의 세월을 보낸 끝에 나에게 기회가 왔고, 비로소 나는 백제로 와서 왕이 될 수 있었다."

"대왕마마의 훌륭하신 업적은 백제 백성의 자랑이옵니다."

"장군의 입장도 나와 크게 다르지 않다. 곰의 쓸개를 씹는 심정으로 세월을 보내야 할 것이다. 하지만, 너무 낙담하지는 말라. 백제가 망했다고는 하나, 아직 왜가 있으므로 바닥까지 내려가지는 않을 것이다. 왜는 백제의 봉국(封國)이지 않느냐. 내 위로 찬(讚), 진(珍), 제(濟), 흥(興)이라는 왕이 모두 백제에서 온 왜왕들이다. 지금이라도 사람을 보내어 왜에게 봉국으로서 충성을 다하도록 청하라."

"알겠습니다. 대왕마마."

"또한, 요서와 너의 조상이 다스렸던 흑치국, 그리고 담모라국(지금의 대만)도 짐의 강토였으니, 그들이 여전히 백제의 힘이 되어줄 것이다. 망국의 눈물은 여기서 그쳐야 할 것이다. 다시 한 번 말하지만, 백제는 결코 작은 나라가 아니었다. 백제를 너무 작게, 혹은 약하게 생각하지 마라. 당나라를 집어삼킬 기세를 가지고 웅비하라. 날개를 달라. 어째 왜소한 땅에 기대어 그것이 전부인양 마음을 적게 가지고 다른 사람의 행동을 불평하며 세월을 보낸다는 말이냐."

흑치상지는 그저 감읍하고 있을 뿐이었다. 한참 후에 흑치상지가 절을 하고 일어섰을 때, 노인은 사라지고 보이지 않았다. 대신, 컴컴해진 강 건너편에는 별들만 빽빽이 박혀 있었다.

흑치상지에게 노인의 모습으로 나타난 임금은 백제 제 25대 왕인 무령왕이었다. 무령왕은 고구려에게 죽임을 당한 개로왕의 태자였다. 그의 모친은 아이를 지키려는 욕망으로 만삭의 몸으로 바다를 건너 왜의 축자(筑紫:쓰구스)로 갔다. 거기에서 무령왕을 낳았다.

무령왕은 거기서 10대 소년시절에 왜의 왕이 되었다. 왜의 왕이 되었을 당시 그의 이름은 무(武)였다. 그가 군사를 일으켜서 고구려로 쳐들어가려고 했을 때, 갑자기 부왕의 비참한 최후를 접하는 시련을 겪었다. 그의 나이 42세가 되던 502년에 동성왕의 대를 이어 제 25대 백제의 왕으로 금의환향하였다.

백제의 왕으로 등극한 그는 백제중흥을 위해 눈부신 활약을 하였고, 많은 업적을 남겼다. 왕이 60세의 환갑을 맞이하는 521년에 양(梁)의 무제(武帝)로부터 영동대장군(寧東大將軍)이라는 작호를 제수 받았다. 이때 제수된 작호인 영동대장군은 백제 왕으로서는 처음 받는 영광스러운 일이었다. 무령왕이라는 시호는 왜왕 시절의 무(武)와 양의 무제로부터 받은 영동대장군이라는 작호의 앞 글자를 따서 붙인 것이다.

흑치상지의 머릿속에는 한동안 무령왕의 목소리가 잊히지 않았다. 무령왕이 갑자기 자신에게 나타난 이유는 무엇일까. 굳이 이유를 찾자면 한 가지였다. 궁벽하게 사비성과 웅진성에 기대어 백제의 재건을 그리지 말고, 저 중원의 대륙을 품고 웅비(雄飛) 하라는 뜻이었다. 그것은 오래도록 흑치상지의 가슴 속을 떠돌던 말이었다. 어떻게 현실로 옮길까 끝없이 고민하던 말이었다.

무령왕을 만난 지 얼마 지나지 않아서 흑치상지는 웅진성주가 되었다. 그가 웅진성주 된 배경은 인망(人望)에 있었다. 그런 탓에 그가 웅진성주가 되는 날 사중(士衆)이 기뻐하였다. 밤이 되어 손님들이 모두 돌아가고 난 후에 잠자리에 들려고 할때, 흑치상지는 만년현에서 만난 해구를 떠올렸다. 해구는 자신들이 백제의 땅을 찾기 위해 비밀결사대를 만들었다고 했다. 백제의 대표적인 성씨인 8성씨가 그 주축이라고 했다. 자신은 북쪽인 유주를 관할하고 있다면서 당나라에 오면 뜻을 모아 백제재건을 위해, 흑치상지를 왕으로 모시겠다면서 손가락을 잘라 혈서를 쓰려는 것을 간신히 말렸다.

흑치상지는 얼마 전에 무령왕이 나타난 것과 해구의 말이 분명 서로 연관이 있다고 생각했다. 천운이 아직 끝나지 않은 것일까. 처음부터 하늘의 뜻은 좁고 궁벽한 한반도에 있는 것이 아니라 넓고 광활한 중원에 있던 것일까. 한동안 이런 저런 생각을 하다가 흑치상지는 잠이 들었다.

*

664년 5월, 유인원은 왜에 사신을 파견하였다. 당에서는 조산대부 곽무종이 수반이었고, 백제에서는 좌평 출신의 이군(爾軍)이 수반이었다. 백제인으로 구성된 사절단이 곽무종의 일행보다 3배나 더 많았다. 웅진도독부에서 왜에 사신을 파견한 이유는 간단하지 않다. 표면상으로는 당이 지배하는 백제의 옛 땅에 대한 안전이 주요한 이유였지만, 사절단을 보낼 만큼의 이유는 아니었다. 진짜 이유는 다른 데 있었다. 고구려 정벌에 부심하고 있던 당으로서는 고구려와 왜가 동맹을 맺을 가능성을 점쳐 보고, 백제의 부흥운동에 대한 왜의 여망을 가늠해보기 위해서였다.

백강 전투 이후에, 풍왕은 고구려로 망명하였고, 그의 아우인 부여용은 왜로 망명하였으므로, 형제간에 내응할 가능성이 컸던 것이다. 최악의 경우에, 고구려와 백제, 그리고 왜가 손을 잡고 신라를 압박한다면 더 이상 당나라도 신라를 도울 수 없기 때문이었다.

이러한 상황에서 당은 주된 목표인 고구려 정벌을 위한 근심을 덜기 위해 왜와의 관계개선을 서두르지 않을 수 없었다. 이에 대한 해결책으로, 당이 직접 나서는 것보다 백제계 관인들을 전면에 내세우는 것이 왜와의 관계 개선에 도움을 얻을 수 있을 것이라고 판단한 것이다.

이군은 백제가 멸망한 후에 의자왕과 함께 당나라로 끌려간 신료 88명 가운데 하나였다. 당나라에 머물고 있다가 부여용이 웅진도독으로 부임한 664년에 좌평출신인 사택손등과 함께 백제로 귀국한 인물이었다. 흑치상지는 사택손등보다는 이군에게 더 기대를 걸었다. 그래서 수시로 이군의 집에 드나들면서 백제의 미래를 이야기하였다. 시간이 지나자, 이군도 흑치상지의 뜻을 받아들였다.

이듬해인 665년 7월에도 이군은 유덕고를 수석으로 하는 사절단의 일행으로 쓰시마를 지나 9월 20일에 축자에 도착하였다. 이때 이군의 관직이 우융위낭장이었다. 우융위는 당나라의 12위(衛)가운데 하나인데, 낭장은 그 부국(部局)인 익부(翊府)의 차관으로 정5품에 해당된다. 이군은 이때 이미 당나라의 관료 반열에 들어갔던 것이다.

이군이 당나라의 벼슬을 제수 받은 것은 흑치상지의 말을 따른 것이다. 겉으로 적극적으로 당나라의 명령을 따름으로써 당나라가 방심하도록 의도한 것이다. 이 전략은 맞아떨어졌다. 유인원은 점차 이군과 흑치상지의 말을 믿기 시작했다. 그는 웅진도독부의 일을 조금씩 백제인들에게 맡겼다.

이로써 실질적인 지배권은 이군에게 넘어왔다. 흑치상지와 이군은 기뻐서 어쩔 줄을 몰랐다. 둘은 백제의 전역을 누비면서 백성들을 일깨웠다. 백제의 멸망을 지켜보았던 많은 사람들이 저 세상으로 갔지만, 여전히 많은 사람들이 백제 재건의 꿈을 버리지 않고 있었다.

신라 또한 급박하게 돌아가는 주변 정세에 소홀히 할 수 없어서 각지에 사람을 보내어 백제를 감시하고 있었다. 당나라의 힘이 점차 약해지는 것을 틈타서 백제가 다시 부활할 것을 염려한 것이다. 가장 염려되는 것은 왜였다. 왜에서 군대를 동원하여 신라로 쳐들어오거나, 백제와 왜가 손을 잡아 합동으로 군사를 일으켜서 신라를 공격한다면 곤란했던 것이다. 더욱 근심스러운 것은 당나라의 마음이 변하여 백제를 지원할까 하는 것이었다. 그래서 부랴부랴 서해에도 수군을 배치했던 것이다.

하지만, 아무리 대비를 해도 안심이 되지 않았다. 이군을 사로잡지 않으면 언제 어디서 백제의 응집력이 나타날지 알 수 없었다. 문무왕은 곰곰이 생각하다가 한 가지 계책을 세웠다. 계책이 서자, 문무왕은 신하 한 명을 은밀하게 불렀다. 얼마 후에, 그 신하는 어떤 여자와 함께 궁궐로 들어왔다. 문무왕은 초조하게 기다리다가 여자가 오자, 반갑게 맞이하였다.

"그동안 잘 있었느냐?"

"전하께서 살펴주시지 않아서 저는 살맛이 없습니다."

"나도 나이가 들어 예전같이 너를 사랑해줄 수 없구나."

"그래도, 가끔은 불러서 차라도 마시자고 할 줄 알았습니다."

"너야말로 이 궁으로 들어오라는 데 한사코 오지 않는 이유가 무엇이냐?"

"저는 본래부터 법도와 예절과는 거리가 멀어서 궁궐은 싫사옵니다. 자유롭게 꽃을 벗 삼아서 사는 것이 좋습니다."

"참으로 이해할 수 없는 아이구나. 남들은 궁에 들어오지 못해서 안달을 하는데 들어오라고 해고 싫다고 하니…."

"그나저나 어쩐 일로 저를 찾으셨습니까. 전하께서 여자가 없어서 저를 찾지는 않았을 테고…, 뭔가 어려운 일이 있으신 것 같은데…."

"허어, 여전히 말에 가시가 있고, 눈치 하나는 빠르구나."

"왜 아니겠습니까. 얼마 전까지는 저 없이는 못 산다고 하면서 숨이 차도록 바쁘게 저를 찾더니 초선이라는 계집이 궁에 들어온 이후부터 저를 찾지 않았다 들었습니다. 그게 사실입니까?"

"구차하게 변명하고 싶지는 않구나."

"사실이라는 말씀입니까?"

"그 얘기는 나중에 하기로 하고, 내가 너를 긴히 부른 이유가 있다.

"그게 무엇입니까? 저야, 언제나 전하를 위해서라면 목숨이라도 내어 놓을 각오가 되어 있습니다."

"그 말을 들으니 내 마음이 몹시 가볍구나."

"전하의 마음이 다른 곳으로 가더라도 제 마음은 항상 전하에게 향해 있습니다."

"네가 오늘 나를 부끄럽게 하려고 작정을 한 것 같구나."

"그런 뜻으로 한 말은 아니니 어서 소첩을 부른 뜻을 말씀하소서."

문무왕과 대화를 나누고 있는 여자의 이름은 화진(花盡)이었다. 문무왕이 그녀의 아름다움을 보고 그녀가 나타나면 꽃의 존재가 끝난다는 의미로 지어준 이름이었다. 화진은 백제의 사람이었다. 백제가 망할 때, 신라로 왔다. 주류성 남쪽에 있는 주을포라는 포구에서 살고 있다가 사비성으로 옮겨 왔다. 아버지는 어부였는데 배가 파선되는 바람에 물고기의 밥이 되었고, 어머니는 아버지가 죽고 난 후 얼마 지나지 않아 병이 나서 죽었다.

고아가 된 화진은 여기저기 떠돌다가 사비성까지 오게 되었다. 본래 가무(歌舞)에 재주가 있어서 금방 사람 눈에 띄었다. 주막에서 그녀를 데려다가 놓으니 그 주막에 손님이 끊이지 않아, 나중에 궁궐까지 들어가게 되었다. 천성이 남을 도와주고 얽매이는 것을 좋아하지 않아, 의자왕의 눈에 들었으나 애써 의자왕에 기대지 않았다. 그러다가 문무왕의 눈에 든 것이다.

문무왕은 처음 화진을 보는 날, 심장이 멎을 뻔하였다. 꾸미지 않은 야생의 미가 문무왕을 사로잡은 것이다. 약간 까만 피부와 건장한 체격도 문무왕의 마음을 빼앗았다. 희고 가녀린 여자만을 보던 문무왕이 색다른 아름다움을 발견한 것이다. 화진은 원래 궁중에 있었으나, 산과 들로 돌아다니던 습관이 있어 잘 적응하지 못했다. 하는 수 없이 문무왕은 그녀에게 궁궐에서 가까운 곳에 거처를 마련해준 것이다.

"백제 땅으로 다시 갈 수 있겠느냐?"

"이미 망한 나라의 땅에 무슨 볼 일이 있다는 겁니까?"

"백제의 부흥을 꿈꾸는 자들이 아직도 남아 있어서 짐이 골치가 아프구나."

"거참. 이상한 사내들입니다. 나라가 망하기 전에 죽기 살기로 싸우다가 나라가 망하면 깨끗이 승복을 해야 하는 게 사내들의 세계가 아닙니까. 그런데, 아직도 백제가 재건된다고 믿는 아둔한 사내들이 있다는 겁니까? 제가 가서 무슨 일을 해야 하는지 알려주소서. 뼈가 부서지더라도 그 일을 반드시 해낼 것입니다."

"고맙구나. 화진아. 너를 보니 짐이 용기가 생기는구나."

문무왕은 화진에게 할 일을 자세히 설명해주었다. 며칠 후에, 화진은 백제로 와서 이군이 드나드는 주막으로 들어갔다. 얼마 지나지 않아, 이군에 눈에 들었다. 이군은 그녀를 보러 거의 매일 주막에 왔다. 소문이 날까 두려워 그냥 바라보고만 있다가 하루는 참지 못하고 이군이 그녀를 불렀다.

"참으로 매력이 있는 아이구나. 너의 이름이 무엇이냐."

"화진이라 하옵니다."

"화진이라 하면…."

"제가 나타나면 꽃들이 자신의 아름다움을 부끄러워하며 스스로 진다고 하여 붙여진 이름입니다."

"허참, 이름도 얼굴도 참으로 더할 나위 없이 아름답구나."

"제가 거문고를 타는 재주와 춤을 추는 재주가 있으니 나리를 즐겁게 해주고 싶은데 괜찮으시겠는지요?"

"허어, 그런 재주까지 있다니…. 어디 한번 나를 즐겁게 해주려무나.”

화진은 이군 앞에서 거문고를 연주하면서 목청껏 노래를 불렀다. 이군은 금세 화진에게 빠져들고 있었다. 이어서 화진이 춤을 추자, 이군은 거의 정신을 차리지 못했다. 그날부터 이군은 화진의 집에서 살다시피 하였다. 화진이 이 순간을 놓칠 리 만무했다. 자신을 첩으로 맞아줄 것을 눈물로 호소하였다. 이군이 그녀의 청을 들어주었다. 얼마 후에, 화진은 이군의 집으로 갔다. 이군의 처는 그날부터 자리를 보전하고 누웠다. 이군은 전혀 신경을 쓰지 않았다. 그의 마음에는 오직 화진만이 자리 잡고 있었던 것이다. 낮이나 밤이나 화진과 같이 있느라 정사를 소홀히 하기까지 하였다. 이 소식을 들은 문무왕은 기뻤다. 때를 가늠하다가 670년 6월에 이군에게 사신을 보냈다. 사신의 품에는 서간이 들어 있었다.

고구려가 이미 반란을 일으켰으니 불가불 쳐야함은 당연하다 할 것입니다 흉적(凶賊)을 침에 있어서는 군대를 출병하는 일이 따르지 않을 수 없어 이 문제를 논의하고자 하니 서라벌로 오셔서 고견을 말해주시기 바랍니다.

서간의 내용은 정중하면서도 신라가 상국임을 은연중에 드러내고 있었다.

다 읽은 이군은 혼자서는 결정하기 어렵다는 것을 알고, 흑치상지에게 말했다. 흑치상지가 펄쩍 뛰며 말했다.

"장군, 가지 마십시오. 신라에서 장군을 붙잡기 위한 계책이 옵니다. 고구려 일이야 신라에서 판단하여 결정할 일이지 장군의 고견까지 들을 이유가 없지 않습니까?"

"우리의 병력이 필요하다고 하지 않았소?"

"언제부터 신라가 우리와 상의하고 병력을 동원했습니까?"

"내가 가지 않으면 신라에서 군사를 이끌고 쳐들어오지 않을까 두렵습니다. 그렇게 되면 무고한 백성들만 피해를 입지 않겠소이까?"

"그건 지나친 기우입니다. 결코 신라에서 우리를 치기 위해 군대를 동원하지 않을 것입니다."

"고구려가 부흥운동을 명분으로 군사를 일으켰으니 우리도 군사를 일으킬 수 있는 명분을 얻은 게 아니오. 이 기회에 신라를 돕는 척하다가 고구려와 연합하여 역으로 신라를 칠 수 있다면 우리에게는 잃었던 나라를 되찾을 수 있는 기회가 될 수 있지 않겠소이까?"

"고구려도 자신들의 사정이 있는데 장군의 생각대로 움직이지 않을 것입니다. 또한, 우리가 상대하고 있는 신라는 백제를 멸망시킬 적국이라는 것을 항상 잊어서는 안 됩니다. 그들은 백제를 위해서 풀 한포기도 희생하지 않을 것입니다."

이군은 결론을 내지 못하고 집으로 돌아왔다. 집에 와서도 온통 신경이 서간에 쏠려 있었다. 별 것 아니라고 생각하고 싶지만, 신라에게 밉게 보여 목숨을 잃을 수도 있었다. 평소와는 달리 이군이 자신을 찾지 않자, 화진이 이군을 찾아왔다.

"장군, 오늘은 어인 일로 소첩도 찾지 않고 혼자 생각에 잠겨 계십니까?"

"별 일 아니니 신경 쓰지 말고, 오늘은 혼자 있고 싶으니 물러가라."

이군의 말과 동시에 화진은 울음을 터트렸다. 얼른 이군이 물었다.

"화진아, 어찌하여 운다는 말이냐."

"소첩은 더 이상 이 세상에 살 의미가 없사옵니다."

"갑자기 그게 무슨 말이냐?"

"장군께서 혼자 있고 싶다는 말을 듣는 순간, 소첩의 마음은 천 갈래로 찢어지는 것 같았습니다."

"그렇게 섭섭하게 들렸느냐?"

"소첩은 오로지 장군이 귀여워해주는 재미에 살고 있었는데 그와 같이 섭섭하게 말씀하시면 소첩더러 죽으라는 말과 무엇이 다르겠습니까?"

짐짓, 화진은 모든 것을 잃어서 상심이 가득한 표정을 지었다. 이군의 마음이 급격하게 흔들렸다. 이를 알고 화진은 일부러 목을 매어 죽는 시늉을 하자, 이군의 마음은 드디어 중심을 잃어버렸다.

"굳이 소첩에게 말씀해주지 않아도 될 일이면 굳이 듣고 싶지는 않습니다. 소첩이야 장군의 마음이 기쁘기만 하면 되지 다른 욕심은 없습니다."

이쯤 되면, 혼자 있고 싶다고 말한 것이 화근이었다. 이군은 문무왕의 일을 화진에게 말했다. 다 듣고 난후에, 화진이 얼굴이 밝아지면서 말했다.

"어쩐지 어젯밤 꿈에 서라벌이 보여서 무슨 일인가 했는데 이제야 그 이유를 알겠습니다. 그것은 소첩이 장군과 함께 신라로 가는 꿈이었습니다. 장군, 소첩은 너무 기뻐서 오늘 이후로 잠을 이룰 수 없을 것 같습니다."

이쯤 되면, 이군이 신라로 가는 것은 기정사실처럼 되어버렸다.

"아직 신라로 가겠다고 결정한 것은 아니다."

"가셔야 합니다. 신라의 왕께서 장군을 부른 것은 장군을 백제의 왕으로 생각한다는 의미입니다. 그래서 장군을 특별히 신라로 초청하는 것입니다. 그런 게 아니라면 굳이 장군을 오라 할 이유가 없습니다."

"너는 그렇게 생각하느냐?"

"달리 생각할 일이 아닙니다. 신라로 가실 때에 백제의 특산물과 금은보화를 가지고 가서 신라의 왕에게 잘 보이는 게 좋을 것 같습니다. 서라벌과 사비는 멀리 떨어져 있으니 사실상 통치하기는 어렵지 않겠습니까? 백제를 재건한다고는 노력하고 있지만 고구려까지 망한 상황이고 보면 쉽지는 않을 것입니다. 차라리 신라왕의 마음을 빼앗아 백제를 다스릴 수 있는 권력을 달라고 하시는 게 현실적일 것입니다. 장군이 신라로 가신다면, 소첩이 신라에 친분이 있는 고관대작들이 좀 있사오니 장군의 일을 잘 말씀드리겠습니다."

"화진아, 네가 그렇게까지 신경을 쓰니 참으로 고맙구나."

이군은 신라로 가기로 마음을 굳혔다. 그날 밤, 이군은 화진과 더불어 오랫동안 운우지정을 나누었다. 화진은 혹시 이군이 다른 마음을 품을까 하여 밤새도록 정성껏 이군을 대하면서 내일이라도 당장 신라로 떠나자고 부추겼다.

다음날, 이군은 흑치상지를 만나 신라로 가겠다고 말했다. 흑치상지가 거듭 만류했으나 이군은 듣지 않았다. 나중에는 화를 내면서 흑치상지에게 쏘아 붙이듯이 말했다.

"장군, 백제를 대표하는 것은 나 이군이요. 내가 알아서 결정한 것이니 더 이상 반대하지 마시오."

이군은 곧 화진과 함께 신라로 갔다. 하지만, 이군은 서라벌에는 들어가지 못했다. 서라벌 근처에서 기다리고 있던 신라군에게 붙잡혔다. 깜짝 놀란 이군이 소리쳤다.

"이놈들, 너희들은 누가 보낸 자들인데 나를 붙잡느냐?"

"우리는 전하의 명을 집행하고 있을 뿐이오."

"신라의 왕이 나를 붙잡으라고 하였단 말이냐?"

"그렇지 않다면 우리가 뭐 할 일이 없어서 망한 나라의 우둔한 장수를 붙잡는 수고를 하겠소이까. 계집에 빠져서 어느 것이 옳은 지 판단하지도 못하는 장수를 말이오."

"지금 뭐라고 하였느냐. 말이 지나치지 않느냐?"

"더 이상 말하고 싶지 않으니 어서 가십시다."

신라의 장수는 더 이상 말하기도 귀찮다는 듯, 대꾸했다. 이군은 서라벌 외곽에 있는 작은 마을에 억류되었다. 한동안 보이지 않던 화진이 나중에 와서 아예 신라에 눌러 살자고 말할 때서야 이군은 화진에게 속을 것을 알았다. 그 이후로 이군은 화진의 얼굴을 다시는 볼 수 없었다.

이군이 신라에 억류되자, 웅진도독부의 지휘체계는 엉망이 되어 버렸다. 사택손등이 이군의 뒤를 이어 다스리는 게 이치에 맞았으나, 사택손등은 백제의 미래 따위에는 관심이 없었다. 하는 수 없이 흑치상지가 나섰다. 백성들은 흑치상지를 따랐으나, 관료들은 흑치상지의 말을 듣지 않았다. 그들의 마음속에 이미 백제는 없었다. 그들은 오로지 자신의 목숨과 가문의 영광을 보전하는 데만 힘을 쏟았다. 그 때문에 자신과 집안을 위해서라면 신라에게 밀고하는 일까지 서슴지 않았다.

신라는 이러한 혼란을 틈타서 웅진도독부를 쳐들어왔다. 위급을 타개하기 위해 왜에 청병하였지만, 아무런 성과도 없었다.

곧 웅진도독부는 붕괴되었다. 웅진도독부를 소멸시킨 신라는 백제의 수도였던 사비성에 소부리주(所夫里州)를 설치하였다. 이때가 문무왕 12년(672)의 일이었다. 웅진도독부가 소멸됨에 따라 백제 왕국은 완전한 멸망과 함께 역사의 소멸까지 가져왔다. 백제인은 당으로, 왜로 자신들의 형편에 따라 찢기어져 흩어져 갔다.

대장군 흑치상지

    다시 당나라로 간 흑치상지는 얼마 후에 천후의 부름을 받았다. 그때 당시 고종은 병이 점점 깊어지면서 정치를 가까이 할 의욕을 잃었다. 마흔 일곱의 천후가 당나라의 중심에 있었다. 이러한 때에, 흑치상지가 천후의 부름을 받았다는 것은 흑치상지의 꿈을 펼칠 수 있는 좋은 기회였다. 흑치상지도 이를 알고 기꺼이 천후에게 갔다. 깍듯이 예의를 차렸음은 물론이다.

    "장군이 흑치상지인가?"

    "그렇습니다. 천후 마마."

    "그대가 한 때 당나라 조정의 간담을 서늘케 했다는 말을 여러 번 들었다. 그대의 기기묘묘한 계책과 빼어난 무술은 내 일찍이 흠모하고 있던 바다. 그대의 그 재주를 당나라를 위해 쓰고 싶은 생각은 없는가?"

    "당나라가 소장의 재주를 귀하게 여겨 아껴준다면 소장은 그 은혜를 잊지 않고 개와 말의 수고를 다해 당나라를 섬기겠습니다."

    "그대의 말투와 눈빛이 아주 마음에 드는구나. 내 가까이 있으면서 나를 도와준다면 그대의 흉중에 있는 뜻을 펼칠 수 있는 기회를 주도록 할 것이다."

"신이 지닌 재주가 비록 없지만 충성을 다하겠습니다."

흑치상지는 천후의 측근이 되었다. 황제가 정치에 의욕을 잃는 경우, 통상 황태자가 황제를 대신하여 정치를 하는 것이지만, 황태자는 정치에 나설 수 없었다. 고종이 학질에 걸렸다는 이유로 황태자에게 연복전에서 관청들의 보고를 받은 것이 전부였다.

고종의 병은 더욱 악화되었다. 고종은 조칙을 내려 천후에게 국정을 맡기기로 하고, 재상들과 상의하였다. 실제로는 이미 천후가 국정을 다스리고 있었지만, 천후의 섭정을 공식적으로 발표하려고 했던 것이다. 중서령(천자의 조칙 초안을 만드는 중서성의 장관) 학처준이 이에 반발하였다.

"예경(禮經)에 천자는 군도를 다스리고, 황후는 음덕을 다스린다고 했습니다. 황제와 황후는 백성에게 해와 달과 같은 존재로서, 양과 음은 담당하는 부분이 따로 있습니다. 따라서 황후께서 섭정을 한다면, 위로는 하늘부터 비난을 받을 것이고, 아래로는 사람들이 괴이하게 여길 것입니다. 위의 문제(文帝)는 이를 염려하여 자신이 죽은 뒤에도 황후가 군림하는 것을 허락하지 않았습니다. 폐하는 어찌하여 자신의 지위를 황후에게 넘기는 전무후무한 일을 하시는 것입니까. 더구나 천하는 고조와 태종의 천하이지, 폐하의 천하가 아닙니다. 마땅히 힘쓰실 일은 종묘를 정중히 지켜서 자손에게 넘겨주는 것입니다. 국가를 다른 사람에게 주어서 황후 일가의 개인 소유로 만든다면 후대의 역사가들이 폐하를 조롱할 것입니다."

중서시랑인 이의염도 학처준의 의견에 찬성하여 고종에게 뜻을 바꾸라고 촉구하였다. 두 사람의 반대로 고종도 더 이상 밀어붙이지 못했다. 하지만, 천후는 여기서 물러나지 않고 후일을 도모하기 위해 꾸준히 자기 세력을 구축하였다. 황태자 이홍이 살해되자 주변에 학식 있는 자들을 모았다. 원만경, 류위지, 묘초객, 주사무, 호초빈 등이 그들이었다. 천후는 이들에게 열녀전, 신궤, 백료신계, 약서 등을 편찬하게 하였다.

하지만, 이들이 책의 편찬만을 담당한 것은 아니었다. 정치문제를 상담하는 역할도 하였다. 이는 그녀를 중심으로 하는 측근정치를 육성하여 표면적인 정부기관의 의한 정치를 무시하고자 했던 것이다. 이 학자들을 북문학사(北門學士)라고 불렀다. 그들이 정부관청인 남아(南衙)를 통해 출입하지 않고, 조정 북문으로 출입하도록 허락받았기 때문이었다.

이때, 이전에 천후의 날개가 되어 기존의 정치세력을 꺾는데 혁혁한 공을 세웠던 허경종은 이미 죽었고, 이의부마저 몰락하여 천후에게는 새로운 세력이 필요했던 것이다. 흑치상지는 군사적인 안목이 뛰어나고 노자와 장자에 밝다는 이유로 천후의 눈에 들었다.

　그는 적이 예상하기 전에 이미 싸움터에 들어갔고, 적이 예상하지 못하는 방법으로 공격을 하여 계속 공을 세웠다. 이 때문에, 여러 차례 관직을 옮기면서 승진을 거듭하였다. 속을 모르는 사람들이 흑치상지가 아예 백제를 버렸다고 욕을 하였으나, 흑치상지는 개의치 않았다. 그는 오로지 백제를 재건하겠다는 희망으로 불타고 있었다.

*

　그가 49세이던 678년에 중서령 이경현과 공부상서인 유심례를 따라 토번 공략에 나섰다. 토번은 오늘날의 티베트 지방에 위치하고 있었다. 토번은 607년에 통일되어 유례없이 강력하게 성장하여 돌궐과 함께 당의 서역진출을 심각하게 위협하는 세력이었다. 당나라로서는 토번공략에 국력을 기울이지 않을 수 없었다. 무려 18만이나 되는 대군을 동원하여 청해에서 토번의 실권자 논흠릉과 충돌하였다.

　이경현은 예론(禮論)을 비롯한 많은 저술을 남긴 학자였다. 그는 토번 공략의 주장(主將)이기는 했지만 내키지 않은 지역에 부임되어 왔으므로, 처음부터 전의(戰意)를 상실한 채 출발하였다. 유심례가 선봉으로 군대를 이끌고 나갔으나, 이경현은 토번

군대가 밀려온다는 말을 듣고는 싸우기는커녕 달아나기에 급급하였다. 진격하던 유심례는 이경현이 군량미와 군사를 지원하지 않아 토번에게 협공당한 끝에 잡혀서, 나중에 죽었다.

이경현은 유심례가 잡혔다는 소문을 듣고 황망히 승풍령(承風嶺)으로 도망쳤다. 하지만, 곧 진흙수렁에 빠져 꼼짝도 하지 못했다. 또한 퇴로의 중요한 길목인 고강(高岡)을 토번이 장악하고 있어 후퇴가 불가능하였다. 당나라 군대는 진퇴양난의 상황 속에서 쩔쩔매고만 있을 뿐, 달리 방법을 찾지 못하고 시종 몰리고 있었다. 장군들도 당황하여 군사들을 재대로 지휘하지 못했다. 이런 혼란 속에서도 흑치상지는 침착함을 잃지 않고 활로를 모색하였다. 그의 얼굴에 한 줄기 미소가 뚜렷하게 서렸다.

흑치상지는 고강을 지키고 있는 토번의 추장 발지설을 찾아갔다. 그는 승리에 취해서 대낮부터 술을 마시고 있었다. 중국의 변방 오랑캐로 멸시를 받고 있다가, 당나라의 군대를 이겼으니 그 기분을 말할 것도 없었다. 흑치상지는 발지설을 보자마자 무릎을 꿇고 땅에 엎드려 절을 하였다.

당나라의 장수가 극진한 예를 갖추니 발지설은 금방이라도 하늘을 날을 듯이 기분이 좋아졌다.

"소장, 흑치상지라 하옵니다."

"흑지상지라면, 흑치국의 사람인가?"

"저의 이를 보시면 알 것이옵니다."

혹치상지는 발지설에게 이를 보여주었다.

"이가 까만 것으로 보아 흑치국 사람이 틀림없구나. 같은 변방의 민족이니 우리가 감정을 상하면서까지 싸울 필요는 없겠지?"

"소장도 대왕의 영웅적인 풍모에 반해 대왕의 뜻을 따르고자 왔음을 살펴주시기 바랍니다."

발지설은 당나라의 장수에게 대왕이라는 말을 듣자, 그동안 전쟁터에서 가졌던 긴장감을 일시에 무너뜨려 버렸다. 곧 흑치상지와 발지설은 호형호제하면서 술잔을 주고받았다.

"아무래도 당나라는 대왕의 적수가 되지 못하니, 싸우면 싸울수록 당나라의 군사만 피해를 입을 것입니다. 하여, 저희들이 가지고 있는 군량미와 재물을 모두 내려놓고 가겠사오니 돌아가는 길이나 편하게 갈 수 있도록 배려해주시기 바랍니다."

"당나라에서 돌아간 데야 군이 우리가 뒤쫓을 생각은 없네. 또한, 우리 토번은 산악에 의지하고 있어 먹을 것이 풍부하지 못한데 당나라에서 식량과 재물을 내어놓고 간다니 이보다 더 기쁠 수가 있겠는가. 내 장군의 뜻을 받도록 하겠네."

혹치상지는 발지설에게 다시 무릎을 꿇고 엎드려서 절을 한 다음에, 자신의 막사로 돌아갔다. 그리고 바로 재물과 군량미를 발지설에게 가져다주었음은 물론이다.

그날 밤, 흑치상지는 결사대 5백 명을 이끌고 토번 진영을 급습하였다. 부장은 사타상여고, 결사대의 대부분은 백제의 군사들이었다. 경계병을 세우지도 않고 잠든 채로 불의의 급습을 받은 토번 진영은 일시에 무너졌다. 흑치상지의 쌍검은 요란하게 춤을 추면서 토번 군사의 목을 베어 나갔다. 수백 명의 토번 군사들이 죽거나 사로잡혔다. 토번 추장 발지설은 흑치상지에게 속은 것을 알고 길길이 날뛰었으나, 이미 모든 것이 끝난 뒤였다. 발지설은 급기야 군대를 버리고 달아나 버렸다. 이로써 진흙수렁에 빠져 토번의 군대에게 몰살당하거나 굶어죽을 수밖에 없었던 군대 18만이 퇴로를 확보하여 빠져나올 수 있었다.

이 소식을 접한 천후는 흑치상지의 전공에 감탄하여 고종에게 상주하여 그를 좌무위장군과 검교좌우검군에 발탁하고, 금 5백 냥과 비단 5백 필을 특별히 내려주었다. 흑치상지는 황실에서 받은 선물을 부하들에게 나누어 주었다. 다 나누어주지 않고 반은 남겨두었다. 해구가 온다는 소식을 들었기 때문이었다. 얼마 후에, 해구가 흑치상지를 찾아왔다. 범주 인근을 관할하는 연돌(燕乭)과 함께 왔다. 연돌은 수염을 기르고 있었다. 얼른 보기에도 범상치 않아 보였다.

"이렇게 먼 곳까지 오느라 수고가 많았습니다."

"장군을 보는 기쁨에 조금도 지치지 않았습니다."

"그게 무슨 말입니까. 실망시키지 않을까 걱정입니다."

"오다가 장군이 토번의 군대를 멋지게 무찔렀다는 소식을 들었습니다. 참으로 장하십니다. 그동안 백제의 유민들은 내세울만한 인물이 없어서 기가 죽어 있었는데 장군이 당나라로 와서 살맛이 납니다. 정말 고맙습니다."

"장수가 전쟁에 나가서 싸우다보면 이길 때도 있고, 질 때도 있습니다. 오늘은 운이 좋아 이긴 것입니다. 크게 자랑할 일은 아닙니다."

"운이 좋아 이겼는데 황실에서 이렇게 큰 상을 내립니까? 절대 아닐 것입니다… 저번에 만년현에서 말씀 드린 것은 잊지 않으셨지요?"

"예. 기억하고 있습니다. 급하게 서두는 것보다 차근차근 준비하는 게 좋을 것 같습니다. 천후는 교활하고 잔인하니 항상 조심하셔야 합니다."

"명심하겠습니다. 빛을 감추고 힘을 기르도록 하겠습니다."

흑치상지는 해구와 연돌에게 금과 비단을 주어 보냈다. 해구와 연돌은 즉시 자신들의 거주지로 돌아갔다. 술이라도 한 잔 하고 싶었으나, 소문이 날까 봐 다음을 기약하였다. 그들은 흑치상지가 선물한 비단과 금으로 병장기를 구입하고, 군사를 모았다.

*

이듬해 다시 토번의 침략이 있었다. 이경현은 군대를 이끌고 나가 양비천에 주둔하고 있는 찬파와 소화귀가 거느린 3만 명의 토번 군대와 싸웠다. 양비천은 청해의 바로 남쪽에 있는 강으로, 군사적 요충지였다. 그는 이번에야말로 공을 세울 기회라고 생각하고 적극적으로 나섰다. 찬파가 이경현의 기세에 밀려 도망쳤다.

이경현은 승기를 잡았다고 생각하고 부지런히 찬파를 뒤쫓았다. 그는 찬파를 뒤쫓아 산 아래에 이르렀을 때, 찬파가 골짜기를 가로막고 버텼다. 하지만, 찬파는 몇 번을 싸우다가 다시 밀려서 산 위로 도망쳤다. 도망가는 형상이 형편이 없었다. 이경현은 공이 눈앞에 있다고 직감하고 찬파를 쫓아 산 위로 올라갔다. 하지만, 그게 전부였다.

그가 말을 몰아 산 중턱에 이르렀을 때, 산 위 양쪽에서 화살이 비 오듯 쏟아졌다. 이경현은 한 발자국도 앞으로 나갈 수 없었다. 그는 많은 군사를 잃고 그곳을 겨우 빠져나왔다. 그때 막, 소화귀가 이끄는 군사들이 후미를 공격하고 있다는 보고가 들어왔다. 이경현은 급히 군사를 돌렸다. 그런데 그가 후미에 이르기도 전에 북소리가 천지를 울리며 소화귀의 군사들이 물러가는 것이 아닌가. 그는 안도의 한숨을 쉬고 군사를 물리려는데 또다시 병사가 달려와서 찬파의 군사들이 다시 몰려오고 있다고 보고했다.

이경현이 놀라서 다시 군사를 이끌고 달려가는데 미처 찬파의 군사들과 창칼을 맞대기도 전에 다시 등 뒤에서 소화귀의 군사들이 덤벼들었다. 이경헌이 놀라서 급히 소화귀에게 향하자, 소화귀는 다시 북을 올려서 군사를 거두어갔다. 그는 화가 나서 가슴이 터질 것 같았다. 온 몸에 피로가 몰려왔다. 찬파와 소화귀 사이를 오가면서 며칠 동안 기력만 소모했을 뿐, 싸우려고 해도 싸울 수 없고 쉬려고 해도 쉴 수가 없었다.

그는 낙담하여 다시 본래의 진채로 돌아가려고 했을 때, 일단의 토번의 군사들이 두 갈래로 장안을 침범하여 장안이 위험에 빠졌다는 보고가 들어왔다. 이경현은 순간적으로 측천무후를 떠올렸다. 전쟁에 실패하고 돌아간다면 자신의 목숨이 위태로움은 물론이고, 자신의 가문까지 송두리째 날아갈 수도 있었다. 빨리 장안으로 가야 했다. 그가 정신없이 군사를 돌려서 장안으로 향했을 때, 등 뒤에서 찬파와 소화귀가 달려들어 이경현을 쳤다. 이경현의 군사들이 이리저리 헤매다가 토번군대에게 대패하였다. 많은 군사를 잃고 이경현은 지쳐서 진채로 돌아왔다.

이경현은 더 이상 싸울 의욕이 없었다. 하지만, 이대로 돌아가다가는 천후에게 어떻게 변명할까 걱정이었다. 고종보다 더 무서운 게 천후였다. 그때, 흑치상지가 이경현의 진채로 찾아왔다. 흑치상지를 보자, 이경현은 조금 화색이 돌았다. 지난번에도 이경현의 패배를 덮어준 것이 흑치상지이지 않은가.

"장군, 제가 한번 나가서 싸워보겠습니다."

"무슨 계책이라도 있는 게요?"

이경현은 기대하는 마음으로 물었다.

"장군, 소장에게 기마병 2백 만 주십시오."

"2천이 아니라 2백이라고 했소?"

"예. 2백이면 충분합니다."

이경현은 흑치상지의 말이 도무지 이해가 가지 않았으나, 오늘 낮에 찬파와 소화귀에게 정신없이 몰려다니느라 지쳐서 더 이상 애기하고 싶지 않았다.

"군사는 장군이 알아서 데려가시오."

흑치상지는 정예병 2백을 뽑았다. 흑치상지는 2백 명의 군사를 모아놓고 말했다.

"너희들은 오늘 우리가 토번에게 패한 사실을 알고 있을 것이다. 이는 매우 수치스러운 일이다. 우리는 얼마 전에 토번의 군사들을 멋지게 무찌른 경험이 있다. 그런데, 오늘 그들에게 패한 이유는 단 하나다. 우리의 정신력이 그만큼 해이해져 있기 때문이다. 이에 나는 우리가 아직도 강하다는 것을 토번에게 보여주기 위해 2백 명을 이끌고 3만의 토번 진영으로 쳐들어갈 것이니 나를 실망시키지 말라."

2백 명의 군사들이 수군거렸다. 서로가 말을 아끼고 있었지만, 난감한 표정이 역력했다. 군사들이 난처해하는 기색을 본 흑치상지가 칼을 뽑아들고 성난 소리로 꾸짖었다.

"상관인 나도 목숨을 아끼지 않고 당나라 백성들을 위하여 싸우려는데, 너희가 감히 머뭇거리다니 그러고도 너희들이 당나라의 군사들이라 할 수 있겠느냐?"

흑치상지의 격앙된 외침에 감동한 군사들은 모두 자리에서 일어나 절하며 말했다.

"죽기를 각오하고 당나라와 당나라의 백성들을 위하여 싸우겠습니다."

흑치상지가 말에서 내려 병사들과 맞절을 하였다. 병사들이 어쩔 줄 모르는 사이에, 흑치상지는 병사들의 이름을 일일이 부르면서 어깨를 부둥켜안고 울었다. 병사들은 흑치상지를 따라 울었다. 흑치상지가 마지막 병사를 부둥켜안고 울면서 소리쳤다.

"우리가 죽음으로써 당나라와 당나라 백성들을 구하자."

흑치상지의 외침을 따라 당나라 병사들도 같이 소리쳤다.

"저희들이 죽음으로써 당나라와 당나라 백성들을 구하겠습니다."

흑치상지는 술과 고기를 내어 그들과 함께 먹고 마셨다. 어느덧 어둠이 짙게 깔리자, 그는 군사를 이끌고 곧장 토번의 진채로 짓쳐 쳐들어갔다. 낮 동안의 승리에 고무되어 있던 토번의 군사들은 청해호에서 나는 황어(皇漁)를 구워먹으며 놀다가, 깜짝 놀라 허둥대며 달아나기에 바빴다.

흑치상지의 지휘 하에 2백 명의 군사들은 종횡무진하며 놀라서 달아나려는 토번의 군사들을 마음껏 찌르고 베었다. 토번의 진채는 순식간에 아수라장이 되어서 저희들끼리 밟고 밟혀 죽는 사람이 속출했다. 용케 정신을 차려 칼과 창을 든 군사들이라 해도 같은 편끼리 치고 베느라 정신이 없었다.

이튿날, 흑치상지는 군사를 몰고 다시 토번의 진채로 쳐들어갔다. 이번에는 1만 명의 군사들이 북을 두드리고 정예 기마병을 앞세우고 당당하게 행진해갔다. 토번의 군사들은 흑치상지가 왔다는 소식을 듣고는 도망치느라 정신이 없었다. 싸움은 끝난 것이나 진배없었다. 흑치상지는 도망치는 적을 추격하여 마구 무찔렀다. 찬파는 겨우 몸을 빼어 도망쳤다.

다시금 전쟁을 역전시킨 흑치상지의 공은 천후의 귀에 들어갔다. 천후는 흑치상지의 이름을 연신 부르면서 그를 이경현을 대신하여 하원도 경략대사로 보임하였다. 흑치상지는 지금의 청해(靑海) 서녕시(西寧市) 일대인 하원(河源)지역에 주둔하였다.

당나라에서 흑치상지를 이곳에 주둔시킨 이유는 그가 과연 토번을 막을 수 있는지 시험하기 위해서였다. 하원은 선주에서 서북쪽으로 120리 떨어진 곳으로, 토번 영역의 서쪽으로 통하는 지역이었다. 하원에서 서쪽으로 20리 떨어진 곳에는 적령(赤嶺)이 있는데 적령은 해발 4,886m나 되는 고산이다. 따라서 흑치상지가 주둔하고 있는 지역은 대체로 고산지대에 속하는 것이다.

혹치상지는 이경현의 토번 정벌의 실패라는 전철을 밟지 않기 위해서는 철저한 계획수립이 필요하다는 것을 알았다. 그는 토번의 예봉을 꺾기 위해서는 주둔군을 증강시켜야한다고 주장하였다. 하지만, 장안에서 하원까지는 너무 멀어서 물자보급에 문제가 있었다. 또한, 막대한 양의 군량을 중앙에 부담시키는 것도 장기적으로는 큰 걸림돌이었다. 고심하다가 그는 자체해결하기로 하였다.

그는 주변에 널려 있는 황무지를 5천 경(頃)이나 개간하였다. 병사들은 모래 바람이 부는 곳이라 농사에 회의적이었으나 혹치상지가 직접 삽과 팽이를 들고 나서자, 뒷짐을 지고 있던 휘하의 장수들도 참여했다. 이를 본 백성들이 사기가 올라 새벽부터 밤늦게까지 개간에 뛰어들었다. 이렇게 해서 해마다 곡식을 백만 석이나 거두어들였다. 이는 당나라 군사 50만 명이 반 년 동안 먹을 수 있는 양이었다.

그 전에 당나라 장수 중 그 누구도 변방에서 농장을 직접 경영할 생각을 한 장수는 없었다. 혹치상지가 처음이었다. 그는 가장 적은 비용을 투입하여 가장 큰 결과를 도출하기 위한 방법을 고심하다가 이 방법을 찾아낸 것이다.

그 후로, 다른 장수들이 혹치상지의 방법을 따라하였다. 혹치상지가 장군이자 경영을 아는 CEO였기에 가능한 일이었다.

또한, 적정을 신속하게 파악하기 위하여 군사시설로 봉화대를 70여 군데에 설치했을 뿐만 아니라 순찰을 철저히 돌았다. 이는 넓은 계곡과 기복이 심한 구릉지대, 광대하고 평평한 고원이 있는 하원지역에서 토번과 싸우기 위해서는 필수적인 시설이었다.

681년 찬파가 다시 침입해 와서 청해에 진영을 설치하자, 흑치상지는 3천의 정예기병을 거느리고 토번군대가 주둔하고 있는 지역을 한달음에 덮쳐서 깨뜨려 버렸다. 양곡 창고를 모두 불태웠으며, 양이나 말과 같은 가축과 갑옷을 헤아릴 수도 없이 노획하였다. 이는 흑치상지가 황무지를 개간하여 식량을 자급자족하고, 봉수대를 설치하여 적의 동태를 신속하게 파악했기 때문에 가능하였다.

흑치상지가 있던 7년 동안에 토번은 그를 크게 두려워하여 감히 변경을 노략질하지 못했다. 천후가 흑치상지에게 중앙으로 들어올 것을 청했으나 흑치상지는 아직 때가 아니라는 이유를 들어 정중히 거절하였다. 천후는 서운하게 생각했지만 그가 있어 황실이 편안했으므로 흑치상지에게 큰 상을 내리고, 조정의 대신들에게 명하여 필요한 것은 무엇이든지 들어주라고 명했다. 흑치상지는 조정에서 받은 상을 모두 부하에게 나누어주었다. 그의 휘하에는 백제의 유민들이 많았다.

사타상여가 청해호가 마음에 든다하여 살기를 원했다. 흑치상지가 천후에게 청을 넣었다. 천후가 흑지상지의 청을 받아주었다. 사타상여는 토번의 여자와 결혼하여 청해호 주변에서 농사를 지으며 살았다.

당나라 시인 왕창령의 종군행(從軍行)이라는 시에 이런 구절이 있다.

청해호에 구름이 덮여 설산이 희미한데
외로운 성에서 멀리 옥문관을 바라보네
백전을 겪은 갑옷 황사에 구멍 뚫리는데
누란을 깨치지 않으면 평생 안 돌아가리라.

사타상여와 함께 술을 마시고 잠자리에 들려는데 손님이 찾아왔다. 해구에게서 말을 들었다면서 자신은 내주 지역을 관할하는 진로(眞老)라고 하였다. 흑치상지는 양과 말, 그리고 비단을 진로에게 주었다. 진로는 비밀결사대는 순조롭게 진행이 되고 있으니 소집 명령만 내리면 군사를 이끌고 달려가겠다고 말했다. 흑치상지는 아직 때가 아니라고 말하면서 고맙다는 의사를 전했다. 진로는 다음날 내주로 돌아갔다.

*

측천무후를 세력기반으로 하여 무씨 일가가 중요관직을 독점하자, 이에 분개한 사람들이 적지 않았다. 한낱 궁중의 나인에 불과했던 무후가 고종의 신임을 받아서 왕후까지 오른 것도 배가 아파서 견딜 수 없을 지경인데 국가의 중요사를 농단하면서 황제보다 더 큰 권력을 쥐고 흔드니 기존의 귀족 세력들이 참고 지켜보는 데도 한계가 있었던 것이다.

이런 가운데 여릉왕(중종)을 복위시키자는 주장을 내걸고 군사를 일으킨 사람이 유주사마 이경업과 그의 측근들이었다. 이경업은 고구려 정복에 이름을 날리고 죽은 장군인 이적의 손자였다.

이적의 원래 이름은 서세적(徐世勣)이다. 수나라 말기 천하가 대란에 시달리자 17세의 서세적은 와강군(瓦崗軍)에 가입하였다. 나이는 어리지만 지략이 뛰어나고 용맹한 그는 곧 두각을 나타내어 와강군의 중요한 장령이 되었다. 후에 와강군의 수령 이밀이 당나라 고조 이연에게 투항한 후, 서세적은 넓은 지역을 통제하며 독립작전을 하다가 위징의 권유로 당에 합류하였다.

합류할 당시 그가 장악하고 있던 군사와 말과 토지는 이밀의 것인데, 자신의 이름으로 바치는 것이 영예롭지 못하다고 생각하여 이밀에게 편지를 보냈다. 나중에 당 황제가 이 사실을 알고, 서세적을 진정한 충신이라고 칭찬하며, 서세적을 여주 총관으로 임명하며 이(李) 씨 성을 하사하여 황족과 같이 명부에 등

록한 후에 이름도 적(勣)이라 고치게 하였다.

629년 당나라 태종은 계속 변경을 교란하던 돌궐을 대규모로 공략하기로 하고, 이적과 이정을 행군총관으로 임명하고 돌궐토벌의 임무를 맡겼다. 이듬해 1월 두 사람은 돌궐을 대파하여 대승리를 거두었다. 2월에는 동돌궐로 진격하여 수만 돌궐인과 수장 힐리 칸을 붙잡았다. 당나라 조정은 그동안 근심거리였던 돌궐이 무너지자 경축 연회를 베풀었고, 흥이 난 태상왕 이연이 비파를 연주하자 태종도 흥에 겨워 춤을 추었다.

이적이 계속 돌궐을 방어하여 변경이 안정되자, 태종이 기뻐하며 말했다.

"수나라 양제는 장성을 지어 돌궐을 방어했는데 지금은 이적의 덕행과 위력으로 변경이 무사해졌으니 이는 장성보다 더 강대한 것이다. 이적과 이정은 고대의 명장 백기와 한신에 버금가는 명장이다."

646년 설연타진주 칸이 20만 대군을 거느리고 남침하여 당나라에 귀순한 부락을 공략하여 많은 인명과 산이 피해를 입었다는 보고가 들어오자, 태종은 즉시 이적을 삭방도 행군총관으로 임명하여 대적하라고 명했다. 이적은 즉시 기병 6,000명을 거느리고 청산(靑山)에서 설연타를 대파한 후에, 울독군산 동쪽 줄기까지 추격하여 설연타 칸에게 항복을 받아냈다.

이처럼 이적은 혁혁한 전공을 세워서 당 태종의 심복이 되었다. 한번은 이적이 병이 걸렸는데 의사가 수염을 태워 치료해야 한다고 말하자, 태종이 즉시 자신의 수염을 베어 보냈다. 이적이 병이 나은 후에 입궁해 머리를 조아리며 태종에게 감사의 뜻을 표했다. 태종이 이적을 위로하며 말했다.

"짐은 그대를 위해 한 것이 아니라 나라를 위해 한 것인데 감사하다고 할 게 무엇인가."

그 후, 태종은 이적과 함께 식사를 하면서 말했다.

"짐은 태자에게 훌륭한 스승을 찾아주려 했는데 아무리 봐도 그대보다 더 적합한 사람을 찾기가 어렵네. 그대가 과거에 이밀에게 충성을 다한 것을 보면 짐의 기대를 조금도 저버리지 않을 것이라고 여겨지네."

이적은 감읍(感泣)하여 승낙을 하고, 손가락을 깨물어 충성심을 표시했다. 감정이 복받쳐 여러 잔의 술을 마신 이적이 취해 쓰러지자 태종은 그가 바람을 맞을까 하여 자신이 입고 있던 옷을 벗어 덮어주었다. 이처럼 신임을 받던 이적은 재상의 반열까지 오르게 되었다.

이적은 무씨의 황후 책봉이 문제가 되었을 때, 무씨의 황후 책봉을 반대했던 장손무기 파에 동조하지 않고 암암리에 찬성을 했던 사람이었다. 이런 저간의 사정을 감안하면 이경업이 측천무후에게 반항하여 군사를 일으킨 것은 일견 모순되는 일이기도 하였다.

이적의 장남은 요절했기 때문에, 장남의 아들인 이경업이 영공(英公)이라는 이적의 작호를 이어받았다. 이경업은 미주자사였지만, 어떤 사건에 연루되어 유주사마로 강등되었다. 이경업의 동생 경유도 현의 장관인 영(令)의 자리를 잃었다.

그밖에 장안주부 낙빈왕, 위사온을 비롯한 몇 사람이 지위가 강등되거나 박탈당해서 정부의 시책에 불만을 품고 장강(長江)의 북쪽인 양주에 모여 있었다. 양주(揚州)는 장안, 낙양 다음으로 번화한 도시였다. 이경업이 양주사마로 사칭하고 위사온이 그 주모자가 되었으며, 현직의 양주자사를 붙잡아서 죽이고, 양주의 무기고를 열고 군사를 동원하였다. 초주사마가 관하의 6현을 이끌고 동조했기 때문에 한 때 그들의 기세는 금방이라도 하늘을 찌를 듯이 높았다.

"황태자는 죽지 않았다."

이경업은 황태자 이현(李賢)과 비슷한 용모의 병사를 찾아내서 자신을 따르는 사람들을 속였다. 황태자는 죽은 게 아니라 무사히 이 성안에 살아 있으며 자신은 황태자의 명령으로 군사를 일으킨 것이라고 선전하였다.

*

이현은 측천무후의 아들이라고 되어 있지만, 실은 측천무후의 언니인 한국부인의 아들이라는 소문이 은밀하게 궁중에 퍼져 있었다. 이현은 고종의 여섯 번째 아들이자, 세 번째로 황태자에 책봉되었다. 고종 때에 유독 태자가 많이 바뀌는데 이는 모두 측천무후의 지루한 것을 참지 못하는 변덕스러운 성격 탓이었다. 이현은 우수한 인물로 학자로서의 자질도 뛰어났다. 전문적인 학자들과 함께 후한서의 주석을 만들어 놓았는데, 이것은 장회태자의 주로써 높이 평가되고 있을 정도였다.

675년 고종이 동도에 행차하였을 때, 장안에 머물면서 국정을 처리하는 일이 맡겨졌다. 이것을 감국(監國)이라 하는데, 그 성과가 좋아서 다른 사람들의 입에 한동안 오르내렸다.

자신이 측천무후의 자식이 아니라 한국부인의 자식이라는 소문을 들은 이현은 발밑이 갑자기 꺼지는 듯한 충격을 받았다. 측천무후가 자신을 가만히 두지 않을 것을 알고 있기 때문이었다.

마침, 그때 낙양 근처에 있는 언사(偃師)출신의 명숭엄이라는 남자가 부주(符呪)와 환술(幻術)로 고종과 측천무후에게 환심을 사고 있었다. 부주는 주술, 환술은 마법이나 기적 같은 것을 의미한다. 둘 다 이 주술사에게 폭 빠져 있어 그가 말하는 것이면 무엇이든 믿게 되었다. 그리하여 명숭엄은 간언을 담당하는 정간대부(正諫大夫)라는 관직까지 제수 받았다.

그는 측천무후가 이현을 좋아하지 않는다는 것을 간파하고 기회가 있을 때마다 그가 제위를 이을 그릇이 아니라고 말했다. 측천무후는 명숭엄의 말을 믿고 이현을 신뢰하지 않았다. 고종이 만류해도 소용이 없었다.

이현은 목숨을 건지기 위해서는 어떻게 해야 하나, 하고 고민하다가 여색에 빠지기로 하였다. 자신은 큰 야심이 없다는 것을 천후에게 알리기 위해서였다. 그것으로도 부족하다 생각하여 노비인 조도생 등과 어울려 난잡한 놀이를 즐겼다. 아무에게나 금품을 뿌리기도 하였다. 신하들과 백성들이 이구동성으로 황태자를 비난하였다.

천후는 화를 내고 꾸중을 하는 대신에, 학자들에게 황태자로서의 마음가짐을 보여주는 소양정범과 효자전을 만들게 해서 보여주기도 하고, 친히 편지를 써서 행동을 조심하도록 경고 했지만 이현은 이 같은 천후의 관심이 오히려 부담스러워 점점 더 불안하고 신경질적이 되어 갔다.

그의 불안은 전혀 근거가 없는 게 아니었다. 곧 현실로 다가왔다. 발단은 명숭엄의 죽음으로부터 시작되었다. 천황과 천후가 신임하는 주술사가 어느 날 변사체로 발견되었으니, 궁중이 발칵 뒤집어졌다. 범인을 색출하기 위한 조사는 엄중하게 이루어졌지만, 범인은 도무지 찾을 수 없었다.

"아무래도 황태자의 짓이 분명하다."

천후는 공개적으로 황태자를 겨냥했다. 심복을 시켜 황태자를 밀고하게 한 뒤에 황태자의 신변을 조사하도록 명령했다. 동궁의 마방(馬坊)에서 수백 벌의 갑옷이 나왔다. 천후는 황태자를 윽박질렀다.

"어찌하여 동궁의 마방에 그토록 많은 갑옷이 있단 말이오."

"소자는 전혀 모르는 일이옵니다."

"갑옷이 있다는 것은 군사를 일으키겠다는 뜻이 아니오. 황태자는 황제와 내가 총애한다는 것을 잊었다는 말이오?"

"황후마마, 소자는 결단코 반역을 꾀한 사실이 없습니다."

"모든 것은 하늘이 알고 땅이 알고 있으니 조사해보면 알게 될 것이오."

이현은 무죄를 주장했으나, 노비 조도생이 황태자의 명령을 받고 명숭엄을 살해했다고 자백함으로써 황태자는 궁지에 몰리게 되었다. 고종은 어떻게든 처벌을 늦추어서 이현을 용서해주고 싶었지만, 천후는 서둘렀다.

"사람의 자식으로서 어찌 아버지를 죽이겠다고 모반을 꾀했는지 도무지 이해할 수 없습니다. 미천한 노비의 가문도 아니고 지엄한 황궁에서 일어난 일이라 참람하기 그지없습니다. 엄히 다스려 국가의 기강을 세우는 것만이 돌아가신 선황제를 볼 수 있는 길입니다."

천후가 하도 강하게 나오자 고종은 어찌할 수가 없었다. 고

종은 황태자 이현을 폐하고 서인(庶人)으로 강등하여 연금하다
가 다음해에 파주(사천성 파주현)으로 옮겼다. 황태자와 조금이
라도 관계가 있는 사람은 온전하지 못했다. 천후는 여기서 그치
지 않고 좌금오위(천자의 친위대)의 장군에게 명하여 이현의 집
을 경비하는 명령을 내렸다.

명령을 받은 장군은 태자를 죽이라는 명령이라 생각하고,
파주에 도착하여 이현을 별실에 가두고 자살하게 만들었다. 천
후는 그가 독단으로 저지른 일이라면서 죄를 물어 좌천시켰다.
하지만, 시간이 지나자 슬그머니 그를 복직시켰다.

*

이경업은 낙빈왕에게 격문을 쓰게 하여 관내의 주와 현에
뿌려 백성들에게 자신의 정당성을 알렸다. 격문의 내용은 대강
이렇다.

정당한 이유 없이 정권을 잡고 있는 무씨는 출신이 미천할
뿐만 아니라 인격도 형편이 없다. 예전에 하급의 여관으로 태종
을 모시면서, 말년에는 황태자와 음란한 관계를 하는 사이가 되
었다. 고종이 황제의 위에 오르자 황후를 밀어내고 황후가 되었
다. 이는 고금을 통해서 드문 일이다.

이 뿐만이 아니다. 언니를 죽이고 오빠를 죽이고 황제마저

시해했으니, 하늘과 사람이 모두 노여워하며 도저히 용서할 수 없다. 여기서 그치지 아니하고 흑심을 품고 황제의 자리를 넘보고 있으며, 황제가 사랑하는 아들을 별관에 유폐시켰다. 자기의 친척들에게 중직을 맡기는 등 세상이 마치 자신의 것인 양 행동하고 있다. 한 줌의 흙이 채 마르기도 않았는데 의로운 사람은 어디에 의지해야한다는 말인가.

이경업은 고종과 양국부인까지 천후가 죽인 것처럼 과장하였다. 또한, 선황제인 고종의 흙이 채 마르지도 않았는데 그 아들은 어떻게 되었는가, 하고 반문함으로써 자신의 봉기를 정당화하였다.

어떤 자가 이 격문을 손에 넣어 천후에게 보여주었다. 천후는 침착하게 끝까지 읽고 말했다.

"이 격문을 만든 사람이 누구인가."

"장안주부인 낙봉왕이라 하옵니다."

"이토록 문장력이 뛰어난 자가, 고작 현의 하급관리로 있다면 이는 당나라 재상이 인재를 잘못 쓴 탓이다."

천후는 이처럼 의연하게 대처하고 있었다. 거꾸로, 그만큼 이경업이라는 존재를 무게감 있게 바라보지 않았다는 의미로 해석될 수 있다. 사실, 이경업의 뜻은 좋았으나 전쟁 경험이 일천하고, 봉기한 사람들을 제대로 다스리지 못해 반란군 내에서도 의견통일이 잘 되지 않았다.

반란군 중에도 제법 통찰력이 있는 사내가 있었다. 참모격인 위사온은 거병이 성공하려면 낙양으로 가야한다고 말했다.

"운하를 따라서 서북쪽으로 가면 곧 당나라의 요충지에 다다를 수 있다. 양주에서 군사를 일으킨 이상 낙양으로 가는 것이 최선의 전략이다. 낙양을 공격하면 거병의 명분을 얻을 수 있어 따르는 무리가 많을 것이니 우리의 거사가 성공할 수 있을 것이다."

이경업의 생각은 위사온과 달랐다.

"장강 남쪽 건너편의 금릉(남경)에 왕의 기운이 서려 있으니 먼저 그곳을 근거지로 삼아서 장강 하류 성들을 점령하여 기초를 굳건히 하는 게 우선적으로 할 일이다. 대저 민심을 얻지 못하면 거병은 아무 의미가 없지 않을 뿐만 아니라 반드시 실패할 것이다."

위사온이 반박했으나, 반란군들은 이경업의 말을 따라 금릉으로 갔다.

반란의 소식이 조정으로 들어오자, 천후는 조서를 내려 좌옥검위대장군 이효일을 양주도행군대총관으로 임명하면서 30만을 거느리고 이경업을 토벌하라 명했다. 토벌군의 선발대가 회음에 도착하여 전투를 벌였으나 반란군에게 패하였다. 이 싸움에서 전봉좌표도과의 어양 사람 성삼랑이 관찰령 당지기에 의해서 살해되고, 그의 부하들은 모두 죽었다.

이효일은 선발대가 반란군에게 패했다는 소식을 듣고, 싸울 뜻을 잃고 퇴각하여 야영하였다. 천후가 이 소식을 듣고 크게 노하여 대신들에게 물었다.

"이 일을 어찌하면 좋소. 어서 말해보시오."

"흑치상지 장군을 보내셔야 합니다."

"아니, 이번에도 흑치상지 장군이 가야하단 말이오? 그는 백제의 유장이 아니오. 바다 건너에서 궁벽하게 기대다가 멸망한 나라의 장수이외는 당나라에 다른 장수가 없다는 말이오?"

"당나라에서 흑치상지 장군을 따라올 사람은 아무도 없습니다."

대신들이 입을 모아 말했다. 천후는 즉시 흑치상지를 강남도대총관으로 임명하여 이경업의 난을 진압하라 명했다.

*

흑치상지는 조정의 명령에 따라 반란군을 진압하기 위해서 회음으로 갔다. 이때, 위원충이 감군(監軍)으로 함께 갔다. 위원충은 송주 송성(하남성 상구)사람으로, 학식을 갖춘 데다 무(武)에도 관심이 커서 용병술을 연구하고 있었다. 말하자면, 문무를 갖춘 인물로, 대담했다.

그는 고종이 토번에 대한 대항책을 물었을 때, 당의 변경에서 활동한 장군 가운데 빈천(貧賤)한 출신이라도 특별한 공을 세웠던 유능한 인물들을 토번 방비에 충당시키라고 주장하였다. 한 마디로 이민족 출신가운데 유능한 인물들을 장군으로 발탁하도록 한 것이다. 이는 토번과의 싸움이 당나라의 성을 지키는 것과는 다르다는 것을 말한 것이며, 당의 관료들이 토번침략에 대해 걱정은 하면서도 자리걱정이나 하고 있음을 질타한 것으로도 풀이할 수 있다. 이처럼 성격이 곧고 일처리가 분명하였으므로 흑치상지가 마음속으로 위원충을 따랐다.

금릉으로 가는 길에, 위원충이 흑치상지에게 물었다.

"장군은 이 반란을 어떻게 생각하십니까?"

흑치상지는 뜻밖의 질문에 한동안 위원충을 바라보다가 대답했다.

"당나라의 신하는 조정의 명령을 따르는 것일 뿐, 무슨 생각이 따로 있을 수 있겠소."

"장군이 그처럼 단순한 사람이 아니라는 것을 알기에 물어보는 것이오. 그게 아니라면 저 세상 무서운 줄 모르고 날뛰고 있는 천후처럼 고도의 전략을 가지고 이 당나라를 다스리려는 야심을 가졌는지도 모르고…."

"허어, 한낱 나라를 잃고 떠도는 무부(武夫)에 지나지 않은 자를 지나치게 높게 평가하고 있는 것 같소이다."

위원충은 잠시 흑치상지를 바라보았다. 흑치상지도 위원충을 바라보았다. 서로를 탐색하기 위해서였다. 측천무후가 사방에 사람을 깔아 놓아서 그런지 따르고 좋아하기는 하나 흉중에 있는 진심을 모두 드러내놓고 말할 수 있는 처지가 아니었던 것이다.

"사실, 나는 이경업의 뜻에 따르고 싶소이다."

위원충의 말에, 흑치상지는 놀랐다. 측천무후의 명령을 어기면 그 누구도 살아남지 못한다는 것을 모른다는 말인가. 흑치상지는 잠시 말을 멈추었다. 나란히 걷던 위원충도 고삐를 잡아 말을 멈추게 하였다. 장강에는 해가 막 떨어지고 있었다. 흑치상지는 장강의 물줄기 건너로 시선을 돌려 동쪽을 바라다보았다. 장강이 흘러가는 곳에는 그립던 고향이 있는 곳이었다. 나라를 잃은 백성들이 희망을 잃은 채로 하루하루를 힘겹게 살아가고 있을 터였다.

언제든 돌아가고 싶은 땅이었다. 하지만, 지금은 돌아가고 싶지 않았다. 측천무후 같은 여자가 중국을 농단하고 있어 갈수록 민란도 잦고, 나라도 어수선해지고 있으니 당나라도 곧 그 기운을 다하는 때가 올 거라고 믿고 있었다. 변방의 오랑캐들이 떼를 지어 황궁으로 쳐들어오는 것이 눈에 보이는 것 같았다.

그 탓에 흑치상지는 이경업의 반란 소식을 듣고 속으로 쾌재를 불렀다. 내우외환이지 않은가. 토번이 강성해지고, 돌궐이 세력을 키우는 형국에 내분까지 일어난다면 당나라는 망할 것이 분명했다. 이경업의 반란을 진압하러 오면서 흑치상지는 속으로는 이경업의 군대가 강성하기를 바랐다. 명분이 충분하니 이경업을 설득하여 낙양으로 가기를 청할 수도 있다고 생각했다.

그런데, 위원충은 마치 흑치상지의 마음을 들여다 본 듯, 말하고 있었다. 흑치상지는 불에 덴 듯 놀랐으나 침착하게 대응했다. 섣불리 나설 일이 아니었다. 의지해야 할 곳은 당연히 천후였다. 아직은 그녀를 대적할 힘이 없으니 그녀의 그늘에서 더 힘을 키워야했다.

"장군은 배염을 따르자는 것입니까?"

흑치상지의 말에 위원충은 더 이상 말을 하지 않았다. 흑치상지는 사실, 배염과 선이 닿아 있었다. 배염은 고종의 유탁을 받았을 정도로 신임이 있는 신하였다. 황제가 죽을 때 자신의 후사를 위해서 믿을 만한 신료들에게 자신의 아들을 부탁하는 것을 유탁이라고 하는데, 명망이 있고 진실하며 자신의 분신 같은 사람에게 유탁을 하는 것이 중국 황실의 전통이었다.

또한, 고종이 황후 위씨의 부친을 문하시중의 자리에 올리고, 유모의 아들에게 5품관을 제수하려고 했을 때 천후의 편을 들어 이를 막았다. 이 때문에 천후와 사이가 나쁘지 않았으나, 천후가 권력을 마음대로 농단하고 자기 사람을 심어서 정치질서를 흐리자, 배염은 측천무후에게 등을 돌렸다.

그녀가 자신의 조상을 묻은 칠묘(七墓)를 세우려 했을 때, 배염은 정면으로 반대하였다. 변덕이 심한 천후가 배염을 좋지 않게 생각했다. 배염은 회의를 느꼈다. 사리의 옳고 그름을 따지기 전에 자신의 말에 무조건 찬성하는 신하를 충신으로 생각하는 조정의 풍토가 싫었다.

이경업이 반란을 일으키자, 측천무후의 조카 무승사가 사촌 동생인 무삼사와 함께 측천무후에게 청했다. 이현의 복위를 내세웠으니 황실의 종친을 없앨 수 있는 명분을 얻었다고 판단한 것이다. 사실, 비천한 출신의 측천무후로서는 황실의 종친이 늘 껄끄러웠던 것은 사실이다.

"이 기회에 태종의 동생 한왕 이원가와 같은 존속(尊屬)을 죽여 화근을 없애는 게 좋겠습니다."

"황실의 문제는 신중하게 접근해야 할 것이오. 나 혼자 결정할 수 없으니 재상들의 의견을 구하도록 하십시다."

이리하여 천후는 재상들에게 의견을 물었으나, 배염만이 반대를 하였다. 태종을 존경하고 따르는 배염은 천후의 생각이 옳지 않다고 판단한 것이다. 이 때문에, 배염은 이경업의 반란군 진압에도 적극적이지 않았다. 천후가 반란군을 진압할 대책을 물었을 때도 배염은 망설이지 않고 대답했다.

"황제(예종)가 이미 성인이 되셨음에도 정치를 하지 않고 계시니 황제라는 칭호가 민망합니다. 황제가 이처럼 제 힘을 다

하지 않으니 보잘 것 없고 생각이 짧은 무리들이 반란을 일으키는 것이 아닙니까? 황제에게 나라를 다스리는 권리를 돌려주기만 하면, 반란군들도 명분을 잃어 스스로 물러날 것입니다."

천후는 거침없이 자신의 약점을 드러내고, 자신의 심장을 향해 비수를 들이대는 배염이 미웠지만, 꾹 참았다. 천후는 배염을 칠 기회를 보고 있었다. 기회는 왔다. 천후의 기분을 헤아리고 천후에게 아첨하는 무리들이 생겨났다. 그들은 한 결 같이 배염이 모반을 꾀했다고 상소를 올렸다. 천후의 생각을 미리 헤아리고 한 행동이었다. 배염은 이미 각오하고 있었다. 더군다나 배염의 조카가 반란에 가담한 이상 다른 방법이 없었던 것이다.

배염이 반란에 전혀 가담하지 않았다고 상소를 올리는 자도 있었지만, 대세를 거스를 수는 없었다. 이미 모든 권력이 천후에게 있었고, 천후가 배염을 싫어했기 때문에 골짜기의 물이 결국은 강으로 흘러가듯이, 배염은 마침내 사형에 처해졌다. 배염을 변호했던 자들도 같은 길로 몰려갔다.

흑치상지가 배염의 문제를 꺼낸 것은 은연중에 자신은 반란군을 진압할 뜻을 밝힌 셈이다. 위원충은 흑치상지의 마음을 알았는지 더 이상 묻지 않았다.

*

회음에 도착하여 보니, 장안에서 생각했던 것보다 군사의 배치나 훈련 상태가 형편이 없었다. 흑치상지는 이경업에 실망했다. 실망은 분노로 이어졌다.　위원충의 만류에도 불구하고, 흑치상지는 단숨에 반란군의 진채로 쳐들어가서 닥치는 대로 반란군을 쳐부수었다. 그가 온다는 소식을 들은 후부터 반란군은 동요를 보였다. 하지만, 흑치상지가 주로 야습을 하므로 낮에는 공격하지 않을 거라 예상했는데, 흑치상지는 황중호 주변에 있는 반란군을 보자마자 질풍처럼 달려들었던 것이다.

　　그의 쌍검이 춤을 추면서 휘몰아치는 순간에 어김없이 반란군의 목이 잘려나갔다. 반란군은 그저 흑치상지의 변화무쌍한 검술을 지켜보느라 정신이 없었다. 하루가 채 지나지 않아 반란군은 진압되었다.

　　흑치상지는 이경업을 붙잡았다. 이경업은 이미 사색이 되어 있었다. 이경업은 흑치상지가 다가오자, 얼굴을 돌려버렸다.

　　"양주 사마, 이경업은 나를 보시오. 그대의 할아버지는 당나라의 영웅인 지적 장군이 아닙니까? 훌륭한 가문의 손자답게 당당하게 행동하시오."

　　그때서야, 이경업은 흑치상지를 보았다. 흑치상지가 부드럽게 웃으면서 말했다.

　　"공은 내가 원망스럽겠지요? 멸망한 나라의 장수가 당나라에 맺힌 원한을 풀기 위해 당나라 제일의 가문 출신인 공을 죽이려 왔다고 생각할 것이오. 하지만, 나는 공이 원망스럽소이다. 지금 당나라에서 천후가 잘못하고 있다는 것을 모르는 사람이 누가 있겠소. 바로 잡으려 해도 천후의 힘이 거대하니 두려워서 못하는 것이 아닙니까. 나는 회음까지 오면서 공이 많은 군사를 거느리고 여기저기 많은 성읍들을 복속시키기를 바랐소. 공의 위대한 뜻이 지방에 있는 관리와 백성들의 심금을 울리기를 바랐소. 그리하여 백성들이 진정으로 뜨거운 가슴과 사랑스런 눈물로 공을 지지하기를 고대하였소. 적어도, 우리 백제를 멸망시킨 당이라면 최소한 조정의 부패하고 명분 없는 정치를 뒤집을 사람이 많을 것으로 알았소이다. 혹시, 나도 공과 손을 잡고 천후를 몰아낼 수 있을까 생각도 하였소이다. 그런데 여기에 오니까 모든 것이 실망스럽소이다. 적어도, 목숨을 걸고 반란을 일으키려 했으면 나름대로 위세와 논리가 있어야할 것이 아닙니까. 이게 도대체 뭐하는 짓입니까? 반란이 애들 장난인 줄 아셨습니까?"

이경업은 갑작스런 흑치상지의 말에 놀라서 말을 더듬었다.

"대체, 무슨 말을 하는 게요. 지금 나를 회유하려는 겁니까?"

"그대는 회유할 가치도 없는 사람이오. 솔직히 그대의 반란을 진압하러 온 내가 부끄럽소. 나는 그대가 반란을 일으켰다는 명목으로 벌하는 것이 아니라 한 사내를 실망시킨 죄를 물을 것이오."

혹치상지는 이경업의 얼굴을 보고 있으면 있을수록 화가 치밀어서 견딜 수가 없었다. 그는 상규에게 명하여 이경업의 목을 베게 했다. 상규는 혹치상지와 함께 당으로 와서 줄곧 같이 전장을 누볐다. 이경업은 살려달라고 빌었으나 혹치상지는 거절했다. 혹치상지와 이경업의 이 짤막한 대화가 나중에 혹치상지의 운명을 바꾸는 결정적인 역할을 한다. 늘 감정을 안으로 숨기는 혹치상지에게는 좀 특별한 날이었다.

천후가 반란의 진압에 공이 큰 혹치상지에게 상을 주기 위하여 혹치상지를 불렀다. 혹치상지는 곧바로 장안으로 들어갔다.

"장군의 공으로 난이 진압되었으니 이 보다 더 기쁜 일이 어디 있겠소."

"소장은 그저 당나라 장수로서 소임을 다했을 뿐입니다."

"변방을 지키느라 고생이 많았으니 그만 변방은 다른 사람에게 맡기고 이 장안으로 들어와서 나와 당나라를 위해 수고할 생각은 없소이까?"

"당나라의 변경은 아직도 튼실하지 않습니다. 소장은 황실과 당나라를 위해서 오랑캐가 모두 물러날 때까지 변방을 지킬 것입니다. 통촉하여 주시옵소서."

"저렇게 충직한 장수가 당나라에 있다니 이는 황실과 당나라의 자랑이오."

혹치상지는 이경업의 반란을 평정한 공로를 인정받아, 684
년에 좌무위대장군과 검교좌우림군에 임명되었다.

며칠 후 저녁에, 해구와 연돌과 진로가 찾아왔다. 혹치상지
가 이경업의 난을 평정하고 좌무위대장군에 승진한 것을 축하
하기 위해서였다.

"하하하. 장군 축하드립니다. 소정방이 백제를 멸망시키려
고 왔을 때가 좌무위대장군이었으니 이제 거꾸로 장군이 당나
라를 멸망시킬 때가 되었다는 뜻입니다."

해구가 호탕하게 웃으며 말했다.

"누가 들을지 모르니 민감한 얘기는 삼가는 게 좋겠습니다."

진로가 조심스럽게 말했다. 해구가 고개를 끄덕였다. 혹치
상지는 이들과 더불어 취하도록 마셨다. 조금씩 앞이 보이는 것
같았다. 그들은 다음날 날이 새자마자 각자의 집으로 갔다.

＊

683년 골독록은 제2돌궐한국을 건국하였다, 그는 여기서
만족하지 않고, 고비사막을 넘어 제1돌궐한국의 본영을 빼앗았
다. 이로써 그가 다스리는 영토는 고비사막은 물론이고, 외몽고,
시베리아 남부에 이르기까지 광범위하였다. 대칸(大汗)이 된 것

이다.

686년부터 골독록은 당나라의 변경을 침략하기 시작했다. 천후는 즉시 흑치상지를 불렀다. 늦은 시각이었지만, 흑치상지는 바로 궁전으로 들어갔다. 혹시나 올까하여 기다리고 있는 측천무후는 크고 씩씩한 흑치상지가 들어오자 얼굴이 밝아졌다.

"천후마마, 어인 일로 소장을 부르셨습니까?"

"장군이 항상 변방에서 당나라의 백성과 황실의 안전을 위해 수고하고 있다는 소식을, 여러 중신들에게 잘 듣고 있다. 혹시 변경을 지키는데 어려움이라도 있으면 아주 조그마한 것이라도 말하라. 내 장군의 소원대로 해 줄 것이다.""폐하와 천후마마께서 성덕을 베풀어주시는데 어려움이 뭐가 있겠습니까? 다만, 소장의 지혜와 덕이 부족하여 황실의 누가 되고, 부하들을 힘들게 할까 걱정이옵니다."

"참으로 겸손하도다. 그대의 지혜가 하늘에 닿아 그동안 황실이 평안을 누렸거늘 그 무엇을 바란다는 말이냐. 또한, 그대가 부하를 극진히 사랑한다는 것은 모두가 다 아는 사실이다. 내가 들은 바로는 부하 중의 하나가 장군의 말을 때렸을 때, 벌을 주라는 여러 장수의 말을 물리치고 부하나 말이 모두 소중한데 사소한 잘못으로 부하를 벌할 수 없다고 말했다고 들었다. 나도 그대의 마음을 본받아 신하와 백성을 사랑하려고 노력하는 중이다."

"천후마마께서 이 나라를 섭정하신 후로, 모든 것이 잘 되고 있는데 어이하여 저 같은 천한 장수를 본받는다고 하시는지 받들기 민망하오니 통촉하여 주시옵소서. 또한, 부하가 제가 미워서 저의 말을 때린 게 아니라 장난으로 때렸을 것인데 이를 이유로 하여 그 병사에게 벌을 내린다면 병사들이 사기가 떨어질 것이옵니다. 소장이야 당나라 조정에서 많은 녹봉을 받고 있지만, 그들이야 당나라를 위해서 헌신하는 것이요, 받는 녹봉도 적으니 당연히 소장이 그들이 형편을 미리 살피는 것이 장수의 도리라고 생각하옵니다."

"당나라 조정에서 내린 포상도 부하들에게 나누어 주었는가?"

"전쟁이란 장수 혼자서 잘 한다고 승리하는 것이 아니옵니다. 모두가 한 마음으로 싸워야 이길 수 있사옵니다. 그러므로 당연히 전쟁에서 얻은 포상도 모두에게 골고루 돌아가는 것이 순리라고 생각합니다. 소장은 그와 같은 마음으로 시행한 것뿐입니다."

"그대와 같은 장수가 이 황실에 있어 당나라 황실과 백성들을 위해서 수고해주니 당나라가 태평성대를 누리는 것이 아니겠는가. 이번 일만 끝나면 중앙으로 들어오라."

"변방의 근심이 사라진 후에 한 번 생각해보겠습니다."

"나는 늘 장군을 이 황실에서 볼 날을 고대하고 있으니, 언제든지 모래바람이 지겨우면 말하라. 내 그대의 소원대로 할 것이다."

"지혜가 부족하고 사리가 분명하지 않은 소장을 그리 예쁘게 봐 주시니, 소장 몸 둘 바를 모르겠습니다."

"자, 그럼 이제 장군을 부른 이유를 말하겠다. 장군도 대강은 짐작하고 있겠지?"

"예. 돌궐이 당나라 변경을 침략했다고 들었습니다."

"이십 년 전에 당나라의 명장 설인귀가 돌궐족의 비속청을 무찔렀던 사실을 알고 있는가?"

"예. 천후마마. 장수 설인귀가 천산(天山)까지 달려가서 무찔렀다고 들었습니다."

"장군은 전투에만 능한 줄 알았는데 역사에도 밝구나."

"전투란 몸으로 하는 것이지만, 머리와 마음이 먼저 움직이지 않으면 몸은 아무 소용이 없다는 것을 잘 알고 있습니다."

"일찍이 그대가 학문을 닦는데도 부지런하다고 들었는데 절대로 떠도는 말이 아니었구나. 당나라 황실은 장군에게 좌응양대장군을 봉하니, 이번에도 공을 세워서 당나라 백성과 당나라 황실이 돌궐 때문에 근심하는 일이 없도록 하라."

"알겠습니다. 천후 마마. 돌궐족의 추장인 골독록을 잡아서 다시는 천후 마마와 당나라 황실이 북방의 오랑캐로 인하여 근심하는 일이 없도록 하겠습니다."

"나는 장군을 믿는다."

혹치상지는 군대를 이끌고 행군하여 양정에 이르렀다. 양정은 돌궐이 자주 지나가는 지역이었다. 돌궐의 추장 막고(莫高)는 당나라 군대가 이렇게 빨리 당도하리라고 예상하지 못했기 때문에 급히 진을 치고 방어를 하였다. 그는 당나라 군사가 장거리 행진에 지쳤으리라 생각했을 뿐만 아니라 당나라 군대를 이끌고 있는 장수가 멸망한 백제의 장수 출신이라는 말을 듣고, 기를 죽여서 돌려보낼 심산이었다.

그는 용맹한 군사 몇 십 명을 선발하여 진 앞에 나서서 싸움을 걸게 하였다. 이들은 모두 돌궐군 중에서 가장 뛰어난 무사들이었다. 그들은 당나라 군사들을 전혀 두려워하지 않았다. 오히려 우쭐거리면서 돌궐의 진영 앞으로 나갔다. 막고가 이들의 가운데서 소리를 질렀다.

"당나라 장수 혹치상지는 들으라. 그대의 용기는 가상하지만, 우리 돌궐을 이길 수는 없을 것이다. 그러니, 어서 물러가라. 물러간다면 목숨만은 살려줄 것이다."

혹치상지는 조용히 막고를 바라보다가 부장에게 활과 화살을 가져오라 명했다. 부장이 곧 활과 화살을 가져왔다.

"돌궐의 추장 막고는 이 혹치상지의 화살을 받으라."

말을 마치자마자 화살은 쉭, 하는 소리와 함께 막고의 왼쪽에 있는 돌궐 장수의 목을 꿰뚫어버렸다. 곧 그 장수가 '억' 하는 소리와 함께 말에서 떨어져버렸다. 살펴보니 이미 죽어있었다.

흑치상지가 또 소리쳤다.

"돌궐의 추장 막고에게 두 번째 선물이 날아갈 것이다."

소리와 동시에 또 하나의 화살이 날아와서 이번에는 막고의 오른쪽에 있는 장수의 목을 꿰뚫어버렸다. 그 장수 역시 '억' 하는 소리와 함께 말에서 떨어져 죽어버렸다. 막고는 흑치상지의 활 솜씨에 놀라서 어쩔 줄 모르고 있었다. 돌궐에서 전설처럼 내려오는 설인귀보다 더 빠르고 정확한 솜씨였던 것이다. 백제 출신의 유장이라 생각하여 가볍게 본 것이 실수였다. 막고의 마음을 아는지 모르는지 흑치상지가 외치고 있었다.

"세 번째 화살이 어디로 날아가는지 알고 싶으냐?"

흑치상지가 소리침과 동시에 활시위를 당기려 하자, 막고는 급히 말머리를 돌려서 도망쳤다. 흑치상지는 화살을 날렸고, 그 화살은 도망치는 막고의 투구를 벗겨버렸다. 막고는 이에 놀라서 뒤도 돌아보지 않고 도망쳤다.

"당나라 군사들이여, 돌궐의 군사를 쫓으라."

말을 마친 흑치상지는 말을 몰고 돌궐의 군대를 쫓아갔다. 그의 쌍검무가 여기저기에서 춤을 추었다. 잠깐 사이에 돌궐의 군대는 무너졌다. 돌궐의 병사들은 칼에 맞아 죽은 자, 생포된 자, 말에 짓밟혀 죽은 자가 이루 헤아릴 수 없이 많았다. 모든 것이 끝난 후에는 오직 바람에 어지럽게 날리는 모래언덕과 시체와 그리고 부러진 창뿐이었다.

당나라 군사들이 승리감에 도취되어 있을 때, 흑치상지는 흑치준을 몰래 불렀다. 흑치준은 13살에 불과했지만, 어렸을 때부터 흑치상지의 가르침을 받아 무략(武略)을 숙지하고 있었다. 후한말의 도겸처럼 군사의 깃발을 만들어 죽마를 타고 군사놀이를 즐겼으며, 전한시대의 이광처럼 땅에 그림을 그려가면서 군대의 진영을 만든 후에, 활쏘기 시합을 즐겼다. 이는 흑치상지의 어렸을 때와 비슷했다. 흑치상지가 흑치준의 비상함을 알고 어렸을 때부터 전쟁터에 데리고 다녔으며, 흑치준도 전쟁터에 있는 것을 더 좋아했다.

"너는 군사를 이끌고 가서 여기저기 불을 피워놓으라. 마치 봉화가 솟아오르는 것처럼 해야 한다."

"아버님, 돌궐의 군사가 이미 물러갔는데 어인 연유로 그걸 준비하는지 여쭈어 봐도 되겠는지요?"

"해질 무렵이면 돌궐은 다시 나타날 것이다. 우리의 숫자가 많지 않을 뿐만 아니라 우리가 돌궐의 진영 깊은 곳까지 들어왔으므로 저들에게 승산이 있다고 생각할 것이다. 저들은 분명 대규모 병력으로 올 것이니 이에 대한 대비를 하려는 것이다."

"마치 구원군이 당도한 것처럼 적을 속이려는 겁니까?"

"그래, 너도 이제 많이 깨우치고 있구나. 어서 가라. 다른 병사들이 알면 큰일이니 은밀하게 하라."

흑치준이 일단의 군사를 이끌고 가는 것을 보고, 흑치상지도 움직였다. 그가 간 곳은 당나라 군대가 주둔하고 있는 후방의 중앙쯤이었다. 그는 상규에게 이렇게 말했다.

"장군은 가서 풀을 베어서 묶으라."

"예, 대장군."

잠시 후에, 상규가 사졸들과 함께 풀을 베어 묶어 왔다.

"이번에는 가서 말을 데려오라."

"예. 대장군."

상규가 말을 데려오자, 흑치상지가 말했다.

"말의 꼬리에 묶은 풀을 묶고는 마구 배를 때리라. 그리하여 말이 놀라서 날뛰도록 하라."

"예. 대장군."

상규는 영문도 모르고 시키는 대로 하였다.

해질 무렵에, 막고는 돌궐 본영에 지원을 요청하여 대규모 군사를 이끌고 쳐들어왔다. 낮에 당한 앙갚음을 하기 위해서 당나라 군사를 한꺼번에 깨뜨리려는 의도였다. 하지만, 막고는 여기저기에 봉화가 올라 있고, 당의 본영이 있음직한 곳에서 크게 흙먼지가 일어나자, 장안에서 보낸 대규모 군사들이 도착한 것으로 생각하고 황망히 도망쳤다. 그때서야, 상규는 풀을 베어서 말 꼬리에 달게 한 흑치상지의 의도를 알아차렸다.

당의 조정에서는 병력과 식량의 큰 손실이 없이 돌궐의 대군이 영토 안으로 침략하는 것을 막아 낸 공로로, 흑치상지에게 큰 상을 내렸다.

"재능과 도량이 온후하고, 우아하며, 기질과 정신도 고상하고 맑았으며 일찍부터 어질고 의로운 길을 밟아 마침내 깨끗하고 곧은 곳을 밟았다. 말한 것을 행했을 뿐 아니라 배운 것으로 자신을 윤택하게 했기 때문에 여러 차례 군사를 통솔하여 매번 충성스러움을 드러냈다. 그러므로 연국공과 식읍 3천호를 봉하기에 충분하다. 그리고 다시 우무위대장군과 신무도경략대사로 임명하고 나머지는 그 전대로 하라."

며칠 후 저녁에, 여덟 개의 성씨 모두 흑치상지를 찾아서 양정으로 왔다. 흑치상지는 상규를 불러 조그마한 연회를 베풀라고 하였다. 당나라 막사에서 멀리 떨어진 곳에서 연회가 베풀어졌다. 이들은 서로를 자사(刺史)라 불렀다. 유주자사는 해구, 범주자사는 연돌, 내주자사는 진로, 사주자사는 백가, 초주자사는 국인, 양주자사는 목간나, 월주자사는 사법명, 회주자사는 협정충이었다.

"융 왕자님만 오시면 이 자리가 백제의 귀족회의였던 정사암 회의장 같소이다."

백가가 약간 취한 듯, 들뜬 목소리로 말했다.

"흑치상지 장군이 임시로 왕을 하면 어떻습니까?"

목간나가 백가를 거들었다. 그러자, 다른 사람들도 이구동성으로 외쳐서 엉겁결에 흑치상지는 백제의 왕이 되어 버렸다. 그들은 앞으로 있을 백제 건국에 대해서 진지하게 토의하였다. 하지만, 결정적으로 추대할 왕이나 재건할 땅의 위치, 토번이나 돌궐과의 연대 등에 대해서는 의견차이가 있었다. 그들은 밤이 늦도록 술을 마시고 아침 늦게 일어나서 각자가 거주하는 땅으로 돌아갔다.

흑치상지의 죽음

서쪽에서 크게 패했던 돌궐족은 이듬해는 동쪽의 변경으로 침략해왔다. 이번에는 골독록이 직접 군사를 이끌고 창평으로 쳐들어왔다. 창평은 당 유주의 속군으로 오늘날 북경으로부터 북방으로 채 50km도 안 되는 곳에 위치하는 지역이다.

당시 조정에서는 흑치상지를 좌응양위대장군으로 임명하여 이를 막게 하였다. 그는 즉시 군대를 이끌고 창평으로 갔다. 골독록은 막고가 양정에서 당한 일을 잘 알고 있기 때문에 흑치상지가 온다는 보고를 받자 진채를 굳게 지키기만 할 뿐 군사를 내어 나오지 않았다. 당나라 군사가 먼 거리를 달려왔으므로 마초와 식량이 부족할 것이라는 계산도 깔려 있었다.

그때, 골독록의 부장인 비속청이 나섰다. 20여 년 전에 설인귀에게 패한 추장과 같은 가문의 사람이었다.

"대칸, 흑치상지 장군은 멀리까지 오느라 몹시 지쳐 있습니다. 수가 많고 지친 군대는 반드시 초장에 섬멸해야 하는 것이 병가의 기본이 아닙니까. 공격하는 때를 늦추면 저들이 원기를 회복할 시간을 주는 것이니 바람직하지 않습니다."

비속청의 말은 당나라가 진영을 가다듬어 방비태세에서 공격태세로 전환하기 전에 재빨리 쳐들어가야한다는 주장이었다. 이는 방어하는 수동적인 위치에서 벗어나 적극적으로 공격함으로써 주도권을 잡자는 말로, 제법 흑치상지의 전략을 연구하여 내놓은 계책이었다. 하지만, 골독록은 고개를 절레절레 저어버렸다.

"그는 토번과의 싸움에서 한 번도 진적이 없다. 그의 전략은 너무 신출귀몰하여 일일이 대응할 수 없기 때문이다. 차라리, 그가 공격하기를 기다렸다가 되받아치면 흑치상지를 저 모래언덕에 장사지낼 수 있을 것이다."

골독록은 소극적인 태도로 기다리는 쪽을 택했다. 이 때문에 흑치상지의 군대는 진지를 모두 갖추고, 휴식을 취할 수 있었다. 진영이 갖추어지자 흑치상지는 평소의 계책과는 반대로 움직였다. 야습이나 기습에 대비하고 있는 돌궐의 김을 빼놓겠다는 심산이었다.

그는 악공을 불러서 비파를 연주하게 하고, 무희를 들여서 춤을 추게 하였다. 평소에 술을 입에도 대지도 않는 흑치상지가 술을 마시면서 무희들과 함께 춤을 추었다. 당나라 군사들도, 돌궐의 군사들도 흑치상지의 행동을 이해할 수 없어 그냥 바라보기만 했다. 한참동안, 그렇게 한 뒤에 흑치상지는 술에 취한 척하며 진채로 돌아왔다. 진채에 오자마자 흑치준을 불렀다.

"너는 어서 군사를 이끌고 가서 돌궐의 진채를 빙 둘러서 포위하도록 하라. 골독록이 눈치 채지 않도록 해야 한다."

"알겠습니다. 아버님."

흑치준은 군사를 이끌고 돌궐족의 군사들이 무희들의 춤에 혼이 나가 있는 틈을 타서 돌궐의 군대를 에워쌌다. 눈치를 채지 않게 하기 위해 멀리서부터 서서히 옥죄기 시작했다. 하지만, 비속청이 눈치를 채고 골독록에게 말했다.

"대칸, 지금이라도 늦지 않았으니 보기(步騎:보병과 기병)를 이끌고 이곳을 빠져나가 진채를 세우십시오. 소장은 나머지 군사들과 함께 이곳을 굳게 지키겠습니다. 흑치상지가 대칸을 공격하면 소장이 군사를 내어 그 등을 치고, 반대로 흑치상지가 소장을 공격하면 대칸께서 그의 군대를 치시면 됩니다. 이렇게 시간을 끌다보면 흑치상지가 이끌고 온 군사들의 식량이 떨어질 것이니 그때는 단숨에 양쪽에서 협공하여 그를 무찌르시면 됩니다. 이는 사슴을 잡을 때 뒷다리를 잡고 뿔을 잡는 것이니 병가에서 의각지세(?角之勢)라고 하옵니다."

골독록은 비속청의 말이 옳다고 생각하고 그의 말을 따르기로 했다. 하지만, 원진을 포함하여 다른 장수들이 흑치상지는 보통 사람이 아니니 섣불리 달려들어서는 안 된다고 하는 사이에 사흘이 흘렀다. 그렇게 시간이 가는 동안, 흑치준은 골독록의 군대를 거의 다 에워쌌다. 비속청이 속이 타듯 답답하여 골독록을 재촉하였다.

"당나라 군사들이 우리 진채를 사방으로 에워싸고 있습니다. 빨리 군사를 이끌고 나가서 의각지세를 만들지 않으면 우리는 다 죽게 될 것입니다."

하지만, 골독록은 태연하게 말했다.

"다시 생각해보니 멀리 나가는 것보다 지키는 게 낫겠다."

비속청은 군대가 패배하여 다시는 돌궐의 말들이 남쪽으로 내려와서 풀을 뜯을 일이 없을 것 같은 절박함에 사로잡혔다. 그는 마지막이라는 심정으로 당나라 진영을 유심히 살펴서 상황을 분석한 후에, 골독록에게 찾아가서 마지막 비책을 알려주었다.

"듣자하니, 흑치상지의 군사들이 먹을 것이 부족하여 낙양으로 사람을 보내어 곡식을 가져오게 하고 있다고 하옵니다. 대칸께서 군사들을 이끌고 나가 보급로를 차단하신다면 저들은 큰 혼란에 빠질 것입니다. 시간이 많지 않으니 어서 서두십시오. 어쩌면 이게 마지막 기회인지도 모릅니다."

이번에도 골독록은 그렇게 하겠다고 말하고서는 흑치상지를 두려워하는 다른 장수들이 만류하자, 슬그머니 말을 바꾸었다.

"흑치상지의 군량이 다했다는 것은 속임수에 불과하오. 그는 꾀가 많으니 가볍게 움직일 수 없소."

비속청은 골독록을 설득할 수 없다고 판단하고 긴 한숨을 쉬었다. 흑치상지의 칼에 죽어가는 돌궐의 군사들을 보는 수밖에는 없었다. 그는 허탈함을 달래느라 밤이 깊도록 술을 마셨으나, 정신은 오히려 또렷해졌다. 그때, 흑치준의 진영에서 불화살이 하나 올라왔다. 포위를 완료했다는 신호였다. 이를 본 흑치상지의 진영에서 다시 불화살이 하나 날아갔다.

이를 신호로 하여 양쪽에서 골독록의 진채를 쳐들어갔다. 폭풍처럼 들이닥치니 돌궐의 진채는 순식간에 아수라장이 되었다. 골독록은 겨우 몸만 빠져나와서 도망쳤다. 비속청은 칼을 휘두르며 싸우다가 붙잡혔다. 흑치상지가 비속청에게 물었다.

"그대는 돌궐에서 지모가 뛰어나다 들었는데 어찌하여 아무 계책도 쓰지 않았소."

"계책이야 많이 내놓았지만 따르는 사람이 없으니 이를 어쩝니까?"

비속청은 그렇게 말하고 억울한지 눈물을 흘렸다. 흑치상지가 비속청을 위로하듯 말했다.

"좋은 새는 나무를 가려서 둥지를 틀고, 지혜로운 신하는 훌륭한 군주를 섬겨야 하는 법이오."

흑치상지는 이 공로로 연연도대부총관에서 연연도대총관으로 승진하게 되었다. 드디어, 당나라의 북방을 책임지는 장수가 된 것이다. 모래바람이 이는 사막의 한 끝에서 흑치상지와 흑치준은 말 머리를 나란히 하고 멀리 산을 바라보았다. 산에 덮여 있는 하얀 눈이 정겹게 다가왔다. 산 앞으로는 날씬한 허리를 자랑하며 요수(황하)가 꿈틀거리듯 동쪽으로 흘러가고 있었다. 흑치상지는 눈으로 강을 쫓아갔다. 그러자, 백제로 돌아가고 싶었다. 그곳에 다시 나라를 세우고 백제의 백성들과 더불어 술도 마시고 춤도 추고 싶었다.

하지만, 그리로 갈 날은 요원했다. 늘 머물러 있는 곳이 당나라의 북방인 이곳이었다. 모래사막도 익숙해졌다. 낮에는 덥고 밤에는 추운 날씨도 익숙해졌다. 어느덧 말똥 냄새와 풀 냄새가 나지 않으면 잠을 이룰 수 없을 정도였다. 차라리 이곳에 백제를 세우면 어떨까….

비록 보이는 게 사막뿐이고, 무더운 여름과 추운 겨울이 반복되지만 백제인의 근면함과 농사기술이라면 나라를 세우는데 부족함이 없을 것 같았다. 돌궐을 복속시킨다면 한 나라의 기틀을 마련하는 데는 절대 모자라지 않을 것이다. 흑치상지는 여기까지 생각이 이르자, 불쑥 흑치준에게 말했다.

"준아, 여기에 나라를 세우면 어떻겠느냐?"

"그게 무슨 말입니까. 아버님. 우리는 백제의 옛 땅으로 돌아가야 하지 않겠습니까?"

"그렇지. 그래야하고말고. 꿈속에서라도 돌아가고 싶은 것이 백제의 옛 땅이 아니더냐. 하지만, 이곳에서 오랫동안 살다보니까 이곳도 정이 많이 들었다. 돌궐과 연합할 수 있다면 제법 나라의 틀이 갖추어질 것 같구나."

"언제부터 그런 생각을 하셨습니까?"

"당나라 황제는 허수아비이고, 측천무후라는 여걸이 당나라를 좌지우지한 지가 꽤 오래되었다. 그동안 당나라는 온통 간신과 혹리들이 설치고 있다. 그들이 그렇게 백성들을 괴롭히는 것은 내가 북방을 책임지고 있기 때문이다. 가끔씩 장안이나 낙양으로 들어갈 때, 관리들이 하는 짓을 보면 내가 무엇인가를 잘 못하고 있다는 생각이 들더구나."

"그동안 아버지께서는 도광양회(韜光養晦)라는 글자를 마음에 품으시고 백제를 건국하기 위한 힘을 기르고 있지 않으셨습니까?"

도광양회는 빛을 감추고 밖에 비치지 않도록 한 뒤, 어둠 속에서 은밀히 힘을 기른다는 뜻이다. 약자가 모욕을 참고 견디면서 힘을 갈고 닦을 때 많이 인용된다. 삼국지에서 유비는 조조의 식객 노릇을 할 때 살아남기 위해 일부러 몸을 낮추고 어리석은 사람으로 보이도록 하여 경계심을 풀도록 만들어서 살아남았다. 또한, 제갈공명이 중국을 세 개로 나누어서 유비로 하여금 촉(蜀)을 취한 다음, 힘을 기르도록 하여 위(魏)·오(吳)와 균형을 꾀하게 한 전략 역시 도광양회의 일환으로 볼 수 있다.

"그렇지. 망한 나라의 장수가 어떻게 홀로 설 수 있겠느냐."

"그럼, 이제는 그 힘을 길렀다는 말입니까?"

"나에게는 북방을 지키는 군사가 있지 않느냐. 비록, 농토가 부족하지만 말과 낙타를 기를 수 있는 초원이 있으며, 당나라와 서역을 다니면서 중계무역을 할 수 있는 지리적 환경이 있으니 지혜를 동원하여 백성을 다스린다면, 나라가 없이 당나라 전역에 흩어져서 노예 생활을 하고 있는 것보다는 나을 것이다. 또한, 백제의 8 성씨들이 각 지역에서 주민을 모으고 있으니 이들을 하나로 규합할 수만 있다면 한 나라로서 기틀이 마련될 수 있지 않겠느냐."

"너무 조급하게 생각하지 마소서. 아버님의 뜻이 옳은 것이면 하늘이 그 길을 열어줄 것입니다."

"내 나이도 내년이면 60이다. 어렸을 때부터 알았던 공자처럼 평생을 떠돌아다니면서 뜻을 펼칠 기회만을 찾다가 죽고 싶지는 않구나."

"어쨌든 소자의 생각으로는 아직은 아니라는 생각이 듭니다. 그날이 갑자기 올 수도 있으니 조금만 기다리소서. 때가 되면 소자가 죽을힘을 다해서 아버님을 돕겠습니다."

"고맙구나. 아버지의 뜻을 이해해주어서…."

둘은 말을 타고 진채로 돌아왔다. 돌아오는 도중에 갑자기 비가 내려서 둘은 빠르게 말을 몰아갔다. 시원한 비를 맞은 탓일까. 흑치상지의 답답했던 마음이 조금은 뚫리는 것 같았다. 그는 그때부터 조금씩 움직이기 시작했다. 우선 중국 북부에 있는 백제의 유민들을 하나씩 불러 모으기 시작했다. 이 일은 해구와 연돌, 그리고 상규가 담당했다. 상규는 낙양에 있는 부여융과 자주 접촉하였다. 해구는 수시로 각 지역의 대표에게 서찰을 보내 흑치상지의 뜻을 전달하였다.

흑치상지가 이런 생각을 가지게 된 것은 당나라의 정치현실과 밀접한 관련이 있다. 그 즈음에 천후는 천후로써 만족하지 않고 황제가 되기 위하여 일을 꾸미고 있었다.

이런 분위기를 타고 풍소옥이라는 약장사가 나타났다. 그는 장안의 서쪽인 호현(섬서성)출신이었다. 늠름한 체격에 힘이 장사였는데, 어찌된 사연인지 대장공주의 집에 드나들게 되었다. 대장공주는 고종의 조부인 고조의 딸이었다. 그녀는 천후의 힘이 강해지자, 아첨하여 천후의 양녀가 되어 권세를 잡으려고 노력하였다. 대장공주가 천후에게 풍소옥을 소개해주었다. 풍소옥은 갖은 아첨으로 천후의 눈에 들었다.

그녀는 풍소옥을 궁중에 편하게 드나들 수 있도록 하기 위하여 승려를 만든 후에 그에게 회의(懷義)라는 이름을 주었다. 궁중까지 편하게 드나들게 되자, 회의는 욕심이 생겼다. 기회를 보고 있다가 천후에게 청을 넣었다.

"천후마마, 마마께서 주신 이름이 너무 마음에 들어 요즘은 다시 태어난 기분입니다. 하지만, 가문이 좋지 않다하여 무시하는 사람들이 있사오니 저에게 황실의 가문을 내려주시면 개와 말의 수고로 천후마마를 모시겠습니다."

"오호라. 내가 왜 그 생각을 못했을까. 어려울 것 없지. 내 사위와 일가 계약을 맺으면 어떻겠느냐."

"성은이 망극하옵니다."

이리하여 풍소옥은 천후의 딸인 태평공주의 남편인 설소의 삼촌이 되어, 설회의가 되었다. 천후의 총애를 받고, 공주 남편의 삼촌이 되자, 설회의는 점점 방자해지기 시작했다. 그는 낙양의 명승인 법명, 처일 등과 함께 궁중 안에 있는 절에서 염불을 외웠는데, 출입을 할 때 궁중에서 보낸 말을 타고 환관 10여 명을 거느리고 다녔다. 도중에 맞닥뜨리는 자가 있을 때는 채찍으로 피가 흐르도록 몸을 내리치고 그냥 지나칠 정도였다. 이 정도니 조정의 신하들도 설회의 앞에 엎드려 눈치를 보는 상황이었다.

고급관료들도 사정은 마찬가지였다. 무승사는 천후의 조카로 재상까지 지낸 사람이지만 그의 사촌동생이자 역시 천후의 조카인 무삼사와 하나가 되어 스스로 설회의의 말고삐를 잡을 정도였다. 그가 황송해하기는커녕 오히려 이들을 무시할 정도였다. 모든 권력이 천후에게 있으니 천후가 어떤 강아지를 좋아한다면 그 강아지에게 가서 인사했을 지도 모르는 일이었다.

한 번은 황실의 부름을 받은 흑치상지가 길을 지나가는데 설회의가 불렀다. 흑치상지는 누군지 몰라서 가까이 가자, 그는 다짜고짜로 채찍을 들고 흑치상지를 향해 소리를 질렀다.

"작고 궁벽한 나라인 백제에서 온 촌놈이 당의 황실까지 출입을 하다니 출세 많이 했구나. 여기저기에 빌붙어서 목숨을 연명하는 것이 그리도 재미가 있더냐. 겉은 천하를 도모할 장수같이 보이나 속으로는 자신의 잇속을 위해 나라까지 팔아먹은 작자니 내가 좀 가르쳐야겠구나."

말을 마친 설회의는 채찍을 휘둘렀다. 흑치상지는 그때서야 그가 설회의라는 것을 알았다. 당나라의 신료들이 그의 채찍을 맞았다는 소문을 듣고 있던 터였다. 흑치상지는 채찍을 슬쩍 피하다가 채찍을 잡고 말했다.

"한 잔의 물을 마루의 패인 곳에 엎지르면 작은 풀잎은 떠서 배가 되지만, 거기에 어찌 사람이 타는 배를 띄울 수 있다는 말이냐. 어리석고 약은 자가 운이 좋아 권력에 붙었다고는 하지만 근본이 얇으니 매미와 비둘기가 머무는 곳이지, 날아오르면 하늘 가득 드리운 구름과 같으니 붕이 머물 곳은 아니구나."

말을 마친 흑치상지는 설회의의 뺨을 사정없이 때려버렸다. 설회의의 뺨이 붉어져서 마치 복숭아 같이 변했다. 그리고 황실에 들어가 보니, 천후 옆에 설회의가 있었다. 천후는 흑치상지에게 사과하라고 명했다. 흑치상지는 기가 막혔지만 측천무후의 명이라 어쩔 수 없이 사과하였다.

나중에 황실을 나오자, 설회의가 지키고 있다가 다시 채찍을 들어서 흑치상지를 때리려 하였다. 흑치상지는 분노가 치밀어서 칼로 채찍을 잘라버리고 그를 죽지 않을 만큼 때렸다. 설회의가 고자질했으나 천후는 말없이 듣기만 하였다.

　　흑치상지는 기회를 노리고 있었다. 이 사람 저 사람을 통해서 천후가 황제가 되기 위하여 황실의 종친을 제거할 것이라고 소문이 흑치상지의 귀에 들려왔기 때문이었다. 분명 일대 혼란이 올 것은 불을 보듯 빤한 일이었다.

*

　　다시 돌궐족이 삭주에 들어와서 노략질을 하였다. 당나라 조정에서는 흑치상지에게 돌궐의 토벌을 명했다. 이때, 부총관으로 임명된 사람은 말갈족 추장 가문으로 유명한 이다조와 왕구언이었다. 당나라 조정에서는 이 기회에 돌궐을 섬멸하겠다는 의지가 깔려 있었다. 이번에도 돌궐을 이끌고 당의 변경을 침략한 사람은 골독록이었다. 그가 장수인 원진을 데리고 온 것이다.

　　골독록은 흑치상지가 출정했다는 보고를 받자마자, 급히 군사를 물리고 도망쳤다. 흑치상지가 그 뒤를 쫓았다. 둘은 황화퇴(산서성 산양)에서 대치하였다. 골독록은 진채에 들어가더니 아예 나오지 않았다.

황화퇴는 삭주에서도 서북쪽으로 50여 km 떨어진 곳이므로 여기까지 달려온 당나라 군사들을 지치게 한 후에, 나중에 기회를 엿볼 심산이었다. 계속 상황을 지켜보던 흑치상지는 이다조와 왕구언에게 진채를 두고 떠나는 채비를 하라고 명했다. 일부러, 골독록이 풀어놓은 세작들에게 들리도록 큰 소리로 말했다. 세작들이 나는 듯이 달려가서 골독록에게 이를 말했다. 보고를 받은 골독록이 말했다.

"흑치상지가 그리 쉽게 물러갈 사람이 아니다. 분명 함정이 있으니 가볍게 나서지 말라."

원진이 말했다.

"세작의 보고로는 흑치상지의 군사들은 식량이 떨어져서 병든 말을 잡아 먹고 있다고 하옵니다."

"그것도 우리를 속이기 위한 함정이다. 흑치상지는 당나라의 변방을 지키기 위해, 버려진 땅을 개간할 정도로 매사에 치밀한 사람이다. 더군다나, 지금은 추수 때가 아닌가. 모든 것이 우리를 싸움에 끌어들이기 위한 수작이다. 일단 우리가 싸움에 말려들면 저 흑치상지가 모래바람을 일으키면서 질풍같이 말을 몰고 달려와서 쌍검무를 출 것이다. 그렇게 되면 우리 군사들은 오금을 펴지 못하고 도망치기에 급급할 것이다. 군사들을 보냈으니 그들의 이야기를 들어본 후에 대응책을 강구하도록 하자."

얼마 후에, 골독록이 보낸 군사들이 돌아와서 보고하였다.

"흑치상지가 원래 있던 곳에서 30리 쯤 떨어진 곳에 진채를 내렸습니다."

골독록이 말했다.

"내 판단이 옳았다. 흑치상지는 정말로 달아나는 게 아니었다. 그는 우리를 유인하고 있는 것이다. 절대 가볍게 움직이지 마라."

그런데 그 후로 열흘이 지나도록 아무 소식이 없는데다가 이다조와 왕구언도 와서 싸움을 걸지 않았다. 초조해진 골독록이 다시 사람을 보내 알아보게 하였다. 얼마 후에, 전갈이 왔다.

"흑치상지가 이미 진채를 거두어 떠나고 아무도 없습니다."

골독록은 그래도 믿을 수 없었다. 그는 일반 병사의 옷으로 갈아입고, 군사들 틈에 섞여서 직접 흑치상지의 진채가 있는 곳을 살피러 갔다. 정말 흑치상지가 물러가고 없었다. 조금 더 살펴보니 흑치상지가 30리 떨어진 곳에 진채를 내리는 것이 아닌가. 골독록이 진채로 돌아오자마자 원진이 불만스럽게 말했다.

"세작들의 보고에 의하면 흑치상지가 병이 나서 장안으로 돌아가고 있다고 하옵니다. 한꺼번에 물러서면 우리가 눈치챌까봐서 천천히 이동하는 것이라 하옵니다. 어서 가서 당나라 군대를 물리쳐야 하옵니다."

"아니오. 모든 것이 우리를 속이려고 거짓 정보를 흘려주는 것이오. 절대 속아서는 안 되오."

또 다시 열흘이 지났다. 골독록이 궁금하여 세작을 보냈다. 세작이 둘러보고 돌아와서 보고하였다.

"당나라 군대는 거기서 또 30리를 물러나서 진채를 내렸습니다. 흑치상지 장군은 병이 심해서 꼼짝을 못하고 있다 하옵니다. 곧 죽을 것이라는 소문도 돌고 있습니다."

원진이 더 참지 못하고 골독록에게 말했다.

"흑치상지는 병이 난 게 틀림이 없습니다. 오랫동안 사막을 누비고 다녔으니 풍토병을 피해가지 못한 것입니다. 꾀가 많은 흑치상지가 천천히 군사를 물리는 계책으로 조금씩 장안으로 돌아가고 있는 게 분명합니다. 이는 하늘이 우리에게 준 좋은 기회입니다. 대칸께서 소장에게 군사를 내어주시면 소장이 가서 흑치상지의 목을 가져오겠습니다."

"장군의 뜻을 내가 모르는 바가 아니오. 하지만, 흑치상지는 호락호락한 사람이 아니오. 만약 함부로 뒤쫓다가 일이 잘못되면 우리 군사들의 사기가 꺾일 수 있으니 절대 가볍게 움직여서는 안 될 것이오."

골독록이 한사코 말렸으나, 원진은 물러서지 않았다.

"만약에 제가 지고 오면 기꺼이 군령을 받겠습니다."

골독록은 더 이상 말릴 수 없다고 생각하고, 마지못해 허락하였다.

"기어이 가겠다면 두 갈래로 나누어서 가는 게 좋겠소. 장군은 그 중 한 갈래를 이끌고 먼저 나아가 힘을 다해 싸우시오. 나는 장군의 뒤를 따라가서 흑치상지의 매복에 대비하겠소이다. 흑치상지의 계책에 말려들지 않도록 신중에, 신중을 기하시오. 우리의 상대는 흑치상지라는 것을 한 시도 잊지 마시오."

흑치상지에게 여러 차례 당한 바 있는 골독록도 흑치상지가 갖은 계책을 쓰면서 유인을 하자, 참지 못하고 출전을 하였다. 나름대로 군사를 두 갈래로 나누어 앞뒤로 호응하고 나갔지만 흑치상지는 이에 대한 모든 것이 준비되어 있었다. 광활한 대지에 흙먼지를 일면서 다가오는 돌궐의 군사를 보면서 흑치상지는 이다조와 왕구언에게 이것저것 명령을 했다.

"매복이 가능한 지역은 모두 매복을 하여 저들이 도망칠 곳이 없게 하라. 그래도 매복을 뚫고 도망치는 적이 있을지 모르니 퇴로를 미리 예상하여 그곳에 군사를 배치하라. 그 다음은 내가 할 것이다."

"알겠습니다. 대장군."

흑치상지는 둘이 나가자, 갑옷을 입고 말을 탔다. 그리고 양쪽에 한 자루씩 칼을 찼다. 무술을 배운 이래, 늘 자신을 지켜주던 칼이었다. 백제의 성에서부터 모래바람이 이는 중국의 변경까지 한 시도 놓지 않던 칼이었다. 어쩌면 이 칼은 마지막을 위해서 아껴두었는지도 모르는 일이었다. 과연 그 마지막 순간이 올까. 흑치상지는 호흡을 가다듬었다.

넓은 사막이라는 지리적인 여건을 충분히 활용하기 위해 돌궐족을 겹겹이 포위하고 진군해갔다. 갑자기 어디선가 피리 소리가 들렸다. 피리 소리가 들리자마자 흑치상지의 말이 속도를 내고 달려갔다. 그를 따라 일단의 기병들이 쏜살같이 원진의 군대를 향해 달려들었다. 병이 들어 내일 모레 죽을 지도 모른다는 흑치상지가 질풍처럼 달려들자, 원진은 골독록과의 약속도 까맣게 잊고 서둘러 도망을 치기 시작했다. 원진이 이처럼 패하자, 뒤에 오던 골독록의 군사도 갈피를 잡지 못하고 우왕좌왕하다가 대패하고 말았다. 모래언덕과 고원 여기저기에 돌궐의 시체와 부러진 창들이 어지럽게 널려 있었다.

흑치상지는 도망치는 돌궐의 군대를 쫓아 황화퇴에서 북쪽으로 40여리까지 추격했다. 당나라가 생긴 이래 이곳까지 온 장수는 아무도 없었다. 그래서 돌궐족은 더 혼비백산하여 도망쳤다. 도중에 미리 숲 속으로 숨는 군사들도 있었다. 돌궐이 흑치상지를 피해 달아난 곳은 지금의 고비사막 북쪽에 해당되는 곳이니 그동안 당나라의 변경을 괴롭히던 돌궐족은 아예 사막 바깥쪽까지 밀려나 버린 것이다.

당나라 황실은 이 소식을 듣고 덩실덩실 춤을 추었다. 천후가 조정의 대신들을 모아 놓고 말했다.

"흑치상지의 공은 두고두고 칭찬해도 아깝지 않을 것이오."

흑치상지는 황실에서 받은 상을 모두 자신의 휘하 사졸들에게 나누어 주었다. 병사들이 전쟁터에서 목숨을 걸고 싸워주지 않는다면, 아무리 전략과 전술이 훌륭하더라도 매번 전쟁을 승리로 이끌 수 없다는 것을 잘 알고 있었기 때문이었다.

*

흑치상지는 자신의 꿈을 이룰 때가 왔다는 생각에 기분이 몹시 좋았다. 당나라의 변경이 자신의 휘하로 들어왔으니 천운이 따라준다면 잃었던 백제를 다시 세울 수 있을 것 같았다. 그는 곧 부여융을 만나 상세한 계획을 세우기로 전갈을 넣어두었다. 이다조, 왕구언, 상규, 그리고 토번에 있는 사타상여까지 모두 낙양에서 만나기로 하였다. 이다조와 왕구언을 끌어들인 것은 백제의 유민만으로는 나라를 세우는 것이 어렵다고 판단한 것이다.

이다조와 왕구언도 평소에 흑치상지를 따르고 있었으므로, 동조할 의사를 보였다. 때마침 양정에서 흑치상지에게 패한 바 있는 막고가 일단의 군사를 이끌고 투항했다. 돌궐출신이 없어서 고민하고 있었는데 마지막 부족한 부분이 채워진 셈이었다. 흑치상지는 뛸 듯이 기뻤다. 그는 서둘러 각 지역의 유민을 관할하는 사람들에게 서찰을 보내기로 하였다. 유주의 해구, 범주의 연돌, 내주의 진로, 사주의 백가, 초주의 국인, 양주의 목간나, 월주의 사법명, 회주의 협정충이 모이면 준비는 끝난 셈이었다. 하지만, 전혀 뜻밖의 일이 일어나고 말았다.

그의 앞길에 방해자로 나타난 것은 찬보벽이었다. 그는 흑치상지가 돌궐족을 물리치면서 공을 세우고, 그의 벼슬과 이름이 높아지자 슬그머니 질투심이 일었다. 자신도 흑치상지와 같이 되고 싶었던 것이다. 그는 흑치상지의 휘하에 있는 장수임에도 흑치상지에게 보고하지 않고 직접 황제에게 표를 올렸다. 흑치상지가 돌궐의 군대를 물리쳤다고는 하나 아직도 남아 있는 돌궐이 있으므로 끝까지 추격하게 해 달라는 표였다. 황실은 찬보벽의 표를 받아들였다.

이와는 별도로, 황실에서는 흑치상지에게 조서를 내려 찬보벽과 만나서 멀리서나마 서로 지원할 수 있는 체제를 갖추라고 명령했다. 찬보벽은 돌궐을 금방 물리칠 수 있을 것으로 생각하여 흑치상지가 부르는 데도 가지 않았다. 작전을 전개하고도 보고하지 않았음은 물론이다. 흑치상지는 상관하지 않았다. 찬보벽이 직접 황제에게 표를 올렸고, 조정에서 허락했기 때문에 자신의 지휘체계에 속하지 않는다고 생각했던 것이다. 무엇보다 그는 백제를 세우는 일에 바빴다.

골독록과 원진은 당나라 군대가 쳐들어온다는 말을 듣고 겁에 질렸다. 더 이상 물러설 곳도 없는데 어디로 가라는 말이냐고 한탄하고 있을 때, 부장이 와서 보고를 하였다.

"이번에 당나라 군사를 이끌고 오는 것은 흑치상지가 아니라고 하옵니다."

"그게 틀림없는 사실이냐. 또, 흑치상지가 꾀를 쓰는 것은 아니냐."

"아닙니다. 몇 번이나 확인했습니다."

"그럼, 누구라고 하더냐?"

"중랑장 찬보벽이라고 하옵니다."

"당나라에서 중랑장이면 삼천의 군사를 이끌 수 있지 않느냐. 그럼, 이번에 온 군사가 삼천이란 말이냐?"

"일만 삼천은 되어 보입니다."

"이상하구나. 이번에 군사를 이끌고 오는 것은 중랑장이 아니라는 말인데…. 아무튼 흑치상지만 아니라면 우리는 상관이 없다."

하지만, 골독록은 여전히 흑치상지가 오지 않았다는 사실을 믿을 수 없었다. 그가 망설이고 있는 사이에 찬보벽의 군대가 당도했다는 보고가 들어왔다. 골독록은 지략이 뛰어난 비속청을 불렀다.

"장군은 지금의 싸움을 어떻게 보시오."

"아무래도 하늘이 우리에게 기회를 준 것 같습니다."

"그게 무슨 말이오."

"얼마 전에 우리는 흑치상지에게 퇴피삼사(退避三舍)라는 전략에 당하지 않았습니까?"

당시 군대가 30리 행군하는 것을 1사(舍)라고 했다. 퇴피삼사라면 1사씩 3번 물러난 것이니 구십 리를 물러난 것을 말한다.

"그렇지. 흑치상지가 교묘하게 우리를 속였었지. 그때 장군도 당에 잡혔다가 구사일생으로 살아오지 않았는가. 그런데 그게 어쨌다는 말인가?"

"우리가 그 전략을 쓰자는 것입니다."

골독록은 한참 동안 비속청을 바라보았다. 비속청이 그때의 일에 대한 앙금이 아직 가시지 않았나, 하고 살펴보는 것이다. 다행인 것은 그때의 앙금이 남아 있지 않은 것 같았다.

"우리는 구태여 세 번까지 물러날 필요는 없을 것 같습니다. 두 번이면 족하옵니다. 한 번은 적에게 승리감을 주게 하면서 물러나고, 또 한 번은 우리의 방어태세를 완전히 제거한 다음에 물러나서 적을 깊숙이 끌어들인 다음에 무찌르는 것입니다."

"자루에 곡식을 담듯이 가운데를 비워두고 적을 그곳으로 유인하여 무찌른다는 얘긴가?"

"그렇습니다. 여기서 조금만 더 가면 원진 부락이 있습니다. 그 부락은 가운데는 평지이고, 사방은 언덕과 산으로 둘러싸여 있습니다. 당나라 군사들을 그 부락으로 유인하여 작전을 펼친다면 살아서 돌아갈 당나라 군사들은 많지 않을 것입니다."

"좋소이다. 이번 작전은 장군이 알아서 하시오. 저번에 장군의 말을 듣지 않아 낭패를 보았으니 이번에는 전적으로 장군의 뜻을 따르겠소. 나는 뒤에서 장군을 도와주겠소."

골독록의 말에 고무된 비속청은 즉시 세작을 불러서 돌궐이 식량이 부족하여 당나라의 군량미를 훔칠 것이라는 소문을 퍼뜨리게 하였다. 소문은 곧 찬보벽에게 들어갔다. 그는 곧 휘하 장수들을 불러 모으고 계책을 물었다. 휘하 장수 하나가 말했다.

"수레를 300대 정도 준비하여 군량미를 실은 것처럼 위장하고, 그 안에 칼과 활로 무장한 군사를 각각 다섯 명씩 숨겨놓고 늙고 힘없는 군사들에게 수레를 끌도록 하십시오. 그러면 틀림없이 돌궐의 군사들이 달려들 것이옵니다. 또한 지세가 험한 곳에 정예부대를 배치하여 나중의 일을 도모한다면 꽤 흥미 있는 일이 벌어질 것이옵니다."

듣고 보니, 좋은 계책이었다. 찬보벽은 즉시 시행하라 일렀다. 나중에 찬보벽이 계책을 말한 장수에게 상을 주려고 하였으나, 도무지 찾을 수 없었다. 찬보벽이 이를 기이하게 여겼으나, 설마 돌궐의 함정이라고까지는 생각하지 않았다.

다음날, 찬보벽은 군량미를 실은 수레를 내보냈다. 한꺼번에 돌궐의 군대를 사로잡을 요량으로 500대의 수레를 준비하느라 병사들이 잠을 자지 못했다. 병사들은 투덜거렸다. 하지만, 찬보벽이 칼을 들고 나서면서 꾸물거리는 자는 살려두지 않겠다고 소리치자 병사들이 부산을 떨었다. 수레가 돌궐의 눈에 띄자 돌궐도 기다렸다는 듯이 말을 몰아왔다. 수레를 호송하고 있던 군사들은 돌궐의 군대가 기습을 하자, 약속대로 수레를 버리고 줄행랑을 쳤다.

돌궐의 군사들이 득의에 차서 크게 웃으며 말했다.

"하하하, 이번에 온 당나라 군사들은 모두 허수아비인 모양이야. 칼이 닿기도 전에 도망을 가는군."

"수레를 끄는 병사들도 늙고 병든 노인들이였잖아. 여자가 나라를 온통 주물럭거리고 있다더니 당나라도 이제 다 되었나봐."

돌궐의 병사들은 가까운 초원으로 가서 말에게 풀을 먹이고 수레를 풀어보았다. 그때, 수레 안에 숨어 있던 당의 군사들이 일제히 뛰어나와서 공격하였다. 돌궐의 군사들이 혼비백산하여 도망쳤다. 하지만, 이들은 멀리 달아나지 못했다. 가까운 곳에서 매복하고 있던 군사들이 한꺼번에 뛰쳐나와서 공격하는 바람에 돌궐의 군사들은 무기를 버리고 도망치기에 바빴다.

간신히 한 떼의 돌궐의 군사들이 몰려와서 이들을 구출하여 데려가는 바람에 큰 피해는 보지 않았다.

찬보벽은 이 소식을 듣고 기뻐서 어쩔 줄 몰랐다. 그는 곧 휘하의 장수들을 불러서 술자리를 베풀었다. 당나라 장수들은 금방 승리감에 젖어갔다. 찬보벽이 큰 소리로 말했다.

"그동안 당나라에서는 오직 흑치상지 장군만이 빛나고 있었다. 다른 무장들은 존재의 의미조차 없었다. 나는 흑치상지 장군이 뛰어나서 그런 줄 알고 있었는데 오늘 보니 그게 아니었다. 돌궐의 군대가 그만큼 형편이 없었던 것이다. 장수들이여, 드디어 우리에게 기회가 왔다. 마땅히 큰 공을 세워 우리도 흑치상지처럼 당나라 황실이 주는 높은 벼슬을 누려보자."

부장 중의 하나가 근심어린 얼굴로 말했다.

"장군, 오늘의 승리에 너무 도취해서는 안 됩니다. 돌궐이 계책을 부리고 있는 지도 모릅니다."

"계책은 무슨 계책. 지금까지 흑치상지 장군이 돌궐과 싸울 때 한 번이라도 패한 적이 있느냐. 단 한 번도 없다. 모두 흑치상지의 일방적인 승리로 끝나지 않았느냐. 이는 돌궐을 이루고 있는 민족이 문장도 없고, 문화도 없이 그저 말을 타고 초원을 누비는 오랑캐라는 뜻이다. 그런 오랑캐를 흑치상지가 짧은 지략과 자랑할 것 없는 무술로 물리쳤을 뿐이다."

"장군, 절대 그렇지 않습니다. 돌궐도 저들 나름대로 문자도 있고, 문화를 가지고 있습니다. 한때 중원이 저들의 무대가 된 적이 있고, 앞으로도 언젠가는 저들이 중원을 차지할 지도 모릅니다. 저들은 배가 고픈 호랑이옵니다. 지도력이 있는 가한이 나오면 거대한 힘으로 둔갑하는 성질이 있는 족속입니다. 저들을 너무 가볍게 보지는 마시옵소서."

"저 놈은 말하는 폼이 꼭 돌궐에서 보낸 장수 같구나. 어쨌든, 오늘은 우리가 이겼으니 마음껏 취해보자."

그들은 서로에게 잔을 권하며 취해갔다. 장안이나 낙양에서 편하게 지내다가 모래바람이 이는 사막에 왔으니 그 황량함을 견디기 어려웠다. 그 황량함은 사람을 우울하게 만들었다. 그 끝없는 막막함을 처음 겪는 그들이라 마음에 모두 담아내기가 어려웠다. 게다가 낮에는 덥고 밤에는 추운 날씨도 그들에게는 익숙하지 않았다. 유일하게 익숙한 것은 술이었다. 당나라 군사들은 정신없이 술에 빠져들었다. 찬보벽의 마음에는 오로지 어서 빨리 큰 공을 세워 당나라로 돌아가고 싶은 생각뿐이었다.

이튿날, 찬보벽이 늦게 일어나니 급하게 부장이 진채로 들어왔다.

"무슨 일이냐?"

"돌궐이 진채를 옮기고 있습니다. 아마도 후퇴하고 있는 것 같습니다."

"뭐라고? 그게 사실이냐?"

"그렇습니다. 급하게 서두르고 있는 걸로 보아서 이번에도 우리 당나라를 이기기는 어렵다고 생각한 것 같습니다."

"그래? 어서 나가 보자."

찬보벽이 가까이 가서 보니, 정말로 돌궐이 진채를 옮기고 있었다. 군사를 내어 치려고 하자, 곁에 있던 부장이 황급히 말렸다.

"함정이 있는지 모르니 우선 살피고 대처하는 것이 좋겠습니다."

"알았다. 굳이 서둘 필요는 없겠지."

돌궐이 아무 말도 없이 진채를 옮기고 북쪽으로 가자, 찬보벽은 돌궐이 무슨 생각을 하고 있는지 궁금했다. 세작을 불러 동태를 엿보고 오라 하였다. 얼마 후에 세작이 왔다.

"저들은 원진부락으로 가고 있다 하옵니다. 그들의 내부에 반란이 일어나서 가한이 그 반란을 진압하기 위해 돌아가는 중이어서 더 이상 전쟁을 수행하기 어렵다고 판단하는 것 같습니다."

"그래? 그럼 우리는 어떻게 해야 하지?"

"굳이 물러나는 돌궐을 쫓을 필요는 없으니 이만 물러서는 것이 좋을 듯 합니다. 어제의 공만으로도 천후마마께 큰 상을 받을 수 있을 것입니다. 게다가 저들이 스스로 물러난 것이 아니라 장군의 계책과 용병술에 눌려서 물러난 것이라 보고하시면 천후마마께서 장군을 귀하게 여기실 것입니다."

"네 말도 일리가 있지만 그동안 흑치상지가 세운 공에 비하면 나의 공은 조족지혈에 불과하다. 너무 부족하여 꺼내놓기가 민망할 정도이다. 이왕 여기까지 왔으니 다른 사람들이 반론을 제기하지 못할 정도로 큰 공을 세우고 돌아가야 천후마마께서 내 이름을 잊지 않고 기억하시지 않겠느냐."

찬보벽은 군사를 일으켜서 원진으로 갈 것을 명했다. 원진으로 가는 길은 멀고 험했다. 거센 모래바람이 불어와서 군량을 실은 수레가 전복되기도 하고, 독충에 물려서 병사들이 죽기도 하였다. 또한 낮에는 덥고 밤에는 추운 날씨에 적응하지 못하는 병사들이 늘어나면서 환자가 속출하여 자연히 행군 속도도 늦어졌다. 물도 문제였다. 습지가 있다고 해야 소금기가 많은 물이어서 먹을 수 없었다.

불평하는 병사들이 많았지만 찬보벽은 큰 공을 세우고 돌아가야 한다는 강박관념에 시달리며, 뒤처진 병사들을 향해 마구 칼을 휘둘렀다. 군사들이 목숨을 건지느라 억지로 움직였다. 하지만, 질서정연한 행렬과는 처음부터 거리가 멀었다. 당나라 군사들의 행렬을 보면 모래 바람이 이는 사막에서 마치 긴 뱀이 구불거리며 움직이는 것 같았다.

드디어, 원진부락에 도착했다. 찬보벽은 긴장하면서 부장인 위징에게 말했다. 위징은 하급군사였지만 지식이 많고 몸이 민첩하여 찬보벽이 특별히 아끼는 장수였다.

"분명 매복이 있을지 모르니까 먼저 병사를 이끌고 마을을 살피고 오라."

"알겠습니다. 장군."

위징은 사졸 몇을 데리고 원진부락으로 갔다. 부락은 텅 비어 있었다. 여기저기 불탄 흔적도 보였다. 곳곳에서 아이들이 울고 있는 모습도 흔하게 눈에 띠었다. 웬일인가 궁금하여 둘러보고 있는데 집 앞에서 울고 있는 노인이 보여서 위징은 그 노인에게 다가갔다.

"노인장, 어찌된 일이요. 부락에 무슨 일이 있었소?"

"보다시피 얼마 전에 돌궐의 군사들이 몰려와서 부녀자들을 겁탈하고 재물을 약탈하여 갔습니다. 좋은 집은 불을 지르고 도망쳤습니다."

"아니, 무엇 때문에 자기 동족들을 못 살게 군다는 말입니까?"

"우리 부락에 당나라 세작이 있다는 게 그 이유였습니다. 대대로 말을 키우면서 살아왔는데, 무슨 말도 안 되는 소리인지 모르겠습니다."

"자식들은 어디에 있소?"

"우리 자식들이 당나라에 밀고했다고 마구 때리더니 끌고 갔습니다. 어제 밤까지 초원으로 말을 몰고 가던 자식들인데 언제 당나라에 밀고할 시간이 있다는 건지 알다가도 모르겠습니다. 요즘 돌궐 내부에 반란의 기미가 있다고 들었는데 어서 지금의 가한이 죽고, 다른 가한이 지배하는 세상이 되었으면 좋겠습니다. 하도 답답하여 차라리 당나라로 갈까하고 있는데 말도 없고, 걸어가기에는 너무 멀어서 이렇게 울고 있는 겁니다."

위징이 주변을 둘러보니 꽤 큰 부락이었다. 마을 한 가운데는 조그마한 강이 흐르고 있었다. 곳곳에 샘이 있어서 사막지대에서 보기 드물게, 산에는 풀과 나무가 우거져 있었다. 위징은 노인의 말을 전부 믿을 수 없어서 여기저기 둘러보았다. 혹시 매복이 있을까하여 의심이 가는 곳은 자세히 살폈지만 그런 흔적은 보이지 않았다.

그는 가서 찬보벽에게 그대로 보고하였다. 찬보벽은 위징의 말을 믿고 군대를 출동하여 원진부락의 입구에 이르렀다. 그때, 마치 찬보벽을 기다렸다는 듯이 멀리서 한 떼의 군사들이 말을 타고 흙먼지를 일으키며 달려왔다. 찬보벽이 긴장하여 바라보니 돌궐의 군사였다. 돌궐의 군사들은 기습적으로 당나라 군사들을 몰아쳤다. 채 전열을 가다듬기 전이어서 당나라 군사들은 크게 밀렸으나, 곧 회복하여 돌궐의 군대와 맞서 싸웠다.

싸움에 밀리자, 돌궐의 군사들이 도망치기 시작했다. 찬보벽이 이를 놓치지 않고 추격하였다. 당나라 군사들이 원진부락 깊숙이 들어왔을 때였다. 갑자기 피리소리가 울렸다. 위징은 피리 소리를 듣자마자, 직감적으로 뭔가 잘못되었다는 것을 알았다. 곧 찬보벽에게 매복에 대비해야한다고 말했으나, 찬보벽은 이를 무시했다.

아니나 다를까. 사방에서 활이 쏟아졌다. 당나라 군사들은 마치 자루에 갇힌 것처럼 도망치지 못하고 활을 맞고 죽어갔다.

간신히 길을 잡아서 들어오던 입구로 가던 군사들도 뒤돌아 와야 했다. 벌써 돌궐의 군사들이 입구를 지키고 있었기 때문이었다. 당나라 군사들은 퇴로를 찾아 우왕좌왕하다가 말과 사람에 밟혀 죽는 사람이 많았다.

그러는 와중에 어디에 숨겨져 있었는지 돌궐의 군사들이 사방에서 쏟아져 왔다. 당나라 군사들은 이미 혼이 빠져 있는 상태라 제대로 대항하지 못하고 아군인지 적군인지도 구분하지 못하고 칼과 창을 마구 휘둘러댔다. 자기들끼리 싸우다가 죽은 사람도 부지기수였다. 찬보벽은 몇 명의 부하들만을 데리고 겨우 도망쳤다.

당나라 군대가 돌궐에게 대패했다는 소식을 들은 천후는 몹시 화를 내며 찬보벽과 흑치상지를 불러들였다. 찬보벽은 패전의 책임을 지고 그 자리에서 죽었다. 천후는 잔인하게 찬보벽의 부장인 위징에게 찬보벽을 죽이라 명했다. 위징이 살기 위해서 찬보벽을 처형했다.

흑치상지는 그동안 토번과 돌궐을 물리친 공이 크다 하여 풀려나왔다. 하지만, 천후는 흑치상지가 살아있는 것을 원하지 않았다. 그녀는 몰래 주흥을 불렀다.

"저 자에게 모반의 죄를 씌우라."

"어쩐 연유로 그러십니까?"

"저 자는 백제의 유장이었다. 그는 지금까지 한 번도 패하지 않았다. 그런데 당나라 장수는 한 번에 모든 것을 잃었다. 그가 살아 있는 것 자체가 당나라의 수치이다. 그것으로 그가 죽어야 할 이유가 충분하지 않은가."

"알겠습니다. 천후마마. 한 치의 착오도 없이 처리하겠습니다."

*

서경업의 난이 있고 2년 후에 686년에 제정된 고밀(告密)이라는 밀고제도가 생겼다. 이 제도는 제2,제3의 이경업의 난에 대비하기 위하여 천후가 만든 것이었다. 그 전에도 천후는 자기 사람을 요소요소에 심어놓아 정보를 제공받았는데 이것으로는 부족하다고 생각하여 본격적으로 비밀경찰제도를 만든 것이다. 표면적으로는 백성들의 다양한 목소리를 듣기 위해서였지만, 모두가 자신의 권력을 유지하기 위한 수단에 불과했다.

천후는 투서를 넣는 구리상자 네 개를 만들게 해서 관청에 두었다. 동쪽에 둔 것은 연은(延恩)이라 불렀다. 여기에는 조정에 축하할 일들을 말하거나 관직에 임명되어 출세하려는 자들이 주로 투서하였다. 서쪽에 둔 것은 신원(伸冤)이라 하였다. 여기에는 누명에 관한 투서를 담았다. 남쪽은 초간(招諫)이라 하여 조정의 득과 실에 대해, 북쪽에는 통현(通玄)이라 하여 천재

지변이나 기밀사항을 투서하였다.

　천후는 적극적으로 정보를 제공하려는 자를 대우함으로써 그 효과를 높였다. 밀고자가 향촌에 있을 때는 도시로 나올 수 있도록 말을 주고 5품의 관리들에게 지급되는 음식을 제공하였다. 신분의 고하를 막론하고 누구든지 천후를 알현할 수 있었으며 여관에 머무르면서 극진한 대접을 받았다.

　정보의 내용이 천후의 마음에 들면 관리로 임명되었다. 고발의 내용이 사실이 아니어도 그 죄를 묻지 않았다. 잘만 하면 출세할 수 있으므로 사람들은 혈안이 되었고, 밀고자는 점차 늘어났다.

　이러한 고밀로 천후의 눈에 든 사람 중에서 색원례가 있었다. 호인(胡人)출신으로 자주 밀고를 하여 천후를 보게 되는 일이 많아졌는데 성격이 매우 야비하였다. 천후는 그런 색원례를 쓰임새가 있다고 판단하여 유격장군으로 발탁하여 감옥을 맡겼다.

　천후의 눈은 정확했다. 그는 마치 고밀을 위해서 태어난 것처럼 그녀의 마음을 흡족하게 해 주었다. 잔인한 성품을 타고나서 사람을 함부로 다루었으며, 성격이 집요하여 사람을 조사할 때는 수십, 수백 명을 사건 관련자로 소환했기 때문에 명예를 중시하는 고관들이 특히 색원례를 두려워하였다.

　색원례가 인정을 받자, 색원례를 꿈꾸는 사람이 많아졌다. 주흥, 래준신, 만국준, 후사지 등이 그들이었다. 사람들은 이들을 혹리(酷吏)라 불렀다. 그들은 천후가 표방하는 공포정치를 현실화하느라 물불을 가리지 않았다.

주흥의 끝은 그다지 좋지는 않았다. 누군가 주흥과 좌금오 대장군 구신적이 모반한다고 고발을 하였다. 구신적은 이미 처형된 사람이었다. 천후는 모반에 대한 고발 상주서를 받자마자 래준신에게 명해 심판하게 하였다. 천후의 환심을 사기 위해 주흥과 경쟁을 벌이던 그는 주흥을 집에 청해 술을 대접했다. 몇 순배의 잔이 돌고 난 후에 래준신이 주흥에게 물었다.

"조정에서 나에게 한 범인을 심문하라고 하는데 범인이 아주 교활하여 쉽사리 자백을 할 것 같지 않네. 자네 생각에는 어떻게 하면 좋겠나."

주흥이 말했다.

"그야 어렵지 않지. 큰 독을 걸어놓고 불을 지펴놓은 다음 범인을 독 안에 들어가라고 해 보게나. 그러면 그 범인은 자신이 지은 죄를 모두 자백하게 될 것이네."

래준신은 그 말을 다 듣고 나서 즉시 사람을 시켜서 큰 독을 가져오게 하고, 불을 지피게 하였다. 불이 한창 세차게 타오를 때, 래준신이 주흥에게 말했다.

"천후께서 노형을 심문하라는 성지가 있었으니 자네가 독 안으로 들어가게."

주흥이 황망히 머리를 숙여 그의 죄를 인정했다. 법에 따라 사형에 처해야 옳았으나 천후가 지난날의 충성을 고려하여 멀리 유배를 보냈다. 하지만, 많은 사람들이 주흥을 미워하여 죽이라는 상소가 끊이지 않아 어쩔 수 없이 가는 도중에 죽여 버렸다.

주흥의 비참한 말로를 보고도 래준신은 야심을 버리지 못했다. 오히려 커졌다. 그는 무승사, 무삼사와 측천무후의 딸인 태평공주가 모반을 일으켰다고 고발하였다. 무승사는 그가 악독하다는 것을 알고 선수를 써서 그를 붙잡았다. 천후는 그동안의 충성을 생각하여 래준신을 용서하려고 했지만, 많은 대신들이 나와서 상소를 하는 바람에 하는 수 없이 영을 내려 처형하였다.

그를 처형하는 날, 많은 피해자 가족들이 원한을 풀려고 형장에 나와서 래준신의 시체를 물어뜯었다. 잠깐 사이에 시체는 성한 곳이 없이 갈기갈기 찢어졌다. 사람들은 그것도 성이 차지 않아 눈알을 빼고 살가죽을 벗기고 숨통과 간을 빼낸 뒤에 시체를 짓밟아서 국물이 나올 때까지 삶아버렸다. 그 소식을 들은 백성들은 서로 축하하며 말했다.

"오늘부터 발을 쭉 뻗고 잘 수 있겠구나."

*

주흥은 흑치상지를 제거하기 위해 고밀제도를 십분 이용하였다. 우응양위장군 조회절의 모반사건에 흑치상지가 관여했다는 밀고가 들어왔다. 조회절이 흑치상지와 친밀하게 지냈다는 게 그 이유였다. 흑치상지가 이경업의 반란을 진압할 때, 이경업에게 천후를 대적하여 반란을 일으키고 싶다고 말했다는 고발도 들어왔다.

주흥은 천후에게 관련 사실을 보고 하였다. 흑치상지는 곧 옥에 갇히게 되었다. 흑치상지는 자신의 운이 다했음을 깨달았다. 마지막으로 아들의 얼굴이 보고 싶었다. 그는 아들을 불렀다. 흑치준은 부리나케 달려왔다. 별안간 아내의 얼굴이 흑치준의 얼굴 속에 나타났다. 흑치상지는 백제가 멸망한 후에, 당나라에 와서 다시 결혼을 하였다. 흑치준은 당나라에서 결혼한 여자와의 사이에서 낳은 아이였다.

아내는 흑치준을 낳고 얼마 지나지 않아서 죽었다. 그는 아내가 언제 어떻게 죽었는지도 몰랐다. 모래 먼지 날리는 변방에서 토번과 돌궐과의 싸움을 하느라 집에 있는 날이 많지 않았던 것이다. 생을 마치려 하는 순간에 늘 희미하게 보이던 아내의 얼굴이 별안간 또렷이 떠오르는 이유가 무엇일까.

삶과 죽음도 그러한 것인가. 늘 희미하게 멀리 떨어져 있을 것 같던 죽음이 별안간 또렷하게 떠오르면 그때는 삶을 버려야 하는 순간이던가. 흑치상지는 죽음이 턱 밑까지 왔다는 것을 느끼고 안간힘을 다해 밀어내려 했다. 하지만, 죽음도 작정한 듯, 끈질겼다. 밀어내려 해도 끈덕지게 달라붙었다. 모든 힘을 쥐어

짜듯 하여 아내와 죽음을 밀어내려는 순간, 흑치준의 목소리가
들렸다.

"아버님, 얼마나 고초가 많으십니까. 아버님의 죄가 없음은
소자가 잘 아오니 곧 풀려날 것이옵니다."

흑치준은 울고 있었다.

"울지 마라. 내 운이 여기서 끝나는 것이니 슬퍼할 것은 무
엇이며, 또 누구를 원망하겠느냐."

"그렇게 약한 소리 하지 마옵소서. 반드시 백제를 재건하겠
다는 약속은 어찌하신다는 말씀이십니까?"

"너에게 언제 그런 약속을 했느냐?"

"한 번이 아니라 수십 번을 했습니다. 집에 들어오실 때마다
제 귀가 따갑도록 그 말씀을 하셨습니다. 소자가 글을 게을리 한
다거나, 무예를 소홀히 하면 회초리로 종아리를 때리면서 백제
를 다시 재건하려면 많이 알아야 하고, 남들보다 무예가 뛰어나
야한다고 울면서 저를 가르치지 않았습니까?"

"그랬었구나. 하지만, 이제 나는 틀렸으니 그 꿈은 네가 가
져가거라."

흑치준은 슬픈 얼굴로 흑치상지를 바라보다가 중얼거리듯
이 말했다.

"군대의 형세는 물과 같아야 한다. 물이 높은 곳을 피하여
낮은 곳으로 나아가듯이, 군대의 형태도 실(實)을 피하여 허(虛)

를 쳐야 하는 것이다. 물은 땅으로 말미암아 흐름이 제어되고, 군대는 적으로 말미암아 승리를 제어하는 것이다. 그러므로 물은 일정한 형상이 없는 것이다."

"그건 손자병법에 있는 구절이 아니냐. 네가 어떻게 그 말을 알고 있느냐?"

"아버님께서 어렸을 때부터 저에게 숱하게 들려준 말이옵니다. 어렸을 때는 그 의미를 잘 알지 못했지만, 자라면서 조금씩 깨닫게 되었습니다."

"그 구절을 들으니 노자의 말이 생각나는구나."

"소자가 대신 말할까요?"

"아니다. 내가 너에게 말해주고 싶구나."

"그럼, 들려주시옵소서."

"어려운 일은 쉬운데서 풀어야하고, 큰일은 사소한 데서 치르도록 해야 한다. 천하의 어려운 일도 반드시 쉬운 데서 일어나고, 천하의 큰일도 반드시 사소한 일에서 일어난다. 바른 것이 다시 기이한 것이 되고, 착한 것이 다시 악한 것이 되는 것이 세상의 이치다."

"이런 말씀도 기억이 납니다. 구부리고자 하면 먼저 펴줘야 하고 약하게 만들고자 하면 반드시 먼저 강하게 해줘야하며, 망하게 하고자 하면 반드시 먼저 흥하게 해주어야하며 뺏고자 한다면 반드시 먼저 주어야한다."

"너는 내가 한 말을 모두 기억하고 있었구나."

"어렸을 때는 아버님을 많이 원망한 것이 사실입니다. 죽기 살기로 싸워서 나라가 망할 때 같이 죽어야 하는 것이 신하의 도리라고 생각했었습니다. 아버님께서 자신의 나라를 멸망시킨 당나라에 와서 공을 세우는 것이 자신의 영달이라 생각하여 친구들에게도 아버님의 존재를 말하지 않았었습니다. 하지만, 지금은 아버님을 이해할 수 있을 것 같습니다."

"지금에 와서 그게 무슨 의미가 있겠느냐. 이렇게 무고를 당하여 감옥에 갇혀 있지 않느냐."

"아닙니다. 소자가 아버님을 모시고 백제로 가겠습니다. 성장하면서 저에게는 남에게 말하지 못한 꿈이 있는데, 그것은 백제를 다시 세우는 것이었습니다. 그리하여 아버님과 함께 토번이나 돌궐을 정복하는 것이 아니라 당나라 군사들과 싸워 이기고 싶었습니다."

"쉿, 너무 위험하고 이루기에 요원한 말이다."

"그렇지 않습니다. 아버님이 살아계시면 지금이라도 당장 바다를 건너서 갈 수 있습니다."

"고맙구나. 네가 나를 위로해주는구나. 이만 가라. 네 얼굴이 보고 싶어서 너를 불렀느니라."

"아버님, 반드시 백제는 재건될 것이옵니다. 그러니 절대 다른 마음먹지 마시옵소서."

혹치준이 돌아가고 난 후에 혹치상지는 한 동안 생각에 잠겼다. 그의 눈앞에 가득 물이 출렁거렸다. 가장 유약하지만, 굳센 것을 치는데 물보다 더 뛰어난 것은 없었다. 그의 생애도 물이었을까. 만물을 이롭게 하지만 다투지 않은 그런 물이었을까. 그렇게 물이 되어서 모든 사람이 싫어하는 비천한 곳에 머물렀을까.

무엇보다도 멸망한 백제에서 죽지 않고 당나라로 건너와서 당나라를 위해 충성하면서 여기까지 온 것이 강이나 바다가 온갖 골짜기의 왕이 될 수 있는 것은 잘 낮추기 때문이듯이, 자신을 비우고 오로지 백제를 위한 것이었을까. 혹치상지는 그러한 물음에 선뜻 그렇다, 라고 말하기 어려웠다.

젊었을 때부터 너무 격하고 큰일을 자주 보았기 때문이었다. 그리고 그런 세월동안 살아남기 위해서는 늘 옳고 바른 길에만 설 수 없었던 것이다.

*

혹치상지는 689년 10월 9일에 죽었다. 그의 나이 60세였다. 그의 죽음으로 더 이상 백제는 나라를 세울 수 없게 되었다. 혹치상지는 죽음 직전까지 자신의 꿈을 포기하지 않았다. 그 꿈은 전혀 불가능한 것이 아니었다.

689년 낭주에서 수탉이 암탉으로 변했다는 소문이 돌았다. 송주에서도 같은 소문이 돌았다. 모두 여제의 출현을 예언한 것이다. 아니 조작된 것이었다. 천후는 이것으로는 부족하다고 생각했다. 아직까지 중국에는 여자의 몸으로 제위에 오른 예가 없었기 때문이었다. 특별한 분위기가 필요했다.

천후는 설회의를 이용했다. 설회의는 천후의 의지를 받들고자 승려 법명과 함께 대운경(大雲經)이라는 경전에 참언을 만들었다.

"천후는 미륵불의 하생이다. 그러므로 당나라 황제를 대신하여 천자가 되어야 한다."

미륵불의 하생이란 부처가 이 땅에 내려와서 새로운 세상을 만들기를 바라는 모든 불교도의 꿈이었다. 그동안 스스로 미륵불의 하생이라 하여 사람들을 현혹하는 사례는 많았지만, 미륵불의 하생을 대운경에 결부시킨 예는 없었다.

점차 분위기가 무르익자, 천후는 자신의 즉위에 방해되는 종실의 세력을 제거할 기회를 찾고 있었다. 당시 남아 있던 종실의 왕들은 모두 주(州)의 자사로 임명지에 있었다. 어느 정도 병력을 가지고 각 지역민의 신망을 얻고 있었기 때문에 천후로서는 여간 신경 쓰이는 것이 아니었다. 신중하게 천후의 태도를 관망하고 있던 종실의 왕들은 천후가 새로 지은 명당에서 잔치를 베푼다는 명목으로 종실의 왕들을 낙양으로 모이라고 명령하자, 행동에 나섰다.

낙양으로 가면 죽을 것이고, 가지 않으면 불복종의 죄를 물어 처형할 게 뻔했기 때문이었다. 이래저래 방법이 없다고 판단한 왕들은 군사를 일으키기로 결심하였다. 중심에 나선 인물이 통주 자사 황국공이었다. 그는 유명무실한 황제(예종)의 새서(천자의 도장이 찍힌 문서)를 위조하여 박주자사인 낭양왕에게 보냈다. 낭양왕은 바로 각지의 왕들에게 서간을 보내고 병사들을 이끌고 낙양으로 진격하도록 하고 자신도 일어났다. 그의 아버지인 여주자사 월왕이 이에 응했다. 688년의 일이었다. 하지만, 이 거사는 허무하게 끝나버렸다. 낭양왕은 부하에게 살해되고, 월왕은 자살했다.

곧바로 주흥과 래준신이 나서서 용의자를 붙잡아 고문하여 자백시키고, 왕들은 계속해서 처형되었다. 이런 피의 숙청으로 종실의 핏줄이 사라진 것은 690년의 일이었다. 측천무후가 황제가 되는 해였다.

흑지상지는 이런 혼란을 기회로 보았다. 천후의 무도한 행동이 백성들의 분노로 이어지기를 바랐다. 그는 은밀하게 움직였다. 백성들의 신망을 받는 당나라 중신을 포섭하기 위해서였다. 그는 적인걸에게 다가갔다.

적인걸은 어려서부터 총명하고 학문에 힘썼다. 후에 진사에 급제한 후 지방관을 역임하는 동안 선정을 베풀어서 명망을 얻었다. 한번은 부임하러 가는 길에 낙양을 지났는데 그의 부모가 낙양에서 멀지 않은 하양(河陽)에 있었다. 그는 공무에 지장을 주지 않으려고 부모를 뵈러 가지 않았다. 다음날 그가 높은 산에 올라서니 하늘에 흰 구름 하나가 하양 방향으로 가고 있었다. 그는 말채찍을 들어 그 구름을 가리키며 부하에게 말했다.

"나의 부모님이 계시는 곳이 바로 이 흰 구름 아래에 있네."

말을 마친 그는 울었다. '흰 구름 밑에 부모님 집'이라는 말이 생기게 된 배경이다.

흑치상지의 말을 들은 적인걸은 그동안 흑치상지가 변방을 진정하는 데 공이 컸으며, 의지가 깊다고 판단하여 돕기로 하였다. 적어도 여자가 황제가 되는 일은 막아야 한다고 말했다. 고종의 황자이며, 천후에게는 의붓자식인 수주자사 이상금과 황주자사 이소절도 합류하기로 하여 모든 분위기가 무르익었는데 그만 흑치상지가 붙잡힌 것이다.

적인걸은 래준신에게 붙잡혔다. 그는 1차 심문에서 죄를 시인하면 자수한 것으로 여겨 형이 감면되는 제도를 이용하여 죽음을 피해갔다. 흑치상지는 믿었던 적인걸이 모두 토설했다는 소식을 듣고 며칠 동안 밥을 먹지 않았다. 그뿐만이 아니었다. 주흥은 흑치준을 고문하기 시작했다. 주흥은 흑치준에게 '선인이 과일을 올리는 형벌'을 주었다. 이 형벌은 범인에게 무릎을 꿇게 하고 손으로 목에 씌운 큰 칼을 받게 한 다음, 그 위에 큰 항아리를 올려놓는 형벌이었다. 그것도 흑치상지가 보는 앞에서 행했다. 흑치준의 고통스러운 비명을 듣고 있는 흑치상지는 가슴이 미어지는 것 같았다.

그것으로 그치지 않았다. 흑치상지가 서쪽과 북쪽의 변방을 근거지로 하여 백제를 다시 세우는 모반을 꾀했다는 밀고가 끊이지 않았다. 이 때문에 그곳에 살고 있던 백제유민들은 엄청난 고초를 겪었다. 상규와 사타상여, 이다조, 왕구언 심지어 부여융까지도 이 고초를 피해가지 못했다. 상규와 사타상여는 고문을 견디다 못해 목숨을 끊어버렸다. 부여융은 목숨을 건지기 위해 흑치상지의 계획을 모두 실토하였다. 이다조와 왕구언은 관련 사실을 부인하였다. 막고만 유일하게 모진 고문을 이겨내며 흑지상지의 뜻을 따르려고 했으나, 그 힘은 너무 미약했다.

또한, 유주의 해구와 범주의 연돌이 일단의 군사를 이끌고 황실로 향해 오다가 진압되었다. 내주의 진로와 사주의 백가는 사전에 발각되어 한 사람도 살아남지 못했다. 초주의 국인과 양주의 목간나, 그리고 월주의 사법명과 회주의 협정충은 천후가 곡식과 전지(田地)를 상으로 준다고 회유하자, 흑치상지를 욕하고 물러섰다.

한때는 용광로처럼 백제의 부흥을 외치던 사람들이 막상 자신의 목숨이 걸리면 손바닥을 뒤집듯이 배반하는 모습을 보면서, 흑치상지는 더 없이 깊은 회환을 느꼈다. 무엇보다 오랫동안

꾸어 왔던 꿈이 북방의 모래바람처럼 덧없이 사라지자, 흑치상지는 삶에 대한 미련을 버렸다. 그가 그동안 모진 설움을 이겨내며 살아온 이유는 오로지 꿈이었다. 그런데 꿈이 사라지자 삶과 죽음의 경계는 전혀 의미가 없었다. 흑치상지의 마음을 읽었는지 천후가 주흥을 통해 서신을 보내왔다.

한 사람의 지혜와 용기가 그동안 당나라를 안정시켰다. 그 노고는 역사에 길이 남을 것이다. 이제는 그 한 사람이 죽어서 다른 많은 사람을 평안케 할 때이지 않은가. 그동안의 공로를 생각하여 스스로 선택할 시간을 주겠다.

흑치상지는 천후의 뜻을 읽었다. 백제 유민들과 자신과 관련된 다른 사람들을 구해야 했다. 흑치상지는 의자왕이 묻혀 있는 북망산을 향해서 정성껏 절을 올린 다음에, 스스로 목숨을 끊었다.

*

흑치상지가 죽어가고 있을 때, 장안에 있던 측천무후는 꿈을 꾸고 있었다. 자신이 길을 걷고 있는데 갑자기 8척의 무사가 나타나서 쌍검을 들고 춤을 추었다. 그 춤은 부드러운 듯 하면서도 힘이 있었고, 느린 듯 하면서도 엄청나게 빨랐다. 그 춤을 보는 순간 모든 것이 정지되어 버리는 것 같았고, 어느새 그녀 자신이 춤의 한복판으로 빨려 들어가는 듯한 착각을 느꼈다. 측천무후는 겁이 나서 그 무사에게 다가가지 못하고 한쪽에 웅크리고 서 있었다. 이상한 것은 그 무사가 투구 대신에 왕관을 쓰고 있다는 것이었다. 그렇다면 돌아가신 고종일까. 측천무후는 갑자기 고종이 꿈에 나타난 이유를 헤아려보았다. 딱히 잡히는 것은 없었다.

그 사이, 한 무리의 장수들이 깃발을 들고 나타났다. 측천무후는 깃발에 씌어 있는 글씨를 읽어보았다. '대 백제 국왕 흑치상지'라고 적혀 있었다. 그제야 측천무후는 쌍검을 추고 있는 사람이 흑치상지라는 것을 알았다. 그렇다면 그가 백제의 왕이 되려고 했다는 주흥의 보고는 틀린 것이 아니란 말인가. 측천무후가 고개를 갸웃거리고 있을 때, 흑치상지는 쌍검무를 멈추고 그녀 쪽으로 성큼성큼 걸어오고 있었다. 그녀는 얼른 곁에 있는 느티나무 쪽으로 몸을 숨겼다. 혹시나 자신을 발견하면 어쩔까, 하고 마음을 졸이고 있는데 흑치상지는 그녀를 발견하지 못했는지, 아니면 전혀 관심이 없는 것인지 모르지만 그녀 앞을 지나쳐서 걸어가고 있었다.

"도대체 어디로 가는 거지?"

측천무후는 흑치상지가 걸어가는 곳을 바라보다가 깜짝 놀랐다. 그가 당나라 황궁을 향하고 있었기 때문이었다. 어디서 나타났는지 당나라 장수들과 신하들이 머리를 조아린 채로 시립하고 있었다. 적인걸도 보이고, 무승사도 보였다. 심지어 자신이 소의에서 황후로 올라섰을 때, 추대를 한 허경종, 이의부도 있었다. 그들은 다른 신하들보다 더 고개를 숙이고 있었다. 흑치상지는 위엄 있는 자세와 절도 있는 걸음걸이로 그들을 내려다보면서 황궁으로 가는 계단을 올라가고 있었다.

측천무후는 큰 소리로 흑치상지를 불러 세우려고 하였다. 그곳은 곧 자신이 입성해야할 곳이기 때문이었다. 하지만, 웬일인지 몸도 움직여지지 않고, 목소리도 전혀 나오지 않았다. 그 사이에 흑치상지는 황실의 계단을 지나 가장 높은 곳에 있는 옥좌에 앉았다. 그가 옥좌에 앉자 계단 양쪽에 시립해 있던 장수와 신하들이 일제히 한 목소리로 외쳤다.

"황제 폐하, 만수무강하옵소서."

그 뒤에 있던 만조백관이 이들을 따라 했다. 그 목소리가 얼마나 우렁차고 크던지 측천무후가 있는 느티나무가 휘청하고 흔들리는 것 같았다. 그 사이에 장수들이 들고 있던 깃발의 글씨는 '대 당 황제 흑치상지'로 바뀌어 있었다. 측천무후는 그 글씨를 보고 열린 입을 다물지 못했다.

흑치상지는 대신들을 자애로운 눈빛으로 죽 둘러보다가 위엄 있는 목소리로 말했다.

"경들의 수고 덕분에 미천한 백제 사람이 당나라 황제가 되었소이다. 내 평생 경들의 수고와 헌신을 잊지 않을 것이오."

"황은이 망극하옵니다."

"오늘처럼 기쁜 날은 마음껏 마시고 즐겨야하는 것이 도리이나 꼭 해야 할 일이 있소이다."

"분부를 명하시면 그대로 따르겠나이다. 폐하."

"감히 당나라 황실을 넘보았던 여우같은 계집 측천을 당장 잡아오시오."

"즉시 거행하겠습니다. 폐하."

말이 끝나자마자 일련의 군사들이 창과 검을 들고 측천무후를 향해 달려왔다. 놀라서 정신없이 도망치던 그녀는 돌부리에 걸려 넘어지고, 진흙탕에 빠져 온 몸이 흙투성이가 된 채로 군사들에게 잡혔다. 그녀의 머리카락은 산발이 되어서 마치 귀신처럼 보였다. 그 누가 봐도 당나라를 쥐락펴락하는 측천무후로 볼 수 없는 몰골이었다.

그녀는 군사들에게 이끌려 흑치상지 앞에 끌려왔다. 측천무후는 감히 얼굴을 들 수 없어서 고개를 숙이고 있었다.

"죄인은 고개를 들라."

부드럽고 위엄 있는 목소리였다. 측천무후는 그 목소리에 눌려 꼼짝도 할 수 없었다.

"고개를 들지 않겠다니 하는 수 없다. 내 오늘 너에게 묻고 싶은 게 하나 있다. 대답해 줄 수 있겠느냐?"

측천무후는 여전히 아무 말도 할 수 없었다.

"지금이라도 늦지 않았으니 부당하게 멸망당한 백제를 다시 원 상태로 돌려주기 바란다. 그렇게 할 수 있겠느냐?"

"알겠습니다. 폐하."

측천무후는 있는 힘을 모두 짜내어 겨우 대답하였다.

"고맙구나. 이제야 내가 이승을 떠날 수 있겠구나."

말을 마친 흑치상지는 홀연히 사라져버렸다. 측천무후는 빈 옥좌를 한동안 물끄러미 바라보았다. 그동안 옥좌는 두 개의 칼이 되어 아주 빠르게 측천무후의 가슴을 향해서 날아왔다.

"악! 밖에 아무도 없느냐."

측천무후가 놀라서 소리를 지르고 있는 사이에, 누군가 그녀를 흔들고 있었다. 눈을 떠보니 침실 상궁이 자신의 이마에 흐르는 땀을 닦고 있었다. 꿈이었다. 측천무후는 안도의 한숨을 내쉬었다. 번뜩 생각나는 것이 있어 신하를 불러서 흑치상지의 소식을 물었다. 신하는 번개처럼 달려가더니 한참 후에 돌아왔다.

"그는 이미 이 세상 사람이 아니라고 하옵니다."

그 말을 들은 측천무후는 한편으로는 슬펐지만, 한편으로는 기뻤다. 그가 죽은 날 당나라 장안에서는 수백 마리의 개구리들이 뱀들을 공격하였다. 뱀 중에 몇 마리는 개구리의 밥이 되었다. 기러기들이 떼를 지어 한동안 황궁을 선회하기도 하였다. 옛 백제 땅 기벌포에서는 수많은 바다 고기들이 강을 거슬러 웅진성까지 올라가다가 떼죽음을 당하기도 하였다.

*

    그가 죽자, 흑치준은 풀려났다. 백제 유민들도 더 이상 괴롭힘을 당하지 않았다. 흑치준은 풀려나자마자 돌궐로 달아나서 군사를 일으켰다. 그가 당나라의 변경을 끝없이 괴롭히자, 천후는 흑치준을 달래기 위해 사신을 보냈다. 흑치준은 흑치상지가 억울하게 죽었음을 말했다.

    황제가 된 측천무후는 다시 조사를 명했고, 흑치상지가 모반했던 사실이 없음을 밝혔다. 698년 흑치상지는 신원되었다. 후에, 좌오검위대장군으로 추종되었다. 그가 죽은 지 9년만의 일이었다.

에필로그

 견훤이 잠자리에서 아직 일어나지 않았는데, 궁정에서 떠들 썩한 소리가 들렸다. 견훤이 괴이하게 생각하여 신하를 부르려 는데 아들인 신검이 달려왔다. 그는 황급히 신검에게 물었다.

 "이게 무슨 소리냐?"

 "왕께서 연로하셔서 정사에 어두우시므로 맏아들 신검이 부왕의 자리를 섭정하게 되었다고, 여러 장수가 축하하는 소리 입니다."

 "그럼, 네 놈이 나를…."

 견훤이 곁에 있는 칼을 집으려 하자, 신검이 재빨리 소리쳤 다.

 "무엇들 하느냐. 어서 전하를 모시어라."

 파달을 위시하여 장사 30명이 우르르 몰려왔다.

 "놔라. 이놈들. 내가 어떻게 세운 나라인데 네 놈들이 망하 게 하려 하느냐. 먼 타국 땅에서 숨을 거둔 의자왕의 통곡소리 가 너희들은 들리지 않는다는 말이냐. 또한, 온갖 욕설과 멸시를 당하면서까지 당나라의 장수로 남아서 백제의 재건을 꿈꾸었던 흑치상지의 피와 땀이 아깝지도 않더란 말이냐. 그 원한을 갚을 날이 멀지 않았거늘, 어찌 미련하기 짝이 없는 신검 네 놈이 일을 그르치려고 하느냐."

"모든 것이 다 아버님의 자업자득입니다."

"뭐라고? 다 내 탓이라고? 네 놈이 나라를 세우는 데 무엇을 했다고 그런 소리를 하느냐?"

"아버님은 용맹하기는 했지만 신하들의 마음을 얻지 못했습니다. 한 나라의 임금은 전쟁에서 싸움만 잘한다고 해서 끝나는 것은 아닙니다. 백성의 마음을 얻어야합니다. 그런데 백제의 신하들이 모두 아버님을 떠나고 있습니다. 그러니 백제가 더 이상 존속하기는 어려울 것입니다. 가장 가까운 자식들조차도 아버지를 등지는 판국이니 더 이상 무엇을 논하겠습니까?"

"네 놈이 감히 이 아비를 가르치려 하다니 괘씸하기 짝이 없구나."

"모든 사람이 다 그렇게 생각하니 틀리지 않을 것입니다."

"어리석기 짝이 없는 놈이로구나. 네 놈이 그토록 어리석어서 내 금강에게 왕위를 물려주려는 것이었다."

"다 끝났으니 조용한 곳에서 가서 쉬고 계십시오. 나머지는 이 소자가 다 알아서 할 것이옵니다."

"네 놈이 무엇을 할 수 있다는 말이냐. 지금이라도 어리석은 생각을 버려라. 그게 너와 이 백제를 위하는 일이다."

견훤은 그들을 물리치려 했으나, 그들의 힘이 완강했다. 결국, 견훤은 김제에 있는 금산사 불당으로 옮겨졌다. 신검은 장사 30명을 시켜 견훤을 지키게 했다.

이렇게 해서, 흑치상지가 당나라에 항복하여 다시 백제를 일으키려 했던 꿈은 다시 물거품으로 돌아갔다. 견훤이라는 걸출한 영웅이 나타나서 신라를 위협하고 왕건과 더불어 역사의 중심에 서 섰지만, 불행하게도 천운(天運)은 그의 편이 아니었다.

견훤은 백제를 멸망시킨 신라에 대항하여 후백제를 세웠지만, 뜻밖에 그의 평생의 대적은 신라가 아닌 고려 태조, 왕건이었다. 왕건 또한 고구려를 이어 새로운 나라를 세우겠다고 나선 시대의 영웅이었다. 그러므로 두 사람에게 모두 나라와의 대결은 의미가 없었다. 견훤의 평생은 왕건과의 싸움이었다.

먼저 기선을 잡은 것은 견훤이었다. 892년, 신라 진성여왕 6년 되는 해였다. 견훤은 무진주(광주)를 장악한 후, 전남지역의 호족세력을 포섭하면서 후백제 건국의 기틀을 마련하였다. 견훤의 거병이 성공을 거두게 된 배경은 신라의 무리한 조세정책이었다.

전남지방은 가장 비옥한 곡창지대로서 신라정부의 조세압박이 유독 심했다. 다른 지역과 마찬가지로 기근과 흉년 등으로 심한 고통을 받고 있던 차에, 가혹한 조세수취와 공역징발은 백성들을 참을 수 없게 만들었다. 이를 주시하고 있던 견훤이 군사를 일으키자, 백성들이 쌍수를 들고 환영했던 것이다. 견훤을 따르는 무리들이 급속하게 늘어 5천을 헤아리게 되었다. 견훤의 진격에 맞서 저항을 하는 지방관이나 호족들은 거의 없었다. 오히려 견훤을 지원하여 무혈 진군하게 하였다.

이 때, 신라는 진골귀족들 사이의 왕위계승전쟁으로 여념이 없었다. 귀족들의 반란이 끊이지 않았다. 엎친 데 덮친 격으로 886년에는 말갈족의 일파인 적국인(狄國人)이 침입하였다. 자연히 중앙권력이 약화되고, 지방에 대한 통제력이 상실되었다. 이러한 기회를 틈타서 지방에서는 낙향한 귀족이나 지방의 토착세력이 중앙정부의 통제력 약화를 틈타서 독자적인 세력을 구축하여 호족으로 성장하였다.

호족은 행정 ? 군사 ? 경제적인 면에서 자신의 관할지역에 대한 지배권을 행사하면서 반독립적인 상태에 있었다. 이들은 성주(城主)나 장군(將軍)으로 불리기도 했으며, 그들의 영향력이 미치는 곳의 백성들을 지배하면서 독자적인 군사력을 보유하였다.

이래저래 죽어나는 것은 백성들이었다. 중앙정부와 호족들의 수탈에 시달리는 백성들은 유민이 되어 사방으로 흩어졌다. 더 이상 견딜 수 없으면 귀족들의 정원에서 생활하면서 사병이나 노비가 되기도 하였다.

삼국사기에 이런 글이 있다.

9월 9일에 왕(헌강왕)이 신하들과 함께 월상루에 올라가 사방을 둘러보는데, 백성들의 집이 서로 이어져 있고, 노래 소리와 음악이 끊이지 않았다. 왕이 시중 민공을 돌아보고 말했다.

"짐이 듣건대, 지금 민간에서는 기와로 지붕을 덮고 짚으로 잇지 않으며, 숯으로 밥을 짓고 나무를 쓰지 않는다고 하는데 그게 사실인가?"

민공이 머뭇거리지 않고 대답했다.

"신(臣)도 일찍이 그와 같이 들었습니다. 전하께서 즉위하신 이래 음양이 조화롭고 비와 바람이 풍요로워 해마다 풍년이 들었습니다. 이에, 백성들은 먹을 것이 넉넉하고 변경은 평온하니 태평성대가 따로 없습니다. 이 모든 것이 전하의 거룩하신 덕의 소치입니다."

왕이 기뻐하며 말했다.

"이는 경들이 도와 준 결과이지 짐이 무슨 덕이 있겠는가."

이처럼 왕이 사치와 방탕으로 백성들의 형편을 전혀 살피지 않았다. 아무도 백성들의 처참함을 말하지 않았다. 신라의 내부가 급속히 붕괴되고 있었던 것이다. 이를 알고 진성여왕은 즉위한 때, 지방민의 조세를 면제하고, 황룡사에 백좌강경(百座講經)을 설치하는 등 민심을 수습하기 위해 노력하였으나, 재위 2년만에 숙부이자 남편이었던 상대등 위홍이 죽자, 국정운영을 소홀히 하고 문란한 생활에 빠져들었다.

젊은 미남자를 불러들여 음란하게 지내고, 그들에게 요직을 주어 정치를 맡겼다. 이에 따라 뇌물수수가 횡행하고, 상벌이 공평하게 시행되지 못하면서 정치기강이 문란해졌다. 신라는 지방의 주군(州郡)에서 세금이 들어오지 않게 되어 국고가 텅 비게 되었다. 설상가상으로 흉년과 기근이 심해지면서 농민은 고향을 떠나 유리하거나 도적이 되었다.

관리들의 녹봉지급까지 어려워지자, 진성여왕은 지방에 사자(使者)를 보내어 조세를 독촉하였다. 농민들은 조세납부를 거부하고 반란을 일으켰다. 가장 먼저 봉기한 인물이 사벌주(경북 선산)의 원종과 애노였다. 이들을 계기로 전국 곳곳에서 봉기가 일어났다.

기원과 양길은 각각 죽주(경기 안성)과 북원(강원 원주)에서 거병하였다. 궁예는 처음에는 기훤에게 갔으나, 다시 양길에게 의지하였다. 견훤도 이때 주위 정세를 살펴보다가 봉기의 대열에 합류하였던 것이다. 이 때, 송악 일대에는 왕건이 두각을 나타냈다.

이렇게 되자, 신라의 통치범위는 서라벌과 그 주변지역에 그쳤고, 전 국토는 대부분 호족들의 수중에 들어갔다. 진성여왕 10년(896)에는 적고적(赤袴賊)이 경주의 서부까지 침입하여 민가를 약탈하기까지 하였다. 수도의 방위조차 위협받는 상황에

몰렸던 것이다.

*

　견훤이 무진주에서 왕으로 나섰지만, 그를 가장 반긴 곳은 완산주(전북 전주)였다. 완산주가 적극적으로 호응하게 된 것은 백제에 대한 귀속의식 때문이었다. 이에 반해, 전남지역은 마한의 전통에 대한 계승의식이 남아 있어, 백제라는 귀속의식이 부족하였다.

　백성들과 호족들의 호응에 고무된 견훤은 완산주에 도읍을 세워 신라와 당나라에게 망한 백제의 한을 씻겠노라고 백성들에게 약속하였다. 그런 의미에서 나라의 이름을 백제라 하였다. 역사에서 후백제라 일컫는 것은 백제가 멸망한 후에 다시 일어난 나라라는 의미로 그렇게 부르는 것이다. 900년, 신라 효공왕 4년의 일이었다. 이때까지 그의 상대는 궁예였다.

　918년, 왕건은 철원에서 궁예를 이어 왕이 되었다. 그러는 사이 견훤은 920년 대야성을 공격하여 함락시켰고, 924년 조물성을 공격하였다. 견훤의 신라 공격이 정점에 이른 것은 927년이었다. 바로 신라의 수도인 서라벌의 공격이었다. 서라벌에 가까이 이르자, 동태를 살피던 장수가 급히 말을 타고 달려왔다.

"어떤가. 신라군의 동태는."

"왕을 비롯한 만조백관들이 포석정에서 잔치를 벌이느라 여념이 없습니다."

"이런 괘씸한 사람들이 있나. 오래 전에 잘 살고 있는 나라를 망하게 하여 많은 백성들을 비탄에 빠뜨렸으면 정신을 차리고 국운을 떨쳐야지. 이게 무슨 꼴이란 말인가. 당장, 쳐들어가자."

견훤은 숨도 돌리지 않고 갑옷을 입고 말을 탔다. 사위인 박영규가 말렸으나, 견훤은 듣지 않았다. 이때까지도 경애왕은 포석정에서 신하들과 함께 연회에 빠져 있었다.

"백제군이 쳐들어왔다."

다급한 장수의 목소리에 경애왕은 정신이 번쩍 들었다.

"경들은 무엇하고 있는가. 어서 군사를 풀어 백제의 군사를 막도록 하라."

하지만, 이미 늦어 버렸다. 견훤이 탄 말이 포석정으로 들어오고 있었다. 신라의 신하들은 도망치느라 정신이 없었다. 왕을 호위하는 군사들마저 무기를 버리고 달아나버렸다. 눈 깜짝할 순간에 경애왕은 붙잡혀서 왕비와 함께 견훤 앞에 무릎을 꿇어야 했다. 경애왕은 자신도 모르게 눈물을 흘렸다.

"아아, 신라여, 너의 천년을 이어온 꿈이 여기서 끝나는구나. 일찍이 고구려와 백제를 통일하여 국운이 하늘을 찌를 만큼 융성한 때가 있었는데 어찌하여 다시 동쪽만을 버티고 있다가 백제에게 왕성이 침탈당하는 불운을 맞이하게 되었다는 말인가.”

경애왕은 피눈물을 흘리면서 되뇌었다. 그때 백제의 장수가 왔다. 상애였다. 경애왕은 그가 노비 출신의 장수라는 것을 들은 적이 있었다. 피가 거꾸로 솟는 기분이었다. 아니 몸속에 있는 모든 수분이 한꺼번에 하늘로 증발하는 것 같은 기분이었다. 한때는 고구려와 백제를 통일한 바가 있는 천년사직의 신라의 왕이 야만의 나라인 백제의 노비에게 죽을 수 있다는 말인가. 참으로 치욕적인 순간이었다. 상애는 절조차 하지 않았다. 백제의 성왕이 신라의 노비 장수인 도도에게 죽임을 당할 때와는 달랐다. 경애왕은 상애의 호통소리를 온몸이 찢어지는 듯한 고통으로 들었다.

“백제의 대장군, 상애는 야만의 나라인 신라의 우둔한 왕의 머리를 베겠노라.”

경애왕은 분노로 얼굴이 일그러졌다. 그는 상애의 얼굴에 침을 뱉으며 소리를 질렀다.

“나는 신라의 왕이다. 어찌 천한 신분에서 출발해서 장군이 된 네가 나의 목을 칠 수 있다는 말이냐.”

상애도 물러서지 않았다.

“백성들을 돌보지 않고 매일 잔치에 빠져 적국이 쳐들어오는 지도 모르는 왕을 어찌 귀하게 여길 수 있다는 말인가?"

경애왕은 순간적으로 머리가 빙 도는 것을 느꼈다. 상애의 말이 틀리지 않았던 것이다. 경애왕은 아랫입술을 지그시 깨물면서 주위를 둘러보았다. 왕비가 견훤에게 희롱을 당하고 있었다. 처참했다. 당장이라도 죽고 싶었다.

경애왕은 하늘을 한번 바라본 후에 상애에게 목을 내밀었다.

"상애여, 어서 나의 목을 베어 나의 수치심을 그치게 하라."

경애왕은 눈을 감았다. 잠시 정적이 깃드는 듯하다가, 왕비의 절규하는 목소리가 들렸다. 수치심의 극에서 나오는 목소리였다.

"지렁이의 아들인 백제왕은 더 이상 신라를 능멸치 말라. 그대는 한 때 신라의 녹을 먹은 장수가 아니었던가. 어찌하여 신하가 국모를 능멸한다는 말인가. 내 비록 앞을 바라보는 혜안이 부족하고, 현실을 읽어내는 안목이 없어 여기서 죽지만, 내 죽은 후에도 원혼이 되어 백제를 괴롭힐 것이다."

경애왕의 말이 끝나기도 전에 견훤이 상애에게 소리를 질렀고, 상애는 재빠르게 칼을 휘둘렀다. 잠시 후에 경애왕의 머리가 피를 뿜으며 포석정 위로 떨어졌다.

"와아, 백제왕 만세!"

백제군의 시기는 하늘을 찌를 듯했다. 견훤은 눈물로 호소하는 왕후의 간청을 무시하고 신라왕후를 욕보였다. 왕후는 정신이 나가버렸다. 견훤은 곧이어 왕의 집안 동생 김부를 세워 왕위를 잇게 했다. 신라의 마지막 왕 경순이 바로 그 사람이다.

백제로 돌아가는 길에 견훤은 팔공산 아래에서 왕건의 군대와 맞닥뜨렸다. 견훤의 기세는 꺾일 줄 몰랐다. 왕건의 장수 김락과 신숭겸이 전사했고, 왕건은 천신만고 끝에 고려의 군사로 변장하는 수모 끝에 겨우 목숨만을 건져 돌아갔다.

견훤은 929년 의성부를 공격하였는데, 성주였던 장군 홍술이 이 싸움에서 전사하였다. 왕건이 슬프게 울면서 말했다.

"내가 두 팔을 잃었다."

이때까지만 해도 견훤은 흑치상지의 꿈을 이룰 수 있다고 생각했다. 머지 않아, 백제가 다시 한반도의 주인이 되는 세상을 꿈꾸었다. 아니 거침없이 중원으로 달려가는 꿈을 꾸었다. 하지만, 견훤의 기세는 여기가 끝이었다. 그 후로 민심을 얻은 왕건에게 점차 밀리기 시작하였다.

932년, 견훤의 신하 공직이 왕건에게 항복한 것은 상징적인 사건이었다. 견훤이 그의 두 아들과 딸을 잡아다 불로 지져 다리의 힘줄을 끊어 버렸지만, 견훤의 왕국은 여기저기에 금이 가고 있었다. 그럴수록 견훤은 더욱더 포악하게 신하들을 다루었다. 신하들은 공포심에 젖어 억지로 충성을 했지만, 이미 마음은 견훤을 떠나고 있었다. 하루가 다르게 견훤의 부하들은 왕건에게 몰려갔다.

견훤의 결정적인 패착은 왕위를 넷째 아들 금강에게 물려주려 한 데 있었다. 금강보다 위인 신검？양검？용검이 이를 알고 이찬 능환과 함께 모의하였다. 935년 3월, 견훤은 자신이 낳은 아들들에 의해 위리안치 되어 갇혀 있다가 6월에 이르러 도망쳤다. 견훤은 즉시 왕건을 찾았다. 왕건은 견훤을 상보(尙父)라 하면서 흔쾌히 받아들였다.

견훤은 왕건에게 반역한 자식을 죽일 수만 있다면 당장 죽어도 여한이 없겠노라 말하였다. 지난날의 적에게 의탁하는 것은 물론이고, 자신이 낳은 아들을 적이라 부르는 신세가 되었지만, 견훤은 전혀 후회하지 않았다. 그만큼 늙었고, 사리분별력이 떨어져 있었다.

그는 왕건이 준 군사를 이끌고 신검을 치러 백제의 땅으로 쳐들어갔다. 백제의 백성들은 혼란스러웠다. 장수들이나 신하들도 마찬가지였다. 자신이 세운 나라를 자신이 치러 온, 역사에 있어서 처음 있는 일이 벌어졌기 때문이었다. 백제군은 거듭 패하여 황산까지 밀렸다. 탄령(炭嶺)을 넘어 마성(馬城)에 주둔하였다. 하지만, 오래가지 못했다. 신검은 한 나라를 다스리는 데 필요한 자질을 갖추지 못했고, 굳이 목숨을 다해 백제를 지키고 싶은 생각도 없었다. 신검이 양검？용검과 문무 관료와 함께 와서 항복하니 왕건이 이를 받아들였다. 왕건이 능환을 불렀다.

"처음에 양검 등과 모의하여 임금을 가둔 자는 그대인가?"

"죽을죄를 지었사옵니다."

"그것은 신하된 자의 도리가 아니니 마땅히 후세에 가르침으로 삼아야할 것이다."

왕건은 능환의 목을 베게 하였다. 곧 이어 신검이 왔다. 신검은 왕건에게 엎드려서 울면서 말했다.

"신이 참람하여 왕위에 오른 일은 남에게 협박되어 한 것이요, 신의 본심이 아닙니다. 신을 불쌍히 여겨 목숨만을 살려준다면 왕을 위하여 개와 말의 수고를 다하겠나이다."

"알았다. 그대의 마음을 짐이 충분히 알았도다. 특별히 그대를 용서할 것이니 다시는 짐과 고려에 대해 불충한 마음을 품지 않도록 하라."

"성은이 망극하옵니다. 전하."

왕건이 신검을 용서하였다는 말이 견훤의 귀에 들어갔다. 견훤은 이를 분하게 여겼다. 화를 삭이지 못해 번민을 거듭하다가 등창이 나서 수일 만에 금산사에서 죽었다. 그때, 그의 나이 70세였다.

왕건이 후백제의 도성(都城)에 들어가 영을 내렸다.

"괴수가 이미 귀순했으니 나의 백성들을 괴롭히지 말라."

왕건은 백제의 장수들을 위로하여 재능을 헤아려 임용(任用)하고 군령을 엄하고 분명히 하여 추호도 범하지 않았으므로 고을의 백성들이 크게 기뻐하였다. 신검에게는 작(爵)을 내려주고 양검과 용검은 진주(충북 진천)에 귀양 보냈다가 조금 후에 죽였다. 백제가 세 번째로 망하는 순간이었다.

한 번은 의자왕 때에 이루어졌고, 또 한 번은 중국의 변방에서였다. 흑치상지가 조금만 더 시운을 타서 버틸 수 있었다면 백제는 무령왕 때보다 더 넓은 제국을 건설할 수도 있었을 것이다. 비약이 조금 심하다는 비판을 들을지는 모르지만, 중국 전체를 백제국으로 병탄시킬 수도 있었지 않을까. 하지만, 역사에는 가정이란 말이 필요 없으므로 있는 사실 그대로만 받아들여야 하는 서글픔도 감내할 수 있어야 할 것이다.

그 후에도 역사에 가끔씩 백제라는 말이 등장하기도 하지만, 신빙성이 없거나 일시적이다. 역사에 백제라는 나라가 사라졌기 때문이다. 하지만, 백제의 혼은 사라지지 않았다. 이연년은 백제부흥운동을 표방하면서 무리를 거느리고 지금의 광주를 비롯한 전남 일대를 휩쓸며 위세를 떨쳤다. 그는 1237년 나주성 전투에서 죽었다. 어쩌면, 이게 역사에 등장하는 백제 부흥운동의 마지막일 것이다.

신기한 것은 백제가 멸망한 후, 600년 가까운 세월이 흘렀고, 후백제가 소멸된 지 300년이 지난 뒤에도 그 계승의지가 구체적인 모습으로 발현되었다는 점이다. 그러므로 백제부흥에 대한 꿈은 그 이후에도 간단없이 지속되었을 가능성이 있다. 백제라는 나라는 멸망했지만, 백제의 혼은 여전히 역사에서 사라

지지 않았던 것이다. 더불어, 중국 전체를 품으려 했던 흑치상지
의 꿈도 여전히 진행형이지 않을까.